海外우리語文學研究叢書 46

조선사화전설집 (11)

박 현 균

한국문화사

조선시학고찰편 (I)

中 한 교

차 례

백제의 최후 …………………………………………(3)
통일국가고려의 창건에 기여한 사람들………(18)
명화가 리녕과 리광필………………………………(27)
명장 정세운의 죽음…………………………………(34)
범잡이 …………………………………………………(52)
마지막발명품 …………………………………………(58)
효녀 도리장……………………………………………(80)
홍홍대사헌의 강직한 성품 ………………………(96)
조언형과 강훈…………………………………………(102)
무인 신익 ……………………………………………(111)
먹적골 …………………………………………………(118)
앞을 내다본 황형……………………………………(123)
백의종군 웬말이냐 …………………………………(127)
리항복의 기지 ………………………………………(135)
배수진……………………………………………………(142)
권응수와 김진사 ……………………………………(161)
김응서의 비참한 말로………………………………(214)
제 눈을 스스로 찔러버린 화가 최북……………(224)
풍랑속에서 춤을 춘 림희지………………………(229)
초불에 탈번한 박연암의 《열하일기》…………(232)
《실사구시》의 태도로 작품을 쓴 정다산……(235)
음악가의 자존심을 지켜낸 김성기………………(237)

1

노래를 불러 죽음의 고비를 넘긴 권삼득……(242)
방랑시인 김삿갓…………………………………(247)
광성진의 꽃………………………………………(259)
상전의 각본대로…………………………………(265)
선과 악……………………………………………(277)
두 친구……………………………………………(283)
지은 죄는 죄대로…………………………………(291)
양효자……………………………………………(299)
설성과 삼형제바위………………………………(302)
오누이바위………………………………………(308)

백제의 최후

엊그제만 하여도 붉은 꽃이 한창이던 부소산기슭에 어느덧 벌써 푸른숲이 우거지고 사비하내가의 버들방천에도 록음이 짙었다.
의자왕(백제의 마지막왕) 20년(660년) 여름인 4월의 어느날.
왕궁의 남쪽에 덩다랗게 솟아있는 망해정에 뭇신하들이 모여앉 았다. 지금까지 한바탕 잔치가 있은뒤이라 몇몇 신하들의 얼굴에 는 한가득 홍조가 어려있었다.
뜻밖의 왕명을 받고 모여앉은 신하들은 의아한 눈길로 서로 마 주보며 임금이 나타나기를 기다리고있었다.
이윽고 꽃같은 두 궁녀에게 부축을 받은 의자왕이 고비(범가죽) 를 덮은 옥좌에 나와앉았다.
주독에 뜬 흰 얼굴은 부석부석 부어올랐고 밤낮이 따로 없이 음 탕한 놀음만을 일삼아서인지 주먹같이 큰 코는 서리맞은 고추처럼 붉어있었다.
술기운에 게슴츠레해진 눈을 들어 좌우를 살피고난 왕은 석섬한 목소리로 뜨직뜨직 입을 열었다.
《경들을 부른것은 다름이 아니라 오늘 귀물을 하나 얻었기에 한 가지 묻고싶어서요.》
이렇게 허두를 뗀 왕은 제김에 기분이 떠서 실성한 사람처럼 하 늘을 우러르며 소리내여 웃었다.
뭇사람들의 이목이 왕에게로 쏠렸다. 왕은 무엇인지 궁금해하는 신하들에게 그 물건을 보여줄 생각은 하지않고 다시 말을 이 었다.
《낮에 내시 하나가 대궐뜰안에서 거부기 한마리를 잡았는데 그 등껍질에 글자가 몇개 씌여있었거든. 가만있자, 그것이 무엇이라 하였드라? …》
한때는 효성스럽고 총명한 왕이라고 일컬어온 그였으나 이제는 지각마저 흐려진듯 낮에 들은 이야기를 벌써 다 잊어버렸다. 옆에 붙어서서 고개를 숙이고있던 궁녀가 그의 무딘 지각을 깨우쳐주었다.

《백제는 둥근달이요 신라는 초생달이라 하였나이다.》

《옳거니, 백제는 둥근달, 신라는 초생달, 그랬더랬지. 그래 경들은 이것이 무엇을 뜻함인듯싶은고?》

그 말에 신하들의 낮빛이 갑자기 달라졌다. 한나절 왕을 모시고 앉아 질탕한 풍류속에 달콤한 술과 기름진 안주로 배를 불린 무장들과 백발로신들의 얼굴에는 무거운 시름이 비꼈다.

한동안이 지나도 대답하는 사람이 없었다. 왕은 취곤증에 선하품을 하며 거듭 대답을 재촉하건만 어느 한사람도 대답할 눈치가 아니였다.

이럴즈음에 한결에서 왕의 눈치를 살피던 달솔(벼슬이름) 상영이 앞으로 나앉으며 머리를 조아렸다.

《젓사오나 거북은 령물이오라 그 글에 반드시 신비로운 뜻이 있사오리니 신의 계시를 범속한 사람은 헤아리기 어렵사오이다. 그러하오니 고명한 무당을 불러 물어보게 하는것이 좋을가 하나이다.》

무엇이라 말을 내기 어려워 잠자코 있던 신하들은 총기 빠른탓에 왕의 은총을 독차지하고있는 상영의 말을 듣고 차라리 잘되였다 생각하며 하회를 기다렸다.

잠시후 무당이 어전에 불리워왔다. 내시에게서 어명을 전해듣고 뒤따라 들어온 그인지라 별로 주저하는 기색이 없었다.

《상감마마, 황송하여이다. 둥근달이라 하옵는것은 불길한 조짐이오니 만월은 장차 이즈러지고 초생달이라 하옵는것은 좋은 조짐이라 신월은 어차피 크기 마련인줄로 아뢰나이다.》

무당의 말이 채 끝나기도전에 왕은 주먹으로 상을 치며 몸을 일으켰다.

《무엇이, 고현지고.》

얼굴에 어리였던 곤기는 가뭇없이 사라지고 쪼프라진 두눈엔 살기가 넘쳐났다.

진노한 왕앞에서 뭇신하들은 황송하여 고개를 숙이고 몸둘바를 몰라하였다. 그리고 무당의 흰 얼굴은 어느새 식은 재빛으로 변하였다.

《여보아라, 저놈을 끌어내다가 목을 쳐라.》

왕의 호령이 울렸다. 뒤이어 문안에 들어선 두억신같은 무사들이 무당을 나꾸어가지고 밖으로 사라졌다.

망해정, 이 사치한 정자를 지은지 어언 다섯해가 지났다. 언제나 풍악과 궁녀들의 간드러진 웃음소리가 그칠새 없더니 오늘은 격노한 왕의 호령이 금단청 아롱진 추녀며 란간을 들었다놓았고 서슬푸른 검극이 대문안밖을 오락가락하였다.

무당을 처참하였노라는 복명을 받고서야 왕의 노여움은 조금 잦아들었다.

이때를 기다리고있던 상영이 또 먼저 입을 열었다.

《황송하오이다. 대왕마마, 무식한 무당의 씨없는 떠벌임이 성려(왕의 마음)를 저촉하와 소신이 도리여 망지소조로소이다. 신이 비록 아는것은 없사오나 신령스러운 그 물건의 참뜻을 헤아려보옵건대 둥근달이라 하옵는것은 왕성함을 뜻하옵고 초생달이라 하옵는것은 미약함을 가리킴이오니 우리 나라는 강성해지고 신라는 장차 쇠미해질 조짐인가 하나이다.》

그 말에 얼음처럼 차거워보이던 의자왕의 얼굴이 금시 환해졌다. 상우에 놓인 주먹은 저도 모르는 사이에 퍼져 어느덧 긴한 손가락장단이 시작되였다. 장히 만족할때면 늘 버릇처럼 두드리는 장단이다. 그것을 보는 상영의 네모진 얼굴에도 잔웃음이 실렸다.

백제의 강성을 바라기는 구중궁궐의 의자왕이나 6좌평, 200성주가 다를것이 없었고 이 나라 76만호 항간백성들의 마음도 마찬가지였다.

왕이 고구려와 정식 화친을 이루고 동쪽으로 요악한 녀왕 덕만(신라의 27대왕인 선덕녀왕)을 제압하게 되였을 때 사람들은 백제의 번영을 눈앞에 보는것 같았었다.

하지만 그것은 헛된 꿈이였다.

의자왕이 주지육림과 자지러진 풍악속에 잠겨 세월가는줄 모르게 되자 백제는 하루하루 썩어들어갔다. 그런가 하면 밖에서는 간활한 야심을 품은 신라가 겨레의 넋을 짓밟으며 이민족을 끌어들이기에 급급하였다. 그럼에도 불구하고 의자왕의 눈에는 보이지도 들리지도 않았다. 그런데다가 간신들은 가뜩이나 무딘 그의 눈과 귀를 주색으로 가리워주었다.···

임금은 상영이 그럴듯한 말로 임금을 기쁘게 하고 만족한듯 나앉으니 이번에는 좌평(벼슬이름)홍수가 무릎걸음으로 왕앞에 나왔다. 가슴을 덮은 그의 흰 수염이 가늘게 떨리였다.
《상감마마, 신하들의 말을 깊이 헤아려 들으실 때가 되였는가 보오이다. 둥근달이요 초생달이요 하는것이 무엇을 뜻함인가를 알아 무엇하오리까. 바라옵건대 현하시국을 바로 보아지이다.》
의자왕은 눈살을 꼿꼿이 세웠다.
《경은 현하시국이 어떻다는건고？》
《상감마마, 동쪽에서는 신라가 이를 갈고 바다 건너편 서쪽에서는 당나라가 기회를 노리고있나이다. 하오나 이 나라안에는 위급한 때에 병쟁기를 들고 싸움에 나설 온전한 군사들이 많지 못하옵고 산마루나 바다가에는 변변한 성새 하나 없사오니 만일 이대로 불시에 변을 당하고보면 어찌하오리까. 황송하오나 성충좌평이 죽으면서 남기고 간 그 말이 자꾸만 가슴에 맺히오이다.》
홍수는 두주먹으로 눈물을 훔쳤다.
《성충—？！》
왕은 번쩍 고개를 들었다. 노여움이 치밀어오른 그의 얼굴은 금시 벼락맞아 죽은 말고기처럼 검붉어졌다.
《태평성세를 버르집고 민심을 소란시킨 역신의 종작없는 지껄임이 어째서 좌평의 가슴에 맺힌다는것인고？》
왕은 날카로운 눈초리로 홍수를 노려보았다.
《대왕마마, 석삼년전 성충좌평이 아뢰이던 그 말이 십분 지당하였던가싶나이다.》
《무엇이？》
의자왕은 벌떡 일어섰다.
진노한 왕의 앞이라 모든 신하들이 몸둘바를 몰라 벌벌 떨었다. 문무백관들과 근시하는 궁궐안의 나인들이 모두 허리를 꺾고 무릎을 꿇었다. 이제까지 득의양양하던 상영도 감히 왕을 바로 볼 생각을 못하고 목을 움츠린채 한옆에 꿇어앉았다.
그러나 홍수만은 당당하게 고개를 들고있었다. 하염없이 흘러내리는 눈물이 조복의 앞자락을 어룽지었으나 그는 그것을 씻을넘을 않고 왕을 바라보았다. 그저 선해보이기만 하던 그의 얼굴엔 무엇인가 애원하는듯한 빛이 어려있었다.

의자왕은 이런 흉수가 더욱 못마땅해보이였다. 그의 벼슬이 아무리 좌평이기로서니 란신적자로 치부하고 옥에 넣었던 성충의 말을 빌어 태평성세에 또다시 민심을 소란시키려 하다니…

그러지 않아도 요사이 경향간에는 민심이 흉흉하였다. 지난해만 하여도 떠도는 소문들이 얼마나 많았던가. 여우란놈이 한낮에 서울성안에 뛰여들어 엄격하기로 소문난 상좌평(벼슬이름)의 책상에 올라앉아 사람들을 놀래웠고 그토록 화려하고 장엄한 태자의 궁궐안에서는 깡충하게 여윈 암탉이 조그마한 참새와 어울려 돌아가는지라 사람들은 천고에 없을 피이한 일이라고 수군거렸다. 그런가 하면 서울성앞의 사비하강변에는 길이가 서발이 넘는 큰 물고기가 까닭없이 죽어서 떠있었고 생초진이라는 나루터에는 키가 열여덟자나 되는 녀인의 시체가 놓여있었다. 이같은 일들이 지금까지 있어보지 못했음은 더 말할것도 없고 어느 사책의 기록에서도 찾아볼수 없으므로 사람들은 분분하게 말들이 많았다. 모두들 이 나라의 흉조라고 하였다. 흉조라는 말이 입과 입을 거쳐 구중궁궐 왕의 귀에까지 들어갔을 때 의자왕은 벌컥 성을 내였었다.

이번의 대궐의 뜰에서 파낸 거부기에 대한 말을 들었을 때는 제가 몸소 사람들의 말을 들어보리라 마음먹고 잔치를 파한 망해정에서, 그것도 가까이 부리는 신하들을 모아놓고 물었던것이다.

의자왕은 모든 사람들이 상영처럼 생각해주기를 내심 바랐다. 그런데 뜻밖에도 입빠른 무당이 요망한 소리를 내였고 이제 와서는 한평생을 국록으로 살며 늘 충성과 의리만을 으뜸으로 여겨온다던 좌평 흥수의 입에서까지 심상치 않은 말이 튀여나왔다. 그것도 성충을 끌어들이여 나무람까지 하면서…

성충을 생각하면 왕은 지금도 입에서 신물이 돌았다.

지금으로부터 네해전이다.

바로 이 망해정을 세운 다음해 춘삼월, 왕은 몇몇 근신들과 궁녀들을 거느리고 여기 망해정에서 잔치를 차렸었다.

넓은 정자우엔 한가득 산해진미가 널렸는데 아릿다운 궁녀들이 요염하게 앞뒤와 좌우에서 맴돌았다. 왕도 신하들도 흠뻑 마셨다. 자지러진 풍악속에 취흥이 도도해지자 그다음엔 할짓 못할짓이 벌어졌다. 녀인들의 교태머금은 간드러진 웃음소리며 공포에 질린 아츠러운 비명소리가 한데 어울려 망해정 정자우는 삽시에 수라장으로 되여버렸다.
　이런 광경을 보다못해 좌평 성충이 분연히 왕의 앞에 다가섰다.
　성충은 륜리를 지닌 인간으로서는 차마 할수 없는 이런 짓거리를 타매하며 기울어지는 백제의 국력을 놓고 통탄해하였다.
　의자왕은 성충의 말을 애당초 어이없는것으로 받아들이였다. 지난해만 하여도 의자왕은 군사를 출동시켜 동쪽으로 신라를 제압하고 30여개의 성을 빼앗아내였다. 이것이면 강성한 백제노라 당당히 자부할수 있다고 왕은 생각하고있었다.
　그러나 그 싸움은 실은 백제 홀로 한 싸움이 아니였다. 때마침 신라에서 김춘추가 새로 즉위하여 나라의 정사를 수습하지 못한 때인데다가 고구려와 합세해서 들이친까닭에 손쉽게 이길수 있었다.
　의자왕은 고구려를 잊고있었다. 성충이 근심하는것은 바로 이 고구려를 제쳐놓은 이 나라 백제의 국력이였고 의자왕이 자부하는것은 실상인즉 대고구려의 위세였던것이다.
　왕은 노여워 성충을 란신으로 몰아 옥에 넣었다.
　성충은 옥중에서 식음을 전페하고 마침내는 죽음을 각오하였다. 운명을 앞두고 그는 왕의 앞으로 이런 글을 올렸다.
　《…충신은 죽으나 나라님을 잊지 못한다고 하오니 바라건대 한 말씀 여쭙고 죽고저하나이다. 신이 늘 현하시국을 살펴보옵건대 반드시 병혁의 일(전쟁을 말함)이 있을상싶사오이다. 무릇 군사를 쓰려 하오면 모름지기 형세를 가리여 먼저 리로운고장을 차지하고 적을 막아야 우리를 보존하고 적을 피할수 있나이다. 만일 우리 나라에 불행이 닥쳐와 타국의 군사들이 접어들려 하면 물길로는 숯고개(탄현)를 넘어서지 못하게 하시옵고 륙로로는 기벌포를 지나지 못하게 하시여 그 천험에 의거하여야만 능히 막을수 있사오리이다.》
　그때 좌평 홍수와 장군 계백은 성충의 상소문을 보며 나라를 위한 충의로운 그 마음과 시국을 살피는 밝은 그 안목에 못내 탄복을 하였으나 왕과 상영을 비롯한 근신들은 그의 말을 귀담아 들으려고도 하지 않았다.
　《원, 사람이 아무리 간악하다 하더라도 죽을 때만은 착한 말을

한다건만 성충은 어찌하여 죽으면서까지도 저다지 패악하고 우직한고.》

상소문을 먼눈으로 들여다보며 상영은 이렇게 쏭얼거렸었다.

바른말이 죄가 되고 위국충정이 악으로 지목되여 성충은 마침내 옥중원혼이 되고말았다.

물론 그때 의자왕은 상영이네 말이 옳게 여겨졌고 성충의 상소문은 공연히 민심을 소요시키는 란신의 광기어린 소리로 치부했었다.

그런데 오늘 다시 흥수의 입에서 성충의 말이 나오고 그의 상소문이 옳은 주장이였노라 편역까지 드는것을 보았을 때 왕은 아연해지지 않을수 없었다.

왕의 노여움을 샀으니 흥수는 무사할리 만무하였다. 흥수의 벼슬을 떼고 고마미지현으로 귀양을 보내라는 엄명이 내려졌다.

흥수는 어명을 달게 받아들이였다. 이런 일이 있을줄을 이미부터 각오하고있었던듯 흥수는 뜰에 내려 무릎을 꿇더니 태연히 관을 벗고 조복을 끌렀다. 그는 대궐을 향해 네번 큰절을 하고 다시 정자우의 왕을 향해 머리를 조아렸다.

《이 나라 백제의 강성함을 소신인들 어찌 바라지 않사오리까마는 세상만사가 다 그러하듯이 이 일이 그저 바란다고 해서 저절로 될 일은 아닌줄로 아옵나이다. 안으로 군사를 키우고 성세를 꾸리며 밖으로 이웃 형제의 나라 대고구려와 손을 잡아야망정이지 풍악과 잔치놀이로 세월을 허송하시면서 강성해지기를 바라옵신다면 이것은 한갓 썩은 새끼로 호랑이를 잡으려 하듯이 부질없는 생각이 아닐가 저어하나이다.》

왕의 기색은 어떻든지 흥수는 자기가 하고싶은 말을 다 하고나서 천천히 일어섰다. 그는 이어 라졸을 따라 대문을 나섰다.

덧없이 흐르는 세월은 빨리도 지나갔다. 5, 6월 염천이 거의 지난 어느날, 백제의 서울 사비성으로 급한 파발이 들어왔다. 당나라 군사들이 바다를 건너와 덕물도에 둔을 쳤는데 신라왕 김춘추는 왕자 법민을 그들에게 보내여 길잡이노릇을 시킨다는것이였다. 뒤이어 신라장수가 군사 5만명을 이끌고 동쪽변경에 침노해온다는 기별이 또 들어왔다. 모든 일이 그저 꿈같기만 하였다.

（어쩌면 일이 이다지도 급하게 들이닥친단말인가？）
왕은 눈을 감고 곰곰히 생각해보았다. 홍수의 말을 책잡으며 벌을 내리던 일이 어제런듯 기억에 생생하건만 동서 두편으로 군사를 맞이하게 되다니…
신라가 패씸하였다. 한두해전만 하여도 변방의 한두개 성을 놓고 다툼질을 하던 그네들이 제힘이 모자라니 이제 와서는 바다를 건너가 언어며 복색이 다른 다른 나라의 군사를 끌어들이고있었다. 그것도 당은 이미부터 이 땅을 엿보며 호시탐탐 기회를 노리던 나라가 아니던가. 허나 꼬리에 불이 달린 지금에 와서는 그런 것만 탓하고있을 계제도 못 되였다.
왕은 우선 대궐안에 뭇신하들을 모아들이였다. 반렬이 이루어지자 왕은 동서로 다가드는 다른 나라 군사를 막을 계책을 물었다. 오늘만은 왕도 취기가 가신듯싶었다. 초조감을 숨기지 못한채 뭇신하들을 둘러보는 왕이 어찌보면 측은해보이기까지 하였다.
한동안 침묵이 흘렀다. 중대한 국사를 의논하는 마당에서는 누구나 먼저 입을 열기 저어하는것이 버릇처럼 굳어진 백제의 조정이다. 금단청 아롱진 대궐안의 전각들이 무색할만큼 호화찬란한 차림새를 갖춘 이 나라 문무백관들이 뜰에 가득 모였건만 한낮이 기울도록 무거운 침묵만이 가슴을 답답하게 할뿐 누구 하나 왕에게 계책을 드리는 사람은 없었다.
의자왕은 벌써 몇번을 일어섰다가 앉았다. 무더운 여름철의 한낮이라 룡상에 걸터앉은 왕도, 섬돌앞에 허리를 굽히고 선 신하들도 공연히 땀만 철철 흘리였다. 더는 참을수가 없었던 탓인지 아니면 그동안에 체면을 생각해본때문인지 반렬의 앞자리에 서있던 좌평 의직이 한걸음 나섰다.
《당나라 군사들이 멀리 바다를 건너왔사오니 평소에 물에 익지 못한 군졸들은 배길에 몸들이 지쳤을가 하나이다. 그들이 뭍에 내려 미처 대오를 수습하기전에 우리가 불의에 들이치오면 반드시 이길수 있사오리이다. 신라사람들은 당나라의 힘을 믿는까닭에 우리를 자못 업신여기는듯하오나 당나라군사들이 패하고보면 제풀에 기가 질려 물러서고말것이오니 먼저 당나라 군사를 치는것이 좋을가 하나이다.》
의직의 말에 왕은 대답이 없고 몇몇 신하들은 고개를 끄덕이며 그를 바라보았다.
　이럴즈음에 반렬의 한가운데서 상영이 몸을 빼며 앞으로 나섰다.
　《상감마마, 아니오이다. 그렇지 않은줄로 아뢰나이다. 당나라군사들은 멀리 왔으며 빨리 싸워 매듭을 보리라 서두를것이오니 그 서슬을 당해내기 어렵삽고 신라사람들은 우리에게 여러번 패하고난 뒤인지라 겁부터 먹는터이오이다. 마땅히 당나라군사들의 길목을 막고 시일이 흐르기를 기다리오며 먼저 신라군을 쳐서 그들의 사기를 떨어뜨린 다음에 형편을 보아가며 이쪽저쪽을 치오면 우리 군사도 보전하옵고 나라도 만전이 될가 하나이다.》
　듣고나니 상영의 말은 의직의 소견과는 꼭 상반이였다. 신하들속에서는 두사람의 의견을 놓고 왈가왈부 구구한 말들이 오고 갔다.
　왕은 어떻게 하였으면 좋을지 갈피를 잡을수 없었다. 의직의 말을 들어보면 그것이 옳을상싶었고 상영의 말을 버리자니 그것도 전혀 허랑한 말같지는 않았다. 왕은 이쪽저쪽을 바라보며 쓰거운듯 입맛을 다시였다.
　이때 서쪽반렬의 한가운데서 무장 한사람이 앞으로 썩 나섰다. 달솔(벼슬이름) 계백이였다. 이 나라의 백전로장으로 불리우는 그인지라 뭇사람들의 눈길이 그에게로 쏠리였다.
　본래 과묵한 성미여서 조정에 나와 별로 소청을 드리는 일이 없는 사람이였다. 하지만 오늘은 어인 일인지 분분한 이때를 기다리고 있었던듯이 한걸음 나서서 앞으로 통상을 우러르는것이였다.
　그는 숱진 눈섭까지도 흰서리가 내려앉은 늙은이였다. 하건만 칠척이 넘어보이는 우람진 체구며 백발이 어울리게 혈색좋은 얼굴, 아름이 버는 허리와 쩍 벌어진 두어깨는 누가 보아도 헌헌한 무장의 기상이 첫눈에 완연하였다.
　뭇시선이 자기에게로 쏠리는것을 육감으로 느끼며 계백은 정중히 입을 열었다.
　《나라가 이처럼 위급한 때를 당하고보니 몸에 갑주를 두른 소산이 변변치 못한것 같사와 차마 무어라 여쭙기 어렵나이다. 신이 들으매 좌평의 주청이 십분 의당한가싶사와도 달솔(상영을 말함)의 청이 따로 있사오니 황송하오나 이전 좌평 흥수에게로 사람을 보내여 두가지 계책중 어느 하나를 취하도록 하심이 좋을가 하나이다. 흥수 좌평이 비록 귀양중에 있사오나 오로지 충성스러운 마음뿐이오니 이런 때를 당하고보오면 응당 밝은 계책이 있을가 하나이다.》

왕은 계백의 말이 옳아보이였다. 남해바다가 고마미지현에 가있는 흥수에게 사람을 띄워서 오가는 시일이 오래 걸리면 한시각이 착급한 지금에 와서 그것을 기다리기가 안타까운 일이라고 생각은 되였으나 그렇다고 다른 도리도 없었다.

흥수에게로 사람을 보내기로 의합이 되자 모임은 일단 끝이 났다.

며칠이 지나 흥수에게로 갔던 사람이 돌아왔다. 왕은 다시 만조백관들을 대궐로 불러들이며 흥수의 대답을 듣게 하였다.

흥수의 대답은 이러하였다.

《당나라군사들은 무리도 많거니와 기률이 자못 엄정하고 또 신라군사와 동쪽과 서쪽에서 각각 접어드니 만약 평원광야에서 접전을 하게 된다면 승패를 가늠하기가 어려울가 하나이다. 기벌포와 숯고개는 우리 나라의 요해처이오니 한명의 군사가 창대를 들고서면 만명의 적병을 능히 감당할수 있사오리니 마땅히 정예로운 군사를 선발하시와 요해처를 지키게 하시며 적병이 기벌포와 숯고개를 넘어서지 못하게 하시옵고 대왕마마께옵선 궁궐문을 굳이 닫으시고 적군이 피로해지기를 기다리시여 불의에 치시오면 적을 반드시 격파할수 있사오리이다.》

흥수는 의직과 상영의 소청에서 장점이라고 볼수 있는것을 다 요약한 셈이였다.

계백은 이런 계책이 듣고싶어 흥수에게로 사람을 보낼것을 주장했고 바로 그것을 생각하고있었다. 그렇지만 상영은 반대의견을 내놓았다.

《오랜 세월 정배살이하느라 고생한 흥수이고보면 반드시 나라님을 원망하고 이 나라를 아끼지 않사오리이다. 하오니 그의 소견을 듣지 마옵소서. 당나라군사들이 기벌포를 지나와도 두척의 배를 나란히 세울수 없는 좁은 물목이오니 걱정할것 없사옵고 신라사람들이 숯고개를 넘어서도 두필의 말을 함께 세울수 없는 좁은 길이오니 두려울것이 없나이다. 그때를 타서 치오면 오히려 우리안에 든

병아리나 그물속에 걸린 물고기처럼 손쉽게 잡게 되오리다.》

의자왕은 이번에도 상영의 말이 더 미더워보이였다. 그는 상영의 소청에 따라 당나라군사와 신라군사를 막을 차비를 하라고 명령하였다.

계백은 구태여 갑론을박할 생각을 하지 않았다. 그는 벌써 모든것을 각오하고있었다.

이제와서는 적병이 변경에 접어든터이라 더는 무엇을 꺼릴것도 없었다. 그저 제 마음에 떳떳한 일이라면 무엇이든 하는것이 상책이라고 그는 생각하였다.

계백은 급기야 서울안에서 장정들을 불러모으고 칼이며 창을 벼리게 하였다. 그의 가슴에는 기울어져가는 이 나라의 운명이 장차 어찌될것인가 이 한가지생각이 차고넘쳤다. 혼암한 왕과 제한몸의 부귀영화만을 저울질하는 상영이네를 탓하기에는 너무도 때가 늦었다.

백제의 궁궐에서 계책을 론의하던 사이에 당나라군사들은 뭍에 내려 쉬고 다시 강을 따라 사비성으로 육박하였고 신라의 군사들은 숯고개를 넘어섰다.

신라의 왕자를 길잡이로 앞세운 당나라 13만의 군사는 물밀듯이 사비하강물을 따라 올라왔다.

동쪽에서는 신라장수가 거느린 5만명이 당나라군사의 위세에 편승해서 백제땅에 들어섰다.

계백은 군사를 거느리고 동쪽으로 출전하였다. 불시에 불러모은 군사인지라 5천명을 넘지 못하였다. 그러나 모두가 의리를 지켜 죽음을 각오한 믿음직한 용사들이였다. 계백이며 군사들은 이 땅을 엿보는 다른 나라 군사들의 창귀가 되여 아유구용하는 신라군사들을 타매하였다.

7월 초아흐레날.

계백은 숯고개를 넘어선 신라군과 황산의 들판에서 맞다들었다.

립추가 갓 지난 때이라 아침한때는 제법 선기가 돌았으나 한낮이면 아직도 불볕이 뜨거웠다.

누런 흙먼지를 날리며 달려온 두편 군사는 텅빈 들판을 한가운데

놓고 서로 마주 진을 쳤다.

계백은 5천명군사를 다시 나누어 세개의 진영을 설치하였다. 나지막한 언덕을 등지고 진세를 벌린 그는 수만군졸이 한데 어울려 득실거리는 신라의 진영을 유심히 굽어보았다. 벌써 서너번 접전이 있었다. 서전 (두편 군사가 처음에 맞다들어 서로 힘을 겨루어보려고 시험삼아 벌리는 싸움)에서도 그렇고 두편 군사가 한데 어울리는 혼전에서도 신라군은 백제의 군사를 당해낼수가 없었다. 눈에서 불꽃을 튕기며 와—와— 함성을 올리는 백제군사들은 비호처럼 날래였고 황소같이 억세였다.

수효보다도 의기가 중요하였다. 계백은 이미 군사들에게 그것을 일깨워주었다.

황산에 달려와 진세를 벌리고 싸움을 서두를 때 신라군사들의 수를 가늠해보던 몇몇 백제장수들은 주저하는 기색을 보이였다.

《군사들, 형제들, 오늘 우리가 비록 5천에 지나지 않으나 신라의 5만명을 두려워할것은 없다. 옛날에 구천이라는 사람은 5천명의 군사를 거느리고 오나라의 70만대군을 격파하였다. 우리가 한마음을 가다듬고 승부를 가르려 한다면야 어찌 저 5만명이 두렵겠는가. 이 땅을 넘보는 다른 나라의 군사를 끌어들이여 우리 겨례를 유린하려는 저 창귀의 무리들을 우리 어찌 보고만 있겠는가. 분발하라! 목숨을 각오하라! 한목숨을 내 나라, 우리 겨례를 위해 바칠 용사들은 내 뒤를 따르라!》

계백은 수염을 부르르 떨며 웨쳤다. 로장의 당당한 호소에 군사들은 눈물을 휘뿌리며 따라나섰다.

그것은 그대로 억센 힘이였다. 칼이 춤을 추고 화살이 날리는 살벌한 전장에서 백제군사들은 모두가 열, 백명의 신라군을 막아나섰다.

한바탕의 싸움이 멎고 전장은 잠시 조용하였다. 귀청을 멍멍하게 만들던 함성과 비명이 멎고 넓은 들판이 고요속에 잠기니 군사들은 갑자기 무엇이라 딱히 찍어서 말할수 없는 위구속에 빠져드는가싶었다.

계백은 한동안 저쪽의 진영안을 굽어보다가 자리를 떴다. 다음번의 싸움을 위해서는 이 시각이 귀중하다는것을 그는 익히 알고있었다. 떨어진 갑옷도 손질하고 기갈이 든 말들에게 여물도 먹여야 하였다. 이런 일들은 전장에 나온 군사라면 누구나 의례히 찾아하는 일이기도 하였다.
 계백은 군사들이 하는 이같은 일에 구태여 간참하려고는 하지 않았다. 그보다도 더 긴요한것은 군사들에게 믿음을 주는 일이라고 그는 생각하였다.
 그는 여러 장수들과 군사들을 향하여 말했다.
 《우리는 지쳤소. 우린 수효도 많지 못하오. 그러나 이 땅을 짓밟는 당나라군사며 그앞에 꼬리치는 신라군사를 그대로 두어서는 안되오. 우리가 이 진영을 잃는 날이면 서울이 장차 어찌될지 모르오. 서울이 떨어지면 이 나라도, 상감님도 더는 남아있지 못할것이요. 우리가 거꾸러지는 날에는 우리의 부모며 형제들은 머리를 깎고지내는 신세를 면치 못할것이요. 살아서 당하게 되는 굴욕보다 차라리 떳떳하게 죽는것이 더 영화로운 일이니 모두들 목숨을 각오하오…》
 계백은 두번째 군령을 내렸다. 그가 군령을 주고 돌아서려는데 진문앞에 낯선 장수 하나가 나타났다. 말머리의 치장이며 갑주의 표적을 보아 신라군사가 분명하였다.
 계백과 백제군사들은 의아한 눈길로 그를 지켜보았다. 싸움을 돋우려 전갈을 왔는가, 아니면 그쪽을 버리고 투항하여 목숨을 구하려는것인가,
 《너는 누구냐?》
 계백이 먼저 위엄있게 물었다.
 《신라군의 부장 관창이요.》
 애띤 목소리였다. 여겨보니 푹 눌러쓴 투구밑으로 애어린 소년의 모습이 력연히 드러나보이였다.
 《어째서 왔느냐?》
 《백제장수 계백의 목을 베러 왔소.》
 관창의 말에 뭇군사들이 놀라움을 금치 못하는데 계백은 도리여 소리내여 껄껄 웃었다.
 《내가 계백이로다.》
 계백은 늙은이답게 웃으며 애무어린 눈길로 소년을 바라보았다.
 그러는 순간 관창이 창대를 꼬나들고 말을 몰아 달려들었다. 그러나 애어린 그가 백전로장을 무슨 수로 당해내랴.

계백이 몸을 피하며 창대를 나꾸어채는바람에 관창은 건공잡이로 말에서 떨어졌다. 이어 달려온 백제군사들에게 결박을 당하고말 았다.
계백은 별로 노여워하는 기색도 없이 그대로 얼굴에 웃음을 담은 채 관창을 여겨보았다.
《당돌한 소년이로군.》
동안을 두고 관창을 바라보던 계백의 입에서는 이런 말이 나왔다.
《누구의 령을 받고 여기로 왔느냐?》
계백이 다시 물었다.
《아버지의 군령을 들었소.》
《네 아비가 누구냐?》
《좌장군으로 계시는분이요.》
《좌장군이라면 품일이?》
《그렇소이다.》
관창의 대답에 계백은 다시 하늘을 우러르며 소리내여 웃었다.
《네 아비가 과연 옹색한 위인이로다. 애어린 자식의 목숨을 팔아 제이름을 내려는가보구나. 내가 너를 죽이면 천고에 남의 치소거리 나 될가보다.》
계백은 이렇게 말하며 손수 관창의 결박을 풀어주었다. 몸이 가벼워진 소년은 제풀에 열적어하며 얼굴을 붉히였다.
《애야, 돌아가거라. 돌아가 네 아비에게 이르거라. 너희네가 설령 우리와 성세를 가운데 놓고 겨룬다면 그것은 혹시 있을법한 일이라 하겠지마는 호시탐탐 이 땅을 엿보던 다른 나라의 군사를 끌어들이는것은 천고에 용납 못할 죄악이니라. 그네들이 전날에는 고구려를 노리였느니라. 고구려며 우리 나라 백제를 엿보고 접어드는 그네들이 장차 너희 나라라고 그대로 놓아둘듯싶으냐? 그네들이 너희를 위한다고 생각지 말아라. 예로부터 남의 나라를 치라고 길을 빌려주었다가 자기 나라도 망한 교훈이 있느니라. 그런줄을 모르는 너희 나라 조정이 어리석고 그앞에 맹동하는 네 아비가 한껏 우둔해보이는구나.》
계백은 말을 마치자 관창을 돌려보내주었다. 부끄러운듯 고개를 숙이고 돌아가는 관창을 바라보는 계백은 조용히 얼굴에 웃음을 지었다.

언제인가 다시 벌어질 싸움을 기다리며 백제군사들은 서둘렀다.
얼마후에 또다시 관창이 나타났다. 이번에도 저혼자 말을 몰고 진앞에 나타나 계백장군을 쳐트겠노라고 고함을 쳤다.
백제군사들은 격노하였다. 이번엔 계백장군도 그를 용서하지 않았다.
관창이 군사들에게 끌리여 앞에 이르렀을 때 계백은 목소리를 가다듬고 그를 꾸짖었다.
《이번에도 네 아비가 시켰으렸다. 죽는다고 서러워말아. 아까는 내 너같은 자식을 둔 사람으로서 인정에 차마 어린놈을 해할수 없어 그대로 돌려보내주었더랬다마는 일러주는 말을 알아듣지 못하고 경거망동을 하니 다시야 용서할가보냐.
네놈이 죽은 다음에라도 넋이 있다면 똑똑히 알게 되리로다. 무엇때문에 이팔꽃나이를 속절없이 잃었는지 후회도 하게 될게로다. 같은 겨레를 해하고저 다른 나라군사를 끌어들인 신라의 죄악과 공명을 바라서 애어린 자식을 일부러 죽여버린 네 아비 품일의 불인무도한 행실은 천고에 천인이 공노할것이로다.》
계백은 관창을 꾸짖고나서 군사들을 돌아보며 이런 분부를 내리였다.
《애어린 저놈을 목베여라. 그리고 그 목을 제 아비에게 돌려보내주어라. 자식의 목을 가지고 공명을 얻으려는 우직한놈의 앞날을 내 똑똑히 지켜볼테다.》

다시 싸움이 벌어졌다. 네번째의 접전이였다.
두편은 다 기를 쓰고 싸웠다. 백제로서는 이 싸움이 나라의 운명을 판가름하는것이였고 신라는 세번이나 패한 뒤이라 앞으로 더 싸우느냐 물러서느냐 하는것을 결정짓는 싸움이였다. 그런것만큼 싸움은 시작부터 격렬하였다.
화살이 날고 창이며 칼이 공중에서 휘파람소리를 내였다. 무수히 내닫는 말들의 발굽소리며 군사들의 웨침소리가 황량한 들판에 긴 메아리를 남기며 울려갔다.
백제군사들은 용하게도 신라군을 막아내였다. 그러나 중과부적으로 백제군은 끝내 진지를 지탱할수가 없었다.
계백장군도 군사들속에서 싸우다가 그들과 함께 운명하고말았다.

백제의 진영을 돌파한 신라군은 겨우 대오를 수습해가지고 사비성으로 다가들었다.

7월 열이튿날 신라군은 사비성 30리밖에서 당나라군사들과 합세하였다. 길잡이를 맞이한 당나라군사들의 사기는 제법 높았다.

의자왕은 다급히 군사를 정돈하려 하였으나 이미 때는 늦었다. 파죽지세로 몰려드는 당나라군사들을 당해낼수가 없었다.

하루를 겨우 지탱하고난 의자왕은 그제야 성충이며 흥수의 말을 되뇌여보았다.

《아, 내가 왜 그때 성충 좌평이며 흥수 좌평의 말을 받아들이지 못하였던고. 과연 리로운 말은 귀에 거슬리는가보구나.》

왕의 입에서는 한숨과 함께 끝없는 후회가 튀여나왔다.

열사흗날 새벽, 어둠을 타서 왕은 태자를 앞세우고 서울성을 빠져나왔다. 웅진성으로 옮겨앉기 위해서였다.

뭇백성의 미움을 받으며 화려하게 일떠세운 망해정이며 루거만금을 탕진해서 치장하였던 태자궁이 이제 와서는 아무 소용이 없었다. 그 언제이면 다시 서울성안에 돌아와 망해정우에서 잔치를 베풀고 성충이며 계백의 의로운 넋을 위로해줄것인가. 생각할수록 난감하기만 하였다.

어제까지만 하여도 그토록 믿어마지 않았던 상영 달솔은 이미 어디로 자취를 감추었는지 보이지 않았다.

의자왕은 닫는 말우에서 고개를 숙이고 성충, 계백, 흥수를 생각하며 하염없이 눈물을 흘리였다.

오 희 복

통일국가 고려의 창건에 기여한 사람들

때는 신라, 후백제, 태봉국이 정립하여 서로 패권싸움에 여념이 없던 10세기초였다. 그 시기 조선반도의 북부지역을 차지한 태봉국에서는 임금인 궁예의 잔인하고 횡포한 정사로 인하여 인민들이 말할수 없는 고통을 겪고있었다. 궁예는 사람들을 마구 잡아다 죽이고 재물도 닥치는대로 빼앗아갔다.

궁예는 원래 신라왕족으로서 서자출신이였다. 아주 어릴적에 임금의 버림을 받은 그는 걷잡을길 없는 반항심을 품고 신라왕정을 반대하여 나섰다. 쇠퇴의 길에 들어선 신라의 대들보는 너무도 빨리 썩어가고있었다. 곳곳에서 농민들이 손에 쇠스랑과 무기를 들고 봉기했다. 궁예는 그들속에 끼여들었다. 성격이 굳세고 야심이 많은 그는 얼마 안되여 두령의 지위를 얻을수 있었다. 그는 주변의 여러 봉기군부대들을 통합하여 세력권을 확대하여나가다가 넓은 지역을 확보하게 되니 지체없이 《태봉국》이라는 나라를 세우고 스스로 왕의 옥좌를 가로타고앉았다. 궁예는 이때부터 깊이 잠재해있던 야욕적인 본성을 드러내여 온갖 횡포무도한짓을 꺼리낌없이 감행하였다. 제 명령에 무조건 순종하지 않는 사람들은 즉석에서 처형하였고 측근신하들도 비위에 거슬리면 쇠몽둥이로 때려죽였다. 사치를 추구하여 민간에서 략탈해들이는 재물도 헤아릴수 없이 많았다. 무법천지라는 말그대로 방자하고 절제없는 그의 언동은 갑자기 무슨 변을 일으킬지 예상하지 못할만큼 조폭하였다. 그의 말은 곧 부처님의 뜻이였으며 하늘의 법이였다. 태봉국안에서 궁예의 명령을 티끌만큼이라도 어기는자는 어느 누구를 막론하고 목숨을 부지할수가 없었다. 궁예는 자기가 사람들의 마음속을 능히 들여다보며 어떤 일도 알아맞힌다고 하면서 죄없는 사람들을 쳐죽이군하였다.

그의 미움을 사거나 의심을 받게 되면 그 어떤 경우에도 죽음을 각오해야 하였다. 하지만 궁예의 권력이 더 강해지는것은 아니였다.

그는 저도 모르는사이에 자멸의 구렁텅이를 향하여 한발자국두발자국 내짚고있었다. 그의 몸에서는 벌써 송장의 썩은 악취가 풍기고 있었다.

그럴 때 태봉국내부에서는 새로운 세력이 날로 강성해지고있었다. 태봉국에서 가장 출중하고 인망있는 사람은 왕건이였다.

송악군(개성) 갑부인 그는 궁예의 부하가 된이래 뛰여난 무예와 군사적통솔력으로 태봉국의 위력을 떨치는데서 커다란 역할을 놀았다.

궁예의 광신적인 횡포가 날이 갈수록 심해지니 민심은 자연히 부하늘을 진심으로 사랑하고 덕이 있는 왕건에게로 쏠리였다. 지어 대신급벼슬아치들까지 왕건에게 큰 기대를 걸고 은근히 모든것을 의탁하려는 기대를 보이였다. 대세는 이렇게 점점 왕건의 편으로 기울어져가고있었다.

왕건에게는 충성스런 부하들도 많았다. 그는 자기의 심복부하들중에서 홍술(후에 홍유로 고쳤다.)이라는 사람을 제일 믿고 사랑하였다. 홍술은 동쪽의 신라와 남쪽의 후백제세력을 물리치고 태봉국의 국력을 강화하기 위한 싸움이 벌어질 때마다 왕건을 따라 출전하여 적지 않은 공을 세운 무장이였다.

태봉국 수덕만세(년호)8년 (918년)6월 어느날 홍술은 배현경, 신숭겸, 복지겸 등을 청하여 대세를 의논하였다.

《민심은 이미 폭군을 등졌소. 그런즉 우리는 한시바삐 나라의 기틀을 바로세워야 하겠소.》하고 홍술이 먼저 말꼭지를 떼였다.

그는 영채도는 눈길로 좌중을 둘러보며 반응이 있기를 기다렸다. 잠시후 복지겸이 헛기침을 두어번 하고 홍술의 상기된 얼굴을 면바로 쳐다보며 한마디 했다.

《그러니 우선 공이 고견을 말하오.》

《우리는 더 말할것도 없고 이 나라 만백성의 장래를 위해서도 결단코 그냥 앉아있을수 없는 일이요.》홍술은 나직한 음성으로 말을 계속했다.

《지금 임금의 행위를 가만히 엿보건대 그 방종하고 절제없는 행위가 극도에 이르렀소. 이대로 나간다면 우리의 명이 오래 붙어있기도 어렵겠거니와 도탄에 빠진 백성들이 생업에 안착되지도 못하며 나라꼴이 어느 지경에 이를지 모를 일이요. 오늘의 형편에서 이 난국을 바로잡고 나라의 기강을 바로세울수 있는분은 우리 대장군 밖엔 없다고 생각하오.》

《옳은 말씀이요. 이제 당장 대장군께로 가서 의논들을 합시다. 우리가 합심해나선다면 못해낼 일이 무엇이겠소.》

배현경이 팔을 걷고나서니 신숭겸도《과시 그렇소. 우리 어서 갑시다.》하고 자리에서 벌떡 일어났다. 이렇게 서로 의논이 맞은 그들은 곧 왕건을 찾아갔다.

왕건의 집에서는 왕건과 부인 류씨(후에는 신혜왕후로 불리웠다.)가 그들을 따뜻이 맞아주었다.

　류씨는 원래 정주 거부인 이중대광 류천궁의 딸이였다.

　본론에서 다소 어긋나는감이 있으나 이왕 류씨말이 나온김에 왕건이 어떻게 이 녀인을 안해로 맞아들이게 되였는가를 이야기하고 넘어가기로 하자.

　언젠가 장군 왕건은 궁예의 명령을 받고 후백제군을 치러가는 도중에 정주를 지나게 된적이 있었다. 군사를 거느리고 행군하던 그는 아름다운 경치가 발목을 잡는듯하여 말고삐를 지그시 당기며 사방을 둘러보았다. 그중에서도 푸른 가지를 실실이 드리운 버드나무 한그루가 류달리 눈길을 끌었다.

　왕건은 곧 말에서 내려 그 버드나무그늘밑에 들어갔다. 잠간 쉬여가기로 마음먹었던것이다. 홍술 등 비장들도 그의 뒤를 따랐다.

　《허참, 경치가 기막히게 좋구나.》

　왕건이 느닷없이 하는 말에 비장 홍술은 미소를 지었다.

　《아, 장군께서 오늘은 웬일이십니까. 그러시다가 대사를 잊으시여 산천경개나 유람하시고 시나 읊으며 다니실가 걱정됩니다.》

　《경치가 하두 아름다와서 한마디 해본 소리요. 전장에서 잔뼈가 굵어진 무장이라고 좋은 경치도 보지 말아야 할가. 허허허.》

　왕건은 홍술을 마주보며 껄껄 웃고 시원한 물소리가 들려오는 시내쪽으로 고개를 돌렸다. 그 순간 문득 빨래함지를 안고 살며시 일어나는 처녀가 눈에 띄였다. 간들거리는 풀숲에 반나마 가리워진 그 처녀의 자태는 실로 선녀처럼 아릿다왔다. 처녀는 산들바람에 훌날리는 부드러운 머리카락을 한손으로 얌전하게 쓸어올리며 길언덕에 사뿐 올라서더니 곧장 왕건일행이 있는 방향으로 걸어왔다. 길이 버드나무그늘밑으로 나있으니 그곳을 지나가야 하는 모양이였다. 사람들의 눈길은 모두 그 처녀에게로 쏠리였다. 처녀의 얼굴은 퍽 덕성스럽고 귀염성이 있었다. 곱게 휘여든 반달눈섭밑에서 함초롬히 물기를 머금은듯이 보이는 머루알처럼 까만 눈동자가 유난히 반짝이였고 갸름한 얼굴은 옥같이 맑았다.

　처녀는 버드나무그늘밑에 들어서자 주춤 서더니 가볍게 고개숙여 례를 표하고 왕건의 곁을 조심스럽게 지나가려고 하였다.

　홀린듯이 바라보던 왕건은 미소를 지으며

　《랑자는 뉘 댁 따님이시오.》하고 말을 걸었다.

처녀는 수집은듯 다소곳이 머리를 숙이며 랑랑한 목소리로 대답하였다.
《소녀는 이 고을의 류씨집 소생이옵니다. 저의 아버님의 함자는 천자 궁자이옵고 성씨는 류씨라 하옵니다. 어데로 가시는 길이시온지 잠시 소녀의 집에서 쉬여가심이 어떠하올지…》
처녀는 또한번 머리를 수그려 례절을 차리더니 사뿐사뿐 집을 향하여 걸어갔다. 왕건은 멀어져가는 처녀의 뒤모습을 우두커니 바라보았다.
《처녀가 참 복스럽게 생겼습니다. 해도 어지간히 기울었으니 이 왕지사 처녀의 집에서 하루 쉬고 가시지 않겠습니까?》
홍술이 왕건의 기색을 살피며 조심스럽게 의향을 묻고 다른 사람들도 일치하게 그러는것이 좋겠다고 하였다. 왕건도 다른 뜻이 없는지라 말없이 머리를 끄덕이였다.
잠시후 일행은 그자리를 떴다.
왕건이 군사들을 거느리고 류천궁의 집에 이르니 주인은 그들을 륭숭하게 맞아들이여 음식을 푸짐히 대접하고 왕건을 각별히 접대하였다. 그리고 밤이 들어 자리를 보게 되니 누가 귀띔을 하였는지 제 딸을 들여보내여 왕건을 모시게 하였다.
정주에서 하루밤을 꿈같이 달게 지낸 왕건은 다음날 무서운 싸움이 기다리는곳을 향하여 떠났으며 줄곧 티끌을 날리며 전장에서 보내다나니 그 처녀에 대하여서는 감감 잊고있었다.
천궁의 딸은 왕건이 다시 찾아주기를 기다렸다. 그러는 사이에 덧없는 세월이 흐르고 흘러 날이 가고 해가 바꿔였다. 그래도 그는 종무소식이였다. 류씨는 생각다 못하여 머리깎고 중이 되는 길을 택하였다.
적지 않은 시일이 지난후에야 이 소식을 들은 왕건은 류씨를 데려다가 정식 부인으로 맞아들였다. 그의 부인은 역시 재덕을 겸비한 현숙한 안해였다.
왕건과 류부인은 부부의 정이 남달리 두터웠다. 왕건은 부인이 모르게 하는 일이란 거의나 없었다.…
홍술 등과 서로 인사말이 오간뒤에 왕건은 부인을 어떻게 하면 방에서 내보낼것인가를 궁리하였다. 다른것이라면 몰라도 극비에 속하는 그런 중대사를 부인에게까지 알리고싶지 않았기때문이였다.
　좌중에서는 별로 긴요치 않은 한담비슷한 말들이 시답지 않게 오갔다.
　얼마간 동안이 흐르자 왕건은 손님들의 시중을 들고있는 류씨에게 뒤뜰 채마밭에 참외가 익는듯하니 잘 익은것으로 골라 따오라고 조용히 일렀다.
　부인은 남편의 뜻을 곧 알아차렸다. 그 무슨 심상치 않은 중대한 문제를 론의하려 하는것이 분명하였다.
　류씨는 방긋 웃고 일어나서 밖으로 나갔다. 그렇지만 참외밭으로는 가지 않고 남편과 손님들이 있는 방과 결붙어있는 방으로 들어갔다. 그리고는 책장뒤에 몸을 숨기였다. 이 방은 그가 방금 나온 방과 미닫이 하나로 련결되였는데 그 미닫이는 열려있었다.
　가만히 귀를 기울이고있느라니 홍술의 차분한 말소리가 들려왔다.
　《오늘 우리가 이렇게 찾아오게 된것은 나라의 기강을 바로잡는 중대사를 의논코저함이로소이다. 우리 삼한이 분렬되여 뭇도적들이 사처에서 일어나고있을 때 지금의 임금이 그 도적들을 다 처없앤뒤 동북땅을 차지하여 나라를 세우고 도읍을 정한지도 이미 2기(24년)가 넘지 않습니까. 헌데 오늘에 이르러서는 끝을 잘 맺지 못하여 포악한 행위가 나날이 우심해지고있습니다. 그뿐아니라 형벌을 람용하여 무고한 사람들을 마구 살륙하며 관리들을 죽여없애는 정도에 이르렀습니다. 이제는 도탄에 빠진 백성들이 임금을 원쑤와 같이 여기게 되였으니 이는 포악한 군주로 력사에 이름을 남긴 걸왕이나 주왕의 죄행보다도 더하면 더했지 못하지 않다고 여겨집니다. 그런즉 폭군을 페위시키고 어진 사람을 내세우는것은 천하의 마땅한 일입니다. 지금 민심은 한결같이 공에게로 쏠리고있습니다. 그러하오니 지난 력사를 거울로 삼고 그와 같이 실행코저 하는 바입니다. 공은 분발하여 우리의 기치가 되여주시며 만민의 기대에 어김이 없도록 힘써주시기 바랍니다. 지금 대세를 관망하건대 궁예는 망할것이 틀림없습니다. 그리고 이 난국을 타개할 힘은 오로지 공에게 있으니 속히 마음을 결단하시기 바랍니다.》
　홍술이 말을 마치자 배현경, 신숭겸, 복지겸 등 장수들도 한결같은 심정으로 대사를 빨리 도모하여 백성들을 고통속에서 구원해야 한다고 력설하였다.
　이윽고 여러 장수들의 말이 다 끝나니 왕건은 무거운 입을 열었다.
　《나라를 바로잡는 일은 신중히 생각해서 결심할 일이지 경솔하게 움직일 일이 아니요. 나는 지금껏 충과 의를 신조로 삼아왔소. 지금 임금이 비록 포악하다고 할지라도 어찌 감히 딴 마음을 품을수 있겠소. 덕없는 나같은 몸이 그런 일에 선뜻 나선다면 후세의 란신들이 그것을 구실로 삼을것이요. 옛사람들은 〈하루라도 임금으로 섬겼으면 종신토록 주상으로 받든다〉고 하였소. 이같은 경우에 처하였을 때 옛날의 어떤 사람은 〈나라를 령유하는것은 나의 바라는바가 아니다.〉라는 말을 하고 몸을 피해 시골서 농사를 지으며 살았다 하오. 그러니 내가 어떻게 그런 사람의 절조를 그르다고 나무랄수가 있겠소. 여러분의 권고를 나는 받아들일수 없소. 여러분들이 아예 그런 말 다시는 입밖에 내지 말며 부질없는 공론을 하지 말아주기 바라오.》
　왕건이 말을 마치자 복지겸, 배현경이 또 사리를 따져가며 권하고 신숭겸도 절절한 마음을 담아 호소했다. 마지막에는 아니할 말로 간청까지 하여보았다. 그래도 왕건은 끝내 마음을 돌리려 하지 않았다.
　홍술의 격한 목소리가 또 들려왔다.
　《장군께서는 너무하시오이다. 무릇 시기란 만나기 어렵고 또 놓치기도 쉽습니다. 하늘이 주는것을 받지 않는다면 도리여 재앙이 차례지는 법입니다. 지금은 비록 덕망높다해도 공의 웃자리에 설수 있을만한이가 단연코 없는 까닭에 모든 사람들이 다 한결같이 공을 우러러보며 공에게 크나큰 기대를 걸고있습니다. 공이 어찌 이를 모른다 할수 있습니까? 만일 공이 저희들의 일치한 뜻을 받아들이지 않으신다면 이 나라의 충직한 공신들이 언제 목없는 귀신이 될지 모를 형편입니다. 부디 마음을 돌리시여 저희들의 소청대로 하시오이다. 이는 대세의 흐름이고 하늘의 뜻이기도 합니다.》
　홍술의 언론은 실로 물흐르는듯 거침이 없었다.
　휘장뒤에 몸을 숨기고 오가는 말들을 엿듣고있는 류씨부인은 안이 달았다. 아무리 권해도 들을넘을 하지 않는 남편의 처사가 자못 안타깝고 답답하기까지 하였다. (이 기회를 놓치고 어찌하시려나.)하는 위구도 없지않았다. 얼마전에도 궁예의 시기와 질투심때 문에 오해를 받아 하마트면 죽을번한 아슬한 고비를 겪지 않았는 가. 그게 비록 순수히 궁예의 광기와 질투로 인하여 빚어진 일이라 고는 하지만 그 폭군의 말 한마디이면 흰것도 검게 되는 이 판국에서 어떻게 안심하고 목숨을 보존할수 있겠는가. 류씨는 덕망 은 더 말할것 없고 재능과 수완에서도 남편이 궁예를 훨씬 릉가하 고있음을 잘 알고있었다.

또한 남편은 늘 그에게 세나라를 하나로 통합하는것이 큰일이라 고 해왔었다. 지금 여러 장수들이 그때가 왔음을 알고 권하는것 이다.

류씨는 부녀자가 나서서 관여할 자리가 아니라는것을 모르는바 아니였으나 그저 잠자코 있을수 없어 휘장을 들치고 나왔다.

《대의를 내세우고 폭군을 갈아버리는것은 예로부터 의당히 있는 일로 알고있습니다. 이제 여러 장수들이 권하는 말을 듣건대 저도 의분을 참을길이 없습니다. 이제 다른 뜻을 말해서 무엇하겠습니 까. 더이상 사양 마시고 거사하심이 좋을가 합니다.》

부인은 단숨에 말하고나서 시녀들을 시켜 갑옷을 가져오도록 하 였다. 그리고는 손수 그 갑옷을 남편에게 입혀주고 그의 등을 다정 히 떠밀었다.

이렇게 되여 왕건은 홍술을 비롯한 여러 장수들의 도움으로 태봉 국을 뒤집어엎고 고려를 창건하였으며 통일위업을 완수할수 있 었다.

이 거창한 사업을 추진시키는데서 류씨부인의 방조와 고무도 적 지 않은 작용을 놀았다.

왕건이 왕위에 올라 태조로 추대되니 홍술, 배현경, 신숭겸, 복 지겸 등은 1등공신으로서 높은 대우를 받았고 임금의 그 두터운 신 임에 보답하기 위해 있는 성력을 다 바치였다.

그중에서도 홍술은 가장 충성스런 신하였다. 홍술은 고려국가의 창건에서 막중한 공로가 있은 주석지신이였을뿐아니라 그후 고려의 국토통합과 국력의 강화를 위해서도 적지 않은 역할을 한 충신이 였다.

그는 청주가 배반할 기미가 보이니 유검필과 함께 1,100명의 군 사들을 이끌고 진주에 주둔하여 반란을 미연에 방지하고 대상벼슬로 승진되였다.

　태조2년(919년)에는 대상 애선과 함께 오산성(례산현)에 파견되여 류랑민 500여호를 생업에 안착시켰으며 태조 19년(936년)에는 일리천싸움에서 격전끝에 후백제군을 최종적으로 격파하였다. 그리하여 그는 후백제를 통합하는데서 또다시 큰 공을 세웠다.

　이렇듯 홍술은 생의 마지막까지 왕건의 충실한 신하로서 그를 적극 보좌하였다.

　그러므로 홍술이 죽으니 나라에서는 충직하고 열렬한 장수였다는 뜻을 담아 그에게 충렬이라는 시호를 내리였다.

　배현경도 태조를 받들어 끝까지 충실하게 복무한 충신이였다. 그는 경주사람으로서 본이름이 백옥삼이였다.

　배현경은 담력이 이만저만이 아니고 용맹무쌍하여 왕건이 왼팔처럼 믿는 신하였다. 그는 원래 보통 군졸이였으나 담이 크고 힘이 세여 싸움이 벌어지면 반드시 큰 공을 세웠으며 여러차례 승진하여 마침내는 대광이라는 높은 벼슬에 오를수 있었다.

　배현경은 비단 용맹하기만 한것이 아니라 정세판단과 정황처리에서도 남다른 능력을 가지고있었다.

　고려가 선후에 있은 일이다.

　어느날 태조 왕건은 청주사람 현률을 순군랑중이라는 중요한 자리에 임명하려고 하였다. 그것을 알게 된 배현경은 신숭겸과 함께 곧 태조를 찾아가서 그것이 불가함을 아뢰였다.

　《지난날 림춘길은 순군리로 있으면서 반란음모를 꾀하다가 거사가 사전에 루설되여 처형당하던 일을 잊으셨사오니까. 춘길은 병권을 잡은데다가 주둔지역이 제 고향이므로 감히 그런 용단을 내렸던 것이옵니다. 지금 전하께서 현률을 수군랑중으로 삼으려 하시니 신등은 저으기 의혹을 품지 않을수가 없나이다. 그것은 불가하오니 전하께서는 깊이 살피시옵기 바라옵니다. 전하, 지난날의 교훈을 잊지 마사이다.》

　태조는 배현경의 이 말을 듣고서 자기의 생각이 짧았다는것을 뉘우치고 그 의견을 받아들여 현률을 다시 병부의 랑중으로 고쳐 임명함으로써 있을수 있는 재난을 사전에 방지하였다.

　또한 그는 왕건이 사방을 징벌하는 싸움을 줄기차게 벌려 각 지방에 할거해있는 세력들을 복종시키는 일을 적극 추진시켜나갈 때 공로가 가장 컸던 사람이였다.

태조19년(936년)배현경은 병이 들어 자리에서 일어나지 못하게 되였다. 그토록 건장하고 용맹한 장수였으나 심신의 피로가 몰려 일단 깊은 병이 드니 더는 일어날 힘이 없었다.

태조는 배현경의 병이 위독하다는 기별을 받고 즉시 그의 집을 찾아갔다. 과연 배현경은 운명직전에 있었다. 그 정상을 본 태조는 그의 손을 잡고 어루만지면서 목메인 소리로 말하였다.

《백전로장인 경이 이 무슨 일이요. 한평생 나를 위하여 몸을 아끼지 않고 힘쓰더니 어찌 이 지경이 되였소. 나는 경의 극진한 충절을 잊을수 없소. 헌데 이제 나의 곁을 떠나려 하니 어찌된 일이요. 그러나 이 또한 천명이라 어찌하면 좋을지 할바를 모르겠구려. 경의 자손을 잊지 않을것이니 마음을 놓으시오. 짐은 경이 나라를 위해 바친 공을 언제나 잊지 않을것이요.》

《전하, 황감하여이다. 끝까지 전하를 받들어모시지 못하옵고 먼저 떠나가는 이 몸을 용서하옵소서. 한뉘 전하를 모시고저 하였사오나 이제는 더 어찌지 못하게 되였으니 한스럽나이다.》

배현경은 숨가쁜 소리로 가냘프게 말하고 눈물을 흘리였다.

그렇듯 용맹스럽던 장수도 림종에 이르러서는 마음이 약해지는가 싶었다.

한동안 그를 위로한 태조는 수레에 올라 환궁하는중에 그가 운명하였다는 부고를 받았다. 태조는 행차를 멈추고 애통해하면서 그의 명복을 빌었고 나라의 비용으로 장례를 법도대로 잘 치러줄것을 명령하였다. 그리고 용맹한 장수였다는 뜻에서 무렬이라는 시호를 내렸다.

김 교 식

명화가 리녕과 리광필

1

인종2년인 갑진(1124)년 음력 7월초에 중국 송나라로 가는 사신일행이 수도 개경(개성)을 떠났다. 정사는 추밀원부사 리자덕이고 부사는 어사중승 김부철이였다. 이번에 송나라로 가는 사신일행의 목적은 두 나라사이의 친선관계를 두터이하며 아울러 지방특산물을 교역하는데 있었다.

사신일행가운데는 저명한 문필가와 화가도 들어있었다. 고려의 유명한 화가 리녕도 이런 사람들중의 하나였다.

사신일행은 신새벽에 개경을 떠나 례성강하구의 벽란도로 향하였다.

고려시기 례성강은 고려에 들어가는 문어구였다. 벽란도에는 외국으로 떠나가는 우리 나라의 배들과 외국선박들이 부단히 드나들어 자못 흥성거렸다.

그런 외국배들 가운데는 고려의 명산물로 소문이 널리 난 인삼과 자기, 종이, 비단 등을 사러오는 일본과 중국, 타이를 비롯하여 저 멀리 대식국(아라비아)의 상선들까지 있었다. 례성강하구에는 바로 이러한 외국상인들을 접대하고 머무르게 하기 위한 여러개의 려관들이 처마를 잇대고 즐비하게 늘어서있었다. 또한 벽란도에서 개경에 이르는 길에는 주막집들과 상점들, 각가지 이국의 상품들을 진렬해놓은 점포들이 끝없이 벌려져있었다.

바로 이 번화한 거리를 지난 사신일행은 벽란도에서 닻을 올렸다. 바람이 순조롭고 항해에 다른 장애가 없으면 열흘이 못되여 송나라에 가닿을수 있는 항로였다.

리녕은 망망한 바다를 바라보며 송나라에서 벌어지게 될 일을 생각하였다. 필시 송나라에 가면 그 나라 조정에서 그림을 그려달라는 초청이 있게 될것이다. 그러니 송나라 사람들의 그 어떤 요청에도 응할수 있어야 했다. 만일 자칫 실수라도 하여 동방례의지국이며 문명국인 고려의 위신과 체면을 손상시키는 일이 있어서는 안될것이였다.

리녕은 원래 전주사람으로서 어려서부터 그림그리기를 무척 즐겨하였다. 장난꾸러기 동무들과 놀다가는 짬만 있으면 땅우에 나무막대기로 그림을 그렸다. 한번은 땅우에 무슨 짐승그림을 그렸는데 그것이 금시 꿈틀거리며 살아 움직이는것 같아서 사람들을 몹시 놀라게 한적도 있었다. 그후 그의 이름은 점차 나라안에 널리 알려졌다. 그는 인종때(1123~1146)부터 궁중화가로 뽑혀 왕궁에서 숱한 그림을 그렸는데 그 그림들은 모두 당대의 명화로 높이 평가되였다.

사신일행이 탄 배는 무사히 송나라 서울에 도착하였다. 송나라의 많은 관리들이 나와서 고려사신일행을 영접하였다.

당시 송나라의 황제는 제8대왕인 휘종이였다. 휘종은 시와 글씨, 그림에 상당한 조예가 있었다. 특히 그가 그린 산수화, 화조화는 력대 제왕가운데서 으뜸으로 꼽힐정도로 우수하였다 한다. 이처럼 풍류와 서화를 좋아하였기때문에 그는 여러 나라들에서 오는 사신들을 통하여 좋은 그림을 열심히 수집하군하였다.

고려사신일행중에 명화가 리녕이 있다는 보고를 받은 휘종은 며칠후 그를 궁성으로 초청하였다.

송나라 관원의 안내를 받아 황제앞에 이른 리녕이 《고려 화공 리녕 페하께 문안드리오.》 하고 허리굽혀 절을 하자 휘종의 얼굴에는 매우 반기는 기색이 어리였다.

《짐은 그대의 그림솜씨가 절묘하다는 말을 익히 들어 알고있었소. 그래 한번 만나기를 바라던차에 이렇게 그대를 대하게 되니 구면같은 느낌이 드오.》

《황공하오이다.》

《속히 돌아갈 생각일랑 잠시 뒤로 미루는게 좋을듯하오. 우리 송나라 화공들을 위해 그대의 그림재주를 전수해줌이 어떠하오?》

《보잘것없는 저의 재주를 그토록 높이 칭찬해주시니 황공하기 그지없사옵니다.》

《짐은 고려라는 나라에 직접 가보지를 못하여 고려가 어떻게 생겼으며 고려의 자연경개가 어떠한가를 모르오. 헌데 듣자니 고려 왕경으로 들어가는 하구인 례성강의 벽란도가 무척 흥성거린다고 하니 마음속으로 가보고싶은 생각이 간절하였소. 오늘 그대를 만났으니 그곳 정경을 그림으로라도 보게 된다면 얼마나 다행한 일이겠소. 그대는 짐을 위하여 수고를 아끼지 마오.》

리녕은 휘종의 이 청을 마음속으로 기쁘게 받아들였다.

《저의 재주가 비록 페하께서 보아주실만치 높지 못하옵고 또 룡안에 흡족하시겠는지는 촌탁하기 어렵사오나 분부대로 힘써 시행하오리다.》

황제에게 시원스럽게 대답을 올리고 곧 물러나온 리녕은 황궁에서 내여주는 조용한 방 한간을 차지하였다.

그는 붓을 들기전에 우선 구상을 무르익혔다. 바다건너 그리운 조국강산의 례성강풍경이 머리속에 생생하게 떠올랐을 때 그는 비로소 팔소매를 걷어붙이였다. 리녕은 온 정력을 기울여 그림을 그렸다.

며칠이 지났다. 그림을 완성한 리녕은 즉시 그것을 휘종에게 바쳤다.

환관들이 그 그림을 받아 앞에 펼쳐놓으니 휘종은 눈을 크게 뜨고 들여다보았다. 휘종은 그림에 눈길을 박은채 좀처럼 고개를 들념을 안했다. 리녕의 그림이야말로 보기드문 최고의 걸작품이였던 것이다. 송나라 화공들도 모두 감탄과 찬사를 아끼지 않았다.

숨을 죽이고 취한듯 그림을 보던 휘종은 이윽고 고개를 설레설레 흔들었다.

《오오, 진실로 희한한 그림이야. 마치 례성강에 직접 가서 보는 것만 같거든. 과연 고려국 화공의 묘기는 소문에서 듣던바대로 누구도 따를수 없는 신필이야.》

휘종은 리녕의 그림을 보고 감탄을 금치 못하면서 그에게 갖가지 비단을 상으로 주었으며 연회를 베풀고 손수 어주를 내렸다. 그런 다음에는 황궁 화공들에게 리녕에게서 그림재주를 잘 배우라고 지시하였다.

2

리녕의 뛰여난 그림솜씨에 대하여서는 다음과 같은 이야기도 전해온다.

리녕은 일찌기 젊었을 때 리준이란 사람밑에서 그를 스승으로 삼고 그림을 익힌적이 있었다. 리준은 원래 속통이 좁고 생각이 짧은 위인이였다. 그러므로 후진중에 그림을 잘 그리는 사람이 나타나면 그를 몹시 꺼려 크게 흠잡을데 없는 우수한 그림을 보고도 이건 어떻소, 저건 어떻소 하며 결함만을 들추어내였고 결코 좋은 작품으로 인정하는 일이 없었다. 그뿐아니라 자기의 기술을 후진들에게 배워주지도 않았다. 고집이 이만저만이 아닌데다가 마음도 꼬부라져서 누구나 그를 대상하기 싫어하였다.

어느날 임금 인종이 리준을 불러들여 말하기를 《나는 좋은 그림 한폭을 얻었다. 그 그림솜씨가 과연 어느 정도인지 알고싶어 그대를 불렀으니 잘 판별해보도록 하라.》고 하였다.

인종은 이같은 말을 하고나서 사람을 시켜 리녕의 그림을 그앞에 놓게 하였다.

리준은 그 그림을 보자마자 정신이 나갈 정도로 깜짝 놀랐다. 그것은 실로 잘된 그림이였다. 점 하나 선 하나도 흠잡을데가 없었다. 한참동안 그림을 들여다보던 리준은 너무도 감탄하여 떨리는 목소리로 말했다.

《황공하옵기 그지 없사오나 이 그림이 만약 다른 사람의 손에 있다면 신은 천금을 내고서라도 기어이 사고야말것이옵니다. 신이 보건대 이 그림은 신품이며 명화임이 분명하오이다. 그림은 실로 티끌만큼도 흠잡을곳이 없사오며 살아숨쉬는듯 약동하고 생동하여 정녕 실제와 진배없사옵니다. 신이 오래동안 화공으로서 상감마마를 모시고 매양 은총을 받아왔사와도 아직 이만큼 잘된 그림을 그려본적이 없사오며 또 언제 한번 이같은 그림을 본 일도 없사옵니다. 신은 상감마마께서 이토록 귀한 그림을 얻으심을 축하하옵니다.》

리준의 대답을 들은 인종의 얼굴에는 빙긋이 미소가 떠올랐다.

《그대가 천금을 내고서라도 사가지고싶다고 하는 이 그림은 바로 그대밑에서 그림공부를 한바 있는 리녕이 얼마전에 나에게 바친것이다. 남의 그림을 평가하는데서 야박스럽다는 비난을 받던 그대가 오늘은 진심을 말했으니 참으로 즐거운 일이다.》

인종의 이 말에 놀란 리준은 벌린 입을 다물지 못하였다.

그의 그림재주에 대한 아래와 같은 일화도 전해온다.

언젠가 송나라 상인일행이 개경에 온적이 있었다. 그들은 고려왕 인종을 찾아와서 그림족자 한폭을 선물로 바치며

《상감님께 올리고싶은 마음으로 나라안을 두루 수소문하여 우리 송나라에서도 더없는 보배처럼 여기는 천하 일품의 명화를 구하여 왔사오니 받아주시옵기 바라옵니다.》라고 말했다.

인종은 물론 그 족자를 기쁘게 받았다. 넓으나넓은 송나라땅에서도 보배로 여긴다니 명화가 틀림없을것 같았다. 그렇지만 그림을 훌륭히 식별할줄 아는 사람에게서 그것의 진가를 정확히 평가받고

싶었다. 인종은 어떻게 할가 하고 두루 궁리하던끝에 문득 리녕에게 생각이 미쳤다.
《여봐라, 게 누가 없느냐?》
임금의 말이 떨어지기 바쁘게 내시 하나가 즉시 대령하였다.
《예-에, 무슨 분부이시오니까.》
《이제 곧 화공 리녕을 불러들여라.》
《네잇 듣자왔습니다.》
임금앞을 물러나온 내시는 지체없이 리녕을 데려오도록 하였다.
이윽고 리녕이 임금앞에 국궁하였다.
《상감마마, 화공 리녕이 어명을 받자와 대령하였사옵니다.》
《음-오늘 그대를 급히 부른것은 다름아니라 근자에 내가 천하걸작인 그림 한폭을 얻었기에 함게 감상하고저 함이로다. 함께 보도록 해라.》
인종은 빙그레 웃으며 그림족자를 내다가 리녕앞에 펼쳐놓게 하였다.
《내가 이제껏 보아온바로 말하면 아무리 재주있는 화공도 이만한 천하일품은 그려내지 못했어. 그대 그림솜씨가 보통이 아니라 하지만 어찌 송나라 화공이 그린 이 그림을 따를수 있겠나. 우리 나라 화공들은 과연 엄두도 못낼 재주거든.》
인종은 신이 나서 앞에 놓인 그림을 극구찬양하였다.
리녕은 말없이 그림을 굽어보았다. 그는 인차 그것이 자기가 송나라 사람들의 간청에 못이겨 그려준 그림임을 알아보았다.
《황공하오나 이 그림은 소신이 그린것이 분명하여이다.》
리녕의 뜻밖의 대답에 인종은 놀랐다.
《무엇이? 그게 무슨 말이냐.》
이에 리녕은 송나라에 갔을 때의 일을 임금이 알아들을수 있도록 차근차근 이야기하였다. 그러나 인종은 그의 말을 믿으려 하지 않았다.
《상감마마께서 소신의 말씀을 믿으려하지 않사오면 소신이 그린 그림임을 사실로써 보여드릴수밖에 없사옵니다.》
리녕은 침착하게 말하고 그림족자를 장정해놓은것을 터치였다.
옛날의 모든 그림은 다 벽에 걸수 있게 그림을 두꺼운 바닥종이에 붙이고 그 테두리를 천으로 감싸서 곱게 표구를 해놓았었다. 리녕이 이 요구한것을 듣고 그림 뒤면이 나타나게 하니 거기에는 과연 화가의 성명과 락관(도장)이 찍혀있었다.
 인종은 족자 끝머리에 뚜렷이 나타나는 리녕이라는 화가의 이름을 보고서야 비로소 그의 말을 인정하였다.
 이 일이 있은 다음부터 인종은 리녕을 더욱 총애하였다.
 리녕은 인종과 의종 두 왕대에 걸쳐 국가적으로 진행되는 수많은 그림을 그려 나라를 빛내였다.
 리녕의 뛰여난 그림솜씨는 아들에게 전수되였다. 그의 아들 리광필도 궁중화가로서 임금의 총애를 받았다.
 어느날 임금 명종은 글 잘 짓는 선비들을 불러놓고 소상팔경에 대한 시를 짓도록 한다음 리광필에게는 그 시들의 내용을 그림으로 그리게 하였다. 소상이란 소수와 상수를 이르는 말인데 상수는 중국 호남성 동정호로 흘러들어가는 강이며 소수는 그 강의 지류였다. 경치가 절경인 이 일대는 시인묵객들이 즐겨 찾고 노래하던 유명한 명승지라고 할수 있었다. 그러므로 평생에 한번도 가본적이 없는 남의 나라의 자연을 화폭에 담는다는것은 실로 난감한 일이였다. 하지만 광필은 우리 나라 조국강산의 아름다운 자연풍치를 생각해가며 별로 어렵지 않게 그림을 척척 그려나갔다. 시를 쓰기 바쁘게 수려한 자연경치를 화판우에 펼치는 그의 붓놀림을 보는 사람들로 하여금 감탄을 금치 못하게 하였다. 그 그림은 남의 나라의 소상팔경이 아니라 조선의 팔경이였으며 사실적이고 생동한 화폭이였다.
 리광필과 그의 아들에 대한 다음과 같은 이야기도 전해온다.
 언젠가 싸움에서 군공을 세웠다는 명목을 걸고 광필의 아들 상에게 대정이라는 높지 않은 무관벼슬을 준적이 있었다. 상의 군공이란 실지 있은 일은 아니고 임금이 국보적가치가 있는 그림을 많이 그린 광필의 공을 생각하여 그 아들에게 벼슬을 주려는 의도에서 일부러 꾸민것이다.
 이 일은 처음에 얼마간 말썽이 있었다. 그것은 정인(벼슬이름) 최기후가 상에게 대정벼슬을 주는것을 완강히 반대하여나섰기때문이였다. 당시 고려에서는 관리들을 임명할 때 아무리 임금의 지시라 하더라도 그 문건에 대신급 신하들이 동의한다는 수표를 하지 않으면 효력을 발생하지 못하게 되여있었다.
 그때 최기후는 문건에 수표하는것을 거부하면서 이렇게 말했다.

《이 아이의 나이는 이제 겨우 스무살이고 군공을 세웠다는 그 싸움은 십년전의 일이다. 그러나 어떻게 열살난 아이가 종군을 해서 공을 세울수 있었겠는가. 이는 당치도 않은 허무맹랑한 소리이므로 나는 문건에 수표를 못하겠다.》

명종은 그의 이같은 행위를 알게 되자 몹시 노하였다. 고집불통인 최기후의 행동이 원칙적으로는 옳았다고 하겠으나 임금의 생각은 달랐던것이다.

명종은 즉시 최기후를 불러들여 언짢은 낯빛을 하고 말했다.

《경은 하나만 알고 둘은 모르는 사람이요. 과연 경은 광필이 그림을 잘 그려서 나라를 위해 큰일을 하였음을 생각해본 일이 있소? 만약 광필이 아니라면 우리 나라의 그림기술의 오랜 전통은 끊어지고말았을것이오. 이를 깊이 생각해보아야 하오.》

최기후는 임금의 이같은 말을 듣고서야 비로소 그 문건에 수표를 했다고 한다.

김 교 식

명장 정세운의 죽음

1

고려말.

공민왕이 룡상에 앉은지 꼭 10년째인 1361년 10월이였다.

《홍두적》이 우리 나라를 침략하였다.

홍두적은 이미 2년전(1359년)에 우리 나라를 먹어보려고 쳐들어왔다가 고려인민들의 투쟁에 의하여 쫓겨났던 침략의 무리였다. 반성, 사유, 관선생 등을 괴수로 하는 이 20만대군의 기세는 실로 사납기 이를데 없었다.

나라에서는 이미 홍두적을 치는 싸움에서 공로를 세운 추밀원부사 리방실을 서북면도지휘사로 배치하였다. 또한 참지정사 안우는 상원수로, 정당문학 김득배는 도병마로 임명하는 한편 전국의 군병을 검열하고 허물어진 개경의 성문을 수축하게 하였다. 그러나 적들은 고을과 마을을 짓밟으며 개경으로 향하고있었다.

고려관군이 계속 밀려내려오자 큰 불안을 느낀 공민왕은 평장사 김용을 총병관(총사령관)으로 임명한 다음 그에게 절령을 지키라고 명령하였다.

절령은 북쪽관문인 요새지였다. 절령이 허물어지는 날에는 적들이 개경까지 무인지경처럼 들어올수 있었다.

총병관이 된 김용은 절령책문안에 장막을 치고앉아 도원수 안우, 도병마사 김득배를 비롯한 여러 장수들을 불렀다. 장막안에는 초불이 휘황한데 김용의 금빛갑옷이 너울거리는 불빛에 엄엄하게 번쩍이였다. 몸집이 바위같은 장수 수십명이 그앞에 엄숙히 앉아있었다.

김용의 가느스름한 눈길에는 온 나라의 군사와 병권을 한손에 거머쥐고 만사람을 눈아래 굽어보는 말할수 없이 흐뭇한 빛이 어리여있었다.

《제장들은 듣거라. 홍적의 래습으로 나라가 위태로운 이때에 나는 상감님의 하늘같은 은총으로 총병관의 중임을 맡게 되였다. 그러니 제장은 나의 명령을 소홀히 하는 일이 없어야 하리라!》

김용은 엄한 기침을 하며 밑에 앉은 장수들을 내려다보았다.

《오늘은 내가 도임한 날인즉 제장들에게 총병관의 이름으로 술을 아낌없이 내릴것이니 그리 알고 오늘밤을 모두 즐겁게 보내기를 바라오.》

이 말이 떨어지자 여러 장수들은 의아한 눈길로 총병관의 얼굴을 쳐다보았다.

장막안은 물을 뿌린듯 조용했다.

이윽하여 도원수 안우가 얼굴에 딱한 빛을 띠우고 무겁게 일어섰다.

《전장에서 풍찬로숙을 하는 대장부들이 술을 사양할리 있으리까. 더구나 총병관께서 내리시는것을 어찌 마다하겠소이까. 하지만 술을 즐김은 도적을 몰아낸 다음에 있을 일이고 우선은 절령을 지킬 대책을 의논하는것이 급선무인가 하오이다.》

도병마사 김득배도 한마디 보태였다.

《오늘밤 적진의 동태가 수상하니 급한 대책이 있어야 할줄로 아오.》

그러자 총병관은 왈칵 성을 내였다.

《도원수나 도병마사 같은 큰 장수들이 그렇게 담이 작아서야 어찌 도적을 막아내겠소. 한두번의 패전에 벌써 그렇게 겁을 먹고 총병관의 도임을 축하하는 이자리에서조차 도적 도적하며 떨고있단 말이요? 홍적이 20만이라 했지만 오합지졸에 불과하오.》

총병관이 붉으락푸르락하는바람에 여러 장수들은 절령을 지킬 대책을 세우지 못한채 헤여지고말았다.

그런데 일은 바로 이날밤에 벌어졌다. 만여명의 홍두적이 어둠을 리용하여 소리없이 기여들어 절령책옆에 매복하였으나 고려진중에서는 태평스럽게 코고는 소리, 보초서는 군사의 늘어진 하품소리가 간간이 들려올뿐 사방이 쥐죽은듯 고요하였다.

동녘이 휘붐해지며 첫닭이 울었다. 그것을 신호삼는듯 갑자기 주위가 소란해지면서 철갑으로 장비한 기병 5천명이 홍수처럼 절령책으로 쓸어들었다.

《악》, 《악!》.

여기저기서 함성이 터지고 비명이 들리였다. 고려군사들은 힘자라는껏 대항하였으나 사태는 수습할수 없는 지경에 이르렀다.

총병관의 장막에 불이 일어나고 총병관 김용은 혼자서 말을 타고 달아났다. 안우와 김득배도 겨우 목숨을 구하였다.

절령책은 무너지고말았다. 당장 개경이 위태롭게 되였다.

안우는 흩어진 군사 수백명을 수습하여가지고 금교역에 주둔하였다. 그날은 18일이였다.

16일에 총병관으로 임명되였다가 하루만에 무졸장군이 되여 겨우 목숨을 구한 김용은 어디에 몸을 숨겼다가 금교역에 나타났다. 그래도 총병관이라고 호통을 뽑으며 좌산기상시의 직책을 맡은 최영을 부르더니 경병(서울을 지키는 군대)의 지원을 청하는 편지를 주어 임금에게로 보내였다.

그 편지를 받아본 공민왕은 얼굴빛이 하얗게 질려 어쩔줄을 몰라했다.

왕은 새벽닭이 울자 남쪽으로 피난을 가려고 서둘렀다.

안우, 리방실, 최영 등이 이 소식을 듣고 달려와서 왕앞에 엎드리였다.

《전하! 어찌 좀도적의 무리에게 쫓기여 파천을 하겠나이까. 서울(개경)을 지켜야 종묘와 사직을 건질수 있나이다.》
 그러나 왕은 개경을 버리고 복주(경상북도 안동)로 떠나려던 결심을 굽히지 않았다.
 최영은 눈물을 흘리며 큰소리로 여쭈었다.
《전하! 부디 잠시 머물러 백성들을 위로하고 장정들을 모아 도적을 치고 서울을 지키게 하여주옵소서.》
 미간을 잔뜩 찌프린 왕은 말이 없었다. 재상들도 멀뚱멀뚱 두눈을 뜨고 서로 쳐다볼뿐 개경을 지키자는 말은 한마디도 하지 않았다.
 이날 날이 훤히 밝자 왕의 행차는 대궐을 떠났다.
 왕이 피난간다는 소문이 퍼지니 성안은 벌둥지를 터친듯 소란해졌다. 사람들은 저마다 짐을 꾸려들고 앞을 다투어 성을 빠져나가기 시작하였다.
 흰눈이 펄펄 내리는 날이였다. 어수산한 만월대궁궐앞 큰길로 한 사나이가 깊은 생각에 잠겨 뚜벅뚜벅 걷고있었다. 그의 검은 수염과 검은 눈섭, 번쩍거리는 눈매에서는 사나이다운 기개가 엿보였다. 하지만 단정하게 다물린 입모습을 보면 퍼그나 침착하면서도 유순할것 같았다.
 그는 며칠전 서북면군용제찰사로 임명받은 참지정사 정세운이였다. 광주 장택현 태생인 그는 공민왕이 세자로 원나라에 가있을 때 따라가서 숙위하였고 세자가 즉위한 뒤에는 1등공신이 되였었다.
 정세운은 원래 성품이 충직하고 청백한 사람이므로 그에 대한 왕의 믿음은 전날이나 다름없이 컸다. 그렇지만 지금 머리를 수그리고 걸어가는 정세운은 마음이 매우 번거롭고 또 울적하였다. 그것은 나라와 백성을 포악한 도적들의 칼날에 내맡기고 황급히 도망하는 공민왕의 초라한 모습을 보았기때문이였다.
 그는 가슴속에서 일생을 믿어오던 그 어떤 담벽같은것이 와르르 무너지는것을 느끼며 터벅터벅 걸음을 옮기였다.
《의병모집이요—》
 개경을 지키자고 하던 최영을 비롯한 무관들이 길거리로 나다니며 큰소리로 웨치고있었다.
《나라에서 의병을 모집하니 충의지심이 티끌만큼이라도 있는자는

주저하지 말고 모이여라! 량인이면 벼슬을 주고 노비천역이라도 속량해줄것이다.》
　그래도 피난가기에 급급한 사람들은 별로 귀를 기울이지 않았다. 오히려 그 소리는 붙는 불에 키질격으로 사람들의 놀란 마음을 더 조급하게 만들었다.
《아―》
　정세운은 걸음을 멈추고 찬 눈송이가 떨어지는 컴컴한 하늘을 쳐다보았다.
　이때 마주 걸어오던 여라문명의 장정들중에서 한 젊은이가 정세운에게 공손히 절을 하였다.
《참정(참지정사)나으리, 소인 효심이 문안드리오.》
《아니? 효심이라니?》
《2년전에 나으리를 하직하고 떠났던 효심이올시다.》
　상투튼 머리를 무명수건으로 질끈 동인 젊은이의 너부죽한 얼굴에는 반가운 웃음이 떠돌았다.
　정세운도 2년전 홍두적이 들어와 북계를 소란하게 굴던 그때 집을 뛰쳐나간 효심이를 알아보았다.
《네가 어찌된 일이냐?》
《예, 나으리를 하직한후 의주, 안주, 서경으로 두루 다니면서 홍두적과 싸웠사오며 시방도 도적이 다시 들어와 로략질을 한다기에 또 싸워보려고 나선 길이옵니다.》
《아니, 그러면 네가 내 집을 나가더니 외적을 쳤단말이냐?》
《비록 천한 종의 몸이오나 나라가 위태로운 때 어찌 사나이로서 마당이나 쓸고있으오리까. 떠날 때 여쭈지 못한것은 천만번 죄송하옵니다.》
《허허허, 참으로 장한 일이로다!》
　정세운은 눈시울을 슴벅이였다.
《노비천역들도 이러하거늘 국록으로 배에 기름을 지운자들이 보따리만 싸고있으니 어찌 부끄럽지 않으랴.》
　추연한 눈빛으로 잠시 먼곳을 바라보던 정세운은 허하고 길게 탄식하고나서 효심을 돌아보았다.
《…성상께서 서울을 떠나셨으니 민심이 흉흉해졌구나. 헌데… 너는 예서 어찌할 작정이냐?》

효심이는 잠시 생각해보고 공손히 대답하였다.
《상감님께서 서울을 떠나셨다고 백성도 나라를 버리게 되지는 않는다고 생각하옵니다. 소인이 개경으로 나오면서 본바에 의하더라도 백성들은 도적을 몰아내려고 곳곳에서 일어나고있었습니다. 그러니 소인도 나라를 위하는 군사가 되여 있는 힘껏 싸우려 하옵니다. 아직은 딱히 정한데가 없사오나 도적들을 치겠다는 소인을 어디서나 받아줄줄로 믿사옵니다.》
효심의 눈빛은 번쩍거리였다.
《흠!》
정세운은 문득 눈앞이 환하게 밝아지는것 같았다.
고관대작들의 입에서 터져나오는 한숨과 절망에 찬 소리만 들어오다가 효심의 그 씩씩한 말을 듣게 되니 고려가 결코 허수히 망할수 없는 나라라는것이 절절히 느껴졌던것이다.
(성상께선 차라리 남쪽으로 피난을 하여 조정이나 보존함이 마땅하다. 내 이제 백성들의 힘을 모아 기어이 개경을 수복하고 도적을 몰아내리라. 이는 고려의 남아인 나의 책임이요, 임무다!)
이렇게 마음다진 정세운은 그날 왕의 행차가 잠시 머물러있는 민천사로 급히 찾아갔다. 때마침 도원수 안우가 왕의 앞에 엎드려 아뢰고있었다.
《소신들이 이곳에 머물러 도적을 막을터이니 청컨대 상감께옵서는 급히 떠나주옵소서.》
정세운도 역시 그런 청을 드리였다.
신하들의 입에서 이 말이 떨어지기를 기다리기라도 한듯 왕은 두말없이 떠나기로 하였다. 왕의 령에 따라 시중 홍언박, 리암, 평장사 김용 등과 함께 정세운도 왕을 수행하게 되였다.
정세운은 왕을 따라갔다가 꼭 대군을 모집하여가지고 개경으로 돌아올것을 속다짐하면서 울분을 씹어삼키였다. 그는 떠나기에 앞서 효심이와 그 동료 십여명을 호군 권희가 거느리는 기병에 편입시키고 다시 만날것을 약속하였다.
흐린 하늘을 머리에 이고 떠난 왕의 행차가 림진강나루를 건너 리천현에 이르렀을 때 끝내 하늘까지 울음을 터뜨리는듯 진눈까비가 억수로 쏟아졌다. 금시 길바닥은 질적해지고 왕과 왕비며 차비 리씨는 옷이 젖은데다가 몸까지 얼어서 더 갈수 없는 지경이 되였다.

정세운은 수행하는 시종들을 시켜 길가에 나뒹구는 섶검불을 주어다 불을 피우고 추워서 벌벌 떠는 왕과 왕비일행이 젖은 몸을 녹이게 하였다.

량반은 겨불에 손도 쬐지 않는다 하였는데 한나라의 왕이 섶검불에서 피여나는 실오리같은 불길에 몸을 녹이며 떠는 참혹한 모습을 보게 되니 가슴이 말할수 없이 아파났다. 그의 눈에서는 울분의 눈물이 번뜩이였다. 어인 일인지 헤여질 때 효심이가 하던 말이 귀에 쟁쟁히 울리는듯하였다.

《참정나으리, 백성의 막강한 힘이 아니고서야 어찌 나라를 건지오리까. 소인의 어리석은 생각은 그러하오니 백성의 힘을 한데 합쳐 도적을 몰아낼 계책을 세우는것이 어떠하올지… 소인들도 여기 남아 군사를 모으면서 나으리를 기다리오리다.》

(그래, 꼭 기다리거라!)

정세운은 호군 권희의 휘하에 남겨두고온 효심이를 생각하며 새까맣게 흐려지는 먼 하늘을 바라보았다.

온 하늘이 음산하게 흐린 그날 음력 11월 24일에 개경은 홍두적에게 짓밟혔다.

아무런 저항도 받지 않고 성안에 들어온 도적들은 미처 피난하지 못한 로약자들과 부녀자들을 마구 죽이고 재물을 략탈하며 미처 날뛰였다. 곳곳에서 불길이 널름거렸다. 만월대궁궐에도 불이 나고 저자거리 여기저기에서 불길이 치솟았다. 수백년간 보존되여오던 귀중한 문화재들은 순식간에 재로 변하였다.

적들은 소와 말을 닥치는대로 잡아먹었으며 그 가죽은 성첩우에 펴고 물을 부어 얼쿠었다. 고려군사들이 성을 넘지 못하게 하려는 심산이였다.

주인을 잃은 개경은 이렇게 짓밟히고있었다.

2

정세운은 왕의 행차를 따라 복주까지 왔다. 때는 음력 12월, 신축년(1361년)도 저물고 이 땅의 모든것이 헤여날길 없는 추위속에서 꽁꽁 얼었다. 허나 사람들의 마음속에서는 원쑤를 쳐부실 뜨거운 불길이 타오르고있었다.
　염주사람인 검교중랑장 김장수는 스스로 군사를 모집하여 홍두적의 기병 140여명을 죽이고 적들의 포고문을 빼앗아 임금앞으로 보내였다. 안변고을백성들은 적들을 유인하여 대접하는척하면서 기회를 보아 모조리 처단하였다. 강화부에서도 적의 비장인 왕동첩을 비롯한 여러놈을 연회에《초대》하고 복병을 일으켜 죄다 죽이니 적들은 무서워서 그고장에 기여들념을 못하였다.
　매일 이같은 소식을 듣고있는 정세운의 가슴은 세차게 끓어올랐다.
　그는 기어이 대병을 모아 도적을 몰아내리라 굳은 결심을 다지고 싸울 생각도 못하는 고관대작들을 하나하나 설복하였다. 나중에는 왕의 마음도 움직이였다.
　공민왕은 마침내 정세운을 총병관으로 삼고 각도에서 군대를 징발한다는 교서를 내리였다. 총병관은 전시에 왕을 대신하여 권력을 행사할수 있는 군사행정의 최고관직이였다.
　정세운은 군대를 모집하여 죽령에 집결시키라는 명령을 주어 수하의 장수들을 각지에 파견하였다.
　정세운도 죽령을 향하여 떠나게 되였다.
　정세운을 위해 어마어마한 의식을 차린 왕은 그에게 총병관의 권력과 위엄을 상징하는 부월을 주고 새로 중서평장사의 높은 벼슬을 내리였다. 수시중은 정세운이 임금에게 하직을 고하고 물러나니 좇아나와서 그의 두손을 마주잡고 흰수염을 눈물로 적시며 간절히 말하였다.
　《임금과 신하들이 피난을 다니는것이 천하의 웃음거리로서 만대의 치욕이 되였으나 공이 먼저 큰 뜻을 품고 항전을 주장하여 총병관의 직책을 맡았으니 나라의 흥망은 공의 손에 달렸소. 부디 힘써 주기를 바라오.》
　《대감의 말씀을 명심하겠소이다.》
　정세운은 공손히 대답하고 말에 올랐다.
　그럴 때 옆에서 이를 지켜보고있는 평장사 김용의 가느다란 눈에서는 남모르는 질투의 불길이 이글거렸다. 두달전만해도 총병관이였던 김용은 절령에서 패전하고 개경을 적에게 내준후 패전장군으로 치부되여오다가 오늘은 총병관의 자리까지 정세운에게 앗기운것이였다.
　《네가 아무리 의기남아라해도 쉽지 않으리라.》
　김용은 어금이를 부드득 갈며 금빛갑옷을 입고 흰말우에 높이 앉아 말머리를 돌리는 정세운의 뒤모습을 아니꼽게 지켜보았다. 수백명의 무관들과 수하장수들이 병장기를 절그럭거리며 총병관을 옹위하여 북쪽으로 나는듯이 달려갔다.
　정세운은 임인년(1362년)설도 길가에서 보내고 정월의 찬바람을 헤치며 죽령에 이르렀다. 각곳에 나갔던 수하장수들도 수백명 혹은 수천명의 군사를 모집하여 모여오고있었다. 그들은 주로 경상도, 전라도, 양광도(오늘의 충청도와 경기도지방)의 농민들이였다.
　여러 고을 군사들이 스스로 수십명이나 수백명씩 무리지어 매일같이 들이닥치였고 궁궐과 관청에 매여있던 수많은 노비들도 찾아왔다. 이렇게 모여온 군사는 어느덧 10만을 넘었고 정월 상순에는 20만의 대군이 집결되였다.
　정세운은 마음이 든든하였다. 이러한 백성의 힘을 보지 못하고 수치스럽기 짝이 없는 피난의 길을 떠나던 일이 새삼스럽게 돌이켜지였다.
　그는 안우, 리방실, 김득배, 리여경, 최영 등 여러 장수들에게 20만의 군사를 나누어 인솔하게 하고 그 군사를 개경 보정문밖 동교의 천수사앞에 주둔시키였다.
　군대의 사기는 하늘을 찌를듯 높았다. 총병관의 장막우에서는 대장기가 펄펄 날리고 군사들이 집결된 각 진들에서는 모두들 병쟁기를 정비하며 분주히 돌아쳤다.
　수하장수들을 거느리고 군사들의 각진을 돌아보던 총병관 정세운은 리여경이 거느리는 진영에서·효심이를 만났다.
　《총병관께서 오시기를 무척 기다렸습니다.》
　효심이와 함께 호군 권희가 엎드려 인사를 하였다.
　《그동안 잘들 지냈느냐?》
　정세운은 부드러운 눈길로 효심이와 권희를 바라보았다.
　《예, 그사이 군사도 더 늘이고 훈련을 하는 한편 성안으로 들어가서 적정도 렴탐하였습니다.》
　《오냐, 참 장한 일이다.》
　정세운은 따라나온 여러 장수들을 돌아보았다.

《내 제장들앞에서 진심으로 말하오. 이 사람은 노비로서 비록 신분이 천하지만 어느 누구도 따르지 못할 충의지사라 할수 있소. 그리고 궁냥도 여러분에 못지 않소. 나도 이 사람에게서 대군을 모아 적을 치는 지혜를 빌렸다오. 허허허…》

의미깊은 말이였으나 그 누구도 총병관이 왜 이런 당치 않은 말을 하는지 짐작할수 없었다.

효심은 엎드린채 꼼짝하지 않았다. 칭찬을 받으니 몹시 송구스러운 모양이였다. 이윽하여 고개를 약간 쳐든 효심은 총병관에게 공손히 아뢰였다.

《저희들이 성안으로 들어가 적의 허실을 먼저 렴탐하려 하오니 그런후에 적을 치는것이 어떠하옵니까?》

《음, 과시 옳은 말이다. 적을 알지 못하고서는 칠수도 없는 일이지…》

정세운은 윤기있는 검은 코수염을 꼬아올리며 빙긋이 웃었다.

《오늘밤 렴탐하는것이 어떠냐? 오늘이 바로 정월 대보름이라 적진에 들기도 좋을게다.》

《분부대로 하오리다.》

효심이와 호군 권희가 동시에 대답하였다.

총병관이 노비병졸과 수작하는것을 못마땅하게 보고섰던 도원수 안우는 참다 못하여 헛기침을 두어번 하고 입을 열었다.

《적진의 렴탐은 좋으나 노비로서 군사가 된것만 해도 과분한 일인데 어찌 그런 중한 일을 맡길수 있겠소. 차라리 관군을 파하는게 어떠하오?》

이때 정세운은 껄껄 웃었다.

《허허허, 나라를 지켜싸우는데서야 량반이나 량인이나 노비나 다를게 뭐 있겠소? 오히려 관군이 못하는 일도 저들이 할것이니 이제 두고보시오.》

《허허. 참, 피이한 일이구료.》

안우는 쓴입을 다시며 더 말이 없었다.

그날밤, 개경에는 눈비가 섞여내렸다. 까맣게 흐린 하늘에서 희슥희슥한 눈송이가 여기저기 어지럽게 흩날려 떨어졌다. 땅이며 잎떨어진 앙상한 나무들이 모두 묵묵히 젖어서 을씨년스럽고 차거운 기온이 뼈속까지 스며드는듯한 밤이였다.

자정이 지나자 효심이는 쥐도새도 모르게 성첩을 기여넘어 적진으로 들어갔다. 성안은 쥐죽은듯 고요하고 등불 한점 보이지 않았다. 정월대보름놀이로 처먹은 술이 아직도 깨지 않았는지 적들은 불타다 남은 민가와 관청들에 들어박혀 코를 골고있었다. 성문을 지키는 군사도 을씨년스러운 눈비를 맞기가 싫어 술을 처마시고 어디로 사라졌는지 보이지 않았다. 마구간들에서는 여러날째 굶주린 여윈 말들이 서성거리였다.

호군 권희와 효심이는 그 밤으로 임진나루 동쪽 두솔원에 자리잡은 총병관의 장막을 찾아가서 적들의 이러한 실태를 보고하였다.

그들의 말을 들은 정세운은 무릎을 치며 벌떡 일어났다.

《오냐, 어제가 음력대보름이라 십분 그릴수 있겠다. 더 미루지 말고 새벽을 기하여 성을 치자!》

그는 수하의 여러 장수들을 급히 장막으로 불렀다. 그리고 효심이와 권희가 황망히 나가려고 하니 그대로 남아있으라고 했다.

여러 장수들이 각기 해당한 명령을 받고 물러가자 효심은 총병관을 향하여 조심스럽게 말했다.

《성을 미리 에워싸고있다가 저희들 기병 수십명이 먼저 들어가서 성문을 열고 북을 칠 때 일제히 공격함이 어떠하옵니까.》

정세운은 효심을 믿음에 넘친 눈길로 바라보며 고개를 끄덕이였다.

《너희들이 목숨을 아끼지 않고 적의 소굴에 드나들면서 성문까지 맡아 열겠다니 내 그 애국충정을 잊지 않겠다. 그러면 어서 준비를 갖추거라.》

《예, 그러하오리다.》

두 군사는 힘차게 대답했다.

바로 이날밤에 개경을 도로 찾기 위한 큰 공격전이 준비되였다.

각진의 장수들은 군사를 이끌고 삽시간에 성을 포위하였다. 20만 대군이 숨을 죽이고 북소리가 울리기만을 기다렸다.

동녘이 희붐하게 밝아올무렵 갑자기 숭인문에서 불이 일어나며 성문이 열리였다. 그와 동시에 북소리, 징소리가 요란하게 울리였다.

그러자 성을 포위하고있던 군사들은 일제히 함성을 지르며 성을 공격하였다. 잠에서 미처 깨지도 못하고 갈팡질팡하던 적들은 고려

군사들의 화살을 맞고 창과 칼에 찔려 쓰러졌다.

권희는 용맹스러운 기병돌격대를 거느리고 적장의 소굴로 달려들었다. 마당에서 허둥거리던 적의 피수인 사류, 관선생 등도 효심이와 권희의 칼에 맞아 쓰러졌다.

10만을 헤아리는 적들의 시체는 쌓이고 겹쌓여 산을 이루었다. 겨우 목숨을 구한 나머지 적들은 열려진 숭인문과 탄현문으로 빠져 도망쳤다.

해뜰무렵에 전투는 끝이 났다.

개경은 드디여 해방되였다. 문루마다에서 고려군의 군기가 펄럭이였다.

정세운은 아침해가 퍼질무렵에 군사들을 거느리고 보정문을 거쳐 성으로 들어왔다. 성을 다시 찾은 수많은 백성들과 군사들이 길가에 널려서서 환성을 올리였다.

《정장군이다! 총병관 정장군이다!》

군중은 설레이며 환호성을 터뜨렸다.

말우에 앉아 설레이는 군중을 말없이 내려다보는 정세운의 눈가에는 이슬이 맺혀 번쩍이였다.

피와 넋을 바쳐 사랑하는 수도 개경을 다시 찾고 기뻐 날뛰는 이 사람들, 력사에 길이 남을 큰 공을 제힘으로 세워놓고서도 총병관에게 찬사를 보내는 고맙고 고마운 사람들이였다.

정세운은 소리없이 흘러내리는 눈물을 씻을념도 않고 그들을 바라보았다. 환호성을 올리는 군중이 고마워 저절로 솟아나는 눈물이였다. 그 눈물속에는 적의 눈먼 화살에 맞아 숨진 효심의 희생을 애석하게 여기는 마음도 섞여있었다.

임금이 서울을 버렸다고 백성도 나라를 버리게 되는것이 아니라고 하던 효심의 말이 진리였음을 승리한 오늘이 증명해주고있지 않는가?!

정세운은 개경을 찾는 싸움에서 희생된 효심이와 많은 군사들의 시신을 봄마다 복숭아, 살구꽃이 구름처럼 피여나는 양지바른 자남산기슭에 고이 묻어주도록 하였다.

개경에서 쫓겨난 홍두적의 무리들은 감히 다시 덤벼들 생각을 못하고 도망하고말았다. 그리하여 4년간에 걸쳐 두차례나 쳐들어왔던 홍두적과의 싸움은 고려인민의 빛나는 승리로 끝나고 란리는 평정되였다.

총병관 정세운은 기쁜 마음으로 조정에 보내는 글을 썼다. 대장군 김한귀와 중랑장 김경은 총병관의 글을 긴 막대기끝에 매달아 모든 사람들이 볼수 있게 한다음 말에 올라 왕이 있는 복주를 향하여 떠났다. (이런 형식으로 전승을 보고하는것을 로포라고 하였다.)

《로포가 떠난다!》

소문이 나자 온 성안사람들과 군사들이 쏠어나와 떠나는 로포를 자랑스럽게 바래워주었다.

정세운도 수하장수들과 함께 불타버린 남문루에 올라서서 멀어지는 로포를 말없이 바래웠다.

3

계절은 겨울이 한창이였으나 문경서재를 넘어 먼 남쪽에 자리잡은 복주는 그리 춥지 않았다.

평장사 김용은 울적해하는 왕을 위로한다는 뜻으로 영호루 련못에 배를 띄우게 하고 연회를 베풀었다.

공민왕은 왕후와 함께 꽃배에 앉아 흥청거리며 배놀이를 하였다. 못가의 루각에서는 풍악소리가 자지러지게 울리고 구경하는 사람들의 입에서는 끌끌 혀를 차는 소리가 났다.

《흥, 시굴로 피난을 와서 배놀이를 하다니? 나라님이 망녕이 나셨지. 망녕이 쯧쯧…》

글깨나 읽은듯싶은 어떤 사람은 길게 탄식을 하고나서 중얼중얼 시구를 읊조리였다.

   소가 크게 우니
   롱이 바다를 떠나
   옅은 물에서 맑은 물결을 희롱하는구나

그 사람은 손을 휘휘 내젓고 기가 막히다는듯이 하늘을 쳐다보며 껄껄 웃더니 어디론가 사라졌다. 그가 중얼거린 시의 뜻은 이러하였다.

임금이 피난을 한 해가 《신축년》 즉 소의 해인데 그해에 외적이 쳐들어왔으니 소가 크게 운다고 한 뜻이고 임금이 나라를 구원할 생각은 하지 않고 란을 피하여 시골에 와서 배놀이만 하기때문에 룡이 바다를 떠나 옅은 물을 희롱한다고 비웃은것이였다.

이 노래는 삽시간에 멀리로 퍼져서 력사기록에도 남게 되였다. 당시 개경백성들은 이 참요를 부르며 왕의 처사를 비난하고 간사한 신하들을 원망하였다.

그래도 김용은 어떻게 하던지 절령에서 잃어버린 왕의 신임을 다시 얻어볼 작정으로 매일같이 배놀이요 사냥이요 연회요 하는짓을 벌려놓고 왕의 비위를 맞추기에 바빴다.

그러던 어느날.

《총병관의 로포가 떴다!》

온 복주땅이 떠나갈듯 환성이 터졌다. 사람들은 거리에 밀려나와 긴 장대끝에서 기세좋게 펄펄 날리는 총병관의 로포를 바라보았다.

《임인년 정월 을축일, 개경을 수복하고 홍두적 10만을 참살…》

정세운의 힘찬 필적이 뚜렷하였다.

로포를 들고온 대장군 정한귀와 중랑장 김경이 로포와 적들에게서 로획한 금도장 2개 그리고 금은보패들을 내놓고 임금앞에 엎드리자 누구보다도 놀란것은 김용이였다.

김용은 홍두적을 물리친 전승의 소식이 별로 기쁘지 않았다.

(음―정참정, 네가 끝내 나를 짓밟고 상감의 신임을 독차지하려는것이로구나…)

총병관의 로포를 보고 기뻐하지 않는 김용은 홀로 그의 공로를 시기하면서 가슴을 앓았다.

이튿날 왕과 왕후는 물론 왕태후까지 비단옷이며 술을 정세운에게 선물로 보내는것을 본 김용의 질투심은 극도에 이르렀다. 그는 제 조카인 전 공부 상서 김림을 밀실로 불러들였다. 김용의 관자노리에서는 시퍼런 피줄이 팔딱팔딱 뛰고있었다.

《자네가 좀 수고해주어야겠네.》

《네, 무슨 분부이신지요?》

《자네 급히 개경으로 가서 도원수 안우에게 이 편지를 전해야겠네. 사람의 생사와 관계되는것이니 아무도 모르게 해야겠네. 알

겠나?》

《알겠소이다.》

김림은 밀봉한 편지를 받아들자 그 밤으로 말을 달려 개경으로 향하였다.

《아니? 이게 웬일이요?》

편지를 받아본 안우와 리방실은 놀라서 서로 마주보았다.

김용의 편지내용이 너무도 놀라웠던것이다.

…정세운이 나라의 병권을 틀어쥐고 개경을 수복하자 마음이 방자해져서 나라를 해칠 흉한 뜻을 품고있으니 아무도 모르게 죽이라. 이는 왕의 명령이니 그대들은 그대로 시행하여 후환이 없도록 하라…

어제는 복주에서 내첨사 리대두리가 왕과 왕후, 왕태후가 하사하는 비단옷이며 술을 가지고 달려왔는데 오늘은 죽이라는 청천벽력같은 밀서가 또 날아왔다.

《어찌하면 좋겠소?》

묵묵히 앉아있던 리방실이 안우에게 물었다.

《글쎄… 왕의 명령이라는데 신하로서 받들지 않을 도리가 있겠소?》

두사람은 밤깊도록 론의하던끝에 도병마사 김득배를 찾아갔다. 편지를 읽고난 김득배는 얼굴빛이 매우 좋지 않았다.

《힘을 모아 도적을 평정하고나서 어찌 서로 살륙을 한단말이요? 총병관이 아니였더면 누가 감히 개경을 수복할 엄두를 내였겠소?》

김득배의 말을 듣고있던 안우의 얼굴은 험악해졌다.

《세운을 처치하라는것은 왕의 명령이오. 헌데 우리가 큰 공을 세워놓고 왕의 명령을 어긴다면 반드시 후환이 있을게 아니겠소. 공은 어찌 그렇게 말하오?》

그래도 김득배는 찬성하지 않았다.

《만약 할수 없다면 체포하여 왕의 처분에 맡기는것이 마땅할듯 하오.》

안우와 리방실은 더는 긴말을 할수가 없고 또 시간을 지체하면 비밀이 새여나갈것도 두려워서 급히 일을 꾸미였다.

연회를 차리고 정세운을 초청하였다. 그자리에는 안우와 리방실, 김득배가 참가하였다. 정세운을 죽이려 한다는것을 짐작한 김득배는 얼굴빛이 컴컴해서 앉아있었다.

정세운은 온 얼굴에 웃음을 담고 말했다.

《공들이 이렇게 고마운 축하를 하여주니 내가 어찌 가만있을수 있겠소. 내가 공을 세운 여러 장수들을 위해 따로 마련한 술이 있으니 이 즐거운 자리에서 함께 들기로 하겠소.》

그는 술을 가져오게 하여 잔에 부어 차례로 권하였다.

술이 서너순배 돌았다.

《어, 술맛이 참 좋구려, 도적을 평정하고 공들과 마주앉아 마시니 술맛도 꿀맛같소. 어허허허…》

정세운의 호탕한 웃음소리가 채 그치기도전에 문이 벌컥 열리더니 랑장 정찬이란자가 신을 신은채로 왈칵 뛰여들었다. 그러지 않아도 조마조마한 마음으로 앉아있던 김득배는 《음?》소리를 지르며 들고있던 술잔을 떨어뜨리였다.

쟁강! 청자기술잔이 깨지는 소리…

정세운은 그제야 정찬이란자의 살기어린 눈을 바라보고 노하여 소리를 질렀다.

《네 이놈 이게 어떤 자린줄 알고 무엄하게 뛰여드는고?》

그러나 안우가 급히 눈짓을 하자 정찬은 주저없이 옷소매속에 감추었던 철퇴를 꺼내들고 정세운의 머리를 내리쳤다.

《앗!》

김득배는 다시한번 소리를 지르며 자리에서 벌떡 일어섰다. 어느새 안우, 리방실 등은 우루루 밖으로 나가버리고 정세운은 쓰러진채 움직이지 않았다.

김득배는 이 치떨리는 자리를 급히 피하고싶었으나 의리를 저바릴수 없어 정세운을 흔들어 깨워보았다. 끊임없이 흘러나오는 피가 온몸을 적시고 바닥에도 즐벅하게 고였다.

정세운은 이미 마지막숨을 모으고있었다. 이윽하여 피묻은 눈시울을 힘없이 뜬 그는 김득배를 바라보며 입을 열었다.

《…김공, 원통하오만 내 명이 그런가보오.… 부디 간신에게 속지 마오.…》

그는 눈을 뜬채 굳어지고말았다.

총병관이 암살당하니 고려군의 진중은 살벌하게 술렁거리였다.

한입건너 두입건너 안우, 리방실, 김득배 등 장수들이 서로 공로를 탐내던끝에 총병관을 죽였다는 소문이 퍼지였다. 온 진중이 팔죽가마 끓듯하였다.

장군 목충이란 사람이 의분을 참을길 없어 몰래 복주로 가서 여러 장령들이 총병관을 죽이고 비밀에 붙이고있다는 사실을 고발하였다. 정세운의 죽음은 복주땅을 들었다놓고 고관대작들도 입에 거품을 물고 떠들어댔다.

이때를 기다리고있던 김용은 왕앞에 나섰다.

《안우, 리방실, 김득배는 공을 세운 정세운을 시기하던 나머지 서로 공모하여 그를 죽이고 비밀에 붙이고있으니 살려둘수 없는줄로 아뢰오.》

그래서 안우, 리방실, 김득배를 체포하라는 령이 내렸다. 왕의 명령을 접한 다음에야 김용의 모략에 빠진것을 알아차린 리방실과 김득배는 몸을 피하였다. 그래도 안우는 사실을 밝혀보려는 뜻이 있어 왕명이라 속인 김용의 편지를 가지고 급히 왕이 있는 복주를 향하여 떠났다.

안우는 밤낮으로 말을 달려 왕이 림시 거처하는 행궁에 이르렀다. 그는 왕을 직접 만나기 위해 말에서 내린 즉시 중문으로 들어서려고 하였다. 그 순간 김용의 지시를 받고 문을 지키던자가 철몽둥이로 그의 머리를 내리쳤다.

안우는 피흐르는 머리를 부여잡고 편지가 든 가죽주머니를 내흔들면서 《잠간만 기다려라, 임금에게 이 편지를 전한 다음에 사형을 받아도 받겠다》고 소리를 질렀다.

문을 지키던자는 몽둥이로 재차 내리쳤다. 안우는 큰 산이 무너지듯 먼지바닥에 풀썩 쓰러지고말았다.

김용은 이 음모의 내막이 드러날가 두려워 조카 김림을 찾아가서 말한마디 없이 칼을 들어 목을 겨누었다.

《삼촌, 어찌된 일이요?》하는 말을 채 끝맺지도 못하고 김림은 꺼꾸러졌다.

김용은 자객을 보내여 리방실과 김득배도 죽이게 하였다.

룡궁현에 피해있던 리방실은 만호 박춘의 손에 죽었고 김득배는 산양현에서 수색에 걸려 죽음을 당하였다.

이렇게 김용의 간계로 홍두적을 물리치는 싸움에서 공을 세운 여러 장수들은 모두 비통한 최후를 마치였다.
《아, 기막힌 일이로다!》
이 소식을 들은 시중 리암은 흰수염을 눈물로 적시며 탄식하였다.
《영웅은 다 가고 간신만 남았구나… 아, 백성이 아니였더면 남을수 없는 나라요, 영웅들이 아니였더면 부지할수 없는 조정이였구나! 도적은 무섭다고 피난을 하였지만 도적보다 더 무서운 시기와 질투는 피하려 하지 않으니 이 나라는 보이지 않는 도적에게 피해를 당하는구나!》
리암은 곧 좌정승의 벼슬자리를 내놓고 피눈물을 흘리며 먼 시골로 내려갔다.

×

이 이야기는 고려말 홍두적의 침입과 관련하여 개경을 둘러싸고 벌어졌던 인민들의 영웅적투쟁과 그 막뒤에서 벌어졌던 봉건통치배들의 수치스러운 권력다툼의 한토막을 전하고있다.
당대의 유명한 학자 목은 리색(1328~1396)은 홍두적을 치는 싸움에서 큰 공을 세운 정세운에 대하여 이렇게 말하였다.
《…세운은 비상한 사람이다. 충직하고 한번도 아첨한 일이 없었다. 신축년에 복주로 피난하였을 때… 세운은 거연히 출정할것을 청하여 수월간에 다시 국가가 안정되였으니 어찌 우연한 일이겠는가.
옛날 현종때 시중 강감찬이… 북방의 적을 막아 빛나는 공을 세웠다.…
정공(정세운)은… 능히 제군을 지휘하여 추악한 무리를 소탕하고 한몸으로 대공을 세웠으니 이는 족히 강공(강감찬)의 아름다운 공로와 비할수 있다. 그러나 강공이 개선할 때는 왕이 친히 교외에 나와 금관을 머리에 얹어주며 영예를 축복하였는데 세운의 불행은… 그 무슨 운명인가 아, 슬프도다!》
목은 리색도 애국적인 고려인민들의 힘은 보지 못하고 모든것을 정세운 한사람의 업적으로 평가하였다.
력사에는 단 한번도 영웅으로 기록되지 않았으나 이 이야기에 나오는 효심이와 같은 인민들이야말로 참다운 영웅이고 애국자이며 아름답고 영웅적인 이 나라 력사의 참다운 창조자들이였다.

리 성 덕

범 잡 이

우리 나라에는 《호랑이 담배 피우던 옛날》, 《룡가는데 구름가고 범가는데 바람간다》, 《범없는 골에 토끼가 스승이라》, 《범도 새끼 둔 골을 센다》, 《자는 범의 코를 쑤시다》 등 범과 관련한 성구, 속담들이 적지 않다. 이것은 범이 우리 나라 조상들의 일상생활과 많은 관련을 가지고있었다는것을 말해준다.

우리 나라의 범은 성질이 사납고 날래며 힘도 셌다. 범은 주민지대 가까이까지 접근하여 집짐승들을 물어갔으며 때로는 사람까지 해치는 경우도 있었다.

무예를 즐기던 고구려사람들은 범잡이에서도 지혜와 용맹을 떨쳤다. 고구려에서는 무술을 인재선발의 첫 징표로 보았다. 아무리 글공부를 많이 했더라도 말타기, 활쏘기, 칼쓰기 등 무술에 능하지 못하고 대담성, 과감성, 결단성이 부족하면 유능한 인재로 꼽지 않았다. 그러한 인재선발의 좋은 시험마당은 해마다 진행되는 사냥경기였다.

매해 3월에 수도 평양의 락랑언덕에서는 전국적인 사냥경기가 어김없이 열리군하였다. 이 사냥에서는 노루, 사슴, 메돼지 등과 함께 의례히 범을 잡는것이 관례로 되여있었다.

약수리 무덤 벽화에는 용감하고 날파람있는 고구려무사가 말을 타고 달리면서 범사냥을 하는 모습이 생동하게 형상되여있다. 그림은 첫 화살을 맞고 황황히 달아나는 범을 뒤따르던 용맹한 무사가 시위에 화살을 먹여 힘껏 당기고있는 모습을 보여주고있다. 또 다른 무사가 활시위를 힘껏 당긴채 범을 맹렬히 좇아가는 장면도 있다. 여기서 볼만한것은 범을 추격하는 고구려의 무사와 달아나는 범의 대조적형상이다. 무사는 자못 태연하다. 그는 침착하면서도 활달한 표정으로 말우에서 활시위를 당기고 범의 이즈러진 상판대기는 한껏 겁에 질려있다. 범은 죽기내기로 화살을 피해 달아나려고만 한다. 도망을 치는 범의 모습에서는 무섭고 사나운 맹수의 기상이란 전혀 찾아볼수 없다. 다만 죽기직전의 단말마적인 최후발악 그리고 추격에서 벗어나보려는 야수의 가련한 몰골만이 엿보인다. 우리는 약수리 무덤벽화의 이 생동한 형상을 통하여 당시 고구려사람들이 범잡이를 례사로운 일로 여기였을뿐아니라 강한 적을 치는 실전처럼 간주하고 몸과 마음을 단련하였다는것을 알수 있다.

사냥경기 특히 범잡이는 고려와 리조시기에도 널리 성행하여 무술훈련의 중요한 종목 또는 심신단련의 좋은 방법으로 리용되여 왔다.

고려때 범사냥에서 쓰인 기본 무기는 고구려시기와 마찬가지로 활과 창이였다.

언젠가 리가성을 가진 한 젊은 무사가 사냥하러 산골에 들어서니 웬 사람이 급히 달려와서 덤불속에 큰범 한마리가 도사리고있다는 것을 알려주었다. 골안에는 무슨 사냥을 하는지 사람들이 많았다.

센 활과 화살을 지닌 그 무사는 날카로운 눈으로 주위를 한번 쭉 둘러보고나서 범이 숨어있다는 그 덤불로 향하였다. 그는 전통에서 화살 한대를 뽑아 허리에 꽂고 천천히 말을 몰았다. 급한 경우에 재빨리 쏘기 위해서였다. 이윽고 덤불이 있는 고개마루에 오른 무사는 사람들에게 범을 밑에서부터 올려 몰아달라고 부탁했다. 몰이군들은 북이며 징, 꽹과리를 요란스럽게 두드리며 와—와 함성을 질렀다. 그러자 무사가 서있는 바로 그 아래 덤불속에서 별안간 황소만큼 큰 범이 뛰여나왔다. 커다란 아가리를 쩍 벌린 범은 맹수의 예리한 이발을 번쩍이면서 무사를 향하여 쏜살같이 달려들었다. 이 위기일발의 찰나에 무사는 말을 힘껏 몰아 아슬아슬한 고비를 겨우 넘겼다. 그러나 피해 달아난줄 알았던 범이 갑자기 등뒤에서 나타났다. 그놈은 말주둥이 앞으로 덤벼들면서 무사를 물려고 사납게 날치였다.

멀리서 그 광경을 보고있던 몰이군들은 일시에 숨을 죽이였다.

《아차! 저 무사가 이젠 영낙없이 범의 밥이 되고말겠구나!》

그들의 이같은 생각은 문득 《악!》소리로 변하였다. 범이 벼락같이 무사를 덮쳤던것이다. 바로 그 순간 사람들의 예상을 뒤집어 엎는 일이 벌어졌다. 무사는 말우에 그냥 덩실하게 앉아있고 영악하게 달려들던 범이 네다리를 쭉 뻗고 너부러졌다. 그 무사가 번개같이 몸을 홱 돌려 범의 대가리를 맨주먹으로 쳐서 바수어버린것이다. 모로 쓰러진 범은 어찌나 된타격을 받았던지 한쪽다리만 간신히 버둥거리고있었다.

무사는 그제야 말머리를 돌리고 허리에 꽂았던 화살을 뽑아 시위에 먹이더니 대수롭지 않게 범의 이마를 쏘아 그놈의 숨통을 마저 끊어놓았다.

그것을 본 몰이군들은 모두 《후─》하고 안도의 숨을 내쉬였다. 그들은 그 무사의 담찬 행동과 주먹힘의 위력에 감탄을 금치 못하였다.

고려시기에는 무사들이 맨주먹으로 범을 때려잡는것이 드물지 않았다. 두하천들판에 사나운 범이 나타나니 송종소라는 무사는 활이나 창같은 무기는 써볼 생각도 하지 않고 맨주먹으로 그 범을 때려잡아 사람들을 놀라게 하였다고 한다. 그 당시의 무사들은 신체단련과 무술훈련을 일상적으로 꾸준히 하고 용감성과 대담성을 적극 키워나갔다. 그러므로 힘이 세고 무예에 능하며 그 어떤 위험앞에서도 두려움을 모르는 담찬 용사들이 적지 않았다.

리조시기에 와서도 사냥경기는 계속되였으며 범잡이는 여전히 사냥경기의 중요한 종목이였다.

15~16세기에는 가장 용감하고 날파람있는 무사들을 갑사라고 불렀다. 그들은 매해 국가적으로 진행되는 활쏘기, 창쓰기, 힘쓰기, 달리기, 격구 등의 시험에 합격한 사람들이였다.

15세기중엽에 무술에 능한 갑사는 6,000~7,000명이나 되였다. 갑사들은 사냥경기 특히 범사냥에서 용맹을 떨치였다. 봉건조정에서는 그중 범을 뛰여나게 잘 잡는 무사들만을 따로 선발하여 착호갑사(범잡는 갑사의 뜻)라는 칭호를 주고 서울과 지방에 배치하였다. 당시 서울주둔부대안에는 착호갑사가 거의 300명이나 배속되여 있었다. 이렇게 많은 착호갑사를 서울주둔부대안에 둔 사실은 그당시 서울주변에도 범이 매우 많았다는것을 말해준다. 서울과 그 주변에는 인왕산, 삼각산을 비롯한 산들이 많고 궁성 북쪽에는 북악산이 있다. 서울근처에 범이 나타나서 착호갑사들이 드문히 동원되였다는 기록도 있다.

리조초기에는 국가적인 사냥경기가 해마다 봄, 가을에 벌어지군 하였다. 이 사냥경기에서는 대체로 대오를 좌, 우 두개의 부대로 편성하였고 경우에 따라서는 세개 부대를 편성한적도 있었다. 그리고 부대안에는 반드시 100명가량의 갑사들로 이루어진 착호부대가 있었다.

범잡이에서 기본무기는 역시 활과 창이였다. 기병, 보병 할것없이 활로 범을 쏘아 잡는것이 가장 많았으며 그다음은 창을 썼다.

비천한 출신의 무사인 리종생과 황해도 서흥사람 한경복은 활로 범을 잡는데서 당대에 으뜸이였다. 한경복은 궁력(활을 당기는 힘)이 약하였으나 사냥시에 범을 피하는 법이 없고 언제나 가까이 접근하여 한 화살로 쏘아잡는 특기가 있었다. 《세종실록》의 기록에 의하면 한경복이 잡은 범의 마리수가 서흥에서만도 40여마리나 되였다고 한다. 그는 무기를 쓰지 않고 맨주먹으로 범을 때려눕히기도 하였다. 범사냥에서 특출한 재간을 가진 그는 겸사복이라는 국왕의 호위병벼슬을 받은후에도 숱한 범을 잡았다.

15세기중엽 어느해 봄날, 강원도 철원에서 국가적인 사냥경기가 있었다. 이 경기에서는 갑사들은 두개부대로 갈라 어느 부대가 짐승을 더 많이 잡는가를 평가하여 승부를 결정하기로 하였다.

사냥이 시작된지 얼마 안되여 갑자기 황소만한 범이 수풀속에서 뛰쳐나왔다. 몰이군들은 곧 포위진을 치고 그놈을 급히 몰아댔다.

범은 달아날 길이 막히자 으르렁거리며 덤벼들 태세를 취하였다. 이와 때를 같이하여 무사가 말을 몰아 질풍같이 앞으로 달려나가며 범을 겨냥하였다. 돌연 핑―활줄 튕겨지는 소리가 나며 화살이 날았다. 그렇지만 화살은 공교롭게도 빗나가서 범의 살가죽을 스치고말았다. 화살을 빗맞은 범은 천둥같이 노하여 무사가 어쩔새도 없이 날아들면서 말의 허벅다리를 꽉 물었다. 그러니 말은 한번 껑충 뛰고 자빠지며 무사를 땅우에 내동댕이쳤다. 말을 단번에 물어메친 범이 이번에는 대가리를 번쩍 추켜들고 아가리를 쩍 벌리며 무사를 덮치려하였다. 범의 무서운 두눈에서는 예리한 섬광이 번쩍이였다. 위기일발의 찰나였다. 자칫하면 무사가 범에게 상할수 있었다. 이때 오른손에 창을 으스러지게 틀어쥐고 나는듯이 달려온 한 갑사가 혼신의 힘을 모아 범을 향하여 힘껏 창을 내찔렀다. 창은 범의 모가지에 깊이 박혔다. 흉맹스럽게 날뛰던 범은 피를 쫠쫠 내뿜으며 그자리에 푹 꺼꾸러졌다.
 이렇듯 범잡이는 단순한 사냥놀이가 아니라 무술과 용맹을 키우기 위한 실효성있는 훈련이였다.
 범사냥을 하는 무사는 범을 두려워하지 않고 말타기와 활쏘기, 창쓰기를 능숙하게 하는 동시에 힘이 세고 몸도 아주 날래야 하였다. 무사들은 이 범사냥에서 힘, 용기, 슬기와 민첩성, 결단성, 과감성을 유감없이 과시하군하였다. 그러므로 국가에서는 범을 잡는 무사를 가장 대담하고 슬기로운 용사로 인정하였으며 그들을 후하게 대접하였다. 물론 범사냥에서 늘 성공한다고 말할수는 없었다. 범을 포위해놓고도 그놈이 맹수의 본성그대로 날뛰는바람에 희생자와 부상자가 나는 경우도 없지는 않았다.
 《리조실록》에는 맨손으로 범과 싸운 이야기가 많이 기록되여있다.
 함길도(함경도)의 유생 신경례는 안해와 함께 산길을 가다가 뜻하지 않게 범을 만난적이 있었다. 범은 먼저 그의 안해에게 달려들었다. 그러자 신경례는 범을 맞받아나가며 범의 허리를 꽉 그러안았다. 범은 물어뜯으려고 고개를 이리저리 돌리였으나 신경례는 조금도 틈을 주지 않고 세찬 발길질로 그놈을 종시 꺼꾸러뜨렸다.
 유명한 재상 한경득도 맨주먹으로 범을 때려잡은 장사이다. 벼슬이 판중추에 이른 그는 자기가 소시적에 겪은것을 이야기하기 즐겨했다. 그중에서 범잡이와 관련된것을 잠간 보기로 하자. 한경득은 지난일을 회고하며 친구에게 이런 말을 하였다.
 《젊었을 때의 일이네. 어느 산골에 들어가서 사냥을 하다가 졸지에 사나운 범을 만났네그려. 피할래야 피할길이 없어서 창졸간에 범의 턱주가리아래에 척 늘어져있는 살을 움켜쥐고 서로 힘내기를 하느라 땅우에서 비척거렸네. 그러니 가까이에 있던 사람들은 겁에 질려 다 내뺐지. 아무리 소리를 질러도 구원하러 오는자가 있어야지. 또한 조그마한 쇠끝조차 몸에 지닌게 없는 나는 오직 맨주먹뿐이였네. 정신을 가다듬고 비탈아래를 굽어보니 물웅뎅이가 보이더 군.《옳다, 됐다, 이놈을 그리로 끌고가서 요정을 내자!》하구 나는 범을 밀면서 조금씩조금씩 앞으로 나아갔네. 그러느라니 나도 맥이 빠지고 범도 힘이 차츰 진해가는게 알리네. 나는 온몸이 온통 땀으 로 미역을 감다싶이 되였네. 허지만 기를 쓰고 범을 그냥 밀고 또 밀었지. 그렇게 해서 나는 범을 틀어잡은채 끝내 물가까이에 끌어 갈수 있었네. 내가 물에 들어서자 범은 안들어가겠다고 버둥대더 군. 그러는걸 억지로 물속에 끌어들였지. 그런후에 그놈을 물속에 처넣어 배떼기가 통통 부어오르도록 물을 먹여서 맥을 뽑고 용을 쓰지 못하게 하였네. 또 그다음에는 작대기와 돌멩이로 그놈을 두 드려패여 죽여버렸네. 내가 만일 그때 용감하고 담차지 못하였더라 면 꼭 죽고말았을걸세.》

범을 상대로 이같이 힘과 용기를 겨루어 이긴 한경득이야말로 당 대의 제일가는 장사라고 할만하였다. 한경득은 그런 용감성, 과감 성을 지닌 덕에 세번씩이나 위험속에서 벗어날수 있었다.

우리 조상들은 이렇게 활과 창만이 아니라 맨손으로도 능히 범을 때려눕힐줄 알았다. 그들이 잡은 범의 고기와 뼈는 약재로 쓰고 가 죽으로는 깔개가 아니면 덧옷을 지었다. 그리고 범뼈를 가지고는 각종 장식품을 만들었다.

15세기 문헌에는 큰범의 뼈로 정교하게 칼자루를 만들어 다른 나 라에 수출하였다는 기록이 있다.

이상에서 보는것처럼 우리 선조들은 자연을 정복하거나 맹수와의 싸움에서 항상 용감하였으며 과단성있고 침착하게 행동할줄 알 았다.

고구려와 고려를 거쳐 리조초기까지 활발히 진행하여오던 범사냥 경기는 16세기이후 학문만 숭상하고 군사를 경시하는 문존무비의 사상이 만연되면서 차츰 자취를 감추었다. 그러나 인민들은 봉건통 치배들이 그러거나말거나 조상대대로 전해내려오는 범사냥을 계속 하였고 그러한 풍속을 귀중히 보존하여왔다.

김 교 식

마지막발명품

리조초엽인 1441년 8월 18일, 이날 우리 나라에서는 세계최초의 발명품인 《측우기》가 완성되였다.
임금 세종은 신하들을 거느리고 천문관측을 맡아보는 서운관에 친히 나와 측우기를 보면서 매우 만족해하였다.
높이 2자(약 40cm), 직경 8치(약 16cm)의 쇠로 만든 원통그릇 모양의 측우기는 그 안에 고이는 비물의 량을 가지고 내린 비량을 측정하는 기구였다. 측우기가 나오기전까지는 비물에 땅이 젖는 정도로 비량을 짐작했을뿐인데 이러한 방법으로는 비량을 정확히 알수가 없었다. 물이 땅속에 스며드는 깊이는 토질에 따라 다른것이다.
수재와 한재가 그칠사이 없었던 당시의 조선에서 비량의 정확한 측정은 매우 절박한 문제였다. 이로부터 해마다 각도 감사들이 보고하는 여러 지방의 비량을 집계하여온 호조에서 새로운 측정방법을 세워줄것을 서운관에 의뢰하였다.
그리하여 서운관에서는 비량을 측정하며 강물이 붓거나 줄어드는 것을 한눈에 알아낼수 있는 새로운 측량방법을 찾아내기로 하였다. 이 연구과제는 장영실이라는 갓 마흔을 넘긴 기술자에게 맡겨졌다. 그는 거의 1년가까이 애쓰던끝에 드디여 측우기를 완성하여 오늘 임금에게 보여주게 되였다.
하얀 화강석대우에서 반짝거리는 크지 않은 쇠통, 만든 솜씨가 참으로 정교하며 그 지혜도 놀랍고 경탄할만한것이였다.
측우기를 살펴보던 세종은 얼굴에 한가득 웃음을 띠웠다.
《너의 지혜와 재능이 실로 놀랍구나. 갑진년(세종16년)에는 자격루(물시계)를 만들어 나의 소원을 풀어주더니 오늘은 또 이런 기이한 기구를 만들어 백성들의 농경을 돕게 하였구나. 기특한 일이다.》
《황송하오이다.》
장영실은 허리를 깊이 굽혔다.
《소인이 뼈를 깎아 이런 기구를 만들었다 한들 어찌 성은(임금의 은혜)에 백분의 일이나마 보답할수 있으오리까. 황송하오이다.》
임금을 바라보는 장영실의 두눈에는 뜨거운것이 고여 번쩍이였다.
…그것은 지금으로부터 꼭 20년전의 일이였다.

먼 남해바다가에 자리잡은 동래현에서 관노로 매여사는 갓 스무살에 나는 젊은이, 그는 어머니가 천한 관청기생이라 하여 철들기 전부터 관청소속의 쟁인바치로 해빛을 보지 못하고 자라면서 짬만 있으면 기술을 익히고 기계의 원리를 연구하여 벌써 뛰여난 재능을 보이기 시작하였다. 금과 은을 제련하는 기술도 높았고 여러가지 무기제조와 수리는 물론 성을 쌓거나 농기구를 만드는 일 등에서도 막힘이 없었다. 당시 동래관아에서는 장영실이 참녜하지 않으면 무슨 일도 묘리있게 해내지 못하는줄로 아는 정도였다. 심지어 량반부호 집 안방마님네들의 망가진 귀걸이며 금은노리개따위도 장영실이 아니면 제대로 고쳐놓지 못하는것으로 되여있었다. 그가 만든 물건을 본 사람들은 누구나 혀를 내두르며 그 기술의 신묘함을 두고 감탄을 아끼지 않았다.

그리하여 접차 그의 이름은 동래관하 여러 고을은 말할것도 없고 경상도 일판을 벗어나 서울에까지 알려지게 되였다.

1422년(세종4년)어느날,

왕 세종은 시간을 정확히 측정하는 기계를 어떻게 하면 만들수 있겠는가를 의논하기 위해 신하들을 불러들였다. 신하들이 정해진 자리에 다 앉자 세종은 좌우를 돌아보며 입을 열었다.

《예로부터 정치의 근본은 백성을 잘 다스려 편안히 하는것이라 하였거니와 그러자면 춘하추동 네 계절과 때와 시를 정확히 가려 정사를 베풀고 농경을 잘하도록 해야 하지 않겠소. 헌데 아직 과인의 대궐에는 때와 시를 어김없이 가릴만한 기계가 없으니 실로 근심스럽소. 태고시절부터 해그림자나 별의 위치를 보고 시간을 알아내는 법은 있지만 정확하지 않고 그나마 흐린 날이면 알 도리가 없으니 어찌하면 좋겠는지… 누구든 방안이 있으면 말을 하오.》

임금이 말을 마치니 좌중은 물을 뿌린듯 조용해졌다. 잠시후 신하들은 시간을 측정해온 동서고금의 여러가지 방법들을 두루 이야기하였다.

당시까지만하여도 시간측정이 그리 정확하다고 할수 없었다. 태고시절부터 써오는 방법의 하나는 물을 항아리에 넣고 하루동안 흘러내리게 한후 그 물량을 12등분하여 그 물이 흘러가는 동안을 1시간으로 보는것이였다. 중국에서는 이미 기원전 7세기경에 《루각》 또는 《경루》라고 부르는 이런 장치를 만들어 리용하여왔다. 그러나

이 물시계는 하루 한두번씩 물을 갈아주어야 했고 사람이 지켜서서 실수없이 시간을 알려야 하므로 정확할수가 없었다. 때로는 시간을 왕청같이 틀리게 알리여 큰 소동이 일어나는 경우도 있었다.

그후 송나라시기에는 소송이라는 사람이 1091년에 물레바퀴로 돌아가는 자동물시계를 창안한적도 있었으나 구조가 복잡하고 정밀하여 그가 죽자 다시는 만들지 못하였다고 한다.

12～13세기에는 아라비야사람들에 의하여 시간이 되면 쇠공이 굴러떨어지면서 종과 북을 치는 장치가 되여있는 자동물시계가 만들어졌다. 이 시계로는 시간을 비교적 정확히 측정할수 있었다. 아라비야사람들이 만든 이러한 자동물시계장치는 당시 매우 높은 수준의 기술을 요구하는것이였다.

세종은 바로 이같은 시계를 경복궁대궐에 보란듯이 놓아두고싶었다.

임금의 그 뜻을 알아차린 공조참판 리천이 정중히 아뢰였다.

《소신은 우리 나라가 동방의 례의지국일뿐아니라 당당한 문명국으로서 그러한 자동물시계를 만들지 못할 까닭이 없다고 생각하옵니다. 어명으로 경향각지에서 이름있는 기술자와 공인들을 찾아내여 일을 맡긴다면 능히 자동물시계를 이루어놓을수 있을줄로 아옵니다.》

《음—참판이 옳은 말을 하였소.》 세종은 고개를 끄덕이며 빙그레 웃었다.

《그러니 이제부터 경들은 자동물시계를 만들만한 사람을 천거해보오. 빈부와 귀천은 구태여 가릴 필요가 없소.》

임금의 그 말에 부복해있는 신하들의 몸은 금시 졸아드는듯싶었다. 그들은 모두 꿀먹은 벙어리가 되여 고개를 깊이 숙일뿐이였다. 과학이나 기술은 천한 일로 여겨 관심조차 돌리지 않았으니 그럴밖에 없었다.

한동안이 지나서야 한 늙은 신하가 주저주저하며 입을 열었다.

《소신이 들은바에 의하면 경상도 동래현에 사는 장영실이라는 관노가 비상한 기술을 가지고있다고 하옵니다. 무슨 일이든지 영실이 말아하면 실수가 없다 하오니 한번 시험해보심이 어떠하올지… 소신의 생각으로는…》

《동래현에 사는 관노라?》

세종은 다소 못미덥다는듯이 눈을 치떴다.

《경이 그 동래현 관노를 직접 보았소?》

《황송하오나 소신은 장영실을 보지 못하였사옵니다. 다만 몇해전에 소신의 조카되는 사람이 동래현 현령을 지내고 와서 하는 말을 들어 알게 되였사온데 지금 한양장안 쟁인바치들속에서도 장영실의 소문이 널리 퍼지고있는줄로 아뢰옵니다.》

《상감마마, 적실한 말인줄로 아옵니다.》

곁에서 듣고있던 다른 한 신하가 머리를 조아렸다.

《장영실은 글도 알고 기술도 높아 무슨 일에나 막히는데가 없다는 소문이 지금 널리 나돌고 있사옵니다.》

《헌즉 그 소문이 틀림없으렸다?!》

세종의 얼굴에는 밝은 빛이 어리였다.

《그러면 급히 장영실을 데려오게 하고 다른 사람도 더 물색하도록 하라.》

《분부대로 하오리다.》

신하들은 안도의 숨을 내쉬며 일제히 머리를 조아렸다.

이 일이 있은지 보름 남짓이 지난 어느날 동래현 관노 장영실은 경복궁 근정전 앞뜰에서 세종을 만나게 되였다.

그가 공조참판 리천과 함께 대궐에 들어서니 홀로 생각에 잠겨 전각앞을 거닐고있던 세종이 반색하며 마주 다가왔다.

영실은 황급히 이마를 땅에 대고 엎드리였다.

《네가 장영실이냐?》

이윽고 머리우에서 임금의 우렁우렁한 목소리가 들렸다. 영실은 가슴이 후두두 떨리였다.

《소인 장영실이 상감마마의 어명을 받들고 대령하였사옵니다.》

《먼길을 급히 대여오느라 곤할터이지만 내가 보고싶어 급히 찾았다.》

《황송하오이다.》

영실은 그저 고개를 조아릴뿐이였다.

《얼굴을 들거라. 한번 보고싶구나.》

《상감마마!》

영실은 천천히 고개를 들었다. 그의 젊은 얼굴은 붉게 상기되여 있었다.

《상감마마, 소인은 아무 재간도 없는 비천한 몸이옵니다. 감히 상감마마앞에서 어찌 고개를 들고있으오리까.》

영실은 다시금 이마를 땅에 대였다. 그의 가슴은 지금 불도가니처럼 뜨겁게 달아오르고있었다. 머나먼 벽지에 묻혀살던 비천한 몸으로 감히 임금을 만나뵈오리라고는 꿈에도 생각지 못한 그였다.

《내 너를 부른것은 네가 나라를 위해 큰일을 할수 있다고 여겼기 때문이다. 그러니 공조참판 등과 더불어 기술을 아끼지 말고 힘써 주기를 바란다.》

《황송하오이다. 변변치 못한 재주이오나 다 바쳐서 보답하오리이다.》

《장한 생각이로다. 그러면 그만 돌아가 쉬거라.》

세종은 턱수염을 쓰다듬으며 천천히 걸음을 옮겼다. 하지만 영실은 땅에 엎드린채 일어설념을 못하였다. 참판 리천이 일깨워주어서야 그는 자리를 털고 일어났다.

세종은 그 즉시로 여러 신하들을 불러들였다.

《과인이 동래현에서 불러온 장영실을 만나보았는데 듣던바대로 과시 인물이 똑똑해보이고 장차 크게 써야 할듯하니 관직을 주어 맡은바 직분에 전심전력하게 하려고 하오. 경들의 생각은 어떠하오?》

신하들은 약속이나 한듯 아무 대답도 하지 않았다.

세종은 그들이 불만을 품고있다는것을 눈치챘으나 짐짓 모르는체 하고 한마디 덧붙였다.

《경들이 다른 뜻이 없다면 상의원 별좌(5품랑관벼슬)한자리 제수하는것이 마땅할듯하오.》

《상감마마, 황송하오나 그것은 천만부당한 일이옵니다.》

늙은 신하 한사람이 허연 수염을 후들후들 떨며 아뢰였다.

《장영실은 동래현의 천한 관노요. 어미는 기생이온데 서뿔리 관직을 주어 어루만지면 장차 노비천역들이 감히 사족(량반의 일족)의 반렬에 끼여들려 할것이온즉 그 페단을 어찌 막으오리까.》

《지당한 말씀인줄로 아옵니다.》

다른 신하 한사람이 또 절절히 부르짖었다.

《량반의 피를 받았다 하더라도 서자인 경우에는 감히 허용치 않는 관직을 어찌 관노에게 주어 어김없이 받들어오던 엄정한 법도를 그르치오리까. 바라옵건대 상감마마의 그 말씀만은 부디 거두어주소서.》

《허허허, 참말로 답답들 하오.》
세종은 혼자 허거프게 웃었다.
《과인이 관직을 주는 법도를 그르치려고 하는것이 아니라 다만 영실의 재주를 귀중히 여길뿐이오. 그 한사람에게 미미한 말직 한 자리 맡긴다 하여 엄정한 법도가 허물어질리야 있겠소.》
그래도 신하들은 들으려고 하지 않았다. 그들은 당나귀발통처럼 한번 내뻗치면 좀처럼 굽히려 하지 않는 편협하고 완고한 벼슬아치들이였다.
세종은 다시한번 허거픈 웃음을 웃는것으로 그치고 더는 아무 말도 하지 않았다.
그러나 후에 다시 상왕으로 있던 태종(전임금이며 세종의 아버지)에게 이 사실을 고하여 완고한 원로대신들의 반대를 물리치고 기어이 장영실에게 상의원별좌의 벼슬을 주고야말았다.
이것이 세종5년(1423년)에 있은 일이였다.
관노의 신분으로 꿈에도 상상할수 없었던 관직을 받은 영실은 마음속으로 소리없는 울음을 울었다. 관직이 고마운것이 아니라 이름없는 쟁인바치에 지나지 않는 저를 그토록 믿어주고 아껴주는 임금의 처사가 고마웠다.
(상감마마, 이 영실은 한생이 다하도록 상감마마의 뜻을 받들겠습니다. 한생토록 의리를 저버리지 않겠습니다.)
그날 장영실은 마음속으로 이같이 부르짖으며 밤이 깊도록 잠들지 못하였다. 이리하여 세종왕과 운명적으로 결부된 장영실의 한양대궐에서의 생활이 시작되였다.
그는 잠도 잊고 때식도 건느면서 밤과 낮이 따로 없이 미친 사람처럼 여러가지 일들을 재치있게 해나갔다. 동래관가에 매여 일할 때보다 보고 읽고 듣는것이 많은데다가 여러가지 귀한 자재들도 얻을수가 있으니 좁은 그릇속에서 헤염치던 물고기가 큰 바다에 나간것과 같았다.
영실은 피곤도 싫증도 몰랐으며 모든 잡념을 다 잊고 오직 과학탐구와 기술련마에만 정열을 바치였다.
세종14년(1432년)에는 벌써 서운관과 경복궁에 천문관측기구를 만들어 설치하는것이 전면에 나섰다. 이를 위해서는 우선 서운관을 확장하고 간의대를 건설하여야 하였다. 장영실을 비롯한 서운관의 기술자들은 간의대구조설계를 맡아 작성하는 한편 건설공사를 정력적으로 지도하여나갔다.

천문관측기구를 해결하는데서 가장 절박한 과제의 하나는 시간을 정확히 측정하는 기구를 만드는것이였다. 천문기상관측을 위해서도 그렇고 사람들의 일상생활과 나라의 사회경제생활전반에서도 시간측정은 무시할수 없는 문제였다.

이처럼 중요한 일을 누구에게 맡길것인가? 누구에게 맡겨야 성공할수 있겠는가?

공조와 집현전의 관리들과 서운관, 상의원 등에서 일하는 기술자들속에서는 이런 론의가 자주 벌어졌다. 그때마다 론의는 장영실이 아니고서는 그 누구도 시계와 같은 정밀한 기계를 만들수 없으리라는데로 기울어지군하였다.

이때 공조참판 리천은 시계제작을 장영실에게 맡겨줄것을 제의하여 임금의 승인을 얻어내였다.

영실은 이 어려운 과업을 기어이 해내리라 굳게 결심하고 일에 착수하였다.

기계기술이 발달하지 못한 그 시기에 시계제작은 최첨단기술의 하나로서 정밀한 수학적계산을 떠나서는 엄두도 낼수 없는 일로 인정되여있었다.

하지만 영실은 이 일을 해낼 자신이 있었다. 그것은 그저 단순한 욕망이 아니였다. 그런 확신을 가질만큼 발전한 우리 나라의 과학기술이 있었던것이다.

과학기술의 발전면모를 보여주는 실례의 하나로 《칠정산》이라는 천문력법책(8권)을 들수 있다.

내편과 외편으로 구성된 이 책의 내편에서는 우리 나라의 천문현상을 고찰하고 합리적인 력서편찬방법과 리론을 체계화하였으며 외편에서는 아라비야의 력법이였던 회회력법을 참고로 하여 천문리론을 서술하였다.

《칠정산》에는 여러가지 천문계산에 필요한 상수들과 수표들, 계산방법들이 제시되고 해와 달의 운동, 일식, 월식의 예보, 행성의 운동법칙이 밝혀져있다. 이 책에 계산한 한달의 길이는 29.530593일로서 오늘의 값인 29.530588일과 거의 차이가 없으며 지구가 원운동이 아니라 타원운동을 하는데로부터 생기는 세차현상의 값(51초)

도 오늘의 값(50.2초)과 큰 차이가 없다. 이는 천문학, 수학, 물리학을 비롯한 여러 분야의 과학기술의 놀라운 발전정도를 말해주는 증거로 된다.

장영실은 바로 이 발전된 과학기술에 토대하여 자동물시계 창제를 확신성있게 말아나설수 있었다.

물론 시계창제라는 새로운 기술분야를 개척하는 일은 결코 쉽지 않았다. 복잡하고 정밀한 기계장치들을 하나하나 세밀한 과학적계산에 기초하여 설계하고 제작하여야 하였다.

김빈이라는 기술자를 비롯한 몇명의 보조자들이 도와주기는 하였지만 거의 모든것을 그자신이 직접 설계하고 계산하고 제작하지 않으면 안되였다.

자동물시계를 만든다는 놀라운 소문이 널리 퍼지자 집현전의 여러 학자관리들이 거의 매일과 같이 장영실의 일터에 찾아왔다.

영실은 한쪽구석에 자그마한 침상을 꾸려놓고 거기서 새우잠을 자면서 일하였다. 그리고 지우고 다시 그린 수백장에 달하는 크고 작은 설계도면들, 까맣게 글자투성이가 된 계산종이들, 나무를 깎아 만든 복잡한 모형들… 그 어느것이나 다 그의 탐구와 노력, 땀과 넋의 산물이였다. 또한 다른 사람은 대신 만들수도 없고 리해하기도 어려운 귀중한것들이였다. 종이 한장을 잘못 건드려놓은탓에 며칠간의 노력이 허사로 될수도 있었다. 집현전 학자들은 영실의 일터에 와서도 문결에서 기웃거릴뿐 감히 안으로 들어가 이것저것 물어보거나 건드려볼 엄두를 내지 못하였다.

하루는 세종이 리천을 앞세우고 장영실의 일터에 찾아왔다. 그곳은 임금이 다닐만한 장소가 아니여도 세종은 그런데는 전혀 마음을 쓰지 않고 문앞에 이르러 안을 기웃이 들여다보았다.

영실은 아무런 인기척도 느끼지 못하고 노전을 깐 땅바닥에 엎드려 무엇인가 열심히 계산하고있었다. 붓끝의 먹이 말라 글을 쓰지 못하게 되니 벼루에 팔을 뻗치기도 성가신듯 침으로 붓끝을 추기며 쓰고지우고 다시 쓰기에 여념이 없었다.

리천은 그가 고개를 들기를 기다리다 못하여 안으로 조심히 들어가서 상감님이 친림하였다는것을 귀띔했다.

그제야 영실은 잠을 자지 못하여 빨갛게 피발이 선 눈을 크게 뜨며 천천히 허리를 폈다.

《무슨 말씀이온지?》

먹물이 묻은 꺼먼 입술을 조용히 움직이며 묻는 영실은 아직도 탐구의 세계에서 벗어나지 못한것 같았다.

《상감님께서 친림하셨네.》

《상감님께서?》

또 한번 되물어보는 영실은 《상감님》이라는것이 무슨 말인지 분명 깨닫지 못한 모양이였다.

《아니, 왜 그러고 섰나? 어서 의관을 바로잡고 상감님을 맞이해야 할게 아닌가?》

그제야 얼핏 임금이 서있는 문쪽을 바라본 영실은 황급히 웃저고리를 찾아입고 쭈그러든 갓을 썼다.

(아, 상감님께서 오시였는데 내가 왜 이러고있을가? 보잘것 없는 나를 대궐로 부르시여 큰일을 맡기시고 밝은 빛을 보게 해주시였는데 부모는 모를지라도 내 잠시나마 상감마마를 몰라뵈서야 안되지.)

영실은 한순간이라도 임금을 잊고있은 자신이 더없이 죄스럽게 느껴졌다.

《상감마마!》

영실은 급히 문밖으로 달려나가 임금의 발치에 엎드리였다.

《상감마마, 소인 장영실이 문안드리옵니다.》

《오냐, 영실이냐?》

세종은 빙그레 웃었다.

《어찌 이토록 루추한곳으로 친림하시오니까. 실로 황감하오이다.》

《허허… 별말을 다하는구나. 영실이 일하는곳인데 어찌 루추하고 말고 할게 있느냐. 그래 일은 잘되여가느냐?》

《예, 소인이 있는 힘을 다하여 장치를 설계하고있사옵니다. 헌데 다른것은 별것 없사오나 흘러내리는 물량을 고르롭게 하는 일이 가장 어려운가 하옵니다. 그릇에 물이 많을 때면 더 많이 흘러나가고 적게 있을 때면 천천히 흘러나가므로 시간의 길이에 따라 장치를 정확히 움직일수가 없게 되오이다.》

《흠, 그렇겠구나.》

세종은 고개를 그덕이면서 장영실의 피로에 잠긴 파리한 모습을 이윽히 바라보았다.
《동서고금에 중한 일치고 쉽게 이루어진것이 없느니라. 조금도 락심치 말고 지혜를 바치면 꼭 뜻을 이룰 날이 있을게다. 그러니 오늘은 잠간 피곤도 풀겸 밖에 나가 시원한 바람을 쏘이는게 어떻겠느냐?》
세종은 궁담밑 양지쪽에서 한창 피여 향기를 풍기는 복숭아꽃을 바라보며 발자국을 떼였다.
영실은 꽃이 핀것을 오늘 처음 보았다. 그렇지만 아름답다는 생각보다도 벌써 시절이 이렇게 흘러갔구나 하는 조급한 마음만 앞섰다.
《상감마마, 소인은 그만 하던 일을 마저 할가하옵니다.》
두어발자국 옮긴 세종은 놀라운듯 뒤를 돌아다보았다.
《하하… 장영실이 미쳤다는 소문이 이래서 난것이로구나. 네가 이다지도 일에만 음해있으니 집현전 사람들은 영실이 분명 미쳤다고 할밖에…》
세종이 가늘게 한숨을 내쉬였다.
《허허… 네 이렇듯 침식을 잊고 일하고있으니 어찌 충성스럽다 하지 않겠느냐. 실로 갸륵한 일이로다.》
《황송하오이다.》
영실은 몸둘바를 몰라하였다.
《상감마마를 위하고 나라를 위하는 일인데 비천한 소인이 무엇을 아끼오리까. 다만 하해같은 성은에 보답하지 못할가 두려울뿐이옵니다.》
세종은 영실의 말에 감동된듯 한동안 아무 말도 없었다.
별감들이 가벼운 교자(결상)를 가져다놓으니 세종은 그 교자에 걸터앉았다.
《내가 들은바에는 영실이 아직 총각으로 외자상투(장가를 들지 않았으니 나이든 리유로 틀게 되는 상투)를 얹고 산다고 하던데 그게 참말이냐?》
영실의 얼굴에는 한줄기 홍조가 피여올랐다.
《사실이옵니다. 소인은 아직…》
《어찌하여 삼십나이를 넘기였는데 안해를 맞지 않느냐?》
《상감마마, 외람된 말씀이오나 소인은 굳이 장가를 들어야 할까

닭이 없사옵니다.》

《아니 그게 무슨 말이냐? 장가를 들어 안해를 맞이하면 부부지정도 맞볼것이요. 자식도 얻을터인데…》

웬일인지 영실은 대답을 못했다. 홍조가 피여올랐던 그의 얼굴에서는 하얗게 피기가 가셔지고있었다.

《어서 말씀드리게.》

옆에서 듣고있던 리천이 일깨워주어서야 영실은 나직한 목소리로 침착하게 대답하였다.

《소인에게 락이 있다면 오직 한가지 기술을 바쳐 새로운 문물을 이루어놓는것뿐이옵니다. 그밖에는 한생 다른 락은 구하려 하지 않으오이다. 그리고 자식을 두고 말씀아뢰오면 소인은 천한 몸이라 종자식이 생기는것을 바라지 않사옵니다.》

영실의 목소리는 비통하게 떨리였다.

《영실은 이미 상의원 별좌로서 5품관인데…》

세종은 말을 하다말고 머리를 설레설레 흔들었다.

옆에 있는 리천도 이 대목에 이르러서는 짐짓 못들은체하였다.

영실이 5품랑관벼슬에 해당하는 상의원의 별좌라고는 하지만 언제 그런 벼슬다운 대우를 해준적이 있으며 또 어느 누가 그를 5품관으로 여긴적이 있었던가. 영실이자신도 자신을 벼슬아치로 생각해본적이 없었으며 그 대우를 바란적도 없었다. 그 벼슬은 임금의 믿음을 주어 몸가까이 두고 쓰려 한다는 의미밖에는 아무런 내용도 가지지 못하는 빈 허울에 지나지 않는것이였다.

영실은 이를 알고있었으나 임금이 동래현의 관노이던 저를 불러 믿음을 안겨준것이 고마웠다. 그리고 기술활동을 할수 있는 유리한 조건이 마련된것도 다시없는 행운으로 여기고있었다.

안락한 가정이나 귀여운 자식이 그리운 마음이 없는것은 아니였다. 그러나 천한 몸으로 과학기술에 한생을 바치기로 결심한바에는 가정도 자식도 바라지 않는것이 오히려 마음 가벼운 일이라고 생각하였다. 물론 5품랑관의 벼슬을 받았으니 노비의 신분에서 속량이 되였다고 할수 있겠지만 그 경우에도 어디까지나 한대에 그칠뿐이고 그의 자식은 다시 노비로 되고마는것이 정해진 법이며 엄연한 현실이였다. 천한 **노비**의 운명이 바로 이러하므로 임금도 참판도 더는 그 이야기를 이어나가기를 꺼려한것이였다.

이날 세종왕은 별로 긴요치 않은 말을 얼마간 더 하고나서 근정
전으로 돌아갔다.
 영실은 그날 종일 우울하게 지내였다. 마음이 까닭모르게 울적하
고 산란하였다. 궁담옆에 활짝 핀 봄꽃의 향기도 마음을 더욱 피롭
히고 산란하게 하는것 같았다.
 그날밤은 달이 밝았다. 영실은 퇴마루에 나앉아 달빛을 하염없이
바라보고있었다. 궁담밑의 복숭아꽃은 달빛을 받아 뮤달리 하얗게
보이였다. 궁담쪽으로 시선을 돌린 영실은 불현듯 만발한 복숭아꽃
들 사이로 하얀 소복차림을 하고 환하게 웃는 중년녀인의 모습이
우렷이 떠올랐다. 그것은 마지막으로 본 어머니의 모습이였다. 관
청기생으로 한뉘 고생을 하다가 마흔도 넘기지 못한채 세상을 떠나
신 어머니, 그는 아버지를 기억하지 못했다. 다만 어머니가 별스럽
게 소복을 입고있었던것이 아버지의 사망때문이였음을 철이 들어서
야 깨달았을 정도였다.
 (영실아, 불쌍한 내 아들아!)
 꿈결에도 잊을수 없는 어머니의 부드러운 목소리가 울려오는것
같았다.
 (너는 이 어머니가 천한 몸이였던탓에 훌륭한 재능을 타고났어
도 빛을 보지 못하는구나. 아 원한의 세상이요, 원한의 인생이로
다. 네가 큰 뜻을 품고 모진 마음을 먹었으니 실로 장하다만 너를
기다려 시들어가는 저 옥섬이는 어찌할터이냐…)
 저도 모르게 벌떡 일어난 영실은 궁담밑으로 허둥지둥 달려가서
어머니의 모습이 비꼈던 그 복숭아나무를 부둥켜안고 몸부림쳤다.
 (아, 어머니 불쌍한 어머니.)
 그의 두볼에는 뜨거운 눈물이 하염없이 흘러내렸다.
 (걱정마세요. 이젠 이 영실이도 관노가 아니예요. 힘껏 일하여
큰 공을 세우겠어요. 하지만 제발 옥섬의 일은 잊으세요. 저는 잊
으려 합니다. 아니, 잊을래야 잊을수 없습니다. 아마도 그런 운명
인 모양입니다.)
 몸부림치는 그의 잔등에 하얀 복숭아꽃잎이 흩날려 떨어졌다. 진
정 아름답고 향기 그윽해도 서리처럼 차겁게 느껴지는 꽃잎이였
다. 영실의 눈앞에는 지나간 나날들이 생생하게 떠올랐다.
 …동래진산인 소산의 한 지맥이 흘러내려 이루어진 나지막한 동

성이… 이곳에서 영실의 소꿉시절이 홀러갔다. 구속을 모르고 즐겁게 뛰여놀던 그 시절은 실로 잠간이였다. 그는 너무도 일찍 철이 들었다. 《홀어미자식》이라는 말의 모욕적인 의미를 뼈저리게 느낄때쯤 되자 노예신분의 무서운 올가미속에 든 제 처지도 깨달을수 있었다.

열여섯살 잡히던 해에는 친한 동무들도 그에게서 멀어지는듯 했다. 호적에 오를 그들은 모두 호패를 차게 되였으나 호적에도 없는 영실에게는 호패가 있을리 없었다. 그와 동무들과의 사이에는 어느새 엄연한 간격이 생겼다. 그는 관청노비안(노비대장)에만 천한 이름 석자가 씌여있는 자기처지의 불행함을 통절하게 느꼈였다.

영실은 갑자기 이 세상에 저혼자 외롭게 남은것 같았다. 그는 동무들을 만나려 하지 않았고 동무들도 역시 그를 찾아오지 않았다. 하지만 한 처녀만은 전보다 더 그를 정답게 대해주고 가장 살틀한 심정으로 위해주었다. 영실은 처녀의 그 비단결같은 마음에 가슴이 후더워져서 뜨거운 눈물을 흘린적도 있었다.

바다가 가난한 어부의 집에서 나서자란 처녀는 남달리 건강하고 억세면서도 마음씨는 부드러웠다. 웃을 일이 있으면 허리가 꺾어지게 웃었고 울일이 생기면 가슴이 찢어질듯이 울었다. 정녕 불덩이같이 뜨겁고 다감한 처녀였다.

처녀는 제가 영실을 남달리 사모하며 따르게 된것이 언제부터인지는 딱히 알지 못했다. 바다가 모래불에서 발가벗고 뛰놀 때부터 그들은 다정한 사이였다. 철이 들었을적에는 어느덧 남모르는 사랑의 봄싹이 두 청춘의 가슴속에서 움터났다. 조용하고 내성적이며 사색을 즐기는 영실과 보다 활동적이고 열렬한 옥섬의 사랑은 세월의 흐름속에 깊어갔다. 하건만 그 뜨거운 사랑의 행복은 너무도 짧았다. 영실은 임금의 부름을 받고 집을 떠나게 되였을 때 불행속에 자리잡은 사랑의 고통을 새로이 깨달았다. 기약도 없는 리별의 순간에 그는 불가사의한 운명의 힘을 느꼈으며 사랑의 자유조차 없는 종의 쓰디쓴 설음을 맛보았다.

영실은 한양대궐로 온후에도 밤마다 천리 먼곳에서 울려오는 처녀의 구슬픈 흐느낌소리를 들었다. 그럼에도 불구하고 그는 관노의 신분으로 장가를 들어 불쌍한 종자식의 죄많은 아버지가 될바에는 과학기술에 한생을 바쳐 임금의 은혜에 보답하는것이 더 떳떳하리라고 생각하였다.

피눈물을 삼키고 몸부림을 쳐가며 옥섬의 그 애절한 흐느낌소리를 잊으려고 했다. 그렇게 어언 10년이 흘러갔다.

그런데 오늘 우연히 임금이 그의 이 아픈 마음의 상처를 건드려놓은것이였다. 상처를 입힌것도 모자라서 헤집고 허비기까지 하다니…

그날밤 밤깊도록 잠자리에서 뒤채이던 영실은 새벽녘에야 쪽잠이 들었다. 그는 고달픈 악몽에 허덕이면서도 임금을 원망하였다.

《아, 너무하오이다.》하고 그는 피타게 부르짖었다.

《소인은 임금님을 위해 사랑도 가정도 다 버리고 한생을 바치기로 각오하고있사옵니다. 헌데 그토록 모질게 마음의 상처를 건드려놓을 까닭은 무엇이옵니까. 소인은 이미 정교한 기계를 만드는것만 락으로 삼을뿐 다른 락은 바라지도 아니하는바온데 그이상 무엇을 더 요구하옵니까.》

영실은 이상하게 울리는 제 목소리에 소스라치게 놀라 잠을 깨였다. 누운채로 고개를 돌려 동창을 바라보니 벌써 해가 높이 떠오른듯 방안에 흘러드는 한줄기 눈부신 빛이 보이였다. 잠간 눈을 비빈 그는 몸을 일으켜 두팔로 무릎을 그러안고 앉았다. 그러자 불시에 한없는 고독감이 엄습하였다. 어인 일인지 문득 옥섬이가 더 가슴쓰린 원망을 안고 살고있으리라는 생각이 그의 머리를 스치고 지나갔다. 10년 세월이 흘렀으니 옥섬이도 이젠 30나이를 넘겼을것이다.

《제발 더는 이 못난놈을 기다리지 마오. 옥섬이가 내내 원망을 품고 기다린다면 이 영실의 죄는 씻을 길이 없소. 나는 임금에게 바쳐진 몸이니 더는 찾지 마오. 기다리지도 찾지도 마오.》

영실은 머리를 세차게 흔들며 입속으로 중얼거렸다. 잠을 설친 그는 부석부석해진 눈으로 천정한끝에 드리운 거미줄을 멍하니 바라보았다. 그의 마음은 몹시 흐리고 무거웠다.

잠시후 자리를 차고 일어난 그는 다시금 일에 파묻혔다. 마음의 고통을 잊는 길은 그 길밖에 없었던것이다.

탐구와 노력의 나날은 흘렀다. 또 1년남짓한 세월이 흘러 세종 16년인 1434년 6월이 되였다. 영실은 마침내 《자격루》라는 자동물시계를 완성하였다. 이 시계는 경복궁의 경희루 남쪽에 새로 일어선 보루각이라는 집안에 설치되였다. 그것은 높은곳과 낮은곳에 설치한 여러개의 물단지에서 흘러내리는 물량의 변화에 따라 열두개의 인형(시신)들이 저절로 움직이며 종과 북, 징을 울려 시간을 알리는 정밀한 기계였다.

《자격루》의 장치들은 참으로 정교하기 이를데 없었다.

물을 받는 단지안에는 엷은 구리판으로 만든 거부기가 둥둥 떠있는데 그 거부기는 물면이 높아지는것만큼 떠오르며 잔등에 설치된 막대기로 쇠공이를 받쳐든 주격을 밀어올리고 그러면 그 쇠공이가 굴러떨어지면서 밑에 놓인 철편의 한쪽을 눌러 인형의 팔을 움직이였다. 그리고 열두개의 인형들과 200여개에 달하는 지레대장치, 37개의 쇠공이들이 모두 흘러내리고 고여오르는 물의 힘에 의하여 자동적으로 동작하게 되여있었다.

《참, 기묘한 장치로군.》

《이거야 귀신의 조화지 어디 사람의 솜씨라 할수가 있소. 참, 장호군(호군은 정4품벼슬이름, 장영실은 세종15년 9월에 호군의 벼슬을 받았다.)은 비상한 사람이요. 몇백년안에는 다시 볼수 없는 인물이요.》

자격루를 보는 사람마다 이렇게 찬탄을 금치 못해하였다.

우리 나라 력사상 처음으로 되는 이 자동물시계의 창제가 어떤 의의를 가지는것인가를 누구보다도 잘 알고있는 집현전의 학자들과 세종왕은 다른 사람들보다 더 기뻐하였다.

그 시기 자격루와 류사한 원리에 기초하여 만들어진 물시계가 다른 나라에도 있었으나 그것은 장영실이 제작한 자동물시계와는 비교도 되지 않았다. 그 정교성, 장치의 자동화수준, 정확성, 예술적 꾸밈새 등 어느모로 보아도 자격루는 세계에서 제일 우수한 시계들중의 하나였다.

1438년 1월에 영실은 하루의 시간, 1년의 네계절, 24절기를 자동적으로 알려주는 일종의 천문시계《옥루》를 만들었다. 천체관측기구 혼천의와 자격루를 결합하여 만든 이 천문시계는 경복궁 천추정 서쪽 뜰에 지은《흠경각》안에 설치되였다.

천문시계《옥루》는 동서남북 사방에 늘어선 옥녀(인형)가 해의 하루운동과 년간운동에 맞추어 방울을 흔들게 되여있었다. 또한 청룡, 백호, 현무, 주작 등 4신이 일정한 시간에 따라 방향을 바꾸면서 시간을 알리는데 낮에는 매 시간마다 종을 치고 밤에는 매 경마다 북을 치고 매 점(1점은 24분)마다 징을 울려주었다. 그리고 자시(밤12시부터 1시사이)에는 쥐, 축시(밤2시부터 3시사이)에는 소가 나타나는식으로 12개의 시신들이 동작하였다.

2개의 옥녀, 4개의 방위신, 태양을 상징하는 총알만한 금덩이의 운동 등 복잡하고 다양한 모든 운동들은 100여개의 기계장치를 거쳐 물의 힘으로 돌아가는 옥류기륜이라는 수차에 공급되는 물량이 자동적으로 조절되는것이 신기하였다. 물그릇 북쪽에 서있는 인형은 그릇이 비면 물을 부어주군하였다. 그뿐아니라 그릇에 물이 중간정도로 차있을 때는 그릇이 바로 서고 물이 가득 차면 기울어지면서 물량을 스스로 조절하였다.

오늘 현대적자동화기구들의 동작원리를 그 시기에 벌써 장영실을 비롯한 우리 나라 기술자들이 널리 활용하였으니 얼마나 놀라운 일인가!

이렇듯 정교한 자격루와 옥루를 본 세종은 매우 기뻐하며
《궁중에 설치한 자격루를 장영실이 아니고서는 그렇게 정밀하게 만들수 없었을것이다. 원나라 순제때 만들었다는 자격루가 비록 정교하다 하지만 장영실의것을 따르지는 못할것이다.》라고 말하였으며 장영실에게 상호군의 벼슬을 내리였다. 상호군은 정4품 무관벼슬로서 실직이 아니라 명예직이였으나 노비의 신분으로서는 꿈도 꾸어볼수 없는 그런 관직이였다. 그런데 이번에는 어찌된 일인지 영실에게 그처럼 높은 벼슬을 주어도 반대하는 사람이 없었다. 만조백관이 그의 기술을 인정하였고 그의 과학기술적권위에 대해서 그 누구도 감히 시비하지 못하였다.

1438년에 경상도 채방별감으로 임명된 영실은 은과 쇠를 채광 제련하는 일을 감독지도하기 위하여 고향 경상도로 내려가게 되였다.

열다섯해만에 겨우 고향땅을 다시 밟아볼 기회가 생겼으니 그 감회가 과연 어떠하였으랴. 사람들이 고향을 애타게 그리워하고 사랑함은 다름아닌 그곳에 정든 사람들과 정든 산천이 있고 인생의 아름다운 추억이 간직되여있기때문이다.

영실은 경상도 감영에 들렸다가 곧 역마를 타고 동래현으로 향하였다. 동래에는 많은 은점과 동점들이 있었으나 그의 마음은 어릴

적 동무들과 옥섬에게로만 달려가는것이였다.

아, 옥섬이! 지금은 어떻게 지낼가.

동래현지경에 들어서서 동래진산인 소산이 멀리 바라보이게 되였을때는 가슴이 울렁거리고 달리는 말도 더딘듯이 느껴졌다.

그는 얼마전까지 시집을 가지 않은 옥섬이가 늙은 부모를 모시고 살아간다는것을 알고있었다.

지금도 그냥 그렇게 살가? 이젠 그 나이도 마흔을 바라보리니 만약 아직 그대로 살아간다면 나는 정녕 옥섬이앞에 나설 면목이 없는 사람이 될것이다. 이제 와서 내 무슨 말로 그를 위로할수 있으랴. 싱싱하고 아름답던 옛모습도 이제는 가뭇없이 사라졌으리라. 기다림과 원망에 지쳐 주름살들이 깊이 패이고 귀밑머리도 희여졌으리니 그런 옥섬을 내 무슨 낯으로 만나보랴. 하건만 그는 옥섬을 끝없이 만나고싶었다. 그 정답고 잊을수 없는 옛모습의 흔적만이라도 보고싶었다.

동래에 이른 영실은 객사에서 려장을 풀었다. 그리고 사람들에게 옥섬의 안부를 물었다. 아, 헌데 이 무슨 청천벽력같은 소식이냐! 옥섬이 이 세상에 없다니 웬말이냐?!

삼남지방을 휩쓴 그 무서운 병진년(1436년)기근때 부모를 모시고 근근히 살아가던 옥섬이 염병에 걸려 늙은 부모와 함께 한많은 세상을 떠나고말았다는것이다.

옥섬이는 끝내 불행한 한생을 속절없이 마치였구나. 아아, 어찌하여 그 아름다운 처녀가 한생을 불행하게 마쳐야 했느냐?

영실은 객사의 빈방에서 하염없이 흐르는 눈물을 훔치며 밤이 깊도록 앉아있었다.

영실은 한평생 누구를 모함한적도 방해한적도 없었다. 오직 성실한 노력으로 살았을뿐이였다. 옥섬이에 대한 사랑도 티한점 없이 깨끗한것이였다. 옥섬이 역시 그러했다.

그랬다면 누구때문에, 무엇때문에?

영실은 매일같이 이 무서운 운명의 물음에 대답을 얻으려고 애를 태웠다. 그러느라니 경상도에 나가있은지 일년도 채 못되는 기간에 거의 10년이상이나 늙어버렸다. 한두오리 섞여있던 흰머리카락은 어느새 서리가 내린듯 온 머리를 덮어버렸고 눈기슭에는 고뇌의 깊은 주름살들이 건너갔다.

맡은 소임을 마치고 경상도에서 돌아온 영실은 경신년(1440년)에는 호조의 의뢰에 의하여 강우량을 측정하기 위한 기구와 강의 수위를 측정하는 기구를 연구제작하는데 착수하였다. 그는 고심어린 탐구의 나날을 거쳐 일년후 1441년 8월에는 측우기를 발명하였다. 그리고 이어 강의 수위를 재는 량수표도 만들었다. 측우기는 서운관뜰에, 량수표는 마전다리 서쪽과 한강가에 설치되였다.

조정에서는 곧 서울과 각 지방 관청들에 이 측우기를 통일적으로 설치하여 비량을 정확히 측정보고하는 제도를 세웠다. 이리하여 력사상 처음으로 전국적판도에서 비량을 정확히 측정집계할수 있게 되였다.

장영실이 발명한 측우기는 세계최초의 강우량측정기구였다. 이딸리아에서 베네데또 까스뗄리가 만든 기구를 가지고 처음으로 비물의 량을 측정한것은 1639년이였고 또 강우량을 종합적으로 장악하는 체계를 세운것은 훨씬후의 일이였다.

그런즉 이보다 근 200년이나 앞서 과학적측정기구를 발명하고 전국적으로 강우량을 측정집계하는 체계를 세울수 있게 한 영실은 과연 얼마나 큰 일을 하였는가.

영실은 이때 겨우 마흔을 갓 넘긴 나이였다. 그의 과학기술과 창조적예지는 한창 원숙기에 이르고있었다. 앞으로 그 어떤 놀라운 발명품을 더 창안하겠는지를 예측할수 없었지만 그의 과학기술활동은 확실히 기대되는바가 컸다.

그런데 이 모든 기대와 희망을 무참히 짓밟아버린 무서운 사건이 벌어질줄이야 어찌 알았으랴.

측우기를 발명한 이듬해인 1442년 봄 어느날이였다. 흠경각에 들려 고르롭게 움직이고있는 천문시계 옥루를 살펴본 영실은 천추전 서쪽뜰을 지나 서운관쪽으로 걸어가고있었다. 그 순간 난데없는 라졸 대여섯이 달려들었다. 그자들은 명청해있는 그에게 다짜고짜로 오라를 지웠다. 영실은 영문도 모르고 의금부(형벌, 감옥관계를 맡아보던 중앙관청)로 끌려가면서 언성을 높여 물었다.

《이게 도대체 웬일이냐?》

명망높은 기술자인 장영실을 모르는바 아닌 의금부 라졸들은 무엇이라 대답했으면 좋을지 몰라 매우 면구스러워하며 부지런히 걷기만 하였다.

《아니, 죄없는 사람을 끌어가면 너희들이 무사할줄 아느냐?》
평생 성낼줄 모르던 영실이였지만 너무도 억울하여서 버럭 소리를 질렀다.
《우리는 령을 집행할뿐이니 그리 알고 너무 탓하지 마시오.》
《령이라니? 누구의 령이냐? 누가 나를 잡아오라더냐?》
《의금부 판사 (의금부의 최고장관 종1품)대감의 령이니 그리 아시오.》
영실이 오라를 진채 의금부 당직청에 들어서니 당직을 서던 의금부 도사가 《죄인》을 호두각으로 끌어가라고 명령했다.
죄인을 심문하는 호두각에는 이미 의금부 당상관들인 지사, 동지사 몇사람이 나와앉았고 심문내용을 기록하는 록사들도 대기하고있었다. 그리고 왕궁보수와 토목공사를 맡아보던 관청인 선공감의 직장(종7품벼슬) 임효돈, 록사 최효남, 대호군 조순생이 먼저 잡혀와서 오라를 진채 무릎을 꿇고있었다. 그들은 영실의 동료들로서 서로 련관된 일을 맡아 수행하는 사람들이였다.
영실은 불길한 예감이 온몸을 휩싸는것을 느끼며 운명의 판결을 기다렸다.
드디여 심문이 시작되자 영실은 즉시 사태의 엄중함을 깨달았다.
며칠전 임금이 병치료를 위하여 이천온천으로 가던 도중 람여(가마)가 부서져서 수백명행차일행이 머물러서는 전례없던 대소동이 벌어졌다. 채가 부러진 람여는 장영실의 기술감독밑에 선공감에서 새로 만든것이였다. 람여의 파손은 의식적이든 무의식적이든 관계없이 임금에게 충성스럽지 못한 그 제작자들이 지은 《대죄》가 아닐수 없었다. 그래서 의금부에서는 람여제작에 참가한 장영실 등 기술관리들을 모두 잡아가두기에 이른것이였다.
의금부 당상관들의 심문이 계속되고 시간이 흘러갈수록 영실의 낯빛은 점점 거멓게 질려갔다.
실로 뜻밖의 우연한 실수로 하여 벌어진 사건이였으나 독사같은 의금부 관리들이 하는 잡도리를 보니 그저 심문이나 하다가 말것 같지 않았다.
(아, 억울하구나. 임금을 위해 한생을 바쳐오다가 이런 지경에 빠질줄을 어찌 알았으랴.)
영실은 변명할 말도 없었지만 구차하게 용서를 빌 생각은 더구나 없었다. 사실 람여가 부서진것은 감독자나 만든 사람들의 충성심이 부족해서가 아니라 재료가 적당치 못하고 그 가공에서 약간한 부족점이 있는탓이였다.

의금부에서는 4월 24일에 《죄인》들에게 줄 형을 정하여 임금에게 보고하였다.

대호군 장영실은 람여의 제작을 허술히 감독하여 임금의 권위를 높이 받들지 못했으므로 형장 100도를 치고 현임관직에서 파면하며 선공감직장 임효돈과 록사 최효남은 람여에 쓸 장식쇠붙이를 튼튼하면서도 치밀하게 만들도록 감독하지 못하고 대호군 조순생은 람여가 튼튼하지 못함을 보고도 장영실에게 마사지지 않으리라 말하여 사고를 미연에 막지 못하게 하였기때문에 각각 형장 80도를 쳐서 파면한다는것이였다.

의금부의 계언을 다 보고난 세종은 한동안 아무말도 없었다.

모두 아까운 기술자들이고 특히 장영실은 이 세상 천지를 다 뒤지여도 다시 찾기 어려운 사람이였다.

영실이 지닌 재능의 그릇은 한시대의 과학기술을 다 담을만큼 크고 넓었다. 고려 금속활자의 전통을 이어 세종 갑인년에 만들어낸 20만자의 《갑인자》제작에도 그의 노력이 깃들어있고 자동물시계 《자격루》, 천문관측기 《혼천의》, 천문시계 《옥루》, 휴대용 해시계 《현주일구》와 《천평일구》, 우리 나라 최초의 공중시계로서 종묘 남쪽거리와 혜정교옆에 설치한 《앙부일구》, 세계최초의 우량계인 《측우기》, 하천수위를 재는 《량수표》… 무엇이나 다 그에 의하여 이룩된것들이였다.

임금에게 충성한다고 말하는 사람은 예전에도 많았고 지금도 적지 않으나 장영실처럼 충성스러운 사람은 없었다. 그는 말로 충성한것이 아니라 충성스러운 한생을 바치고 성실한 노력과 재능을 다바쳤다.

그에게 약간한 실수는 있으되 죄는 없다. 더구나 충성스럽지 못하다는 죄명은 천만부당하다. 헌데 이를 리해할 신하가 이 대궐안에 과연 몇사람이나 있는가.

조정은 다른 사람의 충성스럽지 못함에 눈을 밝히는것으로 자신의 《충성》을 증명하려고 하는 거짓《충신》들만 가득차있다. 이 나라 안에는 영실의 무죄를 증명할 사람이 하나도 없다.

세종은 의금부의 계언이 적힌 종이를 손에 든채 긴 한숨을 내쉬였다.

임금의 권력보다 더 무서운 힘이 있었으니 그것은 이 나라와 조정을 일으켜세우고 넘어지지 않게 붙들어주는 봉건적유교도덕과 그 정치리념이였다. 임금의 통상도 그 밑에 놓여있고 임금자신도 그것의 지배를 받고있는것이다. 그런 까닭에 세종이라는 한 임금이 어느 정도의 리해를 가진다 하여 람여를 허술히 만들어 신성한 왕권에 조금이나마 손상을 준 영실의 소행이 달리 평가될수는 없었다.

세종은 머리를 설레설레 흔들고 천천히 붓을 들어 장영실의 《죄》는 2등급을 낮추어 형장 80도로 감형하며 임효돈과 최효남의 《죄》는 1등급을 낮추어 형장 70도로 감형하라는 글을 써서 도승지에게 내주었다.

이렇게 되여 영실은 억울한 곤장 80대를 맞고 불경죄로 대호군의 벼슬에서 파면당하였다.

그는 대궐을 떠나기 전날밤 홀로 서운관 앞뜰을 거닐었다.

5월이라 궁담밑에 피였던 복숭아꽃도 다 지였다. 영실이 역시 이 궁담안에 갇혀 덧없는 20년세월을 흘려보내며 청춘을 잃어버렸다. 기나긴 세월이 가져다준것은 과연 무엇인가.

무수한 발명품들이 여기 이 대궐안과 서울장안 곳곳에 남아있다. 그 정교한 기구들은 영실이 고달픈 한생에 이루어놓은 열매로서 그 무엇에도 비길수 없는 귀중한 사랑과 바꾼것이였다. 그럼에도 불구하고 임금은 그가 충성을 다 바친 대가로 고작해야 장형 20대를 감형해주었을뿐이다. 친히 《거룩한》 붓을 들어 20년세월의 피타는 노력과 꽃다운 사랑을 희생시켜 이룩한 과학기술적발명들을 장형20대로 계산하여버리였다.

(아, 상감님, 원통하고 억울하오이다.)

영실은 앞을 막아선 궁담을 주먹으로 세차게 두드리며 마음속으로 부르짖었다.

(저는 한생을 상감님께 바쳤건만 어찌하여 오늘 이 대궐에서 쫓겨나게 되였습니까. 아무 죄도 없는 옥섬이는 무슨 죄가 있어 홀로 애를 태우다가 불쌍히 숨을 거두었습니까. 그것이 못난 저의 탓이라면 저는 과연 누구때문에 이 한양성대궐에 들어왔으며 또 오늘은 왜 성밖으로 쫓겨가야 하옵니까.)

영실은 문득 옥섬이의 죽음을 알게 된 그 순간부터 내내 마음을 무겁게 짓누르고있던 《무엇때문에, 누구때문에?》라는 그 무서운 운명의 물음에 대답을 얻은것 같았다.

임금은 임금일뿐 그이상 아무것도 아니였다.

영실을 대궐에 데려다가 일을 시킨것은 왕권을 튼튼히 하기 위해서였지 불쌍한 관노청년을 동정해서도 아니였고 그의 뛰여난 재능을 귀중히 여겨서도 아니였다. 임금과 그 《충실한》 신하들은 봉건왕권의 영상에 한점의 그늘이라도 던진다고 인정될 때는 인간의 운명이며 명예며 그 특기할만한 기술까지도 서슴없이 헌신짝처럼 집어던지지 않는가.

그런즉 영실은 임금의 《은혜》를 입어 대궐에 들어왔고 이번에도 임금의 《은혜》로 쫓겨나는셈이였다.

이제는 일밖에 모르던 영실도 임금에게 아무런 기대를 걸지 않았고 대궐안의 일터에 티끌만한 미련을 두지 않았다. 가슴이 찢기는듯 아프고 억울하기는 하였으나 어찌된 일인지 서운한 감이 전혀 없었다.

영실은 궁담을 두드릴 때 피가 터진 주먹으로 눈물을 씻고나서 천천히 서운관뜰을 가로질러 걸어갔다. 희미한 초생달이 서쪽하늘에 걸려있었다. 좀더 앞으로 나아가니 하얀 화강석받침대우에 놓여있는 측우기가 은은한 빛을 뿌리며 안겨왔다. 그리로 천천히 다가간 영실은 반들거리는 측우기의 몸체를 어루만지면서

《아, 네가 나의 마지막 창제품이로구나!》하고 중얼거렸다. 측우기몸체에서는 찬이슬이 눈물인양 흘러내리고있었다.

《너도 울고있구나. 너도 울고 나도 울고 하늘도 우는구나.》

그는 사랑하는 자식을 보고 말하듯이 정답게 속삭였다.

《나는 가지만 너는 영원히 남아 이 나라 불쌍한 농부들에게 풍년을 가르쳐주렴. 그걸 믿기에 나는 아무 미련도 없이 떠난다. 잘 있거라.》

어느덧 동녘이 희붐히 밝아왔다.

영실은 자그마한 피나리보짐을 메고 대궐남문을 향해 걸음을 옮기였다. 함께 일하던 동료들과는 어제저녁에 이미 석별의 정을 나누었으니 더는 만나볼 사람도 없었다. 그는 남문이 열리자 첫사람으로 성밖에 나섰다.

새벽안개를 헤치며 밭갈이를 하는 농부들의 모습이 멀리로 바라보이였다. 해뜨기전 봄하늘에서는 노고지리가 귀따갑게 우짖었다.
밝고 자유로운 별세상에 나온듯한 기분이였다.
어서 가자! 내 고향 동래로… 부모님도, 옥섬이도 없지만 거기가 내 살곳이다. 버림받은 이 한몸을 받아줄곳은 그래도 고향땅이고 반겨줄이는 정다운 고향의 농부들뿐이다.
장영실은 성큼성큼 걸음을 내짚었다.
멀리 동쪽 산마루에서 아침해가 솟아오르고있었다.
그날이 바로 세종 임술년인 1442년 5월 3일이였다.

리 성 덕

효녀 도리장

《애야, 이젠 그만 돌아가자꾸나.》
《할아버지, 먼저 들어가시와요.》
《그러다 네까지 쓰러질라.》
《…》
《원 애두 극성스럽기는…》
로인은 흰수염을 떨며 머리를 설레설레 저었다. 백발로인과 열댓살쯤 되여보이는 처녀는 길가운데서 이렇게 한동안 싱갱이질을 하였다.
푸른 하늘이 차츰 검붉은 빛을 띠더니 날이 어두워졌다.
이윽하여 로인과 소녀는 천천히 고개마루를 내려섰다. 처녀가 광솔불초롱으로 한치한치 밝혀주는 길을 따라 로인은 지척거리며 간신히 걸음을 옮기였다. 기운없이 걷는 처녀도 금시 주저앉을상싶었다. 아버지를 기다리는지도 어언 5년세월이 흘렀다.
처녀는 지금 리태조의 출현과 함께 시작된 한양성(서울) 건설에 끌려나간 아버지가 돌아올가 하여 마중나갔던 길이였다.
《할아버지, 아무래도 제가 아버지를 찾아 떠나야 할가봐요.》
《응? 네가, 허허… 쓸데없는 소리를 하는구나. …더구나 계집애가…》

계집애란 말에 소녀가 두눈을 홉떴다.
《할아버지, 녀자는 자식이 아니옵니까…》
《허허허… 네 말이 점점 당돌하구나. 도리장아, 세상일이 ㅡ。 마음처럼 되는게 아니니라.》
로인은 가슴이 찌르르했다.
그의 눈앞에는 5년전 도리장의 아버지 득재가 고향을 떠나던 일이 어제런듯 떠올랐다.

…
《개국…》
《개국명ㅡ조선》(새 나라의 이름이 조선이라는 뜻)
이 나라를 휩쓴 개국의 소식은 마치 뢰성처럼 나라의 방방곡곡에 알리여졌다.
《나라가 새로 섰다오.》·
《새 임금 성이 전주 리씨래유.》
고려말기의 봉건폭정하에서 지지리 뜯기고 시달려온 사람들은 새로선 리씨왕조에 한가닥 희망과 기대를 걸고 이런 말들을 하였다.
하지만 백성들에게 차례진것이란 역시 더욱 혹심한 착취와 부담뿐이였다.
미친듯한 칼부림으로 병들고 로쇠한 고려왕조를 뒤집어엎은 리성계의 정권욕은 마치 붙는 불에 키질하는 격이였다.
왕권을 가로챈 리성계는 우선 수도를 한양으로 옮길 작정을 하였다. 만사가 잘되자면 꿈부터 잘 꾸어야 한다는 말도 있거니와 더우기 개경(개성)사람들의 원성도 높으니 이 일은 빠를수록 좋으리라 생각되였던것이다. 그리하여 한양건설이라는 어마어마한 짐이 뜻길대로 뜯기워 뼈만 남은 이 나라 백성들의 연약한 어깨우에 지워졌다.
도감(한양성 건설을 맡아보는 림시기관)의 불같은 성화에 못이겨 한양으로 떠나게 된 득재는 아홉살난 외딸 도리장을 남겨두고 가자니 가슴이 몹시 쓰리고 아팠다. 가난이 죄가 되여 나이 마흔에 장가를 들어서 낳은 자식들은 모두 열병에 걸려 죽고 얼마전에는 안해까지 잃었으니 집에는 어린 딸자식만이 홀로 남아있게 된 셈이였다.
생각다못하여 관가에 찾아가서 사정도 하여보았으나 아무런 보람이 없었다. 그는 하는수가 없어 어린 도리장을 건너집 덕쇠로인에게 맡기고 눈물을 흘리며 한양가는 길에 나섰다. 막무가내로 아버지의 옷자락에 매여달리는 도리장을 간신히 떼여놓은 로인의 눈가에도 질적한 눈물이 고였었다.

《아버지, 날 데리고 가… 나도 갈래.》

《얘야, 아버진 열밤자고 다시 온다.》

《싫어, 싫어…》

덕쇠로인은 그때 발을 동동 구르며 울던 도리장의 애처로운 울음소리가 들리는듯하여 채머리를 흔들면서 중얼거리였다.

《허— 세상두…》

혀를 끌끌 차며 걷던 로인은 그만 돌부리에 걸채여 비칠거리였다. 그러자 도리장이 얼른 그의 팔을 붙들어주었다. 그들은 한동안 묵묵히 어둠속을 헤쳐나갔다.

《…》

《할아버지, 저…》

문득 도리장이 침묵을 깨뜨렸다.

《그래, 왜 그러느냐?》

《전 아버지를 찾아가기로 작정했어요.》

《너는 도시 그 말뿐이구나.》

《제가 연약한 녀자라 하여 그냥 있으면 우리 아버지 생사여부를 어떻게 알겠어요. 누가 소식을 전해줄리도 만무하고…》

로인은 도리장의 굳은 결심을 꺾을수 없다는것을 느꼈다,

《허— 내 너를 철부지로만 알았더니 이젠 다 컸구나. 네 생각대로 하거라. 기특하다.》

로인과 처녀는 약속이나 한듯 걸음을 멈추었다.

《할아버지.》

로인은 자기품에 와락 안기는 도리장의 머리를 정답게 쓰다듬어주었다.

그로부터 며칠이 지나자 도리장은 밤이 들기를 기다려 마을 뒤산에 올라갔다. 처녀는 제 몸과 마음을 단련하여 남정들 못지 않게 되려고 결심한것이였다.

《하나, 둘, 셋, 넷…》

돌마대를 메고 높은 산을 오르내리는 소녀의 온몸은 땀으로 후줄

근히 젖었다.
《쉰둘, 쉰셋… 쉰아홉.》
백을 세고나니 건너편 동산마루에 둥근달이 두둥실 솟아올랐다.
《아―》
신음소리를 내며 돌마대를 땅바닥에 메붙인 처녀는 이마에 송글송글 맺힌 땀을 소매로 훔치며 마을을 굽어보았다. 집집의 창가들에 어린 희미한 등잔불빛이 정겨웁게 안겨왔다. 그 순간 불시에 눈물이 솟아올랐다.
(아, 아버지를 모시고 매끼 더운 진지를 해드리며 살아간다면 얼마나 좋으랴. 그토록 애타게 기다렸건만 아버지는 어이하여 돌아오시지 못하느냐.)
도리장은 그자리에 주저앉아 흐느끼며 울었다. 이제는 눈물이 앞을 가리여 아무것도 보이지 않았다. 처녀는 잠시후에 이를 악물고 다시 일어났다.…
도리장은 밤마다 이렇게 무거운 돌을 어깨에 메고 산을 오르내리였다. 한양에 갔던 마을사람 두엇이 돌아오자 처녀는 아버지의 소식을 물었다. 하지만 그들도 시원한 대답을 주지 못했다. 일하는 장소가 각기 다르니 누가 무엇을 하고있는지도 모르는 정도였다.

《종묘건설이 모두 끝났으니 여기서 더 할일이 없다고 한다.》
《부역군들은 이제 곧 집으로 돌아가게 된다더라.》
이같은 말들이 이 사람 저 사람 입을 거쳐 돌아가더니 얼마간 지나서는 부역군들이 오글거리던 《역사》(부역군들이 거처하는곳)도 차츰 비여갔다.
5년세월 서로 다른고장에서 모여와 힘겨운 고역에 시달리면서도 서로 도와주며 죽음의 나락을 함께 피해온 그들은 고향으로 돌아가게 되니 날개라도 돋친듯 생기를 띠고 작별인사들을 눈물겹게 주고받았다.
종로가의 외진 역사에서도 역시 리별이 한창이였다.
《형님, 그럼 부디 몸조심하시우. 죽지 않으면 또 만나게 될런지…》
《잘 가게, 자네가 앓는 나를 돌봐준 은혜를 눈에 흙이 들어가도 잊지 않겠네.》

《여보게, 안해를 잃었다고 너무 상심말라구. 아직두 앞길이 구만리같으니 어찌 좋은 일이 없겠나.》

《말만 들어두 고마우이. 임자도 몸을 보중하여 하늘이 내리는 복을 받기 바라네.》

부역군들은 리별을 아끼며 눈물속에 이같은 말을 주고받았고 서로 부둥켜안은채 소리내여 울기도 하였다.

그들의 마음속에는 리별의 슬픔보다도 미구에 맞게 될 상봉의 기쁨이 더 큰 자리를 잡고있었다. 그러나 병든 득재는 자리에 누워 사람들이 석별의 정을 나누는 모습을 이따금 바라보며 한숨을 내쉬군하였다. 눈을 감으면 5년전 그날 발을 동동 구르며 울던 어린 딸의 모습이 떠오르고 처량한 그 울음소리도 금시 들려오는것 같았다.

《도리장아, 불쌍한 내 딸아, 이 아버진 끝내 너를 보지 못하게 되는가보구나.》

득재는 원통한 마음을 누를길 없어 혼자말로 부르짖고나서 제 가슴을 쾅쾅 쳤다.

그러니 곁에 있던 한고향사람 박덕이가 그의 겨드랑이를 껴안아앉히며 결심한듯 말했다.

《아저씨, 가다 죽는 한이 있더라도 떠납시다. 아저씨를 여기 두고는 내 발길이 떨어지지 않습니다. 어서 떠나자요. 어서요.…》

《여보게 박덕이, 내 운명은 이미 끝이 났어. 목숨이 하도 질기다나니 아직 숨이 붙어있을뿐이지. 내 걱정을랑 말고 고향에 가서 이 못난이의 소식을 전해주게.》

《아저씨, 무슨 그런 당치 않은 말씀을 다 하세요.》

《아니야, 이 사람, 나를 여기에 놔두고 어서 떠나라구.》

《어이구 아저씨두…》

두사람은 서로 부여잡고 뜨거운 눈물을 흘리였다.

득재는 돌에 치운 상처가 도져 몹시 앓고있는 몸이였으나 박덕은 고향에 같이 가도록 끝내 그를 설복하고야 말았다.

《얘야, 걸음은 꼭 낮에만 걸어야 한다. 세상이 뒤숭숭한 때이니 먼길이 마음에 놓이지 않는구나.》

덕쇠로인이 도리장에게 길망태를 지워주며 하는 말이였다.

《할아버진… 제가 뭐 어린앤줄 아세요. 옛날 설죽화는 녀자의 몸으로 구주성싸움에서 공까지 세우지 않았나요.》
《허허, 네 성미는 아비하고 정 반대로구나. 그래두 무슨 일이 있을지 모른다. 길을 잘 물어보며 가구. 변복을 하였으나 몸을 조심해라. 윤진사댁에서 알면 큰 경을 친다.》
덕쇠로인은 백발이 성성한 머리를 설레설레 흔들었다. 로인의 얼굴에는 짙은 그늘이 비껴있었다. 그는 고을에서 세도가 딩딩한 윤진사가 점점 아름답게 번지는 도리장을 난봉군인 제 아들놈의 소실로 삼을 작정으로 은근히 원심을 쓰고있는것이 종시 근심스러웠다.
《할아버지, 그럼 안녕히 계서요. 제가 돌아올 때까지 몸 보중하시구… 부디 편안히…》
도리장은 말끝을 흐리며 고개를 숙였다.
《오냐, 잘 갔다오너라. 내 걱정을랑 말구… 해 떨어지기전에 장성현에 들어서면 네 외가에 들려 밤을 지내고 가거라.》
《예, 알겠어요.》
《그리구 길량식을 생각해가며 아껴써라.》
《예―》
도리장은 깊숙이 허리굽혀 절을 하고 걸음을 옮겼다. 그렇지만 얼마 못가서 뒤를 돌아보았고 또 몇걸음만에 고개를 돌리며 걸어갔다. 로인은 도리장이 고개를 넘어설 때까지 한자리에 못박힌듯 서있었다.
도리장은 부지런히 걷고 또 걸었다. 처음에는 별로 힘든줄을 몰랐으나 사흘째 접어드니 몸이 차츰 솜처럼 나른해지고 700리 한양길은 아득해보이기만 하였다. 그렇다고 쉬엄쉬엄 갈수는 없었다.
처녀의 걸음은 좀처럼 떠질줄을 몰랐다. 다리를 절며 경기도의 어느 고을어구에 들어선 도리장은 옷차림이 람루한 사람들과 마주쳤다. 그들은 발을 간신히 옮겨디디고있었다. 한양에서 돌아오는 부역군들이 아닌가 하여 도리장은 저도 모르게 오던 길을 되돌아 그들을 따라섰다.
《우리가 아무래도 또 죄를 졌는가부웨. 그 형님이 얼마나 우리를 욕하겠나.》
《그러게말이야. 딸이 아버지의 소식을 들으면 얼마나 가슴이 아

끌고.》

《그 험한 사지판에서 고생인들 오죽하였나. 진원형님을 우리가 꼭 데려와야 허는건데…》

오가는 말을 들으니 한양갔던 부역군들이 분명하였다. 도리장은 후두두 뛰는 가슴을 부여안고 방금 말한 중년사나이곁으로 다가 갔다.

《아저씨, 지금 누굴 두고 하시는 말씀입니까.》

뜻밖에 나타난 소년에게 방자한 질문을 받은 그 사람은 네가 웬일이냐인듯 한번 힐끗 쳐다보았으나 후유― 긴 한숨을 내쉬고 푹 잠긴 목소리로 조용히 말했다.

《한양에서 돌아오지 못하는 늙은이에 대한 이야기다.》

《저… 그 로인의 이름은 어떻게 부릅니까?》

《이름?… 허어―네가 몹시 알고싶은 일이 있는 모양이로구나. 그 형님이름이 뭐라드라… 우린 그저 〈진원형님〉으로 불러놔서…》

도리장의 얼굴은 금시 하얗게 질리였다.

《고향이 진원이고 이름은 득재라고 하지 않았습니까?》

《옳다. 득재형님이다, 그 형님이름이 득재가 옳다. 불쌍한 형님이지. 고향에는 어린 딸자식이 하나 있다고 하더군. …헌데 너는 그 어른과 무슨 관계가 있느냐?》

도리장은 《아―》 하는 외마디소리를 내지르고 대답대신 《그 로인이 지금 어디 있습니까?》 하고 물었다.

그 사람은 갑자기 고개를 푹 수그렸다.

《얘야, 더 묻지 말아다우. 진원형님은 아마 지금쯤 한양에서…》

도리장은 편안히 가시라는 인사를 하고 되돌아섰다. 절던 다리도 별안간에 다 나은듯 걸음은 곱절이나 빨라졌다. 인적은 드물고 갈 길이 바빠 평택을 지난 다음부터는 두다리에 불이 일도록 부지런히 걸었으나 그만에야 수원고을을 이삼십리 앞에 두고 날이 저물었다. 사방에서 뭇짐승들의 울음소리가 들려왔다.

달빛은 밝았으나 인가없는 밤길을 가자니 머리털이 빳빳이 곤두서고 등골에서는 땀이 흘렀다. 발에 생긴 물집들은 바늘을 찌르듯 걸음마다 쑤시였다. 인적도 없는곳에서 누구에게 갈길을 물어볼수도 없었다. 이때는 아직 한양에로의 길이 트이지 않아서 경기도 경내에 인가가 적었다. 정신없이 허둥지둥 한참 걸어가노라니 그리

멀지 않은곳에서 희미한 불빛이 보이는것 같았다. 도리장은 두주먹을 꽉 부르쥐고 앞으로 나아갔다. 가까이 가보니 불빛은 다 찌그러져가는 초가집에서 새여나오고있었다. 그 집 문앞에 가서 주인을 부르니 한동이 지나서야

《거 뉘시오. 누가 왔소.》하는 맥빠진 로파의 목소리가 들리고 뒤이어 백발이 성성한 할머니가 문을 열었다.

도리장은 할머니에게 꾸벅 절을 하고 입을 열었다.

《저는 한양에서 돌아오시지 못한 부친을 찾아 진원고을을 떠난 몸입니다. 갈길은 멀고 밤이 깊어 아닌밤중에 하루밤 신세를 질가 하여 찾아들었으니 참으로 죄송합니다.》

《어이구, 네가 어린몸으로 먼길을 왔구나. 어서 들어오너라.》

할머니는 의외에도 손목을 잡아끌며 정답게 맞아들였다. 방안에 들어가보니 역시 백발로인이 누더기나 다름없는 다 낡은 이부자리를 한쪽으로 걷어치우고 앉아있었다. 도리장은 우선 길량식에서 세사람분을 꺼내놓았다. 할머니는 한사코 받지 않으려 하였지만 도리장은 억지로 넘겨주고말았다.

그것을 본 주인로인은 감심한듯 고개를 끄덕이더니 흰수염을 한번 내리쓸고나서 말했다.

《네가 효성도 지극하고 마음씨 또한 곱구나. 이 험한 세월에 너와 같은 효자를 보니 눈물이 저절로 솟는구나. 헌데 어쩌다가 이 외진곳엘 다 오게 되였느냐?》

도리장은 주인내외의 친절한 인정에 감동되여 지금까지 있은 자초지종을 차근차근 이야기하였다.

주인내외는 그의 말을 들으며 여러차례나 혀를 끌끌 찼다. 지어 할머니는 옷고름으로 눈굽을 찍기까지 하였다.

도리장이 말을 마치자 주인할아버지가 문득

《헌데 한양간다면서 어찌 예까지 왔느냐?》하고 물었다.

《아니 그럼…》

《허ㅡ어, 여긴 무봉산 바로 아래마을이란다.》

도리장은 결국 평택을 조금 지나서는 한양으로 올라가는 길을 내리걸은 셈이였다.

《아, 하늘도 무심하지. …허지만 념려할건 없다. 네 지극한 효성에 하늘도 감동할터이니 반나절 길을 잘못 걸었다고 일이 틀어지겠

느냐. 이곳에서 한양으로 질러가는 길이 있으니 과히 걱정하지는 말아라.》

그 말을 들은 도리장은 가는 한숨을 호—하고 내쉬였다. 다행히도 주인내외는 한양서 살다가 큰 공사가 벌어지게 되자 집도 논밭도 다 잃고 이곳에 와있으므로 한양가는 길은 손금보듯 환히 꿰뚫고 있었다.

다음날 이른아침에 할머니가 지어준 밥 한그릇을 달게 비운 도리장은 고맙다는 인사를 하고 또 한양을 향하여 길을 재촉하였다.

어느덧 도리장이 고향집을 나선지도 10여일이 지났다. 이제는 길량식도 거의 바닥이 드러나고 짚신도 신고있는것말고는 한컬레밖에 남지 않았다. 그러니 드문히 때식을 건너야 했고 신이 닳아 없어질세라 길도 조심조심 걷지 않으면 안되였다.

박덕이와 함께 한양을 떠난 득재는 얼마를 못가서 기운이 빠져 하루에 축내는 길이 불과 시오리도 되나마나하게 되였다. 게다가 그들은 로자도 없는지라 곳곳에서 걸식을 하지 않으면 안되였다. 그러다나니 인가가 없는곳에서는 꼬박 굶어야 했다.

하루는 올망졸망한 농가들이 굽어보이는 언덕으로 간신히 올라가서 쉬던중에 득재가 갑자기 박덕의 손을 잡고 말했다.

《더는 못가겠어. 제발 부탁이네. 날 그냥두고 혼자 가게. 나는 저 마을에 내려가서 어떻게든 해볼 작정일세. 여보게, 내 말을 좀 들어주게. 그러다간 둘이 다 죽어.》

그 말에 박덕이는 펄쩍 뛰였다.

《아니 그게 무슨 말씀이요. 내가 그럼 앓는 아저씨를 이 외딴곳에 버리고 저 하나만 편히 고향으로 돌아가는 몹쓸놈이 되란 말씀이요?!》

《그런게 아니야. 자네가 지금껏 나를 돌봐준것만해두 참으로 무어라고 말할수 없어.. 헌데 이젠 자네가 아무리 애를 써두 이런 나를 데리고는 진원고을로 무사히 돌아갈수 없거든, 그러니 당분간 나를 이곳에 남겨두기로 하고 먼저 가는게 옳은 처사가 아니겠나.》

두사람은 어떻게 하든 같이 가야 한다거니 혼자 가라거니 하며 한동안 싱갱이질을 하였다. 그러다가 박덕이 광주에 어떤 고명한 스님이 불쌍한 사람들을 위해서 세워놓은 원이 있다니 그리로 가보는것이 어떠냐는 말을 내여 득재도 그렇게 하기로 하였다.

얼마후 박덕이와 득재는 언덕을 내려 광주가는 길에 들어섰다.

그들이 광주고을을 눈앞에 둔 새재에 이르렀을 때였다. 길가집에서 하루밤을 자고나니 득재는 몸이 불덩어리처럼 뜨거워졌다. 공사장에서 다친 상처가 속으로 곪기 시작한것이다.

박덕이는 득재를 업고 길을 물어가며 힘들게 걸었다. 등에 업힌 득재는 죽은 사람처럼 늘어지기만 하고 이마와 너들너들해진 겨드랑이에서는 땀이 줄곧 흘러내리였다. 숨이 떡떡 막히고 목구멍에서는 쇠비린내가 역하게 쏟아져나왔다.

드디여 광주가 한눈에 바라보이는 둔덕에 이르자 박덕이는 득재를 길가의 너럭바위우에 내려놓았다.

《후유— 이제는 됐구나. …아저씨 정신차리세요. 저기가 광주예요.》

고열속에 신음하던 득재는 그 말을 듣고 간신히 눈을 떴다.

《이 못난 나때문에 자네 고생이 말이 아닐세.》

《어이구, 또 그 말씀이네》

그들은 두어마디 더 주고받은후 덤덤히 쉬였다. 여름날의 몰인정한 해도 서산으로 넘어가고 제법 선선한 바람이 불어왔다.

박덕은 다시 힘을 내여 득재를 업고 광주읍으로 들어갔다. 숨이 가빠 헐떡거리며 한참 걷느라니《구제원》이라는 큰 현판이 걸린 집이 나타났다.

《여기로구나!》하고 반가와서 저도 모르게 중얼거린 박덕은 서둘러 그 집 뜨락에 발을 들여놓았다. 마침 장삼우에 가사를 걸친 중년나이의 중이 문앞을 오락가락하고있었다.

《저… 스님, 저희들은 부처님의 보살피심을 받아야 할 일이 있어 찾아왔소이다.》

중은 죽었는지 살았는지 가늠하기 어려운 사람을 등에 업고있는 박덕을 보더니 실눈을 하며 공손히 합장하였다.

《무슨 일이온지 어서 말씀허십시오.》

《저희들은 나라의 령을 받고 한양성에 부역나갔던 가난한 백성이올시다.》

박덕이는 주변이 없는 말로 구구히《구제원》을 찾아오게 된 사연을 말했다.

그의 말을 묵묵히 다 들은 중은 고개를 숙이고있다가 천천히 얼굴을 들었다.
《부처님께 치성을 드리고 오시는 길이온지…》
《저희들은 지금껏 생사의 고비를 넘어왔습니다. 그러다나니 미처 그럴 경황이 없어서…》
《그러시면 이제라도 치성을 드리는것이 좋을듯하옵니다.》
중은 또 머리를 수그리며 합장하였다.
《스님, 지금은 시주할만한 제물이 없어서 그럽니다. 이 아저씨만 여기서 맡아주신다면 제가 찾으려 올 때 제물을 정성껏 마련하겠습니다.》
알겠다는듯 고개를 끄덕인 중은 잠간 기다리라고 이르고는 안으로 들어갔다가 눈섭이 흰 늙은 중을 존대스럽게 모시고 나왔다.
《북산 생불스님이십니다.》
박덕이 득재를 업고 선채로 《생불》이라는 늙은 중에게 고개숙여 례를 표하니 그도 합장하는것으로 답례하였다. 그리고는 알아듣지 못할 말로 중년중에게 몇마디 조용히 하고 안으로 들어가버렸다.
《부처님께 정성을 드리지 아니하였으므로 병인은 덕을 입지 못할뿐만아니라 오히려 화를 당할수 있다고 하옵니다.》
중년중은 딱한듯이 합장하고 고개를 몇번이나 숙여보였다.
《저희들의 정상을 가엾게 여기여 다시 생불스님께 말씀드려주십시오. 그러지 않으면 이 아저씨는 죽습니다.》
박덕이는 거듭 절절히 사정하고 득재의 가엾은 처지를 설명하였다. 그리고 자기가 이 병자를 데리러 올 때는 꼭 제물도 있는 정성을 다하여 마련하겠노라는 말도 하였다. 그의 등에 업힌 득재는 정신이 가물가물하여 거의 아무것도 모르는 상태였다. 한걸음 앞으로 다가온 중은 고열에 뜬 병인의 얼굴을 잠시 살펴보고 안으로 들어가서 《생불스님》을 또 데리고 나왔다. 그리하여 득재는 광주 《구제원》에 남게 되고 박덕이는 고향인 진원고을을 향하여 무거운 발을 옮겨디디였다.
그럴 때 한양성에 이른 도리장은 아버지를 찾아 사방을 헤매였다. 당시 한양성은 새로 일어섰는지라 그리 크지 않았다. 부역나왔던 사람들은 거의 돌아가고 일군들도 별로 없었으나 아버지의 종적은 묘연하였다. 며칠이 지나 그는 공사를 주관했다는 도감에 가보라는 사람들의 말을 듣고 그곳으로 달려갔다.

도감은 네귀번듯한 큰 집이였다. 도리장은 대여섯째만에야 관복입은 나이지숙한 사람을 겨우 멈춰세우고 아버지를 찾아오게 된 전후사연을 말한후 그 생사여부를 알려달라고 간청했다. 하지만 해가 기울도록 기다린 보람도 없이 저녁무렵에 나온 대답은 모른다는 한마디였다.

도리장은 눈앞이 캄캄하였다. 그래도 마음을 다잡고 문결에 서있는 사나이에게 말을 건넸다.

《아저씨, 당돌한 말이오나 제가 좀 나으리를 직접 만나뵙게 여쭈어주십시오.》

뻔뻔스럽게 생긴 그 사나이는 들은둥만둥 빙글거리기만 하였다.

도무지 남의 사정을 알려고도 하지 않는 몰인정한 놈팽이같았다.

도리장이 그냥 조르니 그자는 눈을 뚝 부릅뜨며

《이녀석아, 시끄럽게 굴지 말고 어서돌아가거라. 아직도 집에 가지 않았으면 분명 뒈진놈이야.》하고 소리를 질렀다.

도리장은 문지기인듯한 그 사나이가 사람같이 보이지 않았으나 한번 더 간곡히 사정을 하였다. 놈팽이는 도리장의 얼굴을 물끄러미 쳐다보더니 이상하다는듯 고개를 기웃거렸다.

《그녀석 얼굴이 해말쑥한게 꼭 계집애같군.》

그런다음 안쪽을 향하여《여보게, 이리로 좀 오게.》하고 소리쳤다. 그 말이 떨어지자 옷차림이 꼭 같은자가 불쑥 나타났다.

《이 애를 좀 보게. 옷만 바꿔입히면 영낙없는 처녀가 아닌가.》

《허―그놈 제법 잘 생겼군.》

《일전에 진원고을 진사나리가 부탁한것이 뭐드라?》

《처녀가 아비를 찾으러 오면…》

다음말은 소리를 한껏 죽이는지라 무슨 뜻인지 알수 없었다.

여기까지 정신을 도사리고 들은 도리장은 있는 힘을 다내여 두주먹을 부르쥐고 장달음을 놓았다. 등뒤에서 무어라고 웨치는 소리를 들었으나 그는 돌아보지도 않고 그저 한대중으로 달리기만하였다. 그러다가 성문을 벗어나서야 비로소 숨을 돌려쉬며 뒤를 돌아보았다. 다행히 따라오는 사람도 행인들도 보이지 않았다. 제정신으로 돌아온 도리장은 연약한 처녀의 몸으로 천신만고하여 700리 먼길을 걸어왔건만 아버지의 생사여부도 알지 못하는데다가 한양에까지 음흉한 윤진사의 마수가 뻗쳤다고 생각하니 기가 막혔다.

정한데 없이 한동안 걸었다. 붉은해가 서산으로 꼴깍 넘어가더니 어느사이에 검스레한 땅거미가 슬슬 기여다니였다. 심신이 지칠대로 지친 도리장은 신변에 위험이 사라지자 아무데서나 쉬고싶은 생각이 간절해졌다. 그래서 어쩌면 좋을가 하고 사방을 두리번거리였다. 길녘의 찌그러져가는 오막살이들은 어느 집이나 하나같이 초라하였다. 어쩌면 국호를 새로 정한 나라의 도읍인 한양성을 일으켜 세우던 5년간에 그렇게 되였을수도 있을것 같았다. 그런즉 로자도 없는 제 처지가 발목을 잡아서 아무 집에나 렴치없이 뛰여들수 없기도 하였다. 향방없이 걸은 도리장은 관악산부근 넓은 둔덕의 잔디밭에 이르러 털썩 주저앉았다. 온몸이 솜처럼 나른해지고 팔다리가 쿡쿡 쑤시였다. 시원한 바람이 불어오며 달아오른 몸을 식혀주었다. 밤하늘에는 어느새 보석같은 별들이 촘촘하게 박혔다.

도리장은 보드라운 잔디우에 누웠다. 이윽고 그는 달콤한 잠의 나락속으로 빠져들어갔다.

얼마나 시간이 흘렀는지…

도리장은 두런두런 말소리가 들리고 뜨끈뜨끈한 무엇이 몸에 닿는것을 느끼며 눈을 떴다.

땋은 머리태를 길게 드리운 끌끌한 총각이 마주선 로인에게 말했다.

《할아버지, 살았어요. 산 사람이예요.》

《그래… 나도 본다.》

도리장은 그 말을 듣고 화닥닥 일어났다.

《귀신이요, 밤도깨비요.》

그러자 로인이 웃으며 손을 저었다.

《놀라지 말라구. 우린 이 부근에 사는 사람들일세.》

그런다음 총각을 향하여 말했다.

《애야, 죽은줄 알았던 사람이 살아났는데 어서 불이나 좀 피워라. 물도 좀 끓이고 사냥한 짐승도 굽는게 좋을듯하다.》

《예, 그러지요.》

총각은 잠간 우물거리는것 같더니 활활 타오르는 우등불을 피워놓았다. 그런다음 물을 끓이고 무슨 산짐승고기를 꼬챙이로 꾹꾹 꿰여 불에 구웠다. 그것은 사슴고기였다. 밤하늘에는 별들이 여전히 총총하였다. 로인과 총각은 착하고 진실한 사람이 확실했다.

《총각, 이리 와서 좀 앉아라.》
하고 로인은 우두커니 앉아있는 도리장을 손짓으로 불렀다.
도리장이 로인곁에 가서 조심스럽게 앉으니 로인은 사람좋게 웃었다.
《허허, 우리두 총각이나 다름없이 가난한 백성이니 어려워할것은 없다.》
그 말을 들은 도리장은 가슴이 뭉클하고 눈굽이 뜨거워졌다.
《할아버지, 고맙습니다. 이 산중에서 할아버지처럼 인자하신분을 만 날줄은 정말 몰랐습니다.》
《헌데 무슨 일로 여기 산에 올라와서 누워있었느냐?》
로인의 부드러운 음성에서는 마디마디 따뜻한 인정미가 흘러넘치였다.
도리장은 어느새 어려움도 잊고 한양성에 올라가서 5년이 지나도록 돌아오지 못한 아버지를 찾아 700리 먼길을 걸어온 사연이며 그간에 있은 일들을 죄다 이야기하였다.
로인은 도리장의 말을 들으며 연신 고개를 끄덕이고 총각은 분한듯 거친숨을 내쉬며 눈을 번쩍이였다.
도리장이 이야기를 마치자 로인은 잘 구운 사슴고기를 꿴 꼬챙이를 그의 손에 쥐여주며 어서 먹으라고 친절히 권했다. 두끼나 굶은 도리장은 구은 사슴고기를 맛있게 먹고나서 로인과 총각을 따라 산전막으로 갔다.
산전막은 퍽그나 아늑했다. 도리장은 오래간만에 한잠 푹 잤다. 그런데 아침이 되여 일어나려고 하니 도무지 사지를 움직일수 없었다. 머리가 천근인듯 무겁고 온몸이 불덩이처럼 달아올랐으며 다리도 퉁퉁 부었던것이다.
로인이 웅담을 비롯한 좋은 약을 쓰며 온갖 정성을 다하였으나 그의 병은 조금도 차도가 없었다. 그런데다가 도리장은 고열에 떠서 정신이 가물가물하면서도 제몸에는 손을 대지 못하게 하였다. 로인은 하는수 없이 손자를 보내여 의원을 불러오도록 하였다.

득재는 《구제원》에서 눈치밥을 먹으며 하루한초가 새로이 고향에 간 박덕이를 기다리였다. 그러나 열흘이 가고 달이 바뀌여도 박덕이는 나타나지 않았다. 그렇게 되니 그는 《구제원》에서 쫓겨나지 않을수 없었다.
 한편 집에 돌아온 박덕은 마을사람들에게 득재의 불행한 처지를 이야기하였다. 이와 함께 효녀 도리장의 소문이 널리 퍼져 진원고을에서는 그를 모르는 사람이 없게쯤 되였다. 이에 도리장을 탐내는 윤씨는 등이 달았다. 이자는 득재를 집에 돌아오지 못하게 하려면 박덕이를 처리하여야 한다는 생각이 들었다. 그래 이리저리 궁리하던끝에 박덕이가 《역적모의》를 했다고 관가에 엉터리없는 고발을 하였다. 관가에서는 그 말을 듣고 즉시 박덕이를 잡아가두었다. 이렇게 되여 제물을 마련하여 광주《구제원》에 기려고 서두르던 박덕은 십여일간 옥살이를 한후 놓여나와서는 병들어 자리에 눕고말았다. 바로 그 시각에 도리장도 산전막에서 앓고있었다.
 사냥군로인의 손자인 총각은 위급한 도리장을 위하여 수십리길을 단숨에 달려 광주고을에 들어서자 곧바로 의원의 집을 찾아갔다.
 하지만 안될 때라 의원은 집에 없었다. 총각은 마음이 초조하였지만 성밖으로 환자를 치료해주려고 나갔다는 의원을 참을성있게 기다렸다. 의원은 다음날 아침이 되여서야 돌아왔다. 아침밥을 먹은뒤에 사유를 들은 의원은 두말없이 병인을 보러가자고 하며 일어섰다. 그들은 점심때가 거의 되여 산전막에 이르렀다.
 치료에 착수하자 로인과 총각은 물론이고 의원도 깜짝 놀랐다. 남자인줄 알았던 환자가 뜻밖에도 처녀였던것이다.
 의원은 우선 환자에게 침을 몇대 놓고 환약을 먹였다. 그것이 효력을 나타내여 얼마쯤 지나 도리장은 정신을 차렸다. 그러자 사냥군로인은 어떻게 되여 남복을 입었는가를 물었다. 도리장은 그제야 사내행세를 하지 않으면 안되였던 전후사연을 이야기하였다.
 그 말을 다 들은 의원은 몹시 감동되여 눈을 슴벅거리며 입을 열었다.
 《병든이들을 치료해오면서 내 지금껏 착한일도 많이 보아왔소만 이 처녀처럼 효성이 지극한 사람은 처음 봤소이다. 비록 어제밤을 새우고 오늘 또 예 왔어도 이같은 일을 당하니 피곤이 저절로 풀리는가보오이다.》
 그런 다음 잠시 사이를 두었다가 혼자말로 중얼거렸다.
 《허, 어제 그 로인도 딸자식이 있다고 했지.》
 《그 로인이란 어떤분입니까?》

총각이 스쳐듣지 않고 물으니 로인은

《내 아무래도 그 이야기를 여기서 해야 할가보네.》하며 판교원 근방에서 구사일생으로 구원된 로인을 치료하던 말을 하였다.

총각은 이야기를 듣고나서 눈을 깜박거리며 급하게 말했다.

《그 로인이 혹시 이 처녀가 찾는 사람이 아닐가요?》

《그러면 오죽 좋겠느냐, 일이란 알수 없는것이니 이 처녀가 좀 나으면 찾아보기로 하자.》하고 사냥군로인은 고개를 끄덕이였다.

그 순간 눈을 감고있던 도리장은 앓던 사람같지않게 벌떡 일어났다.

《로인님들, 용서하십시오. 저는 아무래도 그 로인이 있는곳에 가보아야 하겠습니다.》

《글쎄, 이왕 갈길이지만 몸이나 추서야지 로상에서 무슨 일이 생기면 어찌겠느냐… 지금은 절대로 안된다.》

사냥군로인이 일어나서 도리장을 붙들어 앉히려고 하자 의원은 손을 내저었다.

《우리가 처녀의 뜻을 굽히지 못할가보오이다. 로인장, 내가 그 곳에 같이 가겠소이다.》

《아니, 그럼…》

로인은 무슨 말을 더 하려다 말고 총각을 돌아보았다.

《얘 장손아, 네가 저 처녀와 같이 갔다오너라.》

《예.》

총각은 시원스레 대답하였다.

곧 산전막을 떠난 도리장과 장손 그리고 의원은 저녁무렵에 득재가 있는곳에 이르렀다.

그리하여 도리장은 아버지와 감격적인 상봉을 하게 되였다. 또한 보름후에는 인정많은 사람들의 도움을 받으며 아버지를 모시고 무사히 고향에 돌아왔다.

도리장의 효성에 대한 소문은 얼마 안되여 온 나라에 퍼졌다.

조정에서는 효성이 지극한 도리장에게 많은 상을 내리였다. 그리고 윤진사와 그의 아들은 마을사람들의 단호한 징벌을 받고 진원고을에서 쫓겨나는 신세가 되였다.

리 일 룡

홍흥대사헌의 강직한 성품

홍흥은 대대명문거족의 가문에서 태여났다. 그는 한성부윤 심의 아들이고 좌의정 응의 동생이다. 인물풍채가 출중하고 도량이 넓으며 학문에도 밝은 그는 성종왕의 사랑을 받았다. 성종은 그를 늘 명나라에 사신으로 보내여 우리 나라의 인물을 자랑하였다 한다.

홍흥은 또한 성품이 강직하고 권세에 굽힐줄 몰랐으며 불의를 추호도 묵과하지 않았다. 그러면서도 다른편으로는 마음이 무척 선량하고 너그러운 면이 있었다.

홍흥은 글공부를 열심히 하였으나 젊은시절 한때는 과거에 응시할 생각은 하지 않고 경치 좋은곳을 두루 돌아다녔다. 그러던중 어떤 감사의 추천을 받아 서울로 올라오게 되여 임금을 만나뵈기까지 하였다.

임금 성종은 홍흥을 보자마자 그 인물이 출중함을 알아보고 즉시 승지벼슬을 내렸다. 그는 지방고을 원벼슬을 거쳐 대사헌직에 올랐고 세번이나 대사헌으로 있으면서 문란한 나라의 기강을 바로잡군하였다. 또한 개성류수로 부임하게 되였을 때는 그곳 백성들이 그를 기쁘게 맞이하였었다.

여기서는 그가 대사헌으로 있던 시기의 이야기를 하기로 한다.

대사헌 홍흥은 항상 문무백관들이 국법을 어기지 않도록 하는데 세심한 주의를 돌렸다. 그는 나라의 법을 엄격히 다루는것으로써 임금의 정사를 도와준 충신이였다.

당시 으뜸가는 공신이고 조정의 원로인 한명회가 꺼리낌없이 루거만의 재산을 긁어모았는데 그 권세가 두려워 누구도 감히 말을 내지 못하고있었다. 임금까지 그의 비위를 거슬리려 하지 않는 정도였다.

그러나 대사헌 홍흥은 이를 낱낱이 알게 되자 그냥 두려고 하지 않았다. 그는 조금도 서슴지 않고 한명회를 탄핵하였다.

《상당부원군 한명회는 늙어갈수록 재물을 탐내고 주색에 빠져 백성들의 재물을 마구 탈취하고있사옵니다. 한명회의 창고에는 나라의 창고보다 보화가 더 많이 쌓여있사오며 집도 지나칠 정도로 크옵니다. 심지어 제 집을 넓히기 위하여 남의 집까지 빼앗으니 이런 불칙한 일이 어디 있사오리까. 한명회는 또한 늙은 몸임에도 불구하고 인물 고운 첩을 수백명이나 두었을뿐아니라 날마다 질탕스러운 풍류속에 잠겨 헤여날줄 모르옵니다. 원로재상의 이같은 행위는 나라의 기강을 바로잡는데 크나큰 지장이 되오니 성상께서는 밝게 살피시사 한명회의 죄를 다스려주옵소서.〉

홍흥이 이렇게 누구도 함부로 건드리지 못하는 국가원로를 날카롭게 탄핵하니 얼마간 고요하던 조정안은 술렁거리기 시작하였다. 그렇다고 하여 대사헌처럼 한명회를 규탄하여나서는 사람이 많은것도 아니였다. 그들은 다만 일이 장차 어떻게 번져지는가 보자는 식으로 관망하면서 끼리끼리 모여 수군거리든가 그러지않으면 입에 손가락을 갖다대며 쉬쉬 할뿐이였다. 그중 적지않은 사람들은 홍흥의 장한 기개를 속으로 칭찬하면서도 그가 얼마 안되여 파직될것으로 생각하고있었다. 하지만 홍흥은 조금도 동요없이 한명회의 그릇된 행위를 규탄하였으며 그의 작위를 삭탈하고 죄를 줄데 대하여 완강히 주장하였다. 일이 이쯤되니 임금 성종도 한명회를 조정에서 내보내지 않을수 없었다. 그후부터 성종은 홍흥의 기개를 장하게 여기고 그에게 의탁하는 일이 많았다.

조정의 문무 백관들은 대사헌 홍흥의 추상같은 위엄앞에 머리를 숙이고 그를 존경의 눈으로 바라보았다. 그 어떤 불충불의도 대사헌의 밝은 눈을 속일수 없었다. 그는 부정행위와는 타협하지 않았고 일단 결심을 채택하면 아무리 어려운 일도 해내고야말았다. 그리하여 나라의 기강이 서고 문란하던 질서도 바로잡히였다.

대사헌 홍흥의 이웃에 병조참판 리륙의 집이 있었다. 청파 리륙은 병법을 알고 깊은 학식이 있는 사람이라 홍흥과는 학문으로 통하였다. 두사람은 서로 친교를 맺고 가까이 왕래하면서 같이 즐겼으며 때로는 여러가지 학문과 정사를 론하기도 하였다.

언젠가 청파(리륙의 호)가 자기 집 울타리안에 사랑채를 하나 지은적이 있었다. 가산이 풍족한 청파는 마음을 크게 먹었다. 그는 성밖에서 큰 돌들을 가져다가 주추를 다듬고 대석도 만들어 굉장한 집을 일으켜세울 작정이였다.

그러던 어느날 아침, 청파의 집옆을 지나가던 홍흥이 목수돌이

커다란 기둥을 세우려고 바삐 돌아치는것을 우연히 보게 되였다.

홍홍은 곧 안으로 들어가서 무슨 집을 짓는가를 자세히 살피였다. 집터와 기둥만해도 어쩐지 나라에서 정해준 사대부들의 집규모를 벗어나는것 같았다. 그래도 한동안 눈어림으로 이것저것 가늠해보았다. 말을 내기전에 확신을 가져야 했던것이다. 목수들은 웬 풍채좋은 량반이 떡 버티고 서있으니 말도 소리를 죽여가며 하고 얼굴도 바로 들지 못하면서 조심조심 움직이고있었다. 몹시 어려워하는 눈치였다.

《여봐라, 게 누구 없느냐?》

홍홍의 우렁우렁한 목소리가 들리자 공사를 주관하던 중년나이의 듬직한 청지기가 얼른 달려와서 무릎을 꿇었다.

《소인 대령하였습니다. 무슨 분부시오니까?》

《너희집 주인이 계시냐?》

《주인령감께서는 출타하셨습니다.》

《음— 그럼 너희 주인이 돌아오시면 일러라, 지금 짓는 집이 만일 나라의 제도에 조금이라도 어그러지는 경우에는 법으로 다스릴터이니 그리 알라고, 국법은 용서가 없으니 무엇하나 놓치지 말고 잘 살펴보라고 하여라. 나는 이웃집에 사는 대사헌이다. 알았느냐?》

《예, 분부대로 하오리다.》

청지기는 황공하여 머리를 조아렸다.

홍홍이 자리를 뜨자 목수들은 즉시 일을 중지하고 주인이 돌아올 때를 기다렸다.

주인 청파는 저녁무렵이 되여서야 문앞에 들어섰다.

청지기는 그가 방안으로 들어가는것을 보고 한참 있다가 문앞에 가서 아뢰였다.

《아침에 대사헌령감께서 안으로 들어오시여 일하는것을 보시고 돌아가셨습니다.》

《그래 뭐라고 말씀하시던가?》

《새로 짓는 집이 나라에서 정해준 제도보다 크면 법으로 다스리겠다 하시며 국법은 용서가 없다고 말씀하시더이다.》

《대사헌령감이 정말로 그렇게 말씀했단말이지?》

《예.》

《허— 어, 그거 안되겠군.》

놀래서 눈이 휘둥그래진 청파는 머리를 설레설레 젓고나서
《그래 새집이 크기가 어떠한가?》 하고 물었다.
《집은 나라에서 정한것보다 한치쯤 높습니다. 어찌하면 좋겠습니까?》
《글쎄… 어떻게 할가?!》
《한치는 크지 않은것이오니 별일 없을듯하옵니다.》
《어— 큰변을 당하려구! 홍대사헌이 말했다면 어김이 없어. 그냥 모르는체했다가는 내가 걸리지 걸려. 더 생각할것 없이 기둥그루를 한치씩 자르게.》
청파는 큰일이 난것처럼 손을 내젓기까지 하였다.
《잔일 같아보여도 기둥을 죄다 자르자면 많은 품이 드옵니다. 대사헌령감께서 말씀은 그러하지만 이웃에 사시고 또 절친한 사이이니 일이 다 된 다음에는 별로 탓잡지 않을수도 있지 않으오리까.》
《허, 안될말일세. 대사헌령감이 나와 교분이 두터우나 이같은 일에서는 일호도 용서가 없네. 두말 말고 자르게. 집터도 잘 살피고…》
홍홍의 성벽을 잘 아는 청파는 거의 끝나가는 일이라 해도 그대로 내밀수가 없었다.
이튿날부터 이미 일으켜세운 기둥들을 눕혀서 치수에 맞게 자르고 집터도 좁히는 등의 번잡한 역사가 벌어졌다. 그러자니 자연 일을 다시하는 품이 들었다.
얼마간 지나서 홍홍은 하루일을 마치고 돌아오던 길에 청파네 집에 들렸다. 그는 한참이나 목측으로 집터의 크기와 세워놓은 기둥의 높이를 재여보더니 고개를 끄덕이고 말없이 돌아섰다.
그 순간 주인이 나와서 웃으며 다가왔다.
《허허, 참 오래간만일세. 그러지 않아도 자네가 와서 보고갔다기에 기둥들을 죄다 헐어내려 한치씩 자르고 세웠다네, 또 집터도 조금 좁혔네.》
《그건 참으로 잘한 일일세. 만일 약간정도라도 벗어나면 큰일이지. 역시 청파답네. 잘못된 일을 바로잡는것은 훌륭한 일이거든…》
《내 자네에게 머리를 수그리네.》

청파는 아무리 친구지간이라도 원칙을 양보할줄 모르는 홍흥의 처사에 진심으로 감복하였다.
　성종 9년 여름은 몹시 가물었다. 비 한꼬치 내리지 않아 땅이 말라서 거북등같이 갈라지고 많은 논밭곡식들이 노랗게 시들어갔다. 곳곳에서 기우제를 지내며 비를 내려달라고 하늘에 빌었지만 여름이 다 가도록 하늘은 언제한번 흐려본적이 없었다. 이렇게 되니 나라에서는 식량을 절약하기 위하여 금주령을 내리고 순라군들로 하여금 술취해 돌아다니는 사람들을 엄중히 단속하도록 하였다. 또한 술을 몰래 뽑아서 파는자들은 법으로 다스렸다.
　하루는 대사헌 홍흥이 길을 가던중에 노래를 부르고 춤을 추며 가주오는 술취한 늙은 부인네들과 만나게 되였다.
　한 부인이 저쯤에서 오고있는 사람이 무서운 홍흥대사헌임을 먼저 알아보고 깜짝 놀라 곁에 있는 늙은이의 옆구리를 찔렀다.
　《저걸 보우, 이리로 오는이가 홍대사헌령감이 아니요?》
　《정말 그렇구먼.》
　《어이구, 이 일을 어쩌나. 우리가 술에 취해 노는 모양을 대사헌령감께서 다 보셨을터이니 우린 영낙없이 붙들려가게 되였소.》
　이 말을 듣고 부인들은 그자리에 멈춰섰다.
　《그러니 이 일을 어찌하면 좋소?》
　다른 늙은이가 근심스러운 표정을 지으니 먼저 본 부인이 말했다.
　《까짓거 이왕 일이 이렇게 된바에는 아예 앞질러나서서 대사헌령감, 우릴 잡아가주시오 하고 들이대봅시다.》
　《그게 좋겠소.》
　《좋소, 그렇게 해봅시다.》
　서로 이같은 말들을 주고받는데 제일 늙은 부인은 머리를 흔들었다.
　《그러지 말고 이제라도 몸을 피하세.》
　《아니요. 우린 나라의 법을 어기고 죄를 지었으니 자백하지 않을수 없소. 어차피 잘못했다고는 해야 할판이요.》
　《무어 그리 겁낼게 있소. 우리 잡혀갈땐 잡혀가더라도 흥을 깨지 말고 춤을 추며 나아갑시다.》
　《옳소.》
　《흥겹게 노래두 부르구 춤추며 갑시다.》

의논이 끝나자 부인들은 에라 좋다 하고 떠들썩 웃으며 걸음을 떼였다. 그들은 노래를 부르고 춤을 추며 홍홍대사헌을 마주 향해 갔다.

대사헌앞에까지 다가간 부인네들은 더욱 흥을 돋구며 춤을 추었다.

《얼씨구, 좋구나, 그래 좋지,》

《좋다! 에헤라 좋구 좋다.》

그들은 대사헌을 가운데 놓고 빙빙 돌아가며 흥겨운 소리를 지르기도 하였다. 그러다가 주변이 좋은 부인 하나이 앞으로 썩 나서며 말했다.

《대사헌령감님, 우리 늙은이들은 대사집에 갔다가 술을 마셨소이다.》

그런 다음 그 부인은 팔을 휘저으며 또 덩실덩실 춤을 추었다.

《늙은이들이 술을 마시고 기분이 좋아서 춤을 춥니다. 무엇때문에 이처럼 좋은 술을 금하십니까. 여하간에 우린 법을 어겼으니 흥이 다 하기전에 어서 잡아가주십시오… 얼씨구 우리 인생에 술이 제일로구나, 좋다, 좋구나.》

부인들은 웃고 떠들며 그냥 춤추고 노래불렀다.

《허허… 부인님들이 걸작이구려.》

한자리에 서서 웃고있던 홍홍도 한마디 하고는 춤판에 끼여들었다. 이에 늙은 부인들은 깜짝 놀랐다. 그러나 흥은 깨진것이 아니라 한층 더 고조 되였다.

《대사헌령감께서도 술을 좋아하시는 모양이로다. 에헤라 좋다!》

그러니 홍홍대사헌도 춤을 추고 돌아가면서 말했다.

《여러 늙으신 부인네들이 술기운에 즐겁게 춤을 추니 참 좋구려.》

《그야 더 이를데 없습지요.》 하고 그중 좀 젊은 부인이 그 말을 받으니

《헌즉 래일이라도 금주령을 해제해야 할것 같소.》

홍홍은 여전히 춤을 추면서 대꾸했.

《그게 참말입니까?》

《암, 참말이구말구.》

홍홍은 춤을 멈추고 껄껄 웃었다.

《나라에서 금주령을 내리는것은 량식을 절약해서 여러 부인네들

도 굽지 않도록 하자는것이지 다른 뜻은 없소. 어서 마음 놓으시고 집으로들 돌아가시오.》
 그 말을 들은 부인들은 일시에 춤추기를 그치였다.
《정말루 우릴 잡아가지 않으십니까?》
《허허, 늙은이들이 무슨 큰죄가 있다고 잡아가겠소.》
《오늘은 그냥 내버려두었다가 래일 잡아갈지도 모르니 아예 취중에 잡아가십시오.》
《장부일언 중천금이라 하였소. 내 어찌 늙으신분들께 거짓말을 하겠소. 그런 념려는 마시고 더 노시다가 천천히 돌아가시오.》
 그 말이 끝나기바쁘게 부인들은 다시 춤판을 벌렸다. 홍흥은 그 즐거워하는 모양을 보고 생각이 많았다. 여생이 얼마 남지 않은 늙은이들이 술도 마시지 못한다면 무슨 즐거움이 있으랴싶었다. 그는 웃으면서 춤추는 부인들곁을 떠났다.
 이 소문은 다음날로 서울장안에 쫙 퍼졌다. 엄하기로 유명한 무서운 홍흥대사헌이 술취한 늙은 부인들과 어울려 같이 즐겼다는것은 어느 누구에게도 놀라운 일이였다.
《홍대사헌령감이 술을 마신 늙은이들과 함께 춤을 추었다네.》
《그 호랑이대사헌의 마음속에도 그같이 부드러운것이 있었단말인가?!》
 곳곳에서 홍흥대사헌의 행동을 놓고 이런 말들을 주고받았다.
 하지만 겉이 엄격하고 강한 그의 마음이 실지는 온화하고 착하다는것을 아는 사람은 많지 않았다.
 홍흥은 선살이 지난후에는 벼슬을 내놓고 고향에 내려가서 여생을 뜻있게 보냈다. 고향에 내려가 살 때에도 그는 여전히 불의를 보고 모르는체하지 않았다.

권 혁 천

조언형과 강훈

 성종이 나라를 통치하던 당시 김종직의 문하에서는 학자, 문인들이 많이 양성되였는데 조언형과 강훈도 그때에 나온 사람들이다.

죽마고운인 그들은 과거급제하여 서울에 올라온후에도 침식을 같이 하며 매우 가깝게 지냈다. 그러다가 연산무오사화를 만나 령남 선비들이 거의 쫓겨내려가는 일이 벌어지자 강훈도 억울한 추방을 당하게 되였다. 그때 조언형은 절친한 벗인 강훈을 극력 위로하면서 앞일을 경계하여 진심으로 주의를 주었다.

《사오(강훈의 자)가 지금 사화에 걸려들었지만 조금도 후회하거나 상심할것은 없네. 허나 늘 행동을 신중히 하고 무슨 일이든 심사숙고해서 행하게.》

강훈은 친구가 제일처럼 걱정하며 위로해주는것이 무척 고마웠으나 너무도 억울하여 불평을 토하지 않고는 못견디였다.

《우리가 고향을 떠나 서울에 올라온 뜻은 스승의 가르치심을 좇아 학식을 빛내여보자고 한노릇인데 나는 이렇게 뜻밖의 서리를 맞았네그려. 참으로 복통할노릇일세.》

《여보게 사오, 자넨 진중하지 못한게 탈일세. 마음을 푹 가라앉히고 학문을 더 깊이 연구하면서 때를 기다리게. 이제 반드시 어지신 임금이 나오시게 될걸세. 기회가 전혀 없는것도 아닐테니 좀 자중하게.》

조언형은 친구의 불행을 가슴아파하며 진심을 담아 위로도 하고 충고도 하면서 많은 이야기를 했다.

그런지 얼마뒤에 강훈은 일이 순조롭게 풀려 다시 서울로 올라왔다.

조언형은 벼슬이 한때 집의까지 올라갔으나 연산군이 절제없는 방탕으로 나라의 정사를 어지럽히니 주저없이 관직을 버리고 고향에 내려가게 되였다. 그러나 마침 올라온 강훈이 떠나지 말라고 간곡히 권유하자 마음을 고쳐먹고 주저앉았다. 당시 이들 두사람은 눈에 띄우지 않는 미관말직이였다.

강훈은 점차 재주있는 문사로서 임금의 신임을 받게 되였다.

연산군이 애첩을 잃고 섭섭함을 금치 못하고있을무렵 강훈은 추도문을 그럴듯하게 지어 임금의 련련한 마음을 그대로 표현하였다. 이 일이 있은 다음부터 연산군은 강훈을 중히 여기였다. 강훈은 그 기회를 리용하여 늘 연산군곁을 배돌면서 아첨기가 뚝뚝 흐르는 화려한 필치로서 임금의 마음을 간지럽히였다.

조언형은 연산군이 갈수록 포악해지고 나라안이 어지러워지는것과 동시에 친구 강훈의 아첨도 두드러지게 되니 가슴이 아팠다. 그대로 두었다가는 후일 반드시 큰 화가 미칠것 같기도 하였다.

그는 조용한 틈을 타서 강훈을 찾아갔다.

강훈은 그전이나 다름없이 친구를 반갑게 맞아들였다.

《어어, 이것 참 오래간만일세. 내 국로(조언형의 자)를 만난것이 언제던가?! 어이하여 그동안 볼수 없었나. 고향에라도 갔다왔나?》

《하하, 나는 늘 이모양으로 살고있네. 헌데 보아하니 자넨 근래에 문명이 높아져서 문장재사로 이름을 날리더군.》

《내가 보잘것 없는 재주를 가지고 문장재사이니 국로는 대인군자일세.》

《허허허…》

서로 만나기만 하면 유쾌하게 롱을 하는 그들이라 이날도 롱말로 인사를 주고받았다.

이윽하여 주안상이 들어오고 두사람은 지나간 회포를 풀면서 권커니작커니했다. 그러던중 시사를 론하는데로 화제가 바뀌게 되니 이야기는 자연 궁중일로 넘어갔다. 조언형은 이런저런 이야기끝에 친구의 그릇된 소행을 넌지시 나무랬다.

《사오는 내 말을 좀 들어보게. 난 자네 일을 두고 생각이 많네. 글재주가 있어 자네의 이름이 날로 높아가는것은 좋으나 궁중안이 음탕한 소굴로 되니 걱정일세.》

《나두 그 일때문에 근심스럽네. 배운 재간이 글밖에 없으니 이제 와서 그걸 버릴수도 없고… 허지만 자네도 알다싶이 내야 웃어른들을 감히 거스릴수 없지 않나. 일이 그렇게 된걸 난들 어쩌겠나.》

강훈은 권력에 아부하고 발라맞추는 자신의 처지를 변명하려고만 할뿐 친구의 진실한 충고를 귀담아들으려 하지 않았다.

《사오는 스승의 가르침대로 행하겠다는 말을 자주 하더니 어찌하여 불의를 용납하며 또 오히려 조장시키나. 무릇 선비란 권력앞에 고개를 숙이지 않고 목에 칼이 들어가도 지조를 지키는 법일세. 임금이 그릇되게 행동하고 정사를 삐뚤게 하면 서슴없이 상소를 올려 일을 바로 잡도록 해야 하네. 헌데 자네는 되려 성상의 지나친 유흥을 조장하고있으니 어찌된 일인가. 우리가 선산금오산에 있을적에 스승께선 무엇을 가르치셨나. 자넨 벌써 그걸 잊었단말인가.》

《어이구, 너무 그러지 말게. 자네 질책에 내 머리를 못쳐들겠네.》

강훈이 부끄러워하면서 얼굴을 붉히고 어줍은 미소를 지었으나 조언형의 말은 점점 더 맵짜지기만 했다.

《자네는 성현의 글을 그릇 배웠네. 글에는 언제나 진실을 담아야 하네. 자네 글은 권세에 아부하여 비위를 맞추는것밖에 없으니 글이라 할수 없네. 우리의 학문은 진실을 외면할수 없어. 그릇된 처사를 뻔히 보고도 모르는체하면서 오히려 부채질을 하여 잘못을 더 조장시킨다면 그건 벌써 학문이 아니네. 어떤가, 내 말이 잘못되였나?》

《아닐세. 죄다 옳은 말이네.》

《그렇다면 이제부터라도 나하구 같이 빈한한 선비노릇을 하는게 어떤가.》

《허ㅡ어, 어찌해야 좋을지…》

《사오는 선비답지 못하게 출세와 부귀영화의 길만 찾고있는게 아닌가?》

《건 너무 심한 말일세.》

강훈은 낯빛이 하양게 질렸다. 그래도 조언형은 가만있지 않았다.

《자넨 도리여 내가 할 말을 하네. 심한건 자네의 아첨일세.》

《말끝마다 아첨아첨하는데 나는 성상의 마음을 기쁘게 해드린것밖에 없네.》

《성상께 바른 말로 간하지 않고 일이 잘못되는것을 보고도 간사한 글로써 마음을 미혹시켜 거기서 리득을 보려는것이 다름아닌 아첨이네.》

《허허… 허허허…》

강훈은 허거프게 웃고 고개를 숙였다. 더 할말이 없었던것이다.

《할 말을 다했으니 나는 그만 가겠네.》

조언형이 벌떡 일어서니 강훈은 황급히 그의 손을 잡았다.

《어어ㅡ 이러지 말게. 오늘 오래만에 만났으니 우리 성현의 글도 읊어보고 시도 화답하며 즐기세.》

《나를 붙잡지 말게. 옳은 충고를 듣지 않는 사람하고는 더불어 이야기할것도 없네.》

《원, 사람두. 그럼 일배일배 부일배하고 거나하게 취해보세나.》
강훈은 웃으면서 조언형을 기어이 꿇어앉혔다.
《국로는 참을성이 없거든. 아무리 의견이 맞지 않는다 해두 죽마고우로서 내 집에 왔다가 그렇게 언짢은 마음으로 돌아가는 법이 어디 있나. 우리 술이나 더 먹세.》
조언형도 어쩔 도리가 없어 껄껄 웃었다.
《나는 역시 그 말을 할밖에 없네. 제발 막역지우가 진정으로 하는 말을 귀밖으로 흘려버리지 말고 옳은 선비가 되게. 자네가 그냥 이대로 나간다면 그땐 우리사이가 끝장일세.》
《내 자네 말을 명심하겠네.》
그제야 두사람은 예전처럼 다정한 벗이 되여 밤새도록 술을 마시며 즐겼다.
그후에도 강훈은 여전히 아첨을 버리지 못했다. 그는 임금의 총애를 받아 벼슬이 더 높아졌다. 조언형이 기회 있을 때마다 충고하였으나 아무 보람이 없었다.
조정 정사가 더욱 어지러워지니 백성들은 도탄에 들고 나라안은 이루 말할 정도가 못되게 스산해졌다. 강직하고 지조가 굳센 선비인 조언형은 분연히 벼슬을 버리고 고향으로 내려갔다.
그런지 얼마 안되여 연산군이 강화도로 추방당하고 중종이 왕위에 올랐다. 그러자 전날 피신했던 많은 사람들이 조정에 들어왔다.
중종 2년에 조언형도 단천군수로 임명되였다.
한편 강훈은 형세가 기울어지는것을 보고 슬그머니 연산군을 멀리하더니 중종반정이 일어나자 그 기회를 잘 리용하여 또 새 임금의 신임을 얻었다. 임금 중종은 그에게 함경감사의 벼슬을 내리였다. 강훈은 곧 부임지를 향하여 떠났다.
단천군수 조언형은 감사의 행차가 자기 고을을 지나간다는것을 알고 수하사람들에게 탁주 한동이만 마련해두라고 지시했다. 그래도 아전들은 감사의 행차를 소홀히 대하게 되지 않아서 여러가지로 준비를 하였다. 그리고는 리방이 여럿을 대신하여 찾아와서 아뢰였다.
《소인들은 본 군을 지나가게 되시는 감사대감의 행차를 맞으려고 준비를 하고있사옵니다. 아무래도 탁주 한동이로는 마음이 놓이지

않으오니 분부를 내리시여 만반진수를 차리도록 하심이 어떠하올지…》
 《너희들이 쓸데없는 말을 하는구나. 감사를 지나보내는데 무슨 준비가 그리도 크게 필요하냐. 감사는 한 도의 웃어른으로서 선정을 베풀면 그만이다. 그러니 탁주나마 정성껏 보내드려라.》
 《그래두 어찌 그리 소홀히 하오리까. 감사대감을 잘 대접하는것은 사또께도 유리할줄로 아옵니다.》
 《그런건 념려 말고 내 하라는대로나 하거라.》
 신관사또의 고집은 보통이 아니였다. 아전들은 이렇듯 고집센 사또는 처음 대해보았다. 그래 어찌지 못하고 저희들끼리 감사의 행차를 맞이하기로 하였다.
 다음날 감사의 행차가 가까이 왔다는 전갈이 오니 아전들이 또 급히 사또를 찾아들어왔다.
 《행차가 고을안에 들어섰다고 하옵니다. 그러니 사또께서 위의를 갖추시고 마중나가셔야 하지 않으오리까. 차비는 이미 다 되여있사옵니다.》
 조언형은 그 말을 듣고도 앉은자리에서 움직일념을 하지 않았다.
 《나는 몸이 불편하니 너희들이나 내 대신 나가거라.》
 이에 아전들은 더 말을 못하고 물러나왔다.
 《이번 사또 고집은 보통이 아니야.》
 《그러게 말이야. 어찌 그럴수가 있나.》
 《감사대감이 노하시면 큰일이지. 에ー 우리 사또께선 그저 당신의 배심만 믿고계시니 야단일세.》
 《뭐, 될대로 되라지. 우린 굿이나 보다가 떡이나 먹으면 되네.》
 아전들은 이같은 수작들을 하고나서 감사행차를 맞으려 마중나갔다.
 이윽고 동헌 높은곳에 감사가 좌정하고 그 아래 륙방관속들이 꿇어앉아 고을실정을 아뢰였다.
 어스름이 깃드는 저녁무렵에 조언형은 하인에게 탁주 한동이를 들려가지고 객사의 상방을 찾아갔다.
 《사오가 어디 있나?》
 조언형이 문앞에 다가가서 큰소리로 말하니 방에 앉았던 강훈은 귀익은 그의 음성을 듣고 벌떡 일어나 문을 열었다.
《어— 국로가 아닌가. 이거 참 얼마만이냐. 어서 들어오게.》
강훈은 반가와하는 기색으로 조언형의 손을 잡아끌었다.
두사람은 곧 자리에 앉았다.
《날이 찬데 우리 우선 술한잔 하세.》
조언형은 미처 인사도 나누기전에 이 말부터 하였다.
《그러세. 타향에서 죽마고우를 만나니 반가웁기 한량없네.》
강훈도 웃으며 고개를 끄덕이였다.
조언형은 탁주를 따라 자기가 먼저 마시고 다음잔을 감사 강훈에게 내밀었다. 강훈은 말없이 받아마셨다.
《여보게 사오, 이게 정말 얼마만인가. 우리가 뜻밖에 이같이 만나는것도 기이한 일일세.》
《그래, 참으로 기연이야. 나는 기쁘기 이를데 없네.》
강훈은 문득 목메인 소리로 말하며 눈을 슴벅거렸다.
조언형은 그러는 친구를 한참 바라보고나서 입을 열었다.
《나는 기쁘기도 하고 슬프기도 하네. 또 자네를 꼭 만나려고 하던중이라 다행스럽기도 하고…》
강훈은 잠자코 있었다. 조언형은 잠시 사이를 두었다가 말을 이었다.
《자네가 연산에게 아첨하여 세상의 손가락질을 받는 사람이 되였으니 나두 부끄럽기 짝이 없네. 자네는 젊은 시절엔 무척 총명하고 민첩하여 벗들의 존경을 받았네. 허지만 옳은 길을 걷지를 못했네. 그리구 자넨 친구의 충고도 들으려 하지 않았네.》
《죄다 옳은 말이네. 나는 자네를 볼 면목도 없는 사람일세. 자네가 무슨 말을 해도 내 탓하지 않을테니 더 질책하게.》
강훈은 조용히 말하고 머리를 설레설레 흔들었다.
《그럼 마저 들어보게.》 하고 조언형은 강훈의 얼굴을 똑바로 바라보았다.
《나는 자네를 꼭 만나려고 하였으나 기회를 얻지 못했었네. 생각끝에 서신을 보내여 절교한다는것을 알리려 하였어도 역시 전해줄 사람이 없었네. 자네가 감사로 임명되여 부임하러 내려가는 길에 들렸으니 다행이네. 자네는 감사로서 나의 웃사람이지만 오늘밤 나는 옛날친구로서 말하는걸세.》

그는 말을 끊고 강훈의 기색을 살폈다.
《허― 어, 이사람, 자네와 나사이에 무슨 우아래가 있겠나, 그저 죽마고우일따름이지.》
강훈은 서글픈 표정을 짓고 긴 한숨을 내쉬였다. 조언형이 하던 말을 계속했다.
《여보게 사오, 내 마지막으로 한마디 더 하겠네. 자네는 이제라도 깨끗한 선비가 되게. 비록 때늦은 감은 있지만 나는 자네를 위하여 절교를 하고 본 고을을 떠나겠네. 이젠 나를 만날 생각을 더는 하지 말게.》
강훈은 깜짝 놀라 벗의 얼굴을 쳐다보았으나 이내 머리를 수그렸다. 조언형은 담담한 어조로 말했다.
《오늘아침에 자네를 마중나가지 않은것도 그때문이네. 나는 래일 떠날 작정이네.》
《결국 내가 감사로 있는 도에서 고을살이도 그만두겠다는것이네 그려.》 푹 가라앉은 강훈의 목소리가 슬프게 울리였다. 《나두 내 과거 잘못을 모르지는 않네. 경박한 나의 문제가 마침내 정신마저 흐리게 한것일세.》
《헌즉 자넨 글로 인하여 곧은 길을 걷지 못했단말인가?》
《이를테면 그렇다는 말일세. 옛글을 모방하면서 좋은 글구들만 찾다나니 나도 모르는 사이에 그것들이 임금에게 아첨하는 글이 되고 말았네. 허허, 글이란 실로 변화무쌍하여 다루기 힘든것일세.》
《자, 한잔 더 들게.》
조언형은 강훈에게 잔을 권하고 자기도 술을 따라 마셨다.
《자네는 글을 자꾸 탓하네만 글이 자네를 이리저리 끌고다닌것이 아니라 자네가 글을 출세의 밑천으로 삼아 교묘하게 리용하였네. 그리구 자네는 그 글속에 빠져 허우적거리면서 종시 헤여나오지 못하고말았네. 이쯤하고 그만두세. 나도 그렇고 자네두 별로 할말이 없을테니 우리 술을 마시며 다른 이야기나 하세.》
《허허, 그러세.》
강훈은 쓸쓸히 웃었다.

여기서 헤여지면 영영 만나지 못할지도 모르는 조언형과 강훈, 리별을 앞둔 그들 두사람은 밤이 깊도록 술을 마시며 지난날을 회고도 하고 세상 돌아가는 형편도 이야기하였다.

다음날 조언형은 아무 미련없이 관직을 버리고 고향을 향하여 떠났다.

강훈도 행차를 수습하여 부임지로 가는 길에 나섰다. 그는 길가에 우뚝 서서 멀어져가는 친구 조언형을 말없이 바래웠다.

(성품이 강직한 국로는 끝내 나를 버리고 가는구나. 나때문에 관직을 버린 그 마음을 내 어찌 모를가보냐. 내 후일 부끄럽지 않게 다시 만나도록 힘쓰리.)

그의 눈에서는 소리없이 눈물이 흘러내리고있었다.

둘도 없는 벗을 잃게 된 강훈은 후회막심하였으나 이미 때가 늦었다. 그의 가슴은 말할수 없이 쓰리고 아팠다.

×

그후 조언형의 아들 조남명은 부친의 강직한 성격을 그대로 물려받았다. 그도 벼슬길에 올라 조정의 정사에 참여하였으나 뜻을 펼수 없게 되자 고향으로 내려가서 후대양성에 힘을 기울여 훌륭한 선비들을 많이 키워냈다. 그가 가르친 선비들은 거의가 강직한 성품을 지니고있었다.

권 혁 천

무인 신익

　신익은 외적방위에서 이름을 날린 무관이다.
　숭례문을 지나 내려가면 청과길 배다리가 나서는데 바로 이 배다리옆에 그의 집이 있었다. 신익의 집안은 연산군때 사화의 혹심한 피해를 입었다. 그래서 신익은 늘 자기의 불우한 처지를 한탄하며 술을 마시군하였다.
　명종 초년 어느 가을날이였다.
　친구들과 함께 술을 마시던 신익은 가슴이 답답하여 밖으로 나갔다. 가랑잎이 우수수 날리며 가뜩이나 울적한 그의 심사를 더욱 산란하게 하였다. 그는 사람들이 꼬리를 물고 지나가는것을 멍하니 바라보았다. 감발을 한 가뜬한 차림으로 짚신을 둘러메고 씽씽 걸어가는 젊은이들, 눈만 내놓고 종종걸음을 치는 장옷차림의 녀인들, 구종배를 거느린 량반행차, 서울로 올라가는 사람들의 차림은 그야말로 각양각색이였다.
　《에잇 이놈— 물러가라, 저리 비켜라!》
　문득 호통치는 소리가 나며 뒤통수가 따끔하여 신익은 뒤를 돌아보았다. 목자가 불량한자 하나가 륙모방망이를 쳐들면서 눈을 부릅뜨는것이 눈결에 언뜻 보였다. 분이 머리끝까지 치민 신익은 팔을 뻗쳐 그자의 옷자락을 붙들었다. 그런 다음
　《이놈, 너는 웬놈이냐?》하고 벼락같은 소리를 지르며 그자를 번쩍 들어 개울에 던졌다. 그것을 본 하인배들이 한꺼번에 우— 달려들었다. 신익은 그중의 한놈을 또 넌쩍 들어 내동댕이쳤다. 그러자 뒤에서 지켜보고있던 구종배들이 몽둥이를 들고 앞으로 나와 좌우에 갈라섰다. 그와 동시에 옷갓이 선명하고 풍채 좋은 사람 하나가 한발자국 썩 나서며 꾸짖었다.
　《이놈아, 어느 존전의 행차인줄 알고 네 감히 야료냐?》
　《누구의 행차이든지간에 사람을 그렇게 치는 법이 어디 있소?》
　《이놈 말도 많다. 너는 병조판서의 행차도 모르니 아무래도 버릇을 가르쳐야 할가부다.》
　신익은 그 말에 깜짝 놀라 앞을 살펴보았다. 한 량반이 위엄있게

말을 타고앉아 빙그레 웃고있었다.

《어서 저놈을 묶어 대감께 대령하여라.》

꾸짖던 사람이 좌우를 돌아보며 호령하였다.

그 말이 끝나기 바쁘게 좌우 앞뒤에서 구종배들이 기세등등하여 덤벼들었다. 그렇지만 신익은 이왕 내친김이라 떡 버티고서서 손에 잡히는대로 연거퍼 물가에 집어던졌다.

그 순간 호탕한 웃음소리가 들렸다.

신익이 고개를 돌리니 말우에 앉아 관망하고있던 병조판서가 껄껄 웃고있었다.

《허허, 제법 사람을 다룰줄 아는구나.》

그 말을 듣고 모두 어리둥절하여 그자리에 섰다.

《얘들아, 이젠 그만들하고 저 사람을 이리로 오라고 해라.》

병조판서는 점잖게 분부했다.

《예잇ㅡ》

구종들이 재빨리 그앞에 죽 늘어서자 병조판서는 또 엄엄하게 말했다.

《저 사람을 공손히 이리로 모셔오너라.》

《예잇ㅡ》

그제야 구종들은 쳐들었던 몽둥이를 내리였다.

《여보시오. 우리 대감께서 부르십니다.》

《왜, 내가 가겠느냐. 대감은 좀 못오신다더냐?》

병조판서도 그 말을 다 들었지만 짐짓 모르는체하고 말을 탄채 신익의 앞으로 다가왔다. 신익도 인사가 안된것 같아 성큼성큼 마주가서 허리를 구부렸다.

《소인을 부르셨습니까?》

《음ㅡ》

한번 고개를 끄덕인 병조판서는 손짓으로 좌우에 벌려선 하인들을 멀찌기 물러가게 하더니

《그대는 누군고?》

《소생은 신익이라 하옵니다.》

《신익? 그래, 무슨 벼슬을 하는가?》

《예, 얼마전에 무과급제하였소이다.》

《음, 헌데 누구의 자제인고?》

《부친은 신봉구라 하옵니다. 소생은 세상이 뒤숭숭해서 출사치 않고있습니다.》
《그대의 힘과 기상이 자못 장하네. 실로 진토에 묻어두기는 아까워이…》
《과분한 칭찬입니다. 대감님 행차하시는 길을 지체시켜서 죄송하오나 널리 용서해주십시오.》
《허허, 그럴것 없네. 그래 어디서 사는가?》
《바로 이 주막 뒤집입니다. 할일없어 행길에 나와 지나가는 사람들을 구경하고있었습니다.》
《그런가. 그럼 일후에 또 만나세.》
그제야 신익은 한숨을 길게 내쉬고 돌아섰다.
그가 물러가자 멀찌기 서서 구경하던 하인들이 몰려왔다.
《그런놈을 어찌 그냥 두오리까. 쉰네들에게 맡겨주시오이다. 그 놈을 아주 요정내오리이다.》
《쓸데없는 소리들을 말어라. 너희들이 다 달려들어도 그 한사람을 당하지 못한다. 어서 대궐로 가자.》
하인들은 더 말을 못하고 행차를 옹위하여 천천히 나아갔다.
권세앞에 굽어들지 않는 장사 신익이 마음에 흠뻑 든 병조판서 유전은 집으로 가는 길이였으나 방향을 돌려 곧장 대궐로 갔다. 그는 어전에 들어서자 임금 명종앞에 국궁하였다.
《오늘 신이 청파에 나갔다가 무술이 절륜한 장사를 보았사옵니다. 지금 세상이 흉흉하고 대궐안도 불안한것 같사오니 이런 장사를 불러다가 상감마마의 좌우에 두옵시면 좋을듯하옵니다.》
《병조판서가 좋다고 하니 과인도 그렇게 아오. 경의 눈에 훌륭한 장사로 보였다면 과인의 눈에도 들것이요. 그러니 대령하도록 하오.》
그리하여 신익은 선전관으로서 임금의 지밀에까지 출입하며 어명을 받드는 몸이 되였다.
어느날 임금은 만조백관을 거느리고 서교에 나갔다. 한강변 망원정은 태종이래 력대임금들이 때때로 나와 맑은 바람과 밝은 달을 노래하던곳 이였다.
명종은 모래사장에 천막을 치게 하고 주연을 베풀었다. 신하들은 취흥이 도도하여 옛시도 읊조리고 임금의 덕을 찬양하는 송시도 지

어울렸다.
 그럴 때 별안간 검은 구름이 하늘을 뒤덮더니 일진광풍이 일어났다. 유유히 흐르던 강물은 거센 물결을 일으키고 백사장에서는 모래가 흩날렸다. 바람은 시간이 흐를수록 점점 더 기승을 부리며 천막을 뒤엎으려고 하였다.
 이쯤 되니 임금을 좌우에서 보좌하던 무위청의 무사들과 선전관들이 떨쳐나서서 천막을 붙들고섰다. 모진 광풍에 갑자기 천막끈이 끊어져나갔다. 그 순간 신익이 달려나가 천막을 붙들었다. 그러니 천막은 전혀 움직이지 않았다. 바람이 여전히 날치건만 천막은 펄럭거리지도 않고 반석같이 서있었다.
 《천하 장사로구나.》 하는 감탄의 소리가 사람들의 입에서 일시에 흘러나왔다. 임금 명종도 고개를 끄덕이였다.
 《과연 듣던바대로 신익은 힘이 장하구나. 병조판서가 사람을 잘 천거했거든…》
 그날은 천하 장사 신익이 천막을 붙들고있는 덕에 무사히 지나갔다.
 신익은 임금의 칭찬을 받았으나 별로 기쁘지 않았다. 뒤집히는 천막이나 붙들어준것이 무슨 대단한 일이랴 생각되였던것이다. 그는 유사시에 무관으로서 용약 출전하기 위해 틈만 있으면 무술을 련마했고 병서와 경서를 공부하였다.
 그러다가 함경도의 북병사자리가 하나 비게 되니 그곳에 자진하여 가기로 결심했다.
 함경도땅에는 아직도 야인들의 무리가 많이 남아있어 자주 소란을 피웠고 싸움이 그칠날이 없었다. 이를 잘 알고있는 신익은 곧 임금을 찾아가서 아뢰였다.
 《신은 하해같은 성은을 입고있사오나 보답할길이 없었나이다. 그런데 지금 북병사자리가 비였다 하오니 신을 북병사로 보내주시면 야인무리들을 징벌하고 성은의 만분지 일이라도 보답할가 하나이다.》
 《허, 과인이 누구를 보낼가 생각하고있었더니 마침 잘 되였구나. 그대가 함경도에 가면 과인도 마음을 놓겠다.》
 《황공하옵니다.》
 신익은 임금앞에서도 자기의 기쁨을 감출수 없었다. 며칠이 지나

함경도 북병사로 임명된 그는 대궐에 들어가서 사은숙배하고 물러나와 길을 떠났다. 그는 먼길을 걸어 여러날만에 임지에 이르렀다. 그가 부임하니 야인들은 더 소란을 피우지 않았다. 야인들도 천하 장사 신익의 소문을 들어 알고있었으므로 그 위엄에 눌려 감히 침입할넘을 못했던것이다.

그래도 신익은 마음을 놓지 않았다. 그는 군사대오를 재정비하고 조련도 부지런히 하였다.

그러던 어느날 북병사 신익의 영에 문득 순안어사가 나타났다. 어사는 왕명으로 북방을 돌아보고 정사를 바로잡을 임무를 맡고있었다. 신익은 왕명을 받고 내려온 사람이라 하여 야단스럽게 큰 연회를 베풀 마음은 없었다. 하지만 모르는체하기도 곤난하여 적당히 대접하기로 작정하였다. 그와 어사는 얼마간 안면이 있는 사람이였다.

어사는 신익을 만나 인사를 나눈 다음 웃으며 이런 말을 하였다.

《듣자니 병사께서 주량이 대단하다고 하던데 우리 한번 술내기를 해봅시다. 병사께서 이기시면 내 상감께 상주하여 내직으로 들어오도록 알선해보지요.》

《거 말씀은 고마우나 내직에 오르는것은 별로 내키지 않소이다. 그래두 술내기는 사양하지 않으리다.》

《원, 병사령감두 피이한 말씀이요. 누구나 내직을 원하는데 어찌 싫다고 하시오.》

《허허, 내야 일개 무부이니 나를 위해 내직자리를 비워둘리가 없지요. 자, 그러지 말고 우리 술이나 같이 드십시다.》

신익이 통인을 불러 몇마디 하니 곧 술 두동이만 올려놓은 술상이 들어왔다.

그것을 본 어사는 깜짝 놀랐다.

《아니, 이건 안주 없는 상이 아니요.》

신익은 껄껄 웃었다.

《우리 이것으로 초배를 하고 서서히 주안상을 차리도록 합시다.》

어사는 그처럼 많은 술로 초배를 한다는데 저으기 놀랐으나 팔을 걷어붙이고 술상에 마주앉았다. 신익은 술동이우에 띄워놓은 바가지로 술을 뜨며 말했다.
《이곳은 궁벽한곳이라 별로 잔도 좋은것이 없으니 제각기 바가지로 떠마시도록 합시다.》
어사는 어이가 없었다.
《이곳에는 생선도 많다는데 생선회나 맛봅시다그려.》
《허허, 술먹기내기에 안주는 당치 않소.》
《그래두 어찌 안주 없이 심심하게 퍼마시기만 하겠소.》
《그렇다면 들여오도록 합시다.》
신익이 통인을 불러 몇마디 이르기 바쁘게 생선회안주가 들어왔다. 어사는 그제야 마음이 흡족하여 술을 연해 퍼마시였다. 술동이가 거의 비게 되니 어사는 말이 많아지면서 제자랑과 방탕한 소리들을 한바탕 늘어놓았다.
신익이 그꼴을 보기 싫어 얼굴을 찡그리면서도 꾹 참고 상대해주니 어사는 점점 더 요구가 많아졌다.
《여보시오, 병사령감, 이곳에는 관기도 없소? 술있는곳에는 의례히 계집이 있어야 하지 않소.》
신익은 어사가 하는짓이 미웠으나 그 청도 들어주었다.
《여봐라. 어사께서 관기를 부르신다. 똑똑한 애를 불러오너라.》
잠시 지나 불려온 관기들이 술상앞에 앉고 술도 더 나왔다.
신익은 더는 참을수 없어 자리에서 일어났다.
《오늘 어사를 이겨보자고 하였더니 나는 벌써 취해서 앉아있지 못하겠구려. 아마두 내가 내기에서 졌나보우.》
《허ㅡ무슨 말씀을 그렇게 하시오. 졌으면 벌주를 받아야지…》
《너무 취해서 더 못하겠소. 벌주는 후에 받기로 하고 지금은 좀 누워 잠을 자야 하겠소.》
《그럼 어서 그렇게 하시오.》
어사도 붙들지 못할줄 알았던지 가보라는 손짓을 하였다.
신익은 몹시 취한척하며 내실로 들어갔다.
혼자 남은 어사는 도사와 평사를 불러놓고 서로 권커니작커니하면서 밤새도록 술을 마셨다.
그 두사람도 견디여내지 못하고 취하여 돌아갔으나 어사는 관기를 옆에 끼고 계속 술잔을 기울였다.
이튿날 신익이 손님이 지난밤 어떻게 지냈는가를 물으니 비장은 불쾌한듯 눈살을 찌프리며 말했다.
《사또께서 들어가신후 소인들과 또 자리를 같이하자 하시며 그냥 마셨습니다. 그리고는 저희들을 나가라고 하였습니다.》
《왜 나가라고 했나?》
신익은 놀라움을 금치 못했다.
《어사께서 그만에야 주정을 하시였습니다.》
《어사가 정말루 그랬단말인가?》
《예.》
《점잖은 좌석에서 주사를 부리다니 해괴하기 이를데 없군.》
신익은 노하여 얼굴이 붉어졌다. 비장이 어사가 취중에 한 행동을 자세히 말하니 그는 분함을 참지 못하여 눈살이 꼿꼿해졌다.
《그렇게도 행패야료가 심했단 말인가?》
《예, 어사께서 하시는 행위가 너무 지나쳐서 저희들두 그대로 참고있기가 어려웠습니다.》
《참으로 몹쓸 어사일세. 나는 어사를 더 만나지 않으려네.》
《헌데 만일 어사께서 일어나시여 또 약주를 찾으시면 어찌하오리까?》
《이제는 술이 없다고 하게.》
《사또님을 뵈옵겠다면 어찌해야 좋습니까?》
《나는 그런 술주정뱅이 어사하고는 만나지 않는다고 하게.》
그자리에서 돌아선 신익은 안으로 들어가버렸다. 그는 생각할수록 분했다. 일개 당하관이 같잖게 문관행세를 하며 병사를 얕보고 야료가 심하니 생각만 해도 피가 꺼꾸로 솟는것 같았다.
임금의 신임을 받고 정사를 바로잡는다는자들이 모두 저꼴이라면 나라가 어떻게 되랴싶어 가슴이 아팠다.
신익은 그대로는 참고 견딜수가 없었다. 그래서 임금께 상주하여 순안어사의 행위를 탄핵하였다.
《아무리 어명을 띤 어사라 할지라도 지방에 나와서 절제없이 행동하고 주정을 심하게 하니 어찌 국권이 바로 서오리까. 신이 일개 무관이나 성은을 입어 북방의 중요한 자리에 있사오니 역시 왕명을 지키는것이 아니오리까. 그러하온데 어사는 자기혼자만 어명을 띤 것처럼 생각하고 방약무인하게 행패가 심한지라 이는 오로지 국법을 문란케 할따름인줄로 아뢰나이다.》

117

신익의 이 상소는 이렇다 할만큼 효력을 나타내지 못하였다. 그 당시 적지 않은 벼슬아치들은 무관을 홀시하였으며 나라일은 안중에도 없이 뚱땅거리는 풍류속에서 세월가는줄 몰랐던것이다.

북방이 조용해지자 임금이 이번에는 신익에게 남쪽의 왜적을 막는 책임을 지워주었다. 마음같아서는 사퇴하고싶었으나 그는 순천부사로 부임되여 남으로 나왔다. 그후 신익은 남방에서도 군사를 재정비하고 군사조련을 게을리하지 않았으며 군기를 정제하였다. 그리고 여가를 리용하여 중종 기묘년 사화에 걸려서 억울하게 죽은 학자들의 령혼을 위로해주기 위해 조광조 이하 여덟사람의 전기를 썼다. 그는 힘이 장사이고 무예에 출중하였을뿐아니라 글씨와 문장에도 능했다.

권 혁 천

먹 적 골

한석봉은 리조시기에 서예에서 이름을 떨친 명필이다. 그의 본 이름은 한호이며 자는 경홍이고 석봉은 호이다.

석봉의 어머니는 남달리 현숙하고 성품이 강직한 녀인이였다. 그는 일찍 남편을 여의고 홀몸이 되였으나 아들을 누구보다도 훌륭한 인재로 키우기 위하여 온갖 정성을 다 바치였다.

석봉이 10살나던 해에 어머니는 고려의 옛도읍지 송도의 성문밖 길가에서 떡장사를 하였다. 녀인은 떡을 팔아 생계를 이어나가면서도 아들을 잘 키워야 하겠다는 오직 그 한가지 생각뿐이였다. 그래서 아들이 동무애들과 섭쓸려노는것도 무심히 보지 않았다.

석봉은 연을 띄워도 높은 바위에 올라 바람이 부는 방향부터 먼저 보았고 팽이를 돌려도 고르롭게 얼어붙은 얼음판을 찾은 뒤 동무들을 그리로 모이게 하군하였다. 어머니는 스쳐지날수 있는 이 자그마한것도 놓치지 않았다. 오히려 아직 어린 아들의 그러한 행동에서 훌륭한 장래가 촉망되는 싹을 보았다.

어머니는 토성이라는 성문밖 외진곳에서 떡장사를 하자니 일이 뜻대로 되지 않았다. 봄철에 쑥을 뜯어 쑥절편을 만들어도 다 팔리지 않았고 소나무속껍질을 짓찧어넣어서 빛갈 고운 송기떡을 빚어도 역시 마찬가지였다.

어머니는 생각다 못하여 번화한 장거리근처로 이사를 하였다. 자리를 잡은 다음 떡을 쪄가지고 나가니 순식간에 다 팔리는것이 실로 놀라왔다. 어머니는 떡장사를 하는 한편 틈을 내여 아들에게 글을 가르쳤다. 총명한 석봉은 하나를 가르치면 두셋을 깨달았다. 어머니는 어린 아들이 대견하였다.

그해 여름철 어느날이였다. 장마가 들어 저자에 나가지 못한 어머니는 집안일을 하면서 석봉이가 동네아이들과 노는것을 유심히 살피였다. 아이들은 올가미를 만들어가지고 서로 목을 매다는 놀음을 정신없이 하고있었다. 그제야 어머니는 석봉이가 이 마을에서는 집짐승을 잡는것밖에 보지 못하고있음을 깨달았다. 그는 원래 귀천을 가리는 녀인은 아니였으나 아들 교양을 위해 또 자리를 옮기지 않으면 안되였다.

석봉이네는 다음날 고랑포라는 포구로 이사했다. 포구는 나라의 관문이고 문물이 포구를 통하여 드나드는것만큼 보고 듣는것도 많으리라 여겨졌던것이다. 그리고 풍랑거센 바다기슭에서 자라면 가슴도 넓어지고 담대한 사람이 될수 있을것 같았다.

집을 옮기고보니 떡장사는 예상외로 잘되였다. 인절미를 만들어 콩고물을 묻혀놓으면 순식간에 떡함지밑바닥이 드러났고 떡국은 맛이 아주 좋은지 한사발 먹고는 더 청하군하였다. 시루떡, 송편, 무엇이나 다 잘 팔리였다. 그런데 아들이 노는것을 보니 물고기잡이하는 놀음뿐이였다.

(두번째 장소도 잘 고르지 못했구나.)

이렇게 생각한 어머니는 떡을 팔다 말고 집을 나섰다. 녀인은 웃마을 어느 한 집앞에서 걸음을 멈추었다. 이 집에는 서울서 벼슬살다 내려온 학식이 많은 로인이 살고있었다.

로인은 석봉이의 어머니를 보자 찾아온 뜻을 곧 알아차렸다. 녀인은 아들을 위해 두번이나 이사를 하지 않으면 안되였던 일을 숨김없이 이야기하였다.

녀인의 말을 묵묵히 다 들은 로인은 고개를 끄덕이였다.

《해놓은 일도 없이 헛되이 늙은 나를 믿고 찾아와주어서 고맙소. 자고로 자식을 인재로 키운 어머니는 마음고생, 몸고생이 많았다오. 내 다른 도움은 줄수 없지만 좋은 선생을 만나게 해드리리다.》 로인은 채머리를 흔들더니 깨끗한 종이우에 무슨 글을 썼다. 송악산 기슭 김진사에게 보내는 편지였다.

글을 다 쓴 로인은 그것을 봉하여 석봉의 어머니에게 주며 말했다.

《좀 힘들더라도 자리를 옮겨야 좋을것 같소. 자식을 잘 키우려면 글을 숭상하는 마을로 가야 하오. 이 편지를 김진사에게 전하시오. 그 사람은 이 늙은이의 말을 무심히 스쳐버리지 않을것이요.》

석봉의 어머니는 고맙다는 인사를 하고 집으로 돌아왔다. 녀인은 집에 이르자마자 그길로 석봉을 데리고 김진사집을 찾아갔다.

고랑포 웃마을의 로인은 인자하였으나 서당훈장 김진사는 위엄있고 엄엄하였다. 눈은 치째지고 수염은 한발이나 되는것 같았다. 그는 석봉의 어머니가 전해주는 편지를 뜯더니 자세를 바로하였다. 편지를 쓴 로인이 자기 스승이기때문이였다.

김진사는 편지를 여러번 읽어보고나서 엄숙한 표정을 지었다.

《이애를 잘 키워봅시다. 내 비록 아는것은 많지 못하나 힘자라는껏 가르치리다.》

《선생님을 뵈오니 저의 소원이 금시 풀리는듯합니다. 모진 풍상고초가 앞에 있다 해도 두려울것 같지 않습니다.》

이같이 진심으로 인사말을 한 석봉의 어머니는 아들과 함께 집으로 돌아왔다. 그들은 며칠후 김진사집이 있는 마을로 자리를 옮겨 앉았다.

집을 옮기고보니 떡은 잘 팔리지 않고 살아나가기도 어려웠다. 땔나무마저 송악산에 올라가서 해와야 했고 아들 공부에 필요한 먹과 종이를 구하는것도 전보다 곱절로 어려웠다.

석봉은 어머니가 저를 위해 그처럼 모진 고초를 이겨나가는것을 알고 더욱 분발하였다. 그는 글방에서 돌아오면 솥을 떼여놓고 검댕이를 긁었다. 먹 살 돈이 넉넉치 못해서 그것으로 글을 쓰려는것이였다.

석봉은 매일 산에 올라가서 나무잎에 글을 썼다. 서당에서 돌아오면 산에 올라가는것이 일과처럼 되였다.

세월은 물흐르듯하여 어느덧 다섯해가 지나갔다. 석봉은 키가 늘

씬하게 자랐고 검댕이를 긁어모은것도 한방구리는 잘되였다. 그의 글씨솜씨는 날이 갈수록 늘어갔다.

마을 뒤산에서는 석봉의 글이 적힌 나무잎들이 늘 바람에 흩날렸다. 그 나무잎들은 마을 길가에도 날려왔다. 그리하여 이 소문은 한입 건너 두입 건너 널리 퍼졌다. 먹 살 돈이 없어 검댕이를 긁어 모으고 종이가 부족하여 나무잎에다 글을 쓴다는것이 큰 화제거리로 되였다.

어느해 무더운 여름 한낮이였다.

갑자기 하늘에 검은구름이 몰려와 덮이더니 《우르릉 파팡!》하고 천둥이 울리고 창날같은 번개가 번쩍이였다.

들에서 일하던 사람들은 마을쪽으로 달려가고 길손들은 집들의 추녀밑에 들어섰다.

그러자 장대같은 소나기가 쏟아져내렸다.

얼마쯤 동안이 지나니 흙탕물이 개울마다 콸콸 넘치고 이어 먹물이 흘러내리는것이였다. 이윽고 비가 멎었다. 길가에 뛰여나온 동네아이들은 흐르는 먹물을 피하여 이리뛰고 저리뛰며 떠들어대였다. 이때 서당의 솟을대문이 활짝 열리더니 김진사가 천천히 걸어나왔다. 김진사는 흐르는 먹물을 한참 바라보고나서 고개를 들었다.

《얘들아, 저 먹물을 무심히 보지 말아라. 저것은 하늘도 감동하는 호(석봉)의 노력을 말해주는것이니라.》

선생의 그 말을 들은 아이들은 모두 엄숙해졌다.

×

선조왕이 즉위하고 한석봉이 명필로 이름을 떨치고있을 때 개성 한복판에 서있는 남대문 문루의 개축공사가 끝났다. 개성의 관원들은 남대문의 현판에 쓸 글을 누구에게 맡길것인가를 놓고 여러날 옥신각신 다투었다. 그러다가 누군지 말을 내여 한석봉을 불러오기로 락착을 지었다.

다음날 한석봉이 남대문앞에 나타났다. 그의 어머니와 김진사도 뒤따라와서 한옆에 서있었다. 사람들은 현판을 석봉의 발밑에 가져다놓았다.

그것을 본 석봉은 누구에게라 없이 나직이 물었다.
《왜 현판을 걸지 않았습니까?》
사람들은 어리둥절하여 그를 쳐다보았다.
한 관원이 허리를 굽히며 공손히 말했다.
《높은곳보다 땅에서 쓰시는것이 편리할가 합니다.》
석봉은 빙그레 웃었다.
《현판이야 올려붙일건데 올라가 써야지 땅에 내려다 써서야 되겠습니까?》
《허—그러시다면…》
관원은 고개를 기웃거리면서도 사람들을 불러 현판을 추녀밑에 걸도록 하였다. 잠시후 먹통과 붓을 옆구리에 찬 석봉이 사다리를 타고 아슬히 높은곳에 올라갔다.
그는 적당한 자리를 잡은 다음 붓에 먹을 흠뻑 찍어서 팔을 힘있게 휘둘렀다. 그러자 즉시《남대문》이라는 힘찬 글획이 현판에 새겨졌다. 그가 글을 다 쓰고 내려오려고 하는데 뜻밖에도 사다리가 움직였다. 사다리는 한옆으로 기우뚱 기울어졌다.
밑에서 올려다보던 군중은 일시에《앗!》소리를 질렀다.
석봉의 어머니는 얼굴을 싸쥐였고 김진사는 눈을 딱 감았다.
명필 한석봉은 어느새 현판아래 비죽 내민것을 잡고 매달렸다.
한손에는 금방 글을 쓰던 붓이 쥐여져있었다.
정신을 차린 사람들은 서두르며 사다리를 제자리에 세웠다.
석봉은 그 사다리를 짚고 무사히 땅으로 내려왔다.
이 일이 있은 뒤에 석봉이 현판글을 쓰고나서 사다리를 차버리고 도포자락을 날개삼아 훨훨 날아내렸다는 소문이 널리 퍼졌다.
그후 사람들은 석봉의 어머니가 아들 교양을 위해 세번째 이사하여 살던 마을을 먹적굴이라 불렀고 남대문 현판글을 쓴 한석봉에 대한 전설을 대를 이어 전하였다.

문 경 환

앞을 내다본 황형

황형은 어린 시절부터 힘이 남달리 세여 장사라는 말을 들었다. 그는 열일곱살에 문천군수 원보곤의 사위가 되여 얼마간 문천에 류한적이 있었다. 이 지방은 산세가 험준하여 깊은 골로 들어가면 산돼지가 매우 많았다.

어느날 힘이 넘쳐나는 젊은 황형은 산돼지사냥을 나갔다. 센 활과 화살을 장만한 황형은 예닐곱의 하인들을 몰이군으로 삼아 깊은 골안을 여기저기 헤매였다. 이같은 사냥은 아직 젊으나젊은 그로서는 처음 해보는 일이였다. 문득 몰이군들의 함성이 들려오니 황형은 좁은 골안에 우뚝 서서 제가 있는곳으로 산돼지를 몰아오라고 소리쳤다. 자기의 힘과 용기를 믿는 그는 긴 화살을 뽑은 다음 활을 높이 쳐들고 돼지가 앞에 나타나기를 기다렸다. 이윽고 몰이군들의 함성이 높아지면서 산돼지 한마리가 그의 앞으로 휙 지나갔다. 그 순간 황형은 만궁으로 밟았던 활줄을 놓았다. 하지만 산돼지가 너무도 빨리 달렸기때문에 그만 화살은 빗나가고말았다. 그는 산돼지를 쫓아가며 연거퍼 화살을 날렸으나 그 역시 모두 빗나갔다. 분하기 짝이 없었다. 그는 몰이군들을 보기가 민망스러웠다.

해가 서산에 기울무렵 몰이군들이 또 산돼지를 몰아왔다. 그놈은 헐떡거리며 산허리를 톺아 기여올라오고있었다. 황형은 이번에는 기어이 맞힐 작정으로 온 정신을 기울여 겨냥하였다. 이윽고 핑— 활줄 퉁겨지는 소리가 나고 살이 날았다. 다행히도 산돼지는 발통을 맞고 잠간 선자리에서 빙그르 돌아갔다. 잠시후 산돼지는 소리를 지르며 달아났다. 그것을 지켜보던 황형은 활과 전통을 그자리에 내던지고 쫓아갔다. 산돼지는 화살에 맞은 발이 아픈지 뒤다리를 절룩거리며 좀전보다는 더디게 달아나고있었다. 황형은 소나무 사이로 앞질러가서 맨손으로 산돼지를 덮쳤다. 사람과 산돼지사야에는 맹렬한 격투가 벌어졌다. 몰이군들은 감히 가까이 가지 못하고 먼곳에서 구경만 했다. 어느새 황형은 산돼지를 가로타고앉아 떡메같은 주먹으로 산돼지의 대가리를 내리쳤다. 산돼지는 몇번 꿈틀거리더니 드디어 굴복하고말았다. 사냥군들은 기세충천하여 산돼지를 지고 내려와 동헌앞에 내려놓았다.
그러자 황형의 장인인 문천군수가 뜰에 나왔다.
《어허, 대단히 큰 짐승이로구나. 이 산돼지를 누가 잡았느냐?》
《이번에 장가드신 서방님이십니다.》
《음, 그래 어떻게 잡았느냐?》
하인들은 열심히 자초지종을 다 아뢰였다. 군수는 한편으로는 놀라면서도 그리 달가와하는 기색이 아니였다.
다음날 아침 황형은 장인앞에 불리워갔다.
《어제 하인들의 말을 들으니 네가 산돼지를 맨주먹으로 잡았다 하더구나. 젊은 사람이 기운이 센것은 좋은 일이다. 하지만 사람은 기운만 가지고는 큰일을 하기 어려우니라. 무와 함께 문을 숭상하며 글을 읽도록 하여라.》
《네, 잘 알았습니다.》
황형도 생각되는바가 있어 이렇듯 시원스럽게 대답하였다.
이런 일이 있은 다음 그는 글을 열심히 읽어 문과에 급제하였다. 그래도 힘이 장사인 그는 문관보다도 무관벼슬을 더하고싶어 하였다.
황형은 연산조때 북병사가 되였다. 폭군 연산군이 몰려난후 그는 병조판서의 벼슬에까지 올랐다. 국사가 다망한중에도 그는 고향인 강화도마을로 자주 내려가서 경치좋은 연미정에 오르군하였다.
연미정은 월곳나루터에 있는 정자이라 이곳에서 바라보는 풍치는 이를데없이 아름다왔다.
서울로 가는 배들은 앞으로 멀리 풍덕 영정포를 내다보고 한강에 뜬 배들은 흘러내리는 물결을 거슬러 쉴새없이 서울로 올라갔으며 인천, 제물포에서 올라오는 배들도 연미정을 바라보며 서울로 향하는것이였다. 연미정은 이렇듯 언제나 배편이 좋으며 행인들이 많았다.
해마다 그 일대의 수려한 경치를 즐기던 황형은 언제부터인가 연미정 옆산에 소나무를 심기 시작했다. 그가 매해 공들여 심은 소나무들은 세월이 흐르니 울울창창한 수림으로 변모되여갔다. 그렇지만 황형은 이에 만족하지 않고 부지런히 소나무를 심었다. 마을사람들은 황판서가 너무도 진심스럽게 나무를 심으니 이상하게 생각하였다. 어떤 사람들은 그의 지나친 수고가 딱하게 여겨져서 이런 말까지 하였다.

《대감님, 어찌하여 손수 나무를 심으십니까. 아마 대감님께서 심으신 나무가 수천그루는 잘될것입니다. 이젠 그만 수고하시지요.》

그럴 때면 황형은 늘 빙그레 웃으며 머리를 조용히 흔들군했다.

《이사람, 모르는 소리일세. 나무를 심는 참뜻은 후일이 돼야 알걸세.》

《후일이라니요?》

《나무를 잘 심어야만 후세에 가서 나라일이 순조롭게 된다 그 말일세.》

《나라에서 쓸 나무야 얼마든지 있지 않습니까? 이런 야산에 심은 소나무는 나중에 화목밖에는 안됩니다.》

《그래서 나는 소나무가 꼿꼿이 자라라고 배게 심는다네.》

황형은 누가 뭐라고 해도 그 일을 중단하지 않았다. 그는 틈만 있으면 소나무를 심었다.

그로부터 수십년이 지나니 연미정부근 산에는 울창한 소나무림이 우거지게 되였다. 아래쪽에서 연미정을 바라보면 이 정자는 마치 푸른 바다우에 떠있는 한척의 배처럼 느껴졌다.

임진왜란이 일어났을 때였다. 왜적들이 불의에 쳐들어와서 동래, 부산을 함몰하고 계속 북으로 진격해들어가니 미리 방비책을 세우지 않고있던 나라는 위기에 처하지 않을수 없었다. 먼저 의령의 서생 곽재우가 의병을 일으키고 뒤이어 사방에서 의병대의 기발을 들었다.

김천일, 최원 등도 의병을 일으키고 강화도에 들어가서 군사를 모집하여 2천명의 대오를 꾸렸다. 그런데 군사는 많아도 타고나갈 배가 없으니 난국이였다. 김천일은 이리저리 궁리하던끝에 배를 만들기로 작정하고 섬주위를 돌아보았지만 쓸만한 목재가 없었다. 그러다가 연미정부근에 가보니 울창한 소나무림이 하늘을 찌를듯 솟아있는것이였다.

그것을 본 김천일은

《이 나무들을 베여 배를 만들면 수백척이 되겠는걸.》 하고 대단히 기뻐하였다.

그는 즉시 사람들을 동원하여 소나무를 찍고 배를 만드는데 착수하였다. 여러달만에 수백척의 배가 건조 되였다. 김천일은 우선 이 배를 리용하여 군사를 조련한 다음 수군을 조직하였으며 다른 편으로는 의주(행궁)에 있는 임금에게 장계를 올려 강화도에서 배가 수백척 무어졌으니 군량미를 운반하겠다고 하였다.

왕 선조는 의주로 몸을 피한 뒤에 처음으로 기쁜 소식을 접하였다. 선조는 곧 강화도의 배로 군량미를 나르라는 명령을 내렸다.

임금은 강화도에 피신할 생각이 있어 그 섬에 행궁을 건설하도록 하였다. 이 행궁도 연미정부근의 소나무를 찍어서 지었다. 그곳의 나무는 군사들이 거처할 숙소들을 마저 짓고도 자리가 크게 나지 않을만큼 많았다.

그후 선조왕은 령의정 류성룡을 불러 강화도형편에 대하여 물으니 류성룡은 어전에 부복하여 아뢰였다.

《고 상신 황형이 강화도부근에 소나무 수천주를 심은뒤에 장차 국가에서 필요할 때 쓰라고 유언하고 죽었사옵니다. 이번에 천일 등이 그 소나무를 베여 배도 많이 만들었사옵고 그후 남은것으로는 강화도에 행궁을 지어 전하께서 거처하실곳을 충분히 마련하여놓았사옵니다. 급한 일이 생기면 잠간동안 강화도로 파천하셔도 좋을줄로 아옵니다.》

선조왕이 《황형은 무엇을 하던 사람이요?》 하고 또 묻자 총명한 류성룡은 서슴없이 대답했다.

《연산군때 무인으로서 북병사가 되였고 중종대왕시절에는 병권을 맡아본 사람이옵니다.》

《국가천년의 대계를 위하여 그처럼 미리 준비해놓은 사람이니 참으로 유능한 재상이요. 유사에 명하여 시호를 하사하도록 마련하오.》

선조왕은 이같이 류성룡에게 지시하고도 한동안 고개를 끄덕이였다.

사람들은 이때 와서야 황형의 선견지명을 알게 되였다.

국가의 백년대계는 언제든지 미리 하지 않으면 안된다. 누가 시키지 않아도 나라의 앞날을 생각하여 언제나 무엇이든지 찾아하는 바로 그런 사람이 참다운 애국자이다.

권 혁 천

백의종군 웬 말이냐

임진조국전쟁이 터지기 아직 여러해전인 1584년(갑신년) 1월 눈보라가 모질게 부는 어느날이였다. 세찬 눈보라를 헤치면서 함경도 건원보(오늘의 새별군)의 군영을 찾아가는 웬 사람이 있었다. 오래동안 고생을 겪으며 먼길을 걸어온듯 껴입은 옷은 누덕누덕 해지고 신은 짚신은 신총이 다 떨어져 눈범벅이 되였다. 베수건으로 얼굴을 칭칭 둘러감았건만 코와 귀가 퍼렇게 얼어든 그 사람의 모양은 이루 말할수 없이 초췌하였다.

병영에 이른 그는 파수서는 군사에게 《충청도에서 왔소. 리권관님을 뵈옵게 해주시오.》 하고는 눈덮인 병영마당에 털썩 쓰러졌다.

파수서던 군사는 급히 그 사람을 더운 방안에 들여다눕히고 팔다리를 주물러 간신히 정신을 차리게 하였다.

《여보, 어디서 왔다구? 대체 웬 사람이요?》

여러 군사들이 이렇게 묻자 그 사람은 얼어터진 입술을 간신히 움직이였다.

《충청도 아산서 왔소.》

《충청도? 충청도라면 여기서 몇천리 되는곳인데 거기서 왔단 말이요?》

《예, 리권관님이 여기 계시다기에…》

《리권관이라니? 어느 권관 말인가?》

권관이란 종9품인 제일 아래급의 무관벼슬이였다. 당시 각 만호, 첨사진들에 권관을 몇사람씩 두고있었다.

《충청도서 왔다는걸 보니 리순신권관님을 찾는게 분명하오. 그 어른의 고향이 충청도라 하지 않았나?》

《그럼직하네.》

《여보시오. 그런데 이편은 누구요?》

군사들은 다시 맥없이 누워있는 낯선 사람에게 물었다.

《나는 리순신권관님의 아산본집 하인인데 아버님의 부고를 가지고 왔소.》

《아니 부고라니?》

군사들이 모두 펄쩍 놀라니 아산서 온 하인이라는 사람도 일어나 앉았다.

《권관님의 부친께서 지난 동지달 보름날에 돌아가셨소.》

《아니 이런 변이 있나. 어서 리권관께 알려야겠네.》

젊은 군사 몇이 급히 밖으로 달려나갔다.

여기서 지금 리권관으로 불리우는 사람은 후날 임진왜란이 터지자 3도수군통제사로서 한목숨을 바쳐 나라를 구원한 바로 그 유명한 애국명장 리순신장군이다.

순신의 아버지 리정은 계미년(1583년) 음력 11월 15일에 충청도 아산에서 세상을 떠나고 그 부고를 가진 하인은 수천리 눈길을 헤치며 고생스럽게 걸어오다보니 근 두달만인 이듬해 정월에야 이곳 먼 변방 건원보에 도착한것이였다.

아버지의 부고를 전해들은 리순신의 슬프고 아픈 마음은 말할수 없이 컸다. 하지만 그보다도 죄송스러운 마음이 더 컸다. 나라에 한몸을 바친 무관의 몸이라 하여 스물여덟살부터 마흔살에 이르기까지 집을 떠나 동분서주하면서 늙은 부친의 림종조차 곁에서 받들어드리지 못한 죄송함이였다. 부모에게 효성을 못했으면 나라에 충성이라도 해야겠으나 마흔이 되도록 변방의 명색없는 권관으로 뚜렷한 공을 세운것도 없으니 순신의 마음은 더욱 송구스러웠다.

군복을 벗어놓은 그는 멀리 고향이 있는 남쪽을 향해 세번 절을 하고 큰소리로 통곡을 하였다. 그리고는 함경감사와 북병사에게 친상을 당한 사실을 보고한 다음 곧 아산으로 떠날 차비를 하였다.

동료들과 선배들은 길이 험하고 날씨도 차니 이왕 늦어진바에는 천천히 고향으로 가서 장례를 모시는것이 옳겠다고 하였다. 특히 함경감사 정언신은 순신의 건강을 념려하면서 상복을 입는 례를 마치고 날씨가 풀리면 천천히 떠나라고 여러번 사람을 띄워 권했다.

그래도 순신은 아산서 온 앓는 하인을 잘 살펴달라는 부탁을 남기고 곧 말에 올라 채찍을 울리였다. 그를 태운 말은 네굽을 안고 갈기를 날리며 달리였다. 그의 눈앞에서 험하고 세찬 북변의 산과 들이 물결인양 흘러갔다. 계미년 10월부터 이곳의 권관으로 있으면서 겪은 일들도 그 산발들과 함께 언듯언듯 지나갔다.

두만강을 자주 건너오는 녀진 오랑캐 울지내무리들때문에 조정에서 어찌할바를 몰라하고있을 때 순신은 이곳 전원보에 권관으로 부임되여왔다.

그는 얼마간 지나자 오랑캐들의 습성을 파악하고 묘한 계책으로 적들을 유인하여 깊숙이 끌어들인 다음 미리 숨겨두었던 복병을 일으켜서 울지내를 사로잡았다. 그리고 즉시 성문밖에서 그놈을 처단하였다.

울지내의 성화를 더는 받지 않게 된 이곳 백성들과 군인들이 모두 환성을 올리며 기뻐하였고 조정에서도 한시름을 놓게 되였다.

하지만 북병사 리우서만은 순신의 공을 시새워하며 그가 일개 권관으로 병사에게는 알리지도 않고 제마음대로 큰 일을 처리하였다는 비뚤어진 장계를 올리였다. 그바람에 조정에서는 순신에게 주려던 큰 표창을 그만두고말았다. 순신은 그런것쯤은 념두에도 두지 않았다. 나라의 변방정세를 안정시켰으니 그의 마음은 떳떳하였다.

당시 리순신은 이름이 벌써 널리 알려졌어도 권력에 아부할줄 모르는 강직한 성격탓에 그 승진이 빠르지 못하다고 안타까와하는 사람들도 많았다.

그해 말에 가서야 그는 재직일수가 차서 겨우 훈련원 참군벼슬로 정기승진이 되였으나 아직은 건원보에 그냥 남아있었다.…

순신은 달리는 말을 잠간 멈춰세웠다. 그리고는 영영 다시 보지 못하게 될지도 모를 산과 들을 이윽히 바라보고나서 채찍을 쳐들었다.

그는 낮에도 달리고 밤에도 달리였다. 땀난 말의 배에는 고드름이 생기고 그의 눈섭에는 성에가 불리였다. 그러나 계속 채찍을 휘둘렀다.

아산 고향집에 들어서자 순신은 상복을 입고 슬프게 곡을 하면서 뒤늦은 아버지장례를 치르었으며 그런 뒤에는 늙은 어머니를 위로하여 아침저녁으로 극진히 문안을 하였다.

그는 마흔두살이 되는 병술년(1586)에 3년상을 마치였다.

그해 1월 순신은 사복시(궁중에서 쓰는 말과 마구를 맡아보는 관청)의 주부(벼슬이름)가 되고 16일이 지나서는 함경남도 조산만호(종5품무관)로 임명되였다.

두만강하구에 자리잡은 조산(오늘의 선봉군)은 오랑캐들의 침입이 자주 있는곳이므로 조정에서는 울지내를 소탕한 경험이 있는 순신을 특별히 보내도록 한것이였다.

순신이 새 부임지에 자리를 잡고 한창 군영을 정비하고있던 이듬해(1587) 가을 록둔도 둔전관을 겸하라는 순찰사 정언신의 지시가 내려왔다. 그의 어깨우에 지워진 짐은 실로 무거웠다. 조산보의 방비를 하면서 록둔도의 둔전(군량마련을 위해 군사들이 부치던 토지)까지 지켜야 하였다.

두만강 가운데 있는 크지 않은 섬 록둔도는 땅이 기름져서 곡식이 잘되였고 가을걷이만 제대로 하면 한해겨울 군량을 마련할수 있을만한곳이였다.

강건너편에 있는 도적들이 록둔도의 곡식을 탐내여 가을철이면 어김없이 로략질을 나왔으나 조산보에는 섬을 지킬만큼 군사가 충분하지 못하였다.

순신은 우선 섬두리에 목책을 튼튼히 둘러쳤다. 그리고 가을철이 되자 밤낮으로 수직을 세우는 한편 북병사에게 군사를 보충해줄것을 청원하였다.

《지금 록둔도에는 곡식이 잘되여 군량미로 쓰기 충분할듯하오나 본토와 멀리 떨어져있고 군사가 적으므로 오랑캐의 로략질을 당할가 두렵소이다. 청컨대 군사수효를 늘여주기 바라옵니다.》

리순신의 이러한 청원을 받은 북병사 리일은 시꺼먼 채수염을 호기있게 쓸어내리면서 《흥, 마음이 약한 사람이로군. 림전대적은 못할 사람이야.》하고 코웃음을 쳤다.

리일이라고 하면 당시 명장으로 소문이 난 사람이였다. 몇해전인 계미년에 리일은 경원부사로서 오랑캐두목인 니탕개의 침입으로부터 경원과 종성 두 성을 회복하였었다. 또 이듬해에 회령부사가 된 그는 온성부사 신립과 함께 강을 건너가서 2만여기의 기병으로 다시 침입하였던 적의 소굴을 공격하여 니탕개의 목을 베여가지고 개선하였다. 그후 리일은 물론 신립까지 조선의 명장으로 널리 알려지게 되였다.

그리하여 안하무인이 된 리일은 분수없이 거드름을 피웠으며 이번에는 록둔도를 지키겠다고 군사를 증원해달라는 리순신의 청원도 아이들 장난갈이 우습게 여기면서 받아들이지 않았던것이다.

순신은 북병사의 이 무책임한 태도에 의분을 느끼고 세번에 걸쳐 거듭 군사의 증원을 요청하였다. 그러나 리일은 《급하지 않은 일이니 차후에 보자》고 하며 여전히 대책을 세우려 하지 않았다.

곡식이 누렇게 익어갈수록 순신은 마음이 조급하였다.

8월(음력)도 거의 지나갈무렵 그는 선손을 써서 록둔도의 곡식을 베여들이기로 결심하였다.

안개가 자욱히 낀 어느날 아침이였다. 리순신은 경비 서는 군사 몇명만 남기고 나머지는 모두 주변마을사람들과 함께 록둔도에 들어가서 곡식을 베여들이게 하였다.

군사들과 마을사람들이 떠난후 한동안이 지났을 때 목책문을 지키고있던 군사가 문득 다급한 소리를 질렀다.

《오랑캐다! 오랑캐무리가 쳐들어온다!》

순신은 군관 리운룡과 함께 급히 밖으로 나가 적의 동태를 살폈다. 목책을 에워싸며 접근하는 오랑캐군사들의 모습이 걷히기 시작한 안개속으로 희미하게 안겨왔다. 붉은 옷을 입은놈들 서넛은 말을 타고 선두에서 호기있게 달려오고있었다.

순신은 문을 굳게 닫고 목책틈으로 활을 쏘라는 명령을 내린 다음 맨 앞의놈을 쏘아떨구었다.

그뒤를 이어 군관 리운룡을 비롯한 군사들이 쏘는 화살에 놈들은 련이어 꺼꾸러졌다. 적들의 화살도 비발치듯 날아왔으나 목책에 꽂힐뿐 사람을 해치지는 못하였다.

붉은옷을 입은 두목들이 쓰러지니 나머지놈들은 겁에 질려 갈팡질팡하였다.

그것을 본 순신은 10명도 되나마나한 군사들을 이끌고가서 적들을 공격하였다. 황급히 도망하는놈들을 추격하며 둔전밖으로 나간 그들은 마침 우리 사람 60여명을 한데묶어서 끌고가는 놈들과 마주쳤다.

순신은 여기서 적 몇놈을 쏘아죽이고 또 몇놈을 붙잡았으며 잡혀가던 사람들도 구원하였다. 무기가 없는 그들은 자욱한 새벽안개를 리용하여 감쪽같이 강을 건너온 적들이 갑자기 달려드는바람에 미처 손발도 놀려보지 못하고 붙잡혔던것이다.

수호장 오형, 감관 임경번 등은 맨손으로 적들과 용감히 싸우다가 전사하였다.

이날 순신은 왼쪽다리에 화살을 맞았으나 누구도 모르게 살촉을 뽑아버리고 대님을 풀어 상처를 동였으며 그러고나서는 태연히 대오를 수습하여 본거지로 돌아왔다. 그는 사로잡힌 오랑캐 두놈을 심문하여 적괴수의 이름이 사송아, 갑청아라는것도 알아냈다.

이렇게 위험한 사태를 수습한 순신은 북병사에게 즉시 사건의 전말을 상세히 적은 계문을 올리였다.

리일은 며칠후에 그 계문을 받아보고 자리에서 벌떡 일어나기까지 하였다.

《끝내 일이 터졌구나. 허—북병사인 내 체면이 뭐가 되였나. 내가 한사코 요청을 들어주지 않아서 이런 일이 벌어졌다고 할테지…》

리일은 초조히 머리를 쥐여짜던끝에 리순신을 패전지장으로 몰아 처형해버리면 더는 말썽이 없으리라는것을 생각해냈다. 물론 큰 공을 세운 그에게 죄를 씌운다는것은 용이하지 않았으나 전쟁중에 생사여탈권을 가진 병사의 권력으로 못할 일도 아니였다.

고개를 번쩍 쳐든 북병사의 눈은 심상치 않게 번득이였다.

《여봐라, 패전지장의 목을 베여 징계할터이니 형방비장은 빨리 군법좌기를 차리며 병방군관은 군노사령을 휘둥하여가지고 가서 조산만호 리순신을 잡아들이라!》

《알겠소이다.》

군관, 비장들은 령을 받고 황황히 물러났다. 살벌한 기운이 떠도는 병영안은 갑자기 무서운 형장으로 변한듯하였다. 구석구석에서 군관들이며 비장들이 수군거렸고 질청의 아전들도 군노사령들도 조산만호를 군법에 걸어 처형한다는 말들을 하며 머리를 흔들었다. 그중에서도 가장 가슴아파하는 사람은 순신의 벗인 군관 선거이였다.

순신은 북병사의 군령장을 받고 즉시 리일이 기다리는 병영으로 갔다. 영문에 이르니 군법에 따라 처형을 당하게 되는것을 잘 아는 군사들이 모두 동정어린 눈길로 지켜보았다.

그러나 전립을 쓰고 구군복을 단정히 차려입은 순신은 조금도 꺼리는 기색이 없이 말에서 내려 태연하게 걸어들어갔다.

《여보게, 여해(리순신의 자)! 이게 어찌된 일인가?》

영문안에서 기다리고있던 군관 선거이가 마주나와 그의 두손을 잡고 울먹이였다.

《병사의 군령장을 받고 왔네.》

리순신은 무겁게 대답했다.

《병사가 지금 천둥같이 노했네. 자네를 패군지장으로 몰아 이제 군법을 시행한다니 이 일을 어찌하면 좋은가.》

선거이는 미리 준비해가지고나온 술을 놋대접에 철철 넘게 부어서 두손으로 받쳐올렸다. 예로부터 형장으로 나가는 사람에게 마지막으로 술을 대접하는 풍속이 있었다. 선거이는 리순신과 마지막 리별이 될 이자리를 그저 지나보낼수 없는 심정이였다.

《자, 술이나 자시고 들어가게.》

순신은 천천히 고개를 가로저었다.

《죽고사는것은 다 정해진 명이 있는 법인데 술은 마시여 무엇하겠나. 고맙네만 술은 그만 거두게.》

《그렇다구 내 어찌 자네를 그저 보내겠나. 그럼 물이라도 마시고 들어가게.》

선거이는 손수 물 한대접을 두손으로 받쳐올렸다. 그의 눈에서는 뜨거운 눈물이 흘러내리고있었다.

《목이 마르지 않는데 물은 왜 마시라나?》

순신은 이런 말을 하면서도 친구의 성의를 고맙게 여기여 물대접을 받았다.

물 한모금을 마시고 대접을 내미는 순신의 두눈에도 뜨거운 눈물이 고여있었다.

《고맙소. 선군관!》

비장한 목소리로 이 말 한마디를 남긴 그는 중대문을 거쳐 병사가 좌기하고있는 대청뜰로 들어갔다.

병사 리일은 형틀과 곤장과 기치창검을 어마어마하게 벌려세우고 대청마루우에 높이 앉아있었다.

《조산만호 리순신은 듣거라.》

리일은 시꺼먼 채수염을 후들후들 떨며 대청아래 무릎을 꿇은 리순신을 향해 호령을 했다.

《너는 변방보루를 지키는 장수로서 보잘것 없는 녀진오랑캐에게 몰리여 두사람의 군사를 죽이고 자신이 부상을 당했으며 60여명의 무고한 사람들을 적에게 잡히게 하였으니 군법이 엄정한것을 알겠거든 어찌 살기를 바라겠느냐. 지은 죄를 모면할 생각은 조금도 말

고 어서 패전의 전말을 낱낱이 아뢰여라.》

순신은 한동안 아무 대답도 없었다. 그는 끝없는 분노로 온몸이 타번지는듯하였으나 터져나오는 격분을 가까스로 누르면서 침착하게 입을 열었다.

《사또, 통촉하시오. 소관은 패전지장이 아니옵니다. 승전의 보고는 이미 계문에 적어올렸으니 다시 아뢰일것이 없소이다. 다만 소관은 외로운 군사 몇명으로 적을 물리치고 잡혀가던 60여명을 찾아왔으니 패전지장이 아니라는것을 분명히 할뿐입니다. 목숨을 잃은 두사람은 용감히 싸우다 쓰러진 충성된 군사들이니 응당 높은 표창을 주어 위로해야 할줄로 아옵니다.》

《당치 않은 변명이로다!》

병사는 발을 구르며 순신을 노려보았다.

《그런 구차한 변명을 늘어놓으면 지은 죄가 가벼워질듯하냐?》

《소관은 지은 죄가 없소이다. 보에 배속된 군사가 너무 적어서 록둔도까지 방비하기가 어려우므로 소인은 여러번 계목을 올려 증원을 청하였으나 사또는 끝내 허락치 않았소이다. 지금도 그 계목 초본이 여러장 소인에게 있으니 그 사실을 증명할수가 있소이다. 조정에서 만약 이 사실을 안다면 소관에게만 죄를 따지지 않을것입니다. 소관은 적은 군사를 가지고 적을 격퇴하고 록둔도의 둔전을 지켜냈으며 잡혀가던 우리 사람들을 탈환하였습니다. 힘에 부치는 싸움이였으나 군사들이 모두 힘껏 싸워 화를 막았는데 패전으로 론죄하려는것을 어찌 옳다 하오리까.》

순신이 조금도 겁내지 않고 사리정연하게 항변하니 리일은 얼굴이 꺼멓게 질리여 할 말을 찾지 못하였다. 군법시행으로 목을 베리라던 당초의 계획을 실현할수 없다는것을 깨닫자 《나라에 품하여 처리할터이니 리순신을 옥에 가두라》는 말을 남기고 황급히 내아로 들어가버리였다. 그래도 자기 체면만은 세워야 하겠기에 다음날 《리순신을 잠간 백의종군(장수들이 죄를 지었을 때 보통군인으로 복무하게 하는 처벌)하게 함이 좋을가 합니다.》라는 내용의 상소를 조정에 올리였다.

당시 리일, 신립이라 하면 호랑이같은 장수로 알려져서 조정의 신임이 컸기때문에 즉시 《그리하라》는 지시가 내려왔다.

그리하여 리순신은 평백성의 옷을 입고 《백의종군》의 처벌을 당하게 되였다.

이 부당한 처벌소식을 들은 군사들과 조산보의 백성들은 모두 《리만호에게 백의종군이 웬말이냐? 그 어른이 아니였으면 록둔도가 도륙을 당한지 오랬을터인데 백성을 위해 피 한방울 흘리지 않은 자들이 우에 앉아 하는짓이 과연 이렇단말이냐.》하고 통탄을 금치 못했다.

그러나 리순신은 억울한 심정을 조금도 내색하지 않고 흔연히 백의종군하여 보통군사들의 달고 쓴 생활을 체험하였다. 그것은 후날 나라의 수군을 총지휘하는 수군통제사로서 그가 군사들의 실정을 누구보다도 잘 헤아릴수 있게 한 유익한 계기로 되였다.

력사와 시간은 모든것을 증명한다. 백의종군의 처벌을 당했던 리순신은 그후 임진조국전쟁의 승리를 안아온 애국명장으로 력사에 그 빛나는 이름을 남기였지만 한때의 자그마한 공로를 크에 걸고 자고자대하던 리일은 전장에서 왜적과 맞다들자마자 군사들을 버리고 남먼저 비겁하게 도망쳐서 력사에 그 수치스러운 이름을 남기였다.

평시의 충직성이 전시에 영웅성으로 나타나고 평시에 교만성이 전시에 비겁성을 낳았으니 력사와 시간은 바로 그것을 시금석으로 삼아 애국자와 반역자를 판가름하는것이 아니랴.

리 성 덕

리항복의 기지

국립중앙미술박물관에 가면 백사 리항복(1556~1618)의 초상이 걸려있다. 리신흠(1570~1631)의 원작을 벽은 진재해(1691~1769)가 다시 모사한것이다.

그 초상을 보면 리항복은 눈에 정기가 있고 얼굴이 매우 헌거롭다. 리항복은 임진조국전쟁시기 적극적으로 활약하여 전쟁승리에 기여하였고 그후에도 정계에서 많은 일을 한 인물이다.

1. 귀신의 손

리항복은 어렸을 때 재치있는 장난을 아주 잘하여 사람들을 종종 놀래우군하였다. 그래서 항복에게 글을 배워주는 서당훈장은 보통 아이들과 판판 다르게 엉뚱한짓을 하는 그를 속으로 은근히 사랑하고있었다.

궂은비가 주룩주룩 내리는 날 밤이였다. 문득 어린 항복이 얼마나 담이 큰가를 시험해보고싶은 생각이 든 서당훈장은 근심스러운 표정을 지으며 혼자말로 중얼거렸다.

《버드나무좀이 있어야겠는데 그걸 어디 가서 구할수가 있나?》

항복은 그 말을 듣자 책에서 눈을 떼고 고개를 들었다.

《허ー버드나무좀은 오늘저녁에 써야 하건만… 어쩌면 좋은가.》

훈장은 실로 딱한듯이 눈을 감았다. 그 모양을 보고 항복은 생긋 웃었다.

《선생님, 그 버드나무좀은 어디에 쓰시렵니까?》

《약을 지으려면 꼭 그게 있어야 하지만 어디 구할데가 있어야지.》

《제가 곧 구해다가 드리겠습니다.》

항복은 눈을 반짝이며 일어났다.

밖으로 나가니 궂은비가 내리는 캄캄한 밤이라 한치 앞도 가려보기 어려웠다. 하지만 그는 조금도 주저하지 않고 구새먹은 버드나무가 있는 내가로 향했다. 마을근처에서 좀을 얻어볼만큼 큰 버드나무는 그곳 한군데밖에 없었던것이다.

항복은 음산한 바람이 불고 굵은 비방울이 얼굴을 휘갈기는것도 아랑곳하지 않고 가볍게 걸어갔다.

이윽고 그는 금시 도깨비가 튀여나올것 같은 내가에 이르렀다. 어둠속에 서있는 버드나무가 시커멓게 앞을 가로막았다. 그 나무밑둥에는 구새먹어서 사람이 능히 들어가 앉아있을 정도로 큰 구멍이 나있었다. 그 구새통안으로 상반신을 쑥 들여놓은 항복은 버드나무좀을 뜯어내려고 한손을 뻗쳤다. 그랬더니 안에서 누군지 그의 손을 덥석 잡았다. 보통아이같으면 질겁하여 소리를 지르거나 기절초풍할것이나 항복은 태연하였다. 그는 오히려 그 알지 못할 손을 꼭 잡고 앞으로 당기면서 《귀신은 손이 차다더니 왜 이리 더우냐!》 하고 깔깔 웃었다. 그리고는 어서 나오라고 조용히 말했다. 구새통에는 서당훈장이 앞질러 보낸 사람이 앉아있었던것이다.

리항복은 이처럼 총명하였고 정황판단도 재빨랐다. 그는 훈장이 비오는 밤에 버드나무좀을 찾는것을 보고 자기의 담을 시험해보려는 그 속심을 눈치채였었다. 아닌게 아니라 그날밤은 귀신이 나온다고 할만치 무시무시하였다. 그런즉 《무슨 꿍꿍이속이 있는게 틀림없다》고 그는 생각했다. 이로부터 나이 어린 항복은 담대한 어른도 열이 나갈 그 무서운 순간에 놀랄 정도로 태연할수 있었다. 또한 그는 자기가 한 말을 정확히 실행할줄도 알았다. 구새통에서 버드나무좀을 한줌 뜯어가지고 서당으로 돌아온 그는 훈장에게 그것을 드리면서

《선생님, 버드나무좀을 구해왔습니다.》 한마디 하였을뿐 다른 말은 전혀 하지 않았다.

서당훈장도 항복이 내놓은 버드나무좀을 천연스럽게 받으며 《네가 이밤에 참 수고했구나.》 하고 빙그레 웃기만 하였다.

이것은 어린 항복과 서당훈장사이의 벌어진 하나의 말없는 내기였다. 이 내기에서는 훈장이 보기좋게 패하였다. 그러나 훈장은 항복이 이긴것을 오히려 더 기뻐하였다.

2. 그래 속은줄 알았더냐

리항복에게는 아주 절친한 친구가 있었다. 그의 이름은 한음 리덕형(1561~1613)이다.

리덕형도 리항복 못지 않게 뛰여난 인물이였다.

그들이 젊었을 때의 일이다.

마을에 무서운 전염병이 돌아 한집에서 일곱식구가 한꺼번에 죽은 일이 있었다.

그렇게 되니 의협심이 강한 덕형은 그 시체들을 거두어줄 생각을 하고 항복을 찾아갔다.

《이번 돌림병으로 한집에서 일곱식구가 몰사를 했다네. 그 집에는 살아남은이가 없으니 시체를 거두어줄 사람도 없네. 그리고 누구도 병이 옮을가봐 시체를 거두어주려고 하지 않는다네. 우리가

가서 렴습을 해주세.》

덕형이 이같이 절절하게 말하니 리항복은 미간에 깊은 주름을 지으며

《그거 참 안됐군. 그러니 우리가 거두어주어야지. 오늘 저녁에 같이 가보세.》 하고 머리를 설레설레 저었다.

《그럼 자네를 기다리겠네. 저녁에 우리 집으로 오게.》

덕형은 무슨 바쁜일이 있는지 이런 말을 남기고 총총히 돌아갔다.

그날저녁 리항복은 약속대로 리덕형의 집을 찾아갔다. 그가 대문안에 들어서니 늘 문간에서 맞아주군하던 덕형은 보이지 않고 하인이 좇아나왔다. 그 하인은 마루끝에 놓인 마포를 가리키면서 주인이 저것만 놓아둔채 어디를 좀 다녀올 일이 있어 나갔다는 말을 하였다.

《나더러 혼자 가서 시체를 렴습하라는것인가. 궂은일은 하기 싫다는게로군.》

항복은 허허 웃고 마포를 가뜬하게 꾸려 짊어진 다음 초상집으로 갔다. 그는 집안에 들어서자 곧 불을 켜놓고 한켠에서부터 시체를 묶기 시작했다. 네 시체를 다루고 다섯번째를 묶으려는 순간 그 시체가 갑자기 벌떡 일어나 등잔을 후리쳐 불을 꺼버리더니 벼락같이 그의 뺨을 쳤다.

그러나 항복은 조금도 놀라지 않고 도리여 우뚝 일어선 《시체》의 볼을 보기좋게 쥐여박으며 말했다.

《애당초 여덟식구가 죽었다고 해야지. 그래 쉽게 속을줄 알았더냐？！》

그는 호탕하게 껄껄 웃었다. 호되게 얻어맞고 한걸음 뒤로 물러선 《시체》도 소리내여 웃었다. 다섯번째 시체는 다름아닌 리덕형이였던것이다.

시체를 묶기전에 우선 그 수를 세여본 항복은 일곱이여야 할 시체가 여덟이니 대뜸 덕형이가 가운데 누워있음을 알아차렸었다. 하지만 모르는척하고 덕형이 무슨짓을 하는가 두고볼 심산이였다.

밤중에 혼자서 많은 시체를 묶는것은 그다지 쉬운 일은 아니다. 그러므로 덕형은 그 무시무시한 환경을 교묘하게 리용하여 친구인 리항복의 담을 한번 떠보기도 할겸 골려줄 작정을 하고 그렇듯 실

없는 일을 꾸민것이다. 그렇다고 하여 리덕형이나 리항복이 남이 당한 불행도 아랑곳없이 유쾌한 장난을 하였다고 생각해서는 안된다. 그들은 누구도 하기 꺼려하며 지어는 위험하기까지 한 일을 서슴없이 해내는 의협심과 용기를 가지고있었다. 그리고 가장 어려운 때에도 웃음을 잃지 않으며 앞으로 큰일을 성취하기 위해 의식적으로 험한곳을 찾아다니며 담과 지혜를 키우는 슬기가 있었다.

이를 통하여 우리는 명재상으로 알려진 리항복과 리덕형의 성격의 일면을 엿볼수 있을것이다.

3. 한장의 두루말이

임진조국전쟁초시기였다.

당시 우리 나라 왕 선조는 월사 리정귀(1564~1635)를 중국 명나라에 보내여 원병을 보내주도록 교섭을 했었다. 왜적들은 조선을 침략한 다음 압록강을 건너서 명나라를 쳐들어가려는 야심을 가지고있었기때문에 조중 두 나라 공동의 적이였다. 명나라는 제독 리여송을 방해어왜 총병관으로 임명하고 군사 4만명을 조선전선에 파견하기로 하였다.

리여송이 명나라군대를 거느리고 조선에 나온다는 소식이 전해지자 의주에 있던 조선 조정에서는 국경선에 가서 그를 맞이해들일것을 결정했다.

선조는 곧 여러 신하들을 모아놓고 협의를 하였다.

《명나라군대를 맞이하는데 누구를 내보내는게 좋겠는고?》

여러 조신들은 이런저런 론의끝에 병조판서(군사관계를 맡아보는 정부의 우두머리)인 리항복을 내보내는게 좋겠다는 의견을 내놓았다. 리항복은 왜적을 치는 군사문제에서 만사를 잘 처리하는 인재로서 신망이 높았다.

선조는 처음에 《리항복이, 리항복》 하면서 주저하였으나 결국 그를 내보내기로 하였다. 선조가 주저하게 된것은 리항복이 체소하고 풍채도 그리 돋보이는면이 적었기때문이였다. 그러나 아무리 생각해보아도 외교적처리는 리항복이만큼 할 사람이 없으니 그에게 이 중임을 맡기지 않을수 없었다.

리항복은 임금의 명령을 받자 즉시 압록강을 건너 지금의 단동에 가서 리여송을 기다렸다.

리여송이 단동에 도착하니 조선의 병조판서와 명나라 제독이 국경지대에서 초면에 만나게 되는 극적인 장면이 벌어졌다.

두사람은 서로 마주서서 점잖게 읍을 하였다. 보통때라면 의례절차가 얼마간 번패스럽고 까다로왔을것이나 여기서는 누구도 그런 절차를 지키려 하지 않았다. 간단한 인사가 끝나니 리여송은 아무말없이 오른손을 불쑥 내밀었다. 이는 《악수》를 청하는것이 아니였다. 그 시기 사람들은 《악수》라는것을 몰랐다.

한손을 썩 내미는것은 도대체 무슨 뜻인가? 만일 다른 사람이라면 몹시 당황하여 이 정황을 우습게 처리할수도 있었다. 하지만 리항복은 미소를 짓고 소매속에서 두루말이 하나를 꺼내여 역시 상대방을 쿡―찌를것처럼 내밀었다. 그러니 리여송은 싱긋이 웃고 그 두루말이를 받아서 펼치였다. 그것은 조선지도였다. 조선의 산과 강, 도로들이 일목료연하게 표시된 그 지도를 들여다보는 명나라 제독의 얼굴에는 환한 웃음이 피여났다. 그리하여 조선의 재상과 중국 장수의 담화는 화기애애한 분위기속에서 진행되였다. 리여송은 리항복을 진정으로 존대하였고 깍듯한 례의를 갖추어 대하였다. 그는 이런 일이 있은뒤에 부하들앞에서 말하기를 《조선에는 참으로 훌륭한 인재들이 있다. 내 강을 건너가서 왜적을 치는 싸움을 힘자라는껏 도와주겠다.》라고 하였다.

이는 어떤 환경에서도 정황을 민첩하게 판단하고 처리하는 리항복의 지혜와 기지를 말해주는 하나의 일화이다. 하지만 실지 있은 일일수도 있는 그럴듯한 이야기이다. 대군을 거느리고 싸움터로 나가는 장수에게 지도보다 더 절실히 필요한것은 없다. 그 시기에는 지금처럼 측지학이 발전되여있지 못하였으니 생소한곳으로 대군을 인솔하여 가게 된 장수는 그고장의 지도를 더욱 필요로 하였을것이다. 지도가 없이는 작전을 할수 없고 적을 주동적으로 공격하지도 못한다. 그런즉 리여송은 그런 조건을 놓고 조선관원이 얼마나 지혜있는 사람인가를 짐짓 떠본셈이다. 그런가 하면 리항복은 그 속심을 재빨리 알아차리고 그와 꼭같은 행동으로 맞섰다. 참으로 재미있는 이야기이다. 리항복은 그후에도 명나라 제독이며 방해어왜총병관인 리여송과 각별한 친분관계를 가지고 왜적을 물리치는 싸움에 헌신하였다.

4. 권률장군과 두 젊은이

　권률장군 (1537~1599)은 임진조국전쟁시기에 리치, 행주산성싸움을 비롯하여 수많은 전투들에서 큰 공을 세우고 가장 어려운 난국도 용감하게 뚫고나간 명장이다.
　이것은 임진왜란이 터지기 썩 전에 있은 이야기이다.
　어여쁜 딸을 둔 권률은 훌륭한 사위감을 고르느라고 적지 않게 머리를 썩이였다. 그러다가 당대의 유망한 젊은이로서 리항복과 리덕형을 지목하고 그 둘중의 하나를 선택하기로 작정하였다.
　어느날 권률은 그들의 인격을 직접 알아보고싶어서 리항복과 리덕형을 집에 초청하였다.
　쾌활한 두 젊은이는 초청을 받자 멋도 모르고 털털거리며 권률을 찾아갔다.
　사랑방에서 절인사가 끝난뒤에 권률은 아래목에 점잖게 앉았고 두 젊은이는 웃목에 앉아서 한담을 하였다.
　한동안이 지나니 술상이 들어왔다.
　《자, 술이나 좀 들게.》 하고 권률은 술을 권했다. 주인은 손님들과 나이차이가 있어 그런지 같이 잔을 들려고 하지 않았다.
　리항복이 먼저 한잔 따라 리덕형에게 권했다.
　술은 빛갈이 누르스름하고 아주 맛이 좋은듯한 약주였다.
　리덕형은 잔을 들어 입에 댔다. 헌데 그것은 술이 아니라 맛이 접접한 말오줌이였다. 그렇지만 덕형은 태연하게 그것을 쭉 들이켰다. 그리고는 한잔 남실남실하게 따라 항복에게 내밀었다. 항복은 잔을 받아 입가로 가져가다가 도로 상우에 놓았다. 그는 냄새를 맡아보고 그것이 술이 아니라 말오줌이라는것을 알아차렸던것이다. 능청스러운 항복이 말오줌을 마실턱이 없었다.
　《어제 저녁 제사를 지내셨습니까?》
　항복은 권률이 앉아있는쪽으로 고개를 돌리며 깍듯이 인사말을 하였다.
　하지만 물음인즉 제사를 말오줌을 놓고 지냈는가 하는 뜻이니 말은 비록 점잖은듯하여도 술대신 더러운것을 대접하는 처사에 응수하는 된욕이였다. 그래도 권률은 눈섭하나 까딱하지 않고 덤덤하게 바라보고만있었다. 그의 눈에 비친 덕형은 훌륭한 인물이였다. 그역한 말오줌을 아무렇지도 않은듯 태연하게 마신뒤에 시침을 뚝 떼고 잔을 권하는 품이 참으로 그럴듯했다. 하지만 말오줌을 먹지 않으면서도 그에 상응하게 점잖은 된욕을 안길줄 아는 리항복이가 더 돋보였다.

권률은 마침내 리항복을 사위삼기로 결심했다. 그는 며칠후 리항복의 누이네 집에 사람을 보내여 혼담을 건네였다. 부모들이 일찍 세상을 떠났으므로 시집간 누이가 친정동생의 뒤를 돌봐주어야 했던것이다.

리 근 영

배 수 진

1

임진년(1592) 4월 스무하루날

이른 새벽이다. 젖빛안개는 대동강물우에서 아직 채 걷히지 않았다.

두필의 군마가 평양성내 남쪽 함구문을 빠져나와 나는듯이 서울로 통하는 큰길을 따라 내달리고있었다. 붉은 소매달린 철릭에 자총립을 눌러쓰고 인두판만치나 넙적한 오동나무칼집을 허리에 찬 두 무장은 연신 채찍을 휘둘러대였다. 관청에서 잘 먹여키우는 파발마들이건만 어찌나 세관게 몰아쳤던지 황주땅을 지나자부터는 아가리에 거품을 물고 힝힝 코김을 불었다. 말도 사람도 온통 땀에 떠서 번들거리였다. 허지만 두 무장은 말을 갈아대야 할 역참에는 왼눈도 팔지 않고 더욱 몰아대기만하였다. 그 어떤 알지 못할 불안과 초조감으로 하여 낮빛이 점점 더 컴컴하게 짙어가는것 같았다.

말머리 한기장가웃이나 앞장서달리는 무장은 방금전까지 평안병사로 있던 신립이고 그옆에 약간 뒤떨어져서 바싹 붙어따르는 사람은 의주목사로 있던 김여물이다. 그들은 지금 비변사(비상사태에 대처하여 조정에 설치된 군사관계의 기관)의 긴급동원령을 받고 급히 서울로 가는 길이였다.

20여만의 왜적이 700여척의 함선을 이끌고 불의에 쳐들어와서 단숨에 부산진과 동래성을 함락시키고 계속 북상한다는 경상좌수사 박홍의 장계가 급기야 조정에 올라오자 나라안팎은 온통 물가마 끓듯하였다.

《200년 태평성대》바람에 잔뜩 흐느러져있던 왕과 조정대신들은 소스라쳐 놀라 부랴부랴 어전회의를 열고 병조와 비변사에 명하여 유능한 장수들로 하여금 적을 막게 하는 일방 전국에 비상동원령을 내려 군사들을 초모하게 했다.

군사들과 백성들의 위국충정은 높았다.

한번 령이 선포되자 사처에서 수많은 무장들과 애국지사들이 각진에 구름처럼 모여들었다. 이 두사람도 바로 그들가운데 한 성원이였다. 다만 좀 다른것이 있다면 우에서 특별히 천거한바 되여 군사직책상 요직을 맡았다는 점이였다.

(아, 끝내 국란이 터지구야말았는가?)

봄내 가물어서 보풀이 이는 누런 길바닥에 긴장이 한껏 실린 눈길을 박은채 혀끝으로 타드는 입술을 줄곧 감빨며 달리던 신립이 문득 탄식하듯 부르짖었다. 검붉은 철색이 도는 그의 얼굴에는 일순 고뇌와 우수의 그림자같은것이 함께 스쳐지나기도 했다. 허나 커다랗게 부릅뜬 고리눈에 비낀 어떤 결단과 광채만은 언제까지나 꺼질줄 몰랐다.

그는 갈기우에 낮추 구부렸던 상반신을 잠간 펴고 손더듬으로 따로 옆구리에 찬 장도집을 만져보았다. 질벅한 손바닥에 반들반들 손때가 오른 은도금한 장도손잡이가 와닿자 그는 불시에 오한이라도 만난듯 오싹 몸을 떨었다. 그속에는 비상시국에 특별히 추천하여 임명하는 왕의 어지가 들어있었다. 회오에 가까운 그 어떤 착잡한 빛이 그의 얼굴을 누비며 스쳐갔다. 그것은 일선에 나가 적의 공격을 막기 위한 중요한 직책의 하나로서 대신급들로만 수행하는 도순변사의 중책을 맡게 된 그 무거운 책임감때문만은 아니였다. 그보다도 이제는 이미 이 세상사람이 아닌 훌륭한 선배의 뜻을 저바렸다는 뼈아픈 죄책감이 다시금 못견디게 가슴을 허벼냈던것이다.

당시 병조판서로 있던 리률곡 (이름은 리이, 률곡은 그의 호)이 지금으로부터 10년전에 제창한 《10만양병》구상이 제대로 성사만 되였던들 사태가 오늘 이 지경에까지는 이르지 않았을것이다.
10만양병의 주장을 끝내 실현할수 없게 되자《국가일은 이제 더 볼 여지가 없구나.》하고 장탄식해마지 않던 률곡의 모습이 지금도 눈앞에 선하다. 그때 그는 어떤 립장에 서있었던가? 률곡이 태평성대에 공연히 일을 버르집어 국정을 소란시키려든다고 내심 못마땅히 여기는편들의 주장을 따랐었다. 말하자면《태평시절》의 한담이 어느덧 그의 몸에도 짙게 슴배여 저도 모르게 마음이 해이해져서 안일한 세속의 풍에 놀아나고있었다 할가. 그래서 온성부사를 제수받고 떠나는 그를 은밀히 불러 북방에 가면 부디 군사양성을 게을리하지 말라고 그처럼 곡진히 타이르던 리이의 당부도 귀등으로 흘려버리였다. 그것은 무관으로서 자기를 지나치게 믿는 일종의 과신과 자만심이 머리를 쳐든때문이기도 했다. 저 계미(1583)년 북방오랑캐의 침입을 격퇴할 때에도 그는 이런 담력 하나로 싸워 일시적인 승리를 얻을수 있었다. 그 덕에 조정의 신망을 얻어 벼슬이 일약 평안남도병마절도사로 올라갔고 오늘은 이처럼 순변사의 중책을 맡게 된것이다.
어제밤 평안감영에 도착하여 선전관을 만나고 어지와 함께 왜적이 대거침입으로 삼남의 여러 고을이 일시에 무너졌다는 청천벽력과 같은 소식을 접했을 때에도 그는 제일 먼저 률곡의 선견지명을 생각했고 자기를 사로잡은 그 어떤 죄의식에서 좀처럼 벗어날수 없었다. 아, 그러니 이제와서 과연 누구를 탓하랴. 사태를 바로잡기에는 너무도 때가 늦지 않았는가.
그는 갑자기 더욱 초조해지는 마음을 걷잡을수 없었다. 어서 빨리 군사를 수습하여 간악무쌍한 섬오랑캐들의 진격을 저지시켜야 했다.
신립은 뒤를 돌아보았다. 김여물이 바싹 따라오며 숨가삐 입을 열었다.
《저… 말들이 지쳤소이다.》
김여물의 목소리는 갈증에 말라있었다. 이제는 역참에 들려 말을 갈아대야 하지 않겠느냐는 뜻이다. 아니 그보다는 웃사람의 신상을 더 념려하여 그런다는것을 신립은 인차 간파했다. 하긴 병방비장의 의무를 지니고있는 그의 립장으로서는 그럴만도 했다.
 얼마전까지 의주목사로 있던 김여물은 북방야인들과의 무역거래에서 약간의 실책을 범했다 하여 파직된후 고향 농촌에 돌아가 우울한 나날을 보내다가 긴급동원령을 받았다. 말하자면 지난날의 모든 관작을 다 삭탈당한채 일개 군사로 전쟁에 참여하는 《백의종군》을 한셈이였다. 신립은 그렇게 된 김여물을 특별히 발탁하여 병방비장으로 삼았다. 한것은 계미년란리를 함께 치르었고 의주목사로 국경안전에 크게 기여한 지난시기 공적과 용맹도 잘 알고있었기때문이였다. 여하튼 김여물은 신립의 신변안전에 여간 원심을 쓰지 않았다.
 하지만 신립은 그것을 단호히 제지했다.
 《아니, 그럴 여가가 없네. 그대로 몇역참 더 가세.》
 그는 역참에 들려 말을 갈아대는 시간이 아까왔다. 부득이 들려야 하는 경우에도 지체하지 않고 인차 떠나군했다. 그리하여 5백여리 서울길을 단 하루반동안에 들이댈수 있었다.

2

　대궐문밖 넓은 마당은 신새벽부터 술렁술렁 끓었다. 아침저녁 조신들이 드나드는 금호문앞에 보교들이 수십채나 놓이고 사헌부와 사간원의 대간들이 출입하는 돈화문앞에서도 여러 사람이 모여 수군거리였다.
　왕명의 출납을 맡은 승정원앞에서 급히 닫는 말발굽소리들이 궁전뜰을 울렸고 부르고 찾는 긴 대답소리는 온 전각안을 들었다놓군 하였다.
　《전 평안병사 신립대장 듭시오！ㅡ》
　런달아 웨치는 무감들과 급창의 선통에 따라 신립은 임금의 칙령장이 들어있는 장도집을 눈높이에까지 받들어올리고 천천히 걸음을 옮겼다.
　방금 어전모임이 끝난듯 대궐안은 몹시 부산스러웠다. 들고나는 발걸음들이 황황하기 그지없었고 어데론가 급히 달려가는 내시들의 옷자락에서는 찬바람이 일었다.
　신립은 먼저 승정원으로 향하였다. 그곳에는 방금 3도체찰사로 임명된 류성룡대감이 있었다. 류성룡은 승지(승정원의 소속관원)와 마주서서 무슨 이야긴지 하고있다가 그를 반갑게 맞아주었다.
《아, 마침 신립대장이 오시는군. 내 그러지 않아도 공을 천거해놓고 기다리는참이요. 원로에 고생이 많았겠소.》
《문안드리오이다.》
신립은 먼저 장도집을 승지앞에 바치고 가볍게 머리를 숙였다. 그는 그제야 자기를 도순변사로 추천한 사람이 바로 류성룡대감이라는것을 알았다.
《어서 빨리 편전으로 들어가보오. 상감께서 지금 기다리고곕시오. 차후 일정은 빈청(령의정이하 좌우의정들이 정무보던곳)에서 따로 의논합시다.》
《예.》
신립은 옷매무시를 바로하고 승지를 따라 편전으로 들어갔다.
왕 선조는 자못 수심낀 안색으로 술렁거리는 창밖을 멍하니 내다보고있었다. 그러던 선조는 신립을 보더니 룡상에서 벌떡 일어나 두팔을 벌리고 다가왔다.
《드디여 도착했군그래. 기다렸지. 기다렸어.》
왕은 신립이 곡배(임금을 뵐 때에 하는 절)를 마치니 그의 어깨팔을 량손으로 붙잡고 몇번이나 거듭 흔들어주었다. 그리고는 친히 그의 팔을 붙잡고 룡상으로 돌아와 곁에 가까이 앉히였다.
일개 무장을 이처럼 무랍없이 맞아주는 천고에 드문 이 접견앞에서 신립은 왕의 심중이 얼마나 절박한가 하는것을 온몸으로 느끼였다. 그렇게 보아서 그런지 가뜩이나 체소한 몸이 어딘가 더 수척해진것 같았다. 머리에 쓴 익선관만 아니여도 보통 평복입은 그를 한 나라의 군주라기보다 어느 시골의 한미한 선비로 보기가 십상이였다.
신립이 황공하여 몸둘바를 몰라하니 선조왕은
《괜찮아. 오늘은 례의에 너무 구애되지 말라고.》하고 재삼 그를 안심시켰다. 그러고나서 천천히 말문을 열었다.
《저 무도한 왜적들이 끝내 우리 나라를 침범해왔네그려. 이제 와서 지난 일을 한한들 무슨 소용이 있으리요만 그래도 오늘을 당하고보니 률곡이와 같은 충신의 권고를 귀담아듣지 않은것이 후회막급이야. 조신들이라는건 여직껏 붕당만을 일삼아왔을뿐 나가서 왜적을 막을만한 장수감은 하나도 없으니 아, 실로 통탄할 일이로

고. 통탄할 일이로고…》

　피로움에 젖은 왕의 얼굴에는 깊은 번민의 그림자가 비껴있었다.
　신립은 왕의 심중을 리해하고도 남았다. 왕은 선왕(명종)때부터 시작된 동서붕당의 폐해가 더 우심해져서 오늘의 이 사태를 빚어냈음을 통탄하고있는것이다.
　《나라의 운명이 경각에 이른 이때 내 그래도 믿는바는 그대의 담력과 높은 충의지심이네. 북도병마사 리일이도 불렀은즉 함께 남으로 내려가 적을 견제해주게. 그대가 저 계미년란리때처럼 과인의 근심을 한번 더 덜어준다면 어찌 그대이름이 죽백에 새겨지지 않으리오. 부디 승전의 소식을 기다리겠네.》
　《진충보국하오리다.》
　신립은 일어나 읍하며 정중히 대답했다.
　《음.》
　왕은 대견하여 머리를 끄덕이였다.
　《수행할 비장명단은 빈청에 가서 따로 받도록 하게. 여물이는 함께 왔다지?》
　《예.》
　《잘했어. 따로 청할 요건은 없겠는가?》
　《없삽내다.》
　《음…》
　잠시 무슨 생각을 좇고있던 왕은 등뒤에 시립하고있는 내시를 돌아보며 가볍게 눈짓했다.
　이윽하여 내시가 옻칠한 다반우에 홍보로 싼 무슨 물건과 술잔을 놓아가지고 나왔다.
　왕은 천천히 보자기를 헤쳤다. 그것은 한자루의 눈이 부신 보검이였다.
　한참동안 침중한 눈길로 보검을 굽어보고있던 왕은 그것을 신립에게 내주었다.
　《난 누구보다도 그대를 믿는다. 이후로 만약 군령을 어기거나 군심을 약화시키는 사소한 페단이라도 나타나면 리일이 이하로 이 칼을 쓰라.》
　신립은 황송하여 두손을 높이 들어 보검을 받아안았다. 상감의 극진한 믿음이 무거운 체중으로 어깨를 뻐근히 내리눌렀다.

보검은 왕이 선대로부터 물려받아내려오는 귀중한 궁중가보의 하나이니 그 가보를 맡긴다는것은 국가의 종묘사직을 지키라는 뜻이다.

신립은 이 최상의 신임을 죽는한이 있어도 지키리라는 결심이 다시금 굳어지는것을 뜨겁게 느끼였다.

《명심하겠나이다. 전하!…》

왕은 감심하여 신립의 어깨를 다시한번 꽉 틀어잡았다. 그리고는 손수 잔에 술을 부어 권했다.

《전승연에 다시 그대 잔에 술을 붓게 되기 바란다.》

《황공하오이다.》

신립은 무관답게 그것을 받아 단숨에 굽을 내였다.

《일각이 촉급하니 이젠 어서 떠나도록 하라. 그러되 적을 이기기전에는 다시 돌아오지 말라.》

왕은 자기도 잔을 입술에 가져다댔다 떼며 엄숙히 뒤를 눌렀다.

《부디 성체를 보중하소서.》

신립은 꿇어앉아 작별을 고하고 뒤걸음으로 왕의 앞을 물러났다.

빈청에 들리니 류성룡대감이 기다리고있다가 함께 수행할 비장명단을 넘겨주었다.

《난 특별히 따로 지시할 사항이 없소. 어련하겠소만 이제부터라도 국가의 중신들로서 나라앞에 진 의무를 다해 전날의 과실을 보상해봅시다.》

신립은 류성룡의 이 말이 무엇을 의미하는지 잘 알았다. 서울로 오면서 안고 모대기던 그 죄의식에 역시 그도 잠겨있었음을 드러내 보인것이다. 상감이하 조정대신들이 률곡의 예언을 귀담아듣지 않은 저들의 잘못을 뼈속깊이 뉘우치고있다고 생각하니 저으기 안심이 되기도 했다. 반성은 언제나 새로운 출발의 전제로 될수 있는것이다. 각자 그러한 뉘우침속에 본분을 지켜 충의를 떨친다면 그 어떤 기적이 이루어질지 누가 알랴. 신립은 그것을 간절히 바라마지 않았다.

그는 류성룡이하 각 의정들에게도 하직인사를 마치고 곧 돌아서 나왔다. 류성룡대감이 층계까지 따라나와 그를 바래였다.

신립이 막 란간 돌층계를 내려서려는데 홀지에 바람이 획 스치며 쓰고있던 주립이 땅바닥에 떨어져 저만치 나딩굴었다. 미처 손쓸새가 없었다. 신립은 《쯧》 하고 혀를 차며 황망히 달려가 주립을 집어서 끊어진 패영(갓끈)을 손질하여 다시 썼다. 출전을 앞둔 이때 상서롭지 못한 조짐인듯했다. 그것을 본 사람들의 얼굴에는 불안의 그늘이 덮이였다.

붉어진 낯색으로 잠간 서있던 신립은 손을 털고 계단을 내렸다. 그는 대기하고있는 여러 비장들과 군사들 앞에 이르자 방금 있었던 불쾌한 일을 쓸어버리듯 엄숙한 어조로 말했다.

《듣거라! 이후로 만약 적을 두려워하거나 명령을 어기고 조금이라도 군심의 동요를 조장하는 페단이 나타나면 그 누구를 막론하고 군률로 시행할것이다.》

3

충청도병마행영청 충주본영이다.

주절주절 목메여 흐느끼는것같은 달천강의 여울물소리가 무겁게 귀전을 울린다.

북상하는 적들을 막기 위해 서울을 출발하여 충주본영까지 대여 온지도 벌써 이틀이 지났다. 서울을 떠날 때 군사가 불과 얼마되지 않아 여간 근심되지 않았는데 다행히 충청도 각 군현에서 초모되여 온 7천여명의 군사들이 대기하고있어서 신립이 껴맡아 지휘하게 되였다.

신립은 척후대와 함께 엊그제 한발 먼저 상주로 내려간 순변사 리일에게서 무슨 소식이 오기를 기다리고있는중이였다. 적들이 세패로 나뉘여 밀려든다는 정보를 받고 동쪽계선에서 적을 견제하도록 취해진 그날 어전회의조치에 따라 리일이 먼저 경상도로 내려갔던것이다.

신립은 당장 적을 맞받아나가고픈 마음은 불같았으나 주저되는바 가 한두가지가 아니였다. 우선 적의 형세가 어떤지 잘 모를뿐더러 모여온 군사들도 수효는 적지 않으나 별로 미덥지 못했다.

갑자기 초모된 신입군사들이 태반이다보니 활을 다룰줄 아는 사 람이 적었고 기률은 더구나 말이 아니였다. 이런 오합지졸들을 가 지고 승세하여 달려드는 대적과 무턱대고 맞선다는것은 섶을 지고 불속에 뛰여드는격이였다.

한번 충의를 떨쳐 나라를 구원하고자 일떠선 몸이 털끝만한 서뿌른 행동으로 뜻하지 않은 실책이라도 범하게 되는 경우 나라와 임금님앞에 그이상 더 큰 죄악은 없을것이였다. 저 계미년란리때와는 사정이 달랐다. 그때는 보잘것 없는 잔적이여서 순전히 자기의 무술과 담력 하나로 싸워이길수 있었지만 지금은 어림도 없는 일이였다. 왜적의 형세가 강한 반면에 우리 군사들의 사기는 저상되여있었다. 저 소위 2백년 태평성대의 꿈속에서 이제 겨우 깨여났으니 무슨 수단으로 군사위력을 떨치랴.

고금의 병서들을 다 읽고 여러차례 실전에서 익힌 경험도 풍부하며 전래하는 백여가지 전법들을 꿰뚫고있는 그였지만 지금은 아무런 계책도 떠오르지 않았다.

임금이 내린 보검자루를 어루만지며 내내 이같은 생각에 골몰해있던 신립은 그날저녁 김여물이하 여러 비장들을 장막으로 불렀다. 혹시 방책을 의논하면 무슨 수가 틔이지 않을가 해서였다.

이윽하여 제장들이 다 모이였다. 그는 헛기침을 몇번 하고 좌우를 돌아보았다.

《상주서는 그저 아무런 기별이 없나?》

《없소이다.》

그들의 대답을 들은 신립은 그것이 부질없는 질문이였음을 깨닫고 가볍게 머리를 저었다.

그는 김여물에게로 눈길을 돌렸다.

《자네는 어떻게 생각하나?》

《예?》

여물은 그 묻는 취지를 잘 몰라 잠시 어리둥절한 표정을 지었다.

《난 군사용무를 맡은 병방비장인 자네를 지난 계미년때부터 잘 알아서 지금 어떻게 했으면 좋을지 방책을 묻는거네.》

그제야 여물은 말뜻을 깨닫고 눈을 내리깔았다.

신립은 지난 계미년란리때 불과 10여명의 기병들과 함께 온성을 포위한 야인들속을 뚫고 들어가서 두목 니탕개의 목을 자르고 그놈들을 모조리 격퇴해버린 사실을 념두에 두고 말했던것이다.

김여물은 니탕개를 함께 치던 전날의 정의와 병방비장으로 된 오늘의 립장에서 응당 한마디 비치지 않을수 없었다. 그래서 진작부터 품고있던 속생각을 기탄없이 터놓았다.

《저의 소견으로는 아까운 시간을 허비하고있을것이 아니라 빨리 손을 써서 어느 요해처이든 하나 든든히 차지해야 한다구 봅니다.》

《그게 어덴데?》

《조령이 아닐가요?》

《새재를?…》

《예, 지금형편에서는 적들보다 먼저 조령을 타고앉아 지키는것이 제일 상책이라고 생각합니다.》

신립은 약간 치째질사한 고리눈을 크게 뜨며 상대방을 이윽히 지켜보더니 가볍게 턱을 끄덕이였다.

새재는 충주와 상주어간 문경현에 잇달려있는 높고 험한 령이다. 나는 새도 쉬여서야 넘는다고 그 이름을 《조령》이라 부르리만큼 령은 몹시 험하고 높았다. 또한 서울로부터 삼남으로 통하는 대도로가 이 령을 타고넘어 실상은 교통상 요지의 하나라고도 볼수 있었다. 그런까닭이 예로부터 조령을 충주와 잇닿은 서울의 관문이라고 일러왔다. 적을 견제하기 좋은것은 물론이고 그 지대의 중요성으로 보아 새재는 다시없는 요해처였다.

그러나 신립의 머리속에는 다른 하나의 생각이 꿈틀거리고있었다. 군사들이 의지할데가 생기면 그것을 믿게 되니 자연 비겁성이 나오는 법이다. 군사들의 산만한 정신상태를 보아도 이는 너무나 명백하다. 오직 군사들은 털끝만치라도 마음을 의탁할 구석이 없어야 목숨을 돌보지 않고 적을 대항해 싸울수 있다. 《치지사지이후 생(죽는 땅에 가둔 후에야 산다.)》이라고 병가에서도 가르치고있지 않는가? 조령은 지키기 쉬운 요해처이기는 하지만 역시 《죽는 땅》은 아닌것이다. 임금이 이 보검을 맡긴것은 그 《죽는 땅》을 잘 선택하라는 뜻이다. 《2백년 태평성대》의 여파가 오늘의 이 참변을 빚어냈으니 설사 한두명의 장수가 나서서 일시 적을 막는다 해도 그것으로 사태는 달라지지 않는다. 사대부들로부터 보통군졸과 천민들에 이르기까지 정신을 바싹 차리는것이 무엇보다도 급선무이다. 그러자면 모두가 죽음을 각오하고 싸워야 한다.

신립은 차라리 《죽는 땅》에 들어 한줌의 흙이 될지언정 비루하게 살아서 임금에 대한 충의를 저버리고싶지 않았다.

그는 김여물의 말이 군사상 견지에서 옳은 계책임을 인정하면서도 그 제의는 선뜻 받아들일 마음이 없었다. 요해처 《죽는 땅》은 역시 새재가 아니였다. 하다면?…

마치 그 질문에 화답이라도 하는듯 성벽을 감돌아 흘러내리는 달천강의 음울한 물소리가 그의 귀전을 때렸다. 높아졌다낮아졌다

하며 무엇을 안타까이 읊조리고 하소하는것 같은 그 물소리는 지꿎게 갈마들면서 비장한 마음을 끊임없이 불러일으키는것이였다.
 그는 숙였던 머리를 쳐들고 좌우를 돌아보았다.
 《제장들도 병방과 같은 생각인가?》
 《그렇소이다.》
 그들은 마치 기다리고나있은듯 일제히 대답했다.
 《음―》
 신립은 그들의 대답을 긍정하는지 부정하는지 모를 소리를 내고는 눈을 감았다. 좌중은 물을 뿌린듯 조용하였다.
 한동안이 지나서야 그는 결연히 고개를 들었다.
 《그 일은 상주소식을 보아가며 내 이따 따루 결처하겠으니 그만 물러들 가게.》
 하지만 그의 결심은 얼마 안가서 허물어졌다. 그에는 아랑곳 없는 사변이 너무나도 급격히 들이닥쳤던것이다.

4

 제장들이 돌아가려고 막 자리에서 일어난 순간이였다. 멀리 새재쪽 행길우로 뽀얗게 먼지를 날리며 달려오는 한필의 군마가 있었다. 척후임무를 받고나갔던 군관 장원이였다. 급하게 채찍을 휘두르는 품이 벌써 무슨 심상치않은 형세가 조성된것을 짐작할수 있게 했다.
 《아뢰오!》
 장원은 신립의 장막앞에 이르자 곤두박질하듯 뛰여내리며 성급히 웨쳤다.
 《적들이 이미 상주를 돌파하여 새재를 향해 육박하고있다 하옵니다. 리일순변사께서도 상주에서 패하고 그 행방을 알수 없다 하오이다.》
 신립은 과연 우려했던 일이 눈앞에 닥쳐옴을 깨달았다.
 (상주가 무너졌으니 조만간에… 충주도… 충주마저 지탱해내지 못한다면?…)
 그는 갑자기 엄습하는 전률에 부르르 몸서리를 쳤다. 서울의 관문이나 다름없는 충주를 빼앗기면 서울은 그냥 내주는거나 같은것이다.

《네가 보고들었다는 그 말이 죄다 사실이냐?》
신립은 고리눈을 부릅뜨고 큰소리로 물었다.
《네, 소인은 도중에서 피해들어오는 우리 군사 두엇을 붙들고 자초지종을 물어 안다음 그래도 미심쩍어 더 앞으로 나가보았소이다. 그런데 이미 문경 리화령고개마루우에 어지러운 왜적의 기치창검이 무수히 나붓기고있었소이다.》
《음—》
신립은 얼어붙은듯 움직이지 않고 신음소리를 내였다.
북방에서 함께 담력을 키워온 리일이 그렇게 맥없이 피할줄은 몰랐다. 그가 경상도의 군사들을 모집하여 적을 견제할동안 충청도지경을 방비하여 다소나마 임금의 은총에 보답하는 길을 찾아보리라던 애초의 계획이 허물어지니 그는 졸지에 무엇을 어떻게 했으면 좋을지 결단을 내릴수가 없었다.
(이제는 참말로 어느 요해처이든 하나 장악하고 적을 막아야 하지 않겠는가? 어디가 적당할가 새재일가? 여기 충주일가?)
착잡한 마음의 갈피들이 그의 커다랗게 뜬 고리눈에 어리였다.
《이제 어떻게 하겠습니까? 속히 새재를 차지해야지요?》
김여물이 침착한 목소리로 말을 꺼냈다.
《새재만 차지하면 우리 군사 한명이 적군 천명을 능히 대적할수 있어 바라던 진충보국의 뜻을 이룩할수 있지 않을가 하외다.》
여물은 조령을 지키는것의 유리함을 거듭 설명하면서 조심히 그 표정을 살폈다.
하지만 신립은 가타부타 말이 없었다. 달천강의 사품치는 물소리는 갑자기 높아진듯했다.
신립은 불시에 후닥닥 자리를 차고일어나 성급히 장막안을 오락가락하였다. 그러다가 돌연 한자리에 우뚝 멈추어서며 《지금 형편에서 새재를 지키는건 불가하이!》하고 세차게 머리를 가로 흔들었다.
《군사들이 조금이라도 의지할 틈이 생기면 자연 마음이 약해지고 자기 장기를 다 발휘할수 없게 되네.〈치지사지이후 생〉하는 옛 병가의 교훈을 잊었는가. 각자 목숨을 바쳐 결사전을 할 장소로는 새재가 적합지 않네.》
《그건 그러하오나…》

《아아, 됐다니깐. 왜 자꾸 성가시게 구나? 설사 새재를 지킨다 해도 싸움이 몇날, 몇달이 걸릴지 모르겠는데 물 한모금, 식량 한톨 없는 무인지경 산속에서 무얼 먹고 싸운단말인가? 내게 다 방략이 있으니 여러말 말게.》

신립은 눈을 스르르 감았다 뜨더니 제장들을 휘 둘러보았다.

《구태여 방책이라 할것은 못되지만 내 결심은 이렇소. 우리가 지켜야 할데는 여기 충주본영이고 마땅히 결사전을 해야 할 장소는 저 뒤 달천이요. 달천이야말로 요해처이며 우리모두가 죽을만한곳이요! 상감께서 내게다 병부(군사동원패쪽)를 맡긴이상 나는 그대로 시행할뿐이니 다른 리론이 있을수 없소.》

그는 단호히 손을 내젓고 돌아섰다.

여물은 신립의 처사가 야속했다. 그가 왜 하필 유리한 지세를 내놓고 그런 막다른 골목에다 진을 칠 결심을 했는지 하는것은 암만해도 리해가 안갔다.

물을 뒤에 두고 치는 배수진은 부득이한 경우에만 쓰는 옛전법의 하나이니 오늘에 와서 구태여 그 전법을 택할 리유가 어디에 있는가. 싸워보지도 않고 스스로 막다른 궁지에 들어 죽음의 길로 나아간단말인가?!

그래서인지 여직껏 무심히 들어오던 달천강의 그 여울물소리는 여물의 가슴에도 은연중 구슬프게 젖어들었다.

이날밤 신립은 오래도록 서안을 마주하고 앉아있었다. 임금에게 상주패전소식을 보고하는 글을 쓰자니 붓이 제대로 나가지 않았다.

경황없는속에 겨우 장계를 완성한 그는 그것을 속히 띄우라고 김여물에게 내주었다.

여물은 그 글을 받아 펴보았다. 밑에 수결을 두지 않는것이 대뜸 눈에 띄였다.

《여기 수결이 없소이다.》

여물은 글을 도로 내밀면서 맨 밑줄 여백을 가리켜보였다.

《으음?》

깜짝 놀란 신립은 급히 붓을 들고 떨리는 손으로 제 이름을 써넣었다. 아무리 태연하려고 애써도 좀처럼 그렇게 되지 않았다.

그는 불안한 심회가 자주 명치를 치미는것을 어쩌지 못하였다.

문득 빈 청돌층계를 내려올 때 갓끈이 떨어지며 주립이 바람에 날려가던 전경이 떠올랐다.

　어쩐지 가슴이 섬찍했다. 어떤 전조나 예언같은데 그닥 마음을 쓰지 않는 그였지만 앞일이 상서롭지 못할것만 같아 불안을 금할수 없었다.

　신립은 장계를 가지고 떠나는 군관의 말발굽소리가 멀어질 때까지 한자리에서 움직일줄 몰랐다.

5

　이튿날 아침 신립은 묵은 새초와 칡넝쿨을 한짐씩 해오라고 명령했다. 군사들은 무슨 영문인지 몰라 머리를 기웃거리며 마지못해 그 령을 좇았다. 신립은 적지않은 새초와 칡넝쿨이 마련되니 또 그것으로 허수아비 한개씩 만들것을 지시했다. 그러자 모두 이 웃지 못할 어리광대놀음에 어안이 벙벙해졌다.

　《아니 새재를 지키면 될터인데 허수아빈 해서 멀하노?》
　《글쎄 조, 기장이 여물 때는 상기 멀었나본데…》
　《쉬—》
　여물은 군사들의 마음을 거슬리는 신립의 이 처사가 저으기 민망스러웠다.

　용맹한 장수의 밑에는 반드시 용맹한 군사가 있다지만 아무리 뛰여난 용장이라도 군사들이 따르지 않는다면 과연 허수아비와 무엇이 다르랴!

　이날 신립은 수천개의 허수아비들을 조령꼭대기 제일 높은곳에다 각이한 모양으로 해세우고 군관 장원이로 하여금 적의 동태를 감시케 했다.

　그제야 여물은 신립의 의도가 짐작되여 부지중 한숨을 지었다. 그렇게 적들을 속여서 과연 며칠이나 지탱해내려는지…

　그렇게 불안한속에 낮이 가고 밤이 되였다.

　신립은 온종일 영안에 들어앉아 나오지 않았다. 그도 이 허수아비놀음이 부질없는 짓이라는것을 모르지 않았다. 그저 며칠동안만이라도 그렇게 적들을 속여 조정에서 임금의 신변안전을 위한 얼마간의 시간적여유를 얻게 된다면 무엇을 더 바라랴.

　하지만 그의 이 기대도 오래가지는 못했다. 이틀이 못되여 적의 선봉이 벌써 조령을 돌파했다는 소식을 안고 군관 장원이 급히 달려들어왔다.
《무슨 허튼 수작이냐?》
신립은 갑자기 기상이 험악해져서 버럭 고함을 질렀다.
《황송하오나 이는 죄다 사실이올시다.》
장원은 뜻밖으로 돌변한 신립의 험악한 기상에 더럭 겁을 먹고 황급히 허리를 굽혔다.
《닥쳐라! 네가 군심을 동요시키려고 일부러 그런 말을 꾸며냈지? 실토해라. 그렇지?》
신립은 보검자루를 거머쥐고 다가섰다.
《아, 아니올시다.》
얼굴이 새까맣게 죽은 장원은 팔을 내저으며 뒤걸음질쳤다.
《너는 이미 결사전을 앞두고있는 우리 군심을 동요케 했다. 아무리 날구뛰는 왜적들이라도 어찌 그렇게 빨리 허수아비진을 알아내여 감히 넘어설수 있단 말이냐? 군률을 보이기 위해서도 너를 용서할수 없다.》
신립은 이미 자기를 다잡지 못했다. 그는 즉시 장원을 끌어내여 전군이 보는 앞에서 목을 잘라 조리를 돌리였다.
군사들은 기가 질려 몸서리를 쳤다.
여물은 더욱 사나와진 신립의 행동이 리해되지 않았다. 어찌하여 사실을 알아보지도 않고 그런 조폭성으로 군심을 어수선하게 만드는지 알수가 없었다.
장원을 죽인 행위가 잘못 되였다는것은 그날저녁으로 밝혀졌다. 죽은줄로만 알았던 리일이 겨우 살아 돌아와서 모든 사실이 밝혀졌던것이다.
조령턱밑으로 다가온 적들은 령우에 숱한 군사들이 둔치고있는것을 보고 일단 전진을 멈추었다. 령이 하도 높고 또 조선군사들이 결진한 모습이 보이는지라 선뜻 넘어설 용기가 나지 않아서였다. 그래도 용수가 없나 하여 자세히 살펴보니 피이하게도 조선군사들의 벙거지꼭대기우에 까막까치들이 내려앉아 제멋대로 흥겹게 놀아대고있었다. 적들은 마침내 그것이 저희들을 속이기 위해 해세운 허수아비라는것을 어렵지 않게 알아차리고 코노래를 부르며 유유히 령을 넘어섰다.

장원은 바로 그놈들을 보고 바삐 달려왔었다. 그는 이 진실을 알렸다는 죄아닌 《죄》로 억울한 죽음을 당했다.
김여물은 감지 못한 장원의 원망서린 눈망울을 물끄러미 내려다 보며 비탄에 잠겨 가슴을 쳤다.
달천강의 여울물소리는 더욱 높아만갔다.

6

적들이 사태처럼 달려들고있었다.
장원을 성급히 죽인 실책을 신립은 뒤늦게 깨달았으나 때는 이미 늦었다. 그후로는 적이 10리밖까지 왔는데도 누구 하나 알리는 사람이 없었다.
신립은 왜적의 공세에 겁을 집어먹고 군사들의 사기가 흐트러질 가보아 군률을 방패로 장원을 죽였지만 결과는 거꾸로 되고말았다.
그의 눈앞으로는 달천강의 용용한 흐름이 사납게 사품치며 흘러갔다.
드디여 나라와 임금 앞에 다진 진충보국의 뜻을 시위할 때는 왔다. 새재에 진을 치자는 김여물과 제장들의 권고를 마다하고 굳이 충주본영을 본거지로 삼은것을 그는 조금도 후회하지 않았다. 결사의 각오를 가지고 싸워서 이 땅의 한줌 흙이 되여 묻힌다 해도 남아장부의 애국충정만은 길이 살아남아 지난날의 모든 과실들을 후덥게 감싸줄것이였다.
그는 즉시 전대에 령을 내려 달천강을 뒤에 두고 배수진을 벌려놓았다.
앞에는 적이요, 뒤에는 강물이니 군사들이 부득불 적을 맞받아 결사전을 하지 않을수 없다. 그는 소위 병법에서 말하는 《죽는 땅에 가둔 연후에야 산다》는것을 오늘 이 배수진법을 통해 한번 실증해보려는것이였다. 이는 임금으로부터 보검을 넘겨받을 그 당시에 벌써 그의 가슴속에서 자라나고있었고 어제오늘 엄혹한 정황에 부딪치면서 더욱 확고해진 결심이였다.
《다들 듣거라.》
그는 비장한 각오로 엄숙하게 서있는 군사들을 둘러보았다.
《오늘 우리가 방축이 되여 지켜야 할 요해처는 바로 여기 달천강이다. 마땅히 살아서 지켜내지 못하면 죽어서도 물러서지 말아야 할곳이 바로 여기다. 모두 이 땅의 남아답게 장한 피를 뿌림으로써 가증한 섬오랑캐원쑤들로 하여금 우리의 굴함없는 기개앞에 전률케 하자! 조상들이 물려준 신성한 조국강토를 욕되게 하지 말자!》

그제야 군사들은 새재를 내놓고 충주본영에 눌러앉은 신립의 의도가 바로 이것이였구나 하는 느낌이 새삼스럽게 울컥 솟구쳐올라 저마다 뜨거운것을 삼키였다. 김여물의 심정도 역시 그들과 마찬가지였다.

여물은 신립의 뒤를 따라 선참으로 말우에 뛰여올랐다. 그러자 하나같은 심정으로 가슴을 들먹이던 우리 군사들이 일제히 가슴을 쭉 펴고 적들을 맞받아나아갔다.

달천강변은 무서운 피의 란무장으로 화했다. 치고 까고 찌르는 우리 군사들의 함성, 창과 방패가 맞부딪치는 금속성의 아츠러운 소음, 적들이 지르는 단말마의 비명…

하늘의 해빛도 잠시 빛을 가무린듯 뽀얗게 일어나는 먼지와 피의 보라속에 땅이 울부짖고 강물이 태동했다.

눈앞에서 벌어지는 끔찍한 참상에 너무도 억이 막혀 신립은 그만 《악!―》하고 큰소리 한마디를 부르짖고 비호같이 말을 몰아 미친듯이 돌아치는 적들속으로 뛰여들었다. 여물이가 자기의 앞뒤를 돌아보며 달려드는 적들을 무자비하게 쓸어눕히는 광경이 그의 눈앞을 언뜻 스쳤다. 적들에게 사로잡히는 치욕을 면하기 위해 물에 뛰여드는 우리 군사들의 수가 점점 늘어갔다. 삽시에 강물은 그들의 피로 붉게 물들여졌다.

신립은 갑자기 아래도리를 든든한 몽둥이로 세차게 후려치는것 같은 환각에 흠칫 몸을 떨었다. 물웅뎅이에 빠진듯 아래도리가 금시에 척척히 젖어올라왔다. 그는 점점 혼미해지는 의식속에서 있는 힘껏 보검을 휘둘렀다. 눈앞에서 무슨 걸레쪼박같이 얼른거리던 한무리의 왜적들이 비명을 지르며 산산이 흩어져버렸다.

돌연 천지가 혼탕된듯 눈앞이 아찔해졌다. 몸이 천길심연속으로 굴러떨어지는 환각속에서 그는 누군가 자기를 부축하는것을 어렴풋이 느꼈다. …

신립은 어느 후미진 웅뎅이속에서 정신을 차렸다. 그는 안타까이 자기를 내려다보고있는 김여물을 간신히 알아보았다. 벌집을 쑤셔

놓은것 같은 웅웅하는 소리가 가까이 들리였다. 얼마후에야 그는 그것이 피어린 격전장의 소음임을 알아차렸다.

신립은 팔을 짚고 일어나려 하였으나 왼켠 허벅다리가 말을 듣지 않아 도로 주저앉았다. 탄환이 살점을 헤집고 나가서 허연 뼈마디가 다 들여다보였다.

《순변사님! 상처가 험합니다.》

여물이 그를 두리쳐업으며 성급히 말했다. 사방에서 적들이 질러대는 어지러운 고함소리가 귀속을 먹먹하게 했다.

《여물이!… 날 내려놓게, 놓으라구.》

신립은 여물이 강변 수림속으로 들어가려 하자 목메인 소리로 중얼거렸다.

《이젠 가망이 없어.》

그의 커다란 눈은 물기가 척척히 어려 번들거리였다.

《여물이, 날 원망하게. 내 성정이 너무 모질었던가보이.》

《그만하시외다. 이제 와서 무슨 그런 말씀을…》

여물은 신립의 말뜻을 깨닫고 이렇게 위로했다. 숱한 군사들을 사지에 몰아넣고 고기밥이 되게 한 그 죄책감으로 하여 모대기며 피로와하는 그의 심정이 충분히 리해되였던것이다.

《그렇지, 아무 소용없지. 허지만 군사들의 목숨이 너무도 아까와서 그러네. 너무도 아까와서…》

피로움에 젖은 고뇌의 빛이 다시금 신립의 물기어린 커다란 두눈에 비껴갔다.

《그런데 순변사께선 이 달천을 등지고 배수진을 치면 정말로 적을 이길수 있다고 생각했습니까?》

여물은 여직껏 속에서 맴돌던 그 의문을 종시 터치고야말았다.

《아니네. 나두 그것이 불가하다는걸 다 알았네. 자네들 말대루 새재를 지켰더면 혹시 더 유리할수 있었을는지도 모르지. 허나 류곡선생같은분의 정당한 제의를 외면하고 붕당만을 일삼아온 간신의 무리들이 지난날 국방에 끼친 후과를 혼자서 짊어지고 나선이상 어차피 죽을건 뻔한데 새재를 지키건 배수진을 치건 무슨 상관이 있는가? 난 상감께서 내게다 보검을 맡기셨을 때 이미 이기지 못할바에 살아서 돌아오지 말라는 뜻인줄 알았네. 그때 어쩔수 없어 병가의 말대로 군사들을 한번〈죽는 땅〉에 가두어볼 결심을 했던거

네. 죽음이나마 떳떳이 맞이할수 있도록 말이야.》

그는 무엇인가 속에 응친것이 내려가지 않는듯 한참이나 모두숨을 몰아쉬다가 서글픈 어조로 말을 이었다.

《내 오늘을 당해 통절히 깨닫게 되는바는 역시 국방이 허약해가지고서는 아무리 훌륭한 전법을 쓴대도 통할리 없고 더구나 〈진충보국〉의 어떤 맹세도 다 허황한 공담에 불과하다는것이네. 그래서 나두 여태 허수아비로 반생을 살아온거구…》

별안간 강물소리가 더 높아졌다. 최후의 격전속에서 장렬하게 쓰러지는 우리 군사들의 모습이 피빛락조에 비끼였다. 사납게 이즈러진 적들의 말상판대기가 점점 가까이 다가들었다.

《자, 이제는…》

신립은 보검자루를 땅에 짚고 비틀걸음으로 일어났다.

《우리 차례가 된것 같네. 다 같이 이 땅의 남아답게 장하게 죽어봄세.》

그는 있는 힘껏 보검을 휘둘러 달려드는 적들을 쓸어눕히고 소용돌이치는 강물속으로 뛰여들어갔다.

《여보, 순변사! 이게 무슨 일이시오?》

리일이 앞을 막아나서는 적들을 사납게 쳐갈기며 나는듯이 강변으로 달려왔다.

《리공! 그대만은 이 보검을 지켜주우! 나대신 부디 상감님의 은총을… 헛되게 하지—말—아—주…》

그의 목소리는 사품치는 물결우에 긴 여운을 남기며 멀어져갔다.

적들이 쏘아대는 총탄이 우박처럼 어지럽게 날아들었다.

강물도 차마 그대로는 흐르기 저어하듯 뒤채기며 목메여 흐느꼈다.

(아, 어찌하여 오늘의 이 참담한 사태가 빚어지게 되였는가? 누가 신립이를 죽게 만들었는가?…)

하늘을 우러러 한번 비통하게 울부짖고 결연히 일어난 김여물은 피흐르는 가슴을 움켜쥐고 신립의 뒤를 따랐다.

수많은 우리 군사들의 원혼과 함께 그의 장대한 몸도 호곡하는 검푸른 강물이 삼켜 버리고말았다.

리 유 근

권응수와 김진사

　오전 한겻 군사들을 조련하느라 오금에 자개바람이 일도록 돌아치던 권응수는 점심무렵이 되여서야 군막안에 들어섰다. 칼을 벗어놓고 자리에 무너지듯 주저앉은 그는 후유 큰숨을 내쉬며 무릎마디에서 우두둑 소리가 나도록 피곤한 다리를 쭉 폈다. 금시 온몸이 보들보들해지며 팔뚝의 힘살이 기분좋게 매시시 풀리였다. 한숨 자고싶었으나 막상 눈을 감으니 졸음은커녕 오만가지 걱정이 물려들어 오히려 정신이 더 또릿또릿해졌다.
　왜란이 터진지 벌써 석달이 지나갔다. 경상도를 단숨에 집어삼킨 왜적들이 사방에서 제멋대로 날치는데 아직 싸움 한번 변변히 해보지 못했으니 속에서 불이 나지 않을수 없었다. 무엇보다 애가 타는것은 나라에 쓸만한 장수가 없는것이요 변변한 군사 한명 없는 그것이다. 응수는 임진왜란이 터지는 첫날부터 그것을 통감하고 가슴을 쳤다.
　경상좌수사 박홍의 막하로 부산에 있던 응수는 맨먼저 왜적이 쳐들어오는것을 본 사람들중의 하나였다.
　왜적들의 배가 바다를 까맣게 뒤덮으며 밀려올 때의 광경을 생각하면 지금도 피가 거꾸로 솟았다. 경상도 좌우수영에만 해도 도합 대맹선이 20척, 중맹선이 66척, 소맹선이 105척이요 그 외에도 예비함선으로 소맹선이 75척이나 된다. 대맹선에는 정원수군이 80명, 중맹선에는 60명, 소맹선에는 30명이니 수군만 해도 도합 7,000이나 된다지만 막상 싸움을 하자고 보니 배들은 낡고 군졸들은 잔약하여 어찌할수가 없었다.
　법조문에 의하면 각 포구의 병선들은 매해 년말에 수군절도사가 그 수효를 갖추어 병조에 보고하고 병조에서는 임금께 주달하게 되여있다. 만든지 8년이 된 병선은 수리하고 수리한후 또 6년이 되면 재차 수리하고 그후에 6년이 지나면 고쳐만들게 되여있으며 매달 초하루와 보름에는 물에 잠기는 배의 아래쪽을 연기로 그슬려 썩지 않게 하는 법이다. 특히 경상좌도의 병선은 그중 중시하여 늘 륙지의 민물에 배를 띄워놓고 경보가 나면 아무때라도 싸울수 있게 하였다.

그러나 이것은 법조문이 그렇달뿐이고 실상 상번수군이란것은 소금 굽고 고기잡이나 하는것이 고작이였고 그나마도 정원수를 채우지 못해 빈배만 띄워놓아 썩는 형편이였다.

경상좌수사 박홍은 왜적이 쳐들어오자 얼굴이 까매져 싸울념을 못하고 성안에 들어박혀 고작 한다는것이 왜적이 쳐들어왔다고 조정에 장계를 올리는것뿐이였다. 좌수사가 군사를 출동시켜 싸울대신 성을 버리고 도망하니 서평포와 다대포진은 외롭게 남아 버티다가 차례로 떨어지고말았다. 다대포 첨사 윤홍신은 수십배나 되는 적을 막아 힘껏 싸웠으나 중과부적으로 끝내 싸움터에서 죽고말았다.

평소에는 아래사람들이 눈도 들지 못하게 위의를 차리며 위엄을 부리던 좌수사 박홍이 막상 란에 부딪쳐서는 잔뜩 겁을 먹고 쩔쩔매는 꼴을 본 권응수는 입이 쓰거웠다. 저런 위인을 주장이라 믿고 따른 자신이 한심하였다.

권응수는 박홍이 성을 버리고 달아나자 분연히 고향인 신령으로 달려왔다. 신령에 오자마자 응수는 아우들인 응전과 응평을 보좌로 삼아 집안의 종들과 동네 장정들로 의병을 무었다.

7월 14일, 응수는 부대를 이끌고 요로에 복병을 하고있다가 영천에서 신령으로 기여드는 왜적의 무리를 맞받아들이쳤다. 마음을 턱 놓고 조총을 건들 둘러메고 오던 왜적들은 갑자기 의병들이 와 하고 달려들어 창칼을 휘두르는바람에 미처 정신을 차릴새도 없이 그대로 무너져 많은 시체를 남기고 달아나버리였다. 죽은놈들가운데는 자칭 《봉고어사》노라고 으시대던 왜장도 있었다.

신령으로 기여들던 왜적들에게 혼뜨검을 내주기는 하였으나 정작 싸움은 이제부터였다.

이웃 고을인 영천에 왜적들이 둥지를 틀고있는 이상에는 신령현도 무사할수가 없었다. 영천으로 말하면 경상도의 요충이여서 이곳을 타고앉는것은 온 도의 목줄띠를 거머쥐는것이나 다름이 없었다.

눈치가 말짱한 왜적들이 그것을 모를리 없어 영천성에 천여명이나 되는 군사를 붙박이로 눌러 두고 해자를 판다 톡각을 해세운다 밤낮 악마구리 끓듯하였다.

권응수는 영천사람인 정대임이 의병을 일으켰다는 말을 듣고 급히 그를 만나 영천성을 들이칠 의논을 하였다. 대임은 원래부터 응수의 됨됨에 대해 익히 들어온터이라 서슴없이 그 일에 찬동해나섰다. 결국 영천의병부대는 신령의병부대와 합치게 되여 응수가 대장이 되고 대임은 별장격이 되였다.

두 의병부대가 합치기는 했으나 본래 인원이 적은지라 천명이 되나마나 하였다. 게다가 의병들이란 모두 어제까지 호미를 쥐고 밭김이나 매던 농군들이여서 싸움판에 나서면 죽을둥살둥 모르고 이리 뛰고 저리 뛰기는 해도 실상 싸움이란 어떻게 해야 이기는것인지 몰랐다. 첫싸움때만 하여도 응수가 그렇게 신칙하고 엄하게 단속하였건만 막상 뒤를 끊어야 할 의병들이 호령도 없이 먼저 달려나오는통에 왜적들이 그만 옆으로 빠져달아났다. 싸움이 끝난후에 단단히 닥달을 하기는 했지만 아직도 군률이 무언지 모르는 젊은것들은 동네 존위앞에서 꾸지람을 듣는것만치나 여겨 더수기를 썩썩 긁으며 저희끼리 네미라내미락 하였다.

《어디 오금이 쑤셔 견딜수 있더라구요. 삼손이가 먼저 달려나가니 저두 뒤떨어질가봐 뛰쳐나간걸입쇼.》

《어디 내가 먼저 나갔나. 녹득이 형님이 나보덤두 한발 앞섰는데, 이건 그저 만만한 나한테만 치탈이라니까.》

《그럼 녹득이부터 치죄를 해야겠다. 녹득이 어디 있느냐?》

《예, 여기 있수.》

《너는 왜 주장의 호령이 없이 함부루 나갔느냐?》

《어디 내가 먼저 나갔나요. 모두들 우하고 나가니 저두 나갔는뎁쇼. 천쇠아저씨가 내앞에서 나가다가 푹 꼬꾸라지더라니유, 그래 에크나 저 아저씨가 상했나부다 하구 막 달려가니 아닌게 아니라 그냥 엎어진채루 버르적거리는게유, 이마에서 피가 흐르길래 왜놈의 철알에 맞았나부다구 했지유. 상처를 싸매주려구 아저씨 적삼자락을 북 찢었더니 남의 옷은 왜 찢는가구 되려 내게 성을 벌컥 내지 않아유, 나야 아저씨가 돌부리를 차구 엎어진줄이야 어디 알았나유, 싸움이 끝난뒤에 깨진 무르팍을 싸매구 절름거리며 찾아와 내게 한바탕 화풀이를 하는통에 땀뺐는데유.》

아무리 해도 혼잡통에 누가 먼저 나갔는지 종시 알아낼수가 없어 앞으로 다시 그랬다가는 군률로 다스린다고 엄포나 놓을수밖에 없었다. 군사란 군률이 몸에 푹 배여 주장의 호령이 없으면 하늘이 무너져도 꿈쩍하지 말아야 하고 주장이 호령만 하면 죽을고에라도 서슴없이 뛰여들어야 하는것이다.

훈련원 봉사로 있던 권응수는 군률을 세운다는것이 그리 쉬운 일이 아니라는것을 잘 알았다. 군률을 세우자면 조련을 통해 주장의 호령을 무조건 시행하는 버릇을 키워야 하였다. 조련을 통해 병쟁기를 다루는 법을 익히는것도 중요하지만 그보다도 군률을 엄하게 하는것이 급선무였다.

그러나 제뿔뿔이로 놀아나는데 버릇된 젊은것들을 며칠동안에 군사다운 군사로 만들기란 조련치 않았다. 군사조련을 하느라고 나와섰는 모양을 보니 꼭 광대놀이에 구경나온 사람들 같아 웃음이 나올 지경이였다. 북두갈구리같은 손들이 병쟁기를 쥐여보기는 난생 처음인지라 줌안에 담싹 드는 칼자루가 오히려 서름서름한지 공연히 추썩거리는 사람이 많았다.

처음에는 칼을 든 사람은 한대중 소경 지팡막대 휘두르듯 내두르기만 하고 창을 쥔 사람은 무작정 앞으로 내지르기만 하여 도무지 법수라고는 찾아볼수가 없었다. 농사일에 잔뼈가 굵어진 펄펄한 젊은이들이여서 뚝심들은 웬간한 장사 목대라도 분지를만 하건만 싸움이란 힘겨룸이기만 한것이 아니라 재주겨룸이기도 한것이다. 싸움판에서 재주없는 뚝심은 오뉴월 두룽다리모양으로 쓸모가 없는 법이다.

응수는 칼과 창쓰는 법수를 가르치느라 늘 땀에 떠서 돌아갔다. 훈련원 봉사로 있으면서 군졸들의 무예를 련습시키던 경험이 있는것이 그로서는 얼마나 다행인지 몰랐다.

응수는 5위의 제도를 본떠 전위, 좌위, 중위, 우위, 후위로 군사를 나누고 각 위에서 날파람 있고 총기가 있어뵈는 젊은이들을 몇십명 추려내여 따로 조련을 주고 그들을 패장격으로 삼아 다른 군사들을 가르치게 하였다. 그랬더니 요즘에는 차츰 기률이 서고 아무짝에도 못쓸 바지저고리같던 농군들이 때벗이를 하여 제법 군사꼴이 잡혔다. 모두들 기가 뻗쳐 진영안팎에서 악악하는 고함소리와 병쟁기 부딪는 소리가 며칠째 밤낮으로 그칠줄 몰랐다.

혈기방장한 젊은것들은 병쟁기가 좀 손에 익자 세상이 모두 눈아래로 뵈는지 당장 영천성을 들이치고 왜적의 대가리를 한두릅씩 배

여울것처럼 들이덤비였다. 그러나 얼핏 생각하기에도 천여명 병력을 가지고 영천성을 들이친다는것은 어림도 없는 일이였다. 경상도 일판의 요충지인 영천성을 왜적들이 호락호락 내놓으려 하지 않을것은 뻔한노릇이였다. 들리는 말에 의하면 영천성안에는 수천이나 되는 왜놈군사들이 가문 논에 올챙이 모이듯하여 아글아글 끓는다고 한다. 벌써 달포나마 성을 지킬 차비를 단단히 한다니 적어도 오륙천의 병력이 있어야 할것이였다. 원체 성을 지키는 군사 하나가 들이치는 군사 서넛은 당하는 법이다. 그런데 성을 들이쳐야 할 우리 편이 병력수로 보면 도리여 적으니 아무리 날고뛰는 군사를 가졌다해도 먼산 바라보기로 손바닥이나 비볐지 용빼는 재주가 없었다.

영천성 근방에 조선군사들이 모이는것을 보고 싸움차비를 하느라고 성가퀴에 달라붙어 왝왝 대던 왜적들이 웬일인지 며칠전부터는 즘즘해졌다. 올테면 오너라 배심좋게 기다리는것인지 아니면 약아빠진 왜놈들이 무슨 딴 꿍꿍이를 하는것인지 알수 없었다.

왜놈들이 우리 군사의 병력수가 적은것을 알면 기를 쓰고 달려들것이였다. 그러면 아직 창을 도리깨 두르듯하는 우리 군사들이 싸움에 이골이 날대로 난 왜놈들과 맞설판이였다. 량편의 수가 어금지금해도 모를 일인데 배나 되는 왜놈들이 한꺼번에 덤벼들면 성을 빼앗기는커녕 모처럼 모은 천여명 군사들마저 풍지박산이 되기가 첩경이였다. 응수는 그것이 은근히 불안스러웠다. 그러지 않아도 멍석구멍에 새앙쥐처럼 우리 군사들의 동정을 살피던 왜놈들이 요즘 무슨 김새를 챘는지 예닐곱씩 패를 지어가지고 성밖으로 나와서는 먼발치에서 조총질을 탕탕 하는것이 어쩐지 심상치 않았다. 어제는 제법 담기가 있는 왜놈 몇이 의병들의 진이 빤히 내려다보이는 산우에 올라 옜다 봐라는 식으로 온몸을 드러낸채 뻣뻣이 서서 무어라 저희들끼리 수군거리며 우리 군사들이 조련하는 모양을 살피였다.

응수는 왜놈들을 사로잡을 작정으로 날랜 군사들을 가만히 뒤로 보내여 길을 끊게 하였다. 그런데 정대임이 왜적들의 뻔뻔스러운 꼴을 보자 화가 천둥같이 나서 펄펄 뛰였다. 그가 《왜놈이다!》고 소리치며 칼을 빼들고 무작정 산으로 치닫는바람에 일은 그만 다 틀어지고말았다.

왜놈들은 우야 하고 산으로 올라오는 우리 군사들을 시큰둥하게도 안여기고 한참 지켜보고섰다가 활 한바탕 거리까지 조여들어가자 그제야 슬금슬금 물러났다. 이 일로 하여 권응수는 정대임을 단단히 닦아세웠다.

《그게 무슨 짓이요? 주장의 호령도 없이 군사들을 내몰다니 그래 가지구야 무슨 싸움을 한단 말이요?》

응수의 말에 대임은 부리부리한 눈을 어디에 둘지 몰라 쩔쩔맸다.

《왜놈들의 노는 꼴이 하두 밉광스러워 견딜수가 있어얍지요. 이건 아주 우리를 우습게 보구 접어드는판이니 한번 혼구멍을 내주자던 노릇이 그만—》

대임은 쓰거운듯 입맛을 쩍 다시였다.

《닭 쫓던 개 지붕 쳐다보는 셈이 되였으니 그놈들이 되려 우리를 더 우습게 여길것 아니요.》

《따는 그렇게 되였습니다만…》

《장수된 사람은 응당 싸움전에 승패를 결해야 하는 법이요. 곰곰히 따져 꼭 이길 수를 찾은 다음에야 군사를 움직이는게지 분김에 욱하여 앞뒤를 가리지 못하면 그게 무슨 장수겠소. 군률에는 사정이 없으니 일후는 명심하도록 하오.》

응수는 얼굴빛을 가다듬으며 오금을 박았다.

《명심하겠소이다.》

대임은 시원스레 대답하고나서 응수의 얼굴을 힐끔 쳐다보며 느닷없이 벌썬 웃었다.

《그렇긴 합니다만 군사들의 기세가 이만저만이 아닙니다. 왜놈들을 보더니 성난 범같이 날뛰던걸입쇼. 원, 젠장 돌개바람처럼 막 내닫는걸 막을 재간이 있을세 말이지요. 허허허.》

대임은 군사들의 날뛰던 모양이 눈에 선히 밟혀오는지 어깨를 들썩거리며 너털웃음을 터뜨렸다. 응수도 대임이 정신없이 산우로 치닫던 모양이 떠올라 그만 자기도 모르게 허허 따라웃었다.

《그건 자네도 마찬가지던걸, 과시 장한 백성들이요. 이런 백성들을 가지고 왜놈들을 쳐이기지 못하면 우리가 무슨 장수겠소.》

응수는 웃음을 거두며 강개하여 부르짖었다.

《옳은 말씀이외다.》

대임도 자못 얼굴이 침중해졌다.
《저놈들이 요새 지분거리는것이 심상치 않소. 우리 병력이 작은것을 눈치챈 모양이요. 빨리 영천성을 들이쳐야 할터인데 지금 있는 군사들만 가지고야 어림이나 있소.》
《글쎄외다. 사방이 다 싸움판이니 어디서 갑자기 수천군사를 얻어오겠습니까.》
《린근 고을들에서 의병들이라두 좀 와주었으면 이런 때 한손 단단히 거둘텐데.》
《지금이야 관군보덤 의병들이 더 한몫 하니 남아돌아가는 군사가 어디 있을라구요.》
《그렇다구 천명도 안되는 군사루 영천성을 칠수야 없지 않소.》
《까짓 되건 안되건간에 밤중에 가만히 성에 다가들어 들이쳐보면 어떨가요?》
《원, 되지두 않을 소리, 천에 가까운 군사가 움직이는데 왜놈들이 눈 멀고 귀먹었다구 모르겠소. 그 약은놈들이 우리가 성에 다가붙기를 가만히 기다렸다가 갑자기 우 몰려나와가지고 앞뒤로 끼고치면 어찌겠소.》
《그렇다구 이렇게 눈 부릅뜨고 앉아 손바닥만 비비고있을수야 없지 않소이까.》
《아무데서건 군사들이 와야 할텐데.》
응수는 속이 두부장 끓듯하였다. 어디서 응원군사가 오지 않으면 뒤로 물러나야 할판이였다. 왜놈들이라는 말만 들어도 눈구석에 쌍가래톳이 솟아 펄펄 뛰는 군사들이 싸움 한번 해보지 않고 물러난다고 하면 가만 있을리 없었다. 비겁한 대장밑에 있지 않는다고 뿔뿔이 헤쳐져가면 붙잡아두는 수가 없다. 그러면 눈 편히 뜨고 애써 길러놓은 군사들을 다 잃고 무졸지장이 되고말것이였다.
응수는 속에서 불덩이가 치밀어 자리에서 벌떡 일어나 군막안을 이리저리 거닐었다. 오전 조련이 끝났으니 군사들을 헤쳐보내고 대임이 들어오게쯤 되였으나 웬일인지 그가 나타나지 않았다. 위장격으로 있는 동생 응전과 응평도 무슨 일이 생겼는지 점심때가 지나도록 군막안으로 들어올줄 몰랐다.
대임과 동생들을 기다리며 서성거리는참에 밖에서 군사들이 와자하니 떠드는 소리가 들렸다.

《아니 로인장이 선봉장이란 말이요?》
 금시 터질듯한 웃음을 참는 젊은이의 호들갑스러운 물음에 무어라 웅얼대는 늙은이의 김빠진 대답소리가 들렸다. 뒤이어 와하하 웃음통이 터졌다.
《아니 선봉장어른께선 대관절 무얼루 왜놈들을 잡으실라우? 숫제 맨손인가분데, 왜놈들의 뼈다귀가 마누라의 젖퉁처럼 그렇게 보들보들한줄 아시우?》
《아따, 이 사람, 잠자리에 든 마누라보덤이야 왜놈이 덜 무섭구말구, 선봉장어른의 코가 우뚝하신걸 보니 잡은것두 퍼그나 탐스러울텐데 왜놈들이 그런게라면 사죽을 못쓴다네. 그걸루 왜놈의 궁둥이를 슬슬 문대겨보지. 대번 마누라속살보덤 더 만문해'지지 않으리.》
《그러다 잡은것 떼울라.》
《떼우면 대순가, 이젠 다 쓴젠데.》
《하하하, 따는 그래.》
《선봉장어른, 잡은것 잘 건사하슈, 밑이 번번해가지구야 마누라 곁에 어떻게 가우, 하하하…》
 웃을 일이 없어 몸살을 하던 젊은것들이 어정쩡한 늙은이를 둘러싸고 받고 채기로 벅적 고아대는 꼴이였다.
 처음에는 선봉장이라는 말에 어디서 의병부대가 찾아왔나부다 하고 반색하여 귀를 강구던 응수는 그만 이마살을 찌프렸다. 젊은것들이 찧고까부는 말을 들으니 실없는 늙은이가 군영안에 들어와 놀림까마리로 된게 분명하였다. 군영안에 함부로 잡인을 들여놓다니 대임과 웅전, 웅평이는 도대체 무얼하고있단 말인가. 가뜩이나 속에 재가 하얗게 앉아 안절부절하던 응수는 화가 더럭 나 눈살이 꼿꼿해졌다.
 막 군막을 나서려는데 마침 정대임이 가을배추처럼 시퍼래가지고 들어섰다. 무언가 마뜩치 않은 일이 생긴것이 분명하였다.
《군영이 웨 이리 소란하오?》
《밖에 웬 의병들이 찾아왔소이다.》
 응수의 꾸중섞인 물음에 대임은 둥당지 않는 대답을 퉁명스레 내뱉으며 공연히 흥 하고 코바람을 내불었다.
《의병들이? 그래 어느 고을 의병들이라오?》

응수는 석삼년 왕가물에 단비 온다는 말을 들은것만큼이나 반가와 대뜸 반색을 하였다.
《어느 고을이랄것 없이 여기저기서 모아온 사람들인가분데….》
대임은 더 말할것도 없다는듯 입맛을 쩍 다셨다.
요즘 한명의 군사가 새로운 땐데 의병이 찾아왔다면 응당 뛸듯이 기뻐할 대임이건만 어쩐지 목소리에 뜨아한 기색이 력연하였다.
《그래 몇명이나 되오?》
《서른나문쯤 되는가봅디다만…》
대임은 입이 쓴듯 말꼬리를 흐리더 또다시 흥하고 코바람을 불었다.
《서른이면 어디요. 지금 병력이 딸려 왜적을 뻔히 보면서도 치지 못하는판인데 어서 나가봅시다.》
응수가 부산을 피우며 군막밖으로 나가려 하자 대임이 마뜩지 않은 어조로 한마디 내뱉었다.
《나가보실것 없소이다.》
《아니 그건 무슨 소리요?》
《원, 오합지졸도 유만부동이지, 어디서 온통 비루먹은 노닥다리들만 모아가지고 와서 의병이랍시구 받아달라니. 내 어처구니가 없어서, 공연히 군량만 축낼것들입니다.》
《그래두 명색이 군사라니 쓸모야 없겠소? 어디 나가봅시다.》
응수는 대임을 끌다싶이 하여 밖으로 나왔다. 응수가 군막밖에 나가니 한떼 군사들이 늙은이를 둘러싸고 만판 떠들고있었다.
《어랍쇼, 거기 의병들은 다 어른신네 같수? 원 손자들 코나 씻어주실게지.》
《아따, 이사람, 로인장의 춘추를 보니 코 씻어줄 손자는 있을법두 않네. 손자녀석턱밑에 구레나룻이 자네 노랑수염보덤은 탐스러울걸.》
《하하, 그렇다구 할 일이 없을가 원, 아래목에 앉아서 마누라 잔등이라두 긁어주지.》
《잔등은 웨, 그보다 썩 더 밑을 긁어주지.》
《망할자식 네 입은 왕십리 채마전이냐, 걸기는 사복개천이로구나.》
《이눔아, 그래두 량반댁 대궁밥 얻어먹는 네 입보다는 말갛지.》

《저 자식 보게. 네가 나를 남의 집 비부살이 한다구 깔보는 셈이냐?》

《네가 왜놈 치는 싸움판에 안나왔던들.》

《그래 나왔으니 이젠 어찌겠느냐?》

《나왔으니 동고동락 내 친구지, 하하.》

《원 별 시러베자식같은놈 다 보겠어. 진날에 개 친한것만큼이나 반가울가. 망할자식, 허허.》

《하하하.》

군사들이 찧고까부는 소리를 가만 듣고 섰던 응수는 수염밑으로 빙그레 웃었다.

영천고을의 활량으로 소문난 차돌이녀석이 또 제 동갑또래인 덕석이를 씨까슬르는모양이였다. 둘은 매양 오리발처럼 붙어다니면서도 언제보아도 서로 싱갱이질이였다. 대개 보면 말수더구가 많은 차돌이가 먼저 말까시렝이를 붙이는 모양이지만 마지막에 가서 덕석이가 통방울같은 눈을 부릅뜨고 황소처럼 씩씩거릴 때면 차돌이편에서 슬쩍 눙치는것이 보통이다.

차돌이는 쩍하면 덕석이가 량반댁 대궁밥을 얻어먹는 못난 자식이라고 눈알이 빠져라고 늘 욕을 하지만 실상은 제 친구가 남의 집 비부쟁이로 들어간것이 분해서 하는 소리였다. 그러고보면 친구에게서 비부쟁이라는 욕을 들으면서도 안해를 끔찍이 위하는 덕석의 마음이 숫지고 꾸밈없는것은 물론이거니와 제 친구를 생각하는 차돌의 마음도 겉으로 내뱉는 거친말과는 달리 명주실처럼 보드라운것이였다. 그러면서도 한편은 울뚝하는 걸패있는 젊은이요 한편은 누긋하면서도 끈질긴 성미라 좋은 대조를 이루었다. 이런 젊은이들이 싸움판에 나서면 범처럼 무서운 군사가 되는것을 응수는 많이 보아왔다. 그래서 은근히 두 젊은이에게 원심이 가는바라 요긴한 대목에는 늘 그들을 데리고 다니였다.

《이게 웬 소란이냐?》

응수가 위엄스레 호령을 내지르자 이제까지 너털대던 차돌은 당장 자라목이 되여 누구의 등뒤로 숨어버리고 덕석이만이 갈퀴같은 손을 드리운채 어쩔바를 몰라 덩둘하여 그자리에 굳어졌다.

《할 일들이 없어 그따위 실랭이질들이냐?》

응수가 재차 호령하자 어느결에 돌아갔는지 차돌이가 왼쪽에서 천연스레 나서며 덕석이 대신 말을 받았다.
《아니올시다. 이런 희한한 의병은 보다 처음이니 기구멍이 막혀서 저희끼리 한마디씩 지껄인것이올시다.》
《희한하다니, 그래 네가 의병들을 좀만 보았다구 그리 호들갑이냐?》
《아닙죠, 보다보다 이런 의병은 처음인뎁쇼. 아마 대장어른께서도 처음일가붑쇼.》
《그만 수다를 떨어라, 그래 그 의병들이 모두 룡마타고 룡천검을 든 장수들이더냐?》
《룡마 탄 장수라면야 기구멍이 막힐리 있소이까. 여기 소를 타고 오신 선봉장어른이 서계신뎁쇼.》
《선봉장이 소를 타고 오다니 네가 정신빠진 녀석이다.》
《아니오이다. 여보게들, 저리 좀 비키게, 원 눈치두, 선봉장어른이 우리 대장께 뵈워야 하지 않겠나.》
차돌이의 핀잔을 받고 덕석이 그제야 정신을 차리고 더수기를 긁으며 슬금슬금 물러났다.
덕석의 뒤에서 꾀죄죄한 늙은이가 군사들이 길을 내주는대로 주춤거리며 나왔다. 누군가 켠을 들어주기를 바라는모양 주위를 두리번거리다가 돌부리를 차고 엎어질듯 팔을 허우적거리며 지척지척 걸음을 옮기다보니 저도 모르게 응수의 앞에 바싹 대들어 그만 엎드려 절을 한다는것이 철릭자락밑에 머리를 박는 꼴이 되였다.
《달끝의병대 선봉장 조막손이 문안드리오.》
응수는 늙은이의 거동을 어이없이 지켜보다가 그만 저도 모르게 실소를 하였다.
《허허허.》
응수가 소리내여 웃자 군사들이 덩달아 와하고 참았던 웃음보를 터뜨렸다.
《네가 선봉장이란 말이냐?》
《그렇소이다.》
《네가 선봉장이라니 너희 의병중에 젊은것들은 모두 밥병신이더냐?》
《그럴리가 있소이까. 향교말 김진사어른의 말씀이 영천성싸움에 긴요한 사람들만 특별히 추려서 데리고 간다며 소인을 선봉장으로

삼았소이다.》

《그래 너희 의병이 모두 몇이나 되느냐?》

《서른나문 되오이다.》

《다들 어디 있느냐?》

《저기 진밖에서 기다리고들 있소이다.》

응수가 진밖을 바라보니 병장기를 가진 끌끌한 젊은이들은 하나도 보이지 않고 눈에 뜨이는것은 고추상투가 간들거리는 늙은이들 뿐이다. 모두 소들을 타고 온 모양 서른나문짝 되는 소들이 제각기 움머움머 영각하는것이 마치 소장마당을 벌려놓은것 같았다.

더우기 가관은 늙은이들이 제법 엄숙한 모양을 하고 조련시에 기병들이 말고삐를 잡고 정렬하듯이 소코뚜레를 쥐고 요지부동으로 서있는 꼴이였다.

《허허허.》

응수는 그만 어이없는 웃음을 내뿜았다.

《너희 대장이 도대체 무얼하는 사람이냐?》

《향교말 김진사라 하온데 지모가 출중하여 가히 해를 씻고 달을 닦을만한 어른이외다.》

응수는 늙은이의 말이 우스워 또다시 고개를 제치며 껄껄 웃었다.

《하하하, 지모가 출중하여 이같은 군사를 거느리고 영천성을 치러온단 말이냐, 왜적을 치려는 너희들의 마음은 갸륵하나 늙은이들을 시석아래 헛되이 죽게 하고야 이 나라에 젊은이들이 있다고 하겠느냐. 너희 그 김진사란 량반이 내 보기에 분명 미친 선비일다. 물러가서 내 말대루 일러라.》

《아, 아니올시다. 미친 선비라니 너무나 당찮은 말씀이로소이다. 쇤네들두 대장휘하에서 싸우게 해주오이다.》

늙은이는 미친 선비라는 말에 손을 가로 저으며 펄쩍 뛰여올랐다.

응수는 어이가 없었다.

《미친 선비를 따라다니더니 늙은이도 실성을 했나보구나.》

응수의 말에 늙은이는 억이 막힌듯 잠시 멀거니 응수를 바라보았다. 어쩐지 그 눈길에 실망과 원망이 담뿍 담긴것만 같아 속이 얄알하였다. 그렇다고 미친 선비를 하늘처럼 여기는 늙은이의 망녕을 그대로 받아줄수도 없는노릇이였다.

늙은이가 무언가 더 말할듯 주밋거리는것을 본 응수는 그만 더럭 역증을 내며 눈섭을 곤두세웠다.

《다시 군영안에서 어물거리며 소란을 일으키면 네가 군률을 당할 테니 어서 물러가거라. 그리구 너의 그 김진사한테는 불쌍한 늙은이들의 목숨을 희롱하는짓 말구 구구루 집안에 들어앉아 있으란다구 해라.》

늙은이는 응수의 서슬에 기가 쑥 죽어 더 말을 못하고 돌아섰다. 어정어정 걸어가는 뒤모습이 가긍해보였다.

저 순량한 늙은이가 왜적을 친다는 말에 죽음을 각오하고 나왔으려니 생각되자 불시에 가슴이 찌르르 해왔다.

얼마나 장한 백성들이냐.

막상 불호령을 내놓아 등을 밀쳐보내기는 하였으나 속이 알싸하였다.

《넨장, 일이 안될라니 별 꼴 다 보는군.》

대임이 입이 한자나 나와 투덜대며 철릭자락에서 바람소리가 나도록 휙 돌아섰다.

기다리는 말은 오지 않고 보기싫은 외통며느리가 온다고 응원군사대신 미치광이선비가 찾아왔으니 그럴만도 하였다.

군막안으로 들어온 응수는 어깨가 축 처져 돌아가던 늙은이의 가긍한 모습이 안겨와 마음이 싱숭생숭하였다.

대임도 속이 편찮은지 가만히 앉아있지 못하고 공연히 몸을 궁싯거리였다. 아무래도 밖의 일이 궁금한 모양이였다.

미친 선비가 혹 군영안에 들어와 야료라도 부리지 않을가 하는 생각이 들어 자연 마음이 쓰이여 밖의 동정에 가만히 귀를 기울이고 있느라니 아니나다를가 군사들이 술렁대는 기색이였다. 아까처럼 와와 들레는것은 아니고 여럿이 쉬쉬 목소리를 죽여가며 수군덕대는 꼴이다. 무슨 심상치 않은 일이 벌어진게 분명하였다.

무슨 일이 또 벌어지는가싶어 밖에 나가볼가 말가 망설이는차에 위엄이 뚝뚝 듣는듯한 호령이 귀전을 쨍하고 울리였다.

《네가 선봉장의 중한 소임을 맡았으면 조신하여 처신을 무겁게 하는것이 옳거늘 이제 남의 웃음거리가 되였으니 부대의 체면이 무엇이 되였느냐, 물정 모르는 젊은것들의 실없는 장난이야 개의할것이 없다만 대장어른께서도 너를 우습게 보아 물리치셨은즉 이제 대사는 다 그르친 셈이다. 네가 죽기를 한하고 나를 따라 싸움에 나선터에 주장의 호령을 그렇게 욕되게 할법이 어디 있느냐. 주장의 분부를 시행치 못한 죄는 둘째치고라도 영천성을 왜적의 손에 맡겨두어 저놈들이 경상도 일판을 분탕질하게 해놓았은즉 이제 얼마나 많은 인명이 무도한 왜적의 칼에 피를 흘리겠느냐. 네가 그걸 생각하였다면 대장께서 일시 잘못 생각하시구 너를 쫓아내시드라두 말한마디 못붙여보고 그대로 물러날 법이 있겠느냐.》

《진사님!》

늙은이의 울음섞인 목소리가 들리였다.

《이제는 네 죄를 알겠느냐?》

《알겠소이다. 소인이 그만 죽을 죄를 지었소이다.》

응수는 어이가 없어 허거픈 웃음이 절로 나갔다. 영천성을 빼앗고 못빼앗고가 마치 저들 서른나문 되는 늙은이들에게 달려있기나 한것처럼 펄펄 뛰는 꼴이니 도대체 혼맹이가 빠진놈이 아니고서야 저런 수작을 할수가 있으랴. 어리숙한 늙은이들을 몇십명 모아가지고는 천하제일 장수나 된듯이 우쭐하여 제법 기염을 토하니 미쳐도 이만저만 미친것이 아니였다. 순진하기 그지없는 늙은이들의 애국충정을 저런 미친놈이 함부로 희롱하다니, 생각하면 가증스러운 일이였다.

《저게 혼맹이가 빠져도 단단히 빠졌지 제 정신을 가지구야 저럴수가 있겠소이까.》

대임이 분기가 치밀어 벌떡 일어서며 소리질렀다.

《미친놈은 미친짓만 한다더니.》

응수는 쓴 입을 다시며 외면하였다.

《저걸 그냥 둔단 말입니까?》

《그냥두지 않으면 미친놈한테 사리를 따지겠소?》

《엥이.》

대임은 풀썩 자리에 주저앉으며 분을 삭이지 못해 가슴을 풀떡거렸다.

《여봐라, 선봉장이 복죄하였은즉 군률대로 죄를 다스려야겠다, 군노야.》

《예잇.》

《형구 차려라.》

《예잇.》

《주장의 분부를 어기고 부대의 체면을 상하게 한 죄인 조막손에게 곤장 50대를 쳐라.》

《예잇.》

곤장을 친다는 호령소리에 응수와 대임은 저도 모를결에 벌떡벌떡 일어났다.

《저놈이 점점 한다는짓이…》

《어서 나가봅시다. 그러다 그 늙은이가 죽겠소.》

두사람은 부리나케 군막밖으로 나갔다.

대장이라는 김진사는 도포자락을 벌리고 바위우에 걸터앉고 그 아래에 선봉장 조막손이 꿇어엎디였다.

군노노릇하는 늙은이 두엇이 땅바닥에 멍석자리를 드르르 펴놓았다.

조막손이는 멍석자리우에 넙적 엎드렸다. 바지를 걷어올리니 살이 빠져 뼈가 앙상한 정갱이가 드러났다.

군노가 곤장을 하늘로 추켜들자 응수와 대임은 그 광경을 차마 볼수 없어 슬며시 눈길을 돌렸다.

막 매가 내려지는 순간

《가만 있거라.》 하는 김진사의 목소리가 들렸다.

정갱이에 내려지던 매가 공중에서 뚝 멎었다.

《형벌이란 죄를 깨닫게 하자는것인즉 복죄한자에게 구태여 곤욕을 보일것은 없느니라. 이제 큰 싸움을 앞두고 선봉장이 할 일이 많은즉 몸을 상하게 해서야 되겠느냐. 그렇다고 군률을 굽힐수는 없는노릇이니 이 이불을 정갱이우에 덮고 매를 치도록 하여라. 조막손아, 네 이 매를 헐장으로 생각지 말고 아프게 맞아라.》

《진사님!》

늙은이는 목이 꽉 메여 말을 못하고 멍석자리우에 눈물을 뚝뚝 떨구었다. 엎드린 조막손이우에 이불이 씌워지자 퍽 하는 소리와 함께 풀썩 솜먼지가 피여올랐다.

《한대요.》

《가만, 선봉장의 지난날의 공로와 나이를 생각하여 한대를 열대로 세여라.》

175

《예잇, 열대요, 스무대요, 서른대요, 마흔대요, 쉰대요.》

매를 세는 소리가 끝나자바람으로 눈살이 꼿꼿하여 바위우에 위엄스레 도사리고 앉았던 김진사가 황황히 내려서더니 엎드린 선봉장에게로 달려가 조심스레 그를 일으켜세웠다.

《어디 상한데는 없느냐?》

따뜻한 목소리에 인정이 자르르 흐르는상싶었다.

《황송하오이다.》

선봉장은 송구하여 몸둘바를 몰라하였다.

《어서 자리에 들어서거라.》

《예잇.》

선봉장이 자리에 들어서자 김진사는 의병들을 향하여 돌아섰다.

《듣거라, 이제는 영천성이 지척이니 길은 다 온 셈이다. 타고 온 소들은 우리보덤 이곳 군사들에게 더 요긴하게 쓰일것인즉 선봉장은 소들을 모아 영천의병장어른께 받아줍시사고 말을 올려라. 싸움은 이제부터인즉 조금도 소홀한 일이 있어서는 안된다. 다들 알아 들었느냐?》

《알았소이다.》

늙은이들의 석쉼한 목소리가 메아리처럼 화답하였다.

응수와 대임은 물론 진영안의 군사들도 김진사의 거동을 넋나간 사람처럼 지켜보고있었다. 듣고보면 마디마디가 씨가 박힌 말들이요, 행동거지를 보아도 헛손질 한번 하는 법 없는 오지고 깎듯한 선비였다.

서른나문 되는 늙은이들이 김진사의 말이 떨어지기 바쁘게 여공불급 착착 움직이는것만 보아도 례사위인은 아니였다. 어쩌면 세상에 흔치 않은 기인일는지도 모른다. 그러나 늙은이들을 데리고 성을 친다는것을 보면 도무지 제 정신이 있는 사람같지 않았다. 세상에는 미쳐서도 미친것 같지 않은 사람이 있는 법이요, 항차 요즘같은 란시에 무슨 도깨비인들 나오지 않으랴.

어쨌든 호기심이 가는 인물인것만은 틀림없었다.

응수는 김진사를 만나보지도 않고 대뜸 물리쳐버린 일이 저으기 후회되였다.

그러나 체면에 한번 쫓아버린 사람을 문밖에 나가 손 붙들어올수는 없는노릇이였다.

응수는 의병들을 거느리고 물러가는 김진사의 뒤모습을 아쉬운 눈길로 바래였다.

혼자 떨어진 선봉장 조막손이 아까 군사들의 놀림까마리로 되던 때와는 정 다른 헌앙한 기상으로 군영의 파수에게 일렀다.

《달꼴의병대장의 분부루 선봉장 조막손이 대장어른을 뵈옵잔다구 전해라.》

응수는 놀란 눈길로 조막손이를 바라보았다. 비록 허리는 꾸부정하고 가슴이 우그러들기는 하였으나 맺고 끊는듯한 말투며 늙은이다운 지혜가 은은히 비낀 눈길이 어딘가 모르게 사람의 마음을 휘여잡아누르는듯하였다.

응수는 자기앞에 서있는 조막손이를 새삼스러운 눈길로 찬찬히 뜯어보았다. 먼길을 오다보니 먼지가 뿌옇게 앉기는 하였으나 새 고운 무명으로 지은 옷에 행전을 가뜬히 치고 짚신감발을 한것이 애당초 길차비를 여간 꼼꼼히 하지 않은것이 대번 알렸다. 허리춤에는 명주천을 꼬아넣어 삼은 짚신 한컬레가 대롱거렸다.

《대장어른께 아뢰오.》

조막손이는 응수의 앞에 이르러 떳떳이 군례를 올리였다.

《그래 무슨 일이냐?》

《저희 대장이 비록 휘하에서 싸우지는 못할망정 미력하나마 어려운 싸움을 한팔 거들고저 따로 까치산에 진을 칠 작정이노라구. 그리구 이 소들을 이번 싸움에 요긴히 써달란다구 전하라는 분부시오이다.》

《까치산이라니? 그래 영천성 바루 코앞에 진을 친단말이냐?》

《그렇소이다.》

《허망한 량반이 애꿎은 생령들을 헛되이 죽게 하는구나. 그래 그 량반이 까치산이 어딘지나 안다더냐?》

《영천성에서 5리 떨어진곳에 있다고 합더이다.》

《그런줄을 알면서도 거기다 진을 치러 갔단 말이냐?》

《범을 잡자면 범의 굴에 가야 한다는 말이 있지 않소이까?》

《범을 잡기는커녕 범의 밥이 되면 어쩔셈이냐?》

《원 그럴리야 있겠소이까? 진사어른께서 어련히 생각이 있을줄로 아옵니다.》

선봉장늙은이는 서뿌른 대장을 하늘같이 믿는 모양이다.

177

《불쌍한 인생일다. 네가 그 시쁜 대장을 믿고 따라다니다가 공연한 죽음을 하겠구나.》

응수의 말에 늙은이는 되려 빙긋 웃으며

《소인이 공연한 죽음이야 하오리까.》하고 셈평좋은 소리로 말하였다.

응수는 늙은이가 가여웠다. 싸움이라고는 구경도 못했을 백면서생을 그래도 대장이라고 하늘처럼 믿고 떠받드는 늙은이의 어린애같은 마음이 눈물겹도록 가여웠다. 이제 왜적이 달려들면 병장기라고는 칼 몇자루뿐인 늙은이들이 대장만 바라보고있다가 몰사죽음을 당할것 아니냐. 아무래도 하는짓을 보면 김진사란 량반이 정신이 바로 배긴것 같지 않았다.

물정에 어두운 속무른 늙은이가 선봉장이라는바람에 으쓱 기가 돋아 죽을판살판 모르고 김진사를 따라다니는 모양이였다.

응수는 말투를 바꾸어 깨도가 되도록 늙은이를 타일렀다.

《네가 그만하면 나살도 어지간히 건사한터에 그만 사람을 따라다니다니 모를 일이다. 잔약한 늙은이들이 무얼루 왜적의 흉기를 당한단말이냐. 이번 싸움은 젊은이들에게 맡겨두구 모두 집으로 돌아들 가거라. 너희들이 소까지 아낌없이 바치니 나라를 위하는 그 마음이 정녕 갸륵하구나. 내가 이것까지 마다하면 너희들이 서운할것이니 받아서 요긴히 쓰겠단다구 해라. 그리구 딴 생각일랑은 아예 말구 어서 집으루 헤쳐들 가란다구 일러라.》

《쉰네를 그토록 생각해주시니 황송하기 그지 없소이다. 소인의 모르는 소견에도 집을 짓자면 대들보감과 서까래감이 다 있어야 할줄로 아오이다. 어련하겠소이까만 이번 싸움에서 쉰네도 서까래구실이라도 할가 하여 찾아온것이로소이다. 우리 대장어른의 말씀이 능한 목수는 옹이매디도 요긴히 쓴다 하더이다. 소인도 이 나라 백성이온데 국난을 당하여 늙은 몸이라고 어찌 아래목만 지키고있겠소이까. 쉰네는 왜적들과 쉰네식으로 싸워볼가 하오이다.》

조막손이의 말에 응수는 은근히 속이 찔렸다. 능한 목수는 옹이매디도 요긴히 쓴다니 결국 자기들을 쓸모가 없다고 내버리는 사람이야말로 서툰 목수라는 뜻이 아니겠느냐.

순량한 사람일수록 곧은배기인 법이다. 산을 돌려앉히면 돌려앉혔지 조막손이같은 사람의 마음을 돌려세울수는 없다. 더 시야비야

한댔자 말이나 귀양보낼뿐이다.
《뜻은 더없이 장하다만 강약이 부동하고 중과부적이라니 잘 알아서 실수가 없도록 조처하란다고 해라.》
《알았소이다.》
조막손이는 웅수의 말에 건성으로 대답하였다.
《이젠 그만 가보아라.》
《선봉장 조막손이 이만 물러가오.》
《오냐.》
웅수는 군영밖으로 나가는 조막손의 구부정한 등을 무거운 눈길로 바랬다.
조막손이가 막 군영을 나서려는참에 차돌이와 덕석이가 목을 지키고 서서 무어라 말할듯 쭈몃거리였다.
《잘 다녀갑시우.》
차돌이가 먼저 꾸벅 절을 해보이며 열적게 싱긋 웃었다.
《내땜에 곤장까지 맞아 안 되였수.》
《오, 임잔가. 내가 변변치 못해 군률을 당한게니 임자탓일게 없느니.》
조막손이 늙은이답게 점잖히 하는 말에 덕석이 또 나서며 더수기를 긁었다.
《젊은것들이 버릇없이 굴어 미안하우, 나뻐 생각 말아주우.》
《허허, 내가 왜놈앞에서도 쩔쩔 맨적 없었네만 임자네들 입심에는 못견디겠더라니. 예끼, 내 잡은것이 어찌구 어쨌다구, 망할녀석들, 왜놈들과 칼 한번 겨루어보지 못한 햇송아지들이 우쭐대기는, 허허허.》
조막손이 말에 차돌이와 덕석이는 눈이 휘둥그래졌다.
《아니 로인장은 왜놈들과 접전을 해보셨수?》
《접전이랄것은 없지만 그래두 왜놈 두어두름이야 조히 잡았지.》
《뭐요? 두어두름씩이나, 에에, 지붕의 호박도 못따는 주제에 하늘의 별을 땄다면 누가 곧이 들을줄 아시우? 횐목 그만 빼시우.》
《이녀석 뵈라, 그래 소 서른짝이 공것으로 생긴건줄 아냐? 그게 다 왜놈들에게서 뺏은 병쟁기들과 바꾼게다. 내가 남의 집 종으루 평생을 보내다가 왜놈 몇을 잡은덕에 속량까지 했다. 허허.》
《왜놈 잡았다구 나라에서 속량해줍디까?》

《웬걸, 성도 없는 종놈이 왜적을 아무리 잡은들 나라에서 알도리가 어디 있을라구. 우리 주인이 내 대신 제 이름으루 왜놈의 머리를 바치구 벼슬을 받았지. 그런대루 수염을 내리쓸기에는 거북하던지 내게는 속량을 시켜주더군.》

어느새 조막손의 주위에 군사들이 담을 쌓듯 둘러섰다.

《아니, 늙은네들이 맨손으루 왜놈들을 어떻게 잡았단말이우?》

《꿈에 잡은게나 아니시우?》

《병신 왜놈이 있었던게지.》

군사들이 또 중구난방으로 한마디씩 떠들자 조막손이는 말한마디 없이 깔보는 눈찌로 그들을 한번 빙 둘러보더니 핀둥이를 주었다.

《자네들이 숫오리처럼 우쭐해서 꿱꿱 고아대기는 해두 아직 지각은 덜 들었네.》

《그건 또 무슨 말이우?》

《쓸데없는 말은 많이 지껄이면서두 정작 왜놈 잡는 수를 묻는 사람은 하나두 없으니 말이지.》

조막손이의 말에 차돌이가 기가 올라 앞으로 바싹 대들며 따지듯 물었다.

《그렇수? 그럼 어디 내가 물어보겠수. 대체 왜놈 잡는 수가 무어유?》

조막손이는 몇오리 되지 않는 수염을 가장 점잖게 내리쓸며 에헴 기침을 하였다.

주위에 둘러선 군사들이 모두 긴장하여 침을 꿀꺽 삼키며 무슨 말이 나오는가 하여 조막손이의 이빠진 입만 빤히 쳐다보았다.

《왜놈 잡는수가 뭔고 하니 첫째는 우리 손에 익은 쟁기를 쓰는것이구 둘째는 우리 대장어른의 말대루 하면 출기불의하는걸세. 우리 말루 하면 왜놈들이 멍청해지도록 만든다는게야. 이를테면 왜놈들이 우리보다 많으면 적어지게 하구 그놈들의 병쟁기가 우리것보다 좋으면 나빠지게 만드는게야. 알아듣 겠나?》

《제길, 난 또 무슨 뾰죽한 수가 있다구, 그거야 누가 모르우? 왜놈들이 많은걸 어떻게 적게 만드냐 말이우.》

《이사람아, 그럼 자네 저길 보게. 뭐가 보이나?》

조막손이는 차돌에게 하늘을 가리켜보였다. 차돌이는 고개를 제끼고 하늘에 솔개미 한마리라도 떴나 하여 한참 바라보다가

《보이긴 뭐가 보인단 말이요? 새파란 하늘뿐인데.》하고 불멘 소리를 질렀다.

《저런 미친놈 보게, 하늘이 파랗다면서도 아무것도 안보인다는구 먼. 그래 하늘이 안보여? 하늘은 보이는게 아니구 뭐냐, 자세 봐라. 구름두 있구, 해두 있구, 아마 지금은 안보여두 달두 별두 다 있을게다. 뻔한것일수록 보면서두 못보는게여, 왜놈 잡는수두 그런 게라니, 허허허.》

조막손이는 득의의 웃음을 껄껄 웃었다.

《젠장 난 그따위 알쏭달쏭한 말은 모르겠수.》

《실은 이게 다 우리 대장어른이 늘 외우는 말이라 나도 들은 풍월일다. 그렇지만 해두 막상 싸우고나서 가만 생각해보면 그 리치가 신통하단말이여. 우리 대장어른이 시골에 묻혀사는 한미한 선비라 조정에 알아주는 사람이 없어 그렇지 실루 천하를 경륜할 인물일세.》

조막손이는 입에 침이 마르도록 자기네 대장을 칭찬하였다. 그것이 비위에 틀렸던지 차돌이 가로뀌여진 소리를 하였다.

《그깟 얼굴이 노르족족한 선비따윈 난 딱 질색이유, 그 량반은 어떤지 몰라두 왜놈소리만 들어두 삼십륙게 줄행랑을 놓는 량반님네 꼴을 눈이 시도록 보았수.》

《대장이라면 우리 봉사나으리처럼 위엄이 당당하구 결싼 맛이 있어야지.》

덕석이 차돌의 말에 발을 달았다.

《아무렴, 헹, 그 량반이 왜놈을 잡으면 내 손바닥에 장을 지지우, 그럴테면 난 바다를 건너뛰여 왜놈의 관백 풍신수길이라두 묶어오겠수.》

《허허 어서 그래라. 난 싸움차비가 바빠 이만 갈테니.》

《헹 싸움차비는 말구 갈차비나 해가지구 집으루 가시우.》

《네가 또 그 소리냐. 내 네녀석 흰목을 꺾어놓고싶어서라두 사흘 안으루 왜놈의 조총 몇자루를 뺏어보낼테니 손바닥에 장을 지질 차비나 미리 해두어라. 허허허.》

《어서 그러슈, 수수깡대로 만든 총이라두 좋수.》

《하하하.》

차돌이 말에 군사들이 와 웃음통을 터뜨렸다.

《허허허, 망할녀석들.》

군사들의 악의 없는 웃음을 등에 지고 선봉장 조막손이는 군영을 나서 까치산쪽으로 늙은이답게 허리를 구부정하고 터덜터덜 걸어갔다. 그의 허리춤에서 곱게 삼은 짚신이 대롱대롱 매달려 걸음을 옮길 때마다 달싹달싹 가락맞게 흔들거렸다.

응수는 조막손이를 돌려보내고나서 어쩐지 속이 무거워 군막안에 들어와서도 한참이나 서성거렸다.

능한 목수는 옹이매디도 요긴히 쓴다는 조막손이의 말이 명치에 딱 걸려 내려가지 않았다.

사흘안으로 왜놈의 조총 몇자루를 뺏아보내겠다는 희떠운 말은 늙은이의 망녕이라 귀담아둘것도 없지만 김진사가 어쩌고저쩌고 하는 말은 거짓같이 들리지 않았다. 어쩌면 조막손이의 말이 모두 진실일는지도 몰랐다. 대체 늙은이들이 어디서 소 서른짝을 구할수 있었으랴. 그리고 보면 왜놈들에게서 뺏은 병쟁기와 바꾸었다는 말도 그저 흘려보낼것이 아니였다. 그렇다면 김진사야말로 미친 선비이기는커녕 세상에 드문 기인이요 늙은이들이나 거느리기에는 아까운 인재가 아니겠느냐. 그런 훌륭한 인재를 제손으로 떠밀쳐보냈다면 얼마나 큰 실수냐. 아무짝에도 쓸모없는 늙은이들은 더 생각할것 없지만 김진사만이라도 종사관으로 삼아 막하에 두었으면 한팔 얻은셈이 될것이였다.

《허, 그것참 모를 일이요.》

응수는 끝내 소리를 내여 중얼거리고말았다.

《아니 무엇 말입니까?》

《그 김진사란 량반말이요.》

《원, 모르고 뭐고가 있습니까. 늙은이들이 망녕을 부려도 분수가 있지. 사지판에 기여들자고 기를 쓰고 덤비니, 내 참.》

대임은 김진사보다도 조막손이에게 더 원심이 가는 모양으로 동닿지 않는 대답을 하였다.

《아니 내 말은 그 김진사란 량반이 례사인물같아뵈지 않아서 하는 말이요. 조막손이의 말을 들어봐두 그렇구.》

《로망하는 늙은이의 말을 새겨듣다니 원, 귀도 넓으십니다. 되지 못한 선비놈이 헛된 이름을 얻어볼가 하여 종작없는짓을 하고 다니는게 분명합니다. 어리숙한 늙은이들이 그 케속은 모르고 죽을고

에 부득부득 찾아들어가니 모두 정신들이 나갔지. 쯧쯧.》

대임은 혀를 차며 투덜거리였다.

《좌우간 어디서든 응원군사들이 와야 영천성을 들이칠텐데 이러다간 왜놈들이 되려 선손을 쓰려들겠소.》

《누가 아니랍니까. 그런데 온다는것은 로닥다리의병이니 속이 타는 일 아닙니까. 끌끌한 군사가 오륙천만 있어도 한바탕 해보는겐데.》

《사흘안으로 군사들이 오지 않으면 아무래두 자리를 떠야 할가보우. 이러다간 일껀 모은 군사들마저 앉은 자리에서 다 녹이고말겠소.》

《아무려나 싸우지 않고 물러선다면 군사들이 가만 있을것 같지 않소이다. 그러지 않아도 왜놈들과 당장 결판을 짓는다구 덤비는판인데.》

대임은 더 말하기가 거북한듯 이마살을 찌프리며 말을 채 맺지 않았다. 원래 의병부대의 절반이상이 영천사람들이요 응수가 영천성을 들이친다는 말에 선뜻 그의 휘하에 들어온것이다. 그러니 싸우지 않고 물러선다는것은 권응수로서도 군사들앞에 체면이 깎이는 노릇이였다.

《글쎄 그도 걱정이요. 좌우간 며칠 더 기다려봅시다.》

《이렇게 기다리다간 목이 한자나 늘어빠지겠습니다.》

대임은 괜한 투정을 부리며 자리에 펄썩 주저앉았다.

기다리기에 지치기는 응수도 마찬가지였다. 대임은 행여나 했던 의병부대가 그 꼴이니 더 맥이 풀리는 모양이였다.

속이 바질바질 타는 가운데 사흘이 언뜻 지나갔다. 기다리는 응원군사는 종내 오지 않았다. 응수는 할수 없이 실쭉해하는 대임을 시켜 뒤로 물러날 차비를 하게 하였다.

뒤로 물러난다는 소문이 돌자 군사들은 어깨가 축 처져 돌아갔다. 젊은축들은 볼이 부어 이제는 쩍하면 엇드레질이였다. 손탁세기로 유명한 대임도 그들을 잡다루기가 바빠 쩔쩔매는 수가 많았다.

싸우지도 않을바에 조련을 해서 무엇하느냐, 군률은 두었다 어디 쓰느냐, 그럴바에는 다른데 의병을 찾아가 한바탕 싸워보리라는것이다. 입심사나운 차돌이녀석이 어떻게 돌아가며 쑤셔놓았는지 젊은축들은 자기들만이라도 남아서 싸운다고 들이덤비였다.

이래저래 골치가 아픈 응수는 차돌이녀석을 불러 단단히 기갈을 주고 그래도 곰상곰상 말을 듣지 않으면 군사들앞에서 혼뜨검을 내주리라 단단히 별렀다.

그런데 하루는 응수의 생각을 알아맞추기라도 한듯 차돌이녀석이 제발로 찾아와 뵙잔다는것이였다.

《오냐, 마침이로다.》

응수는 속으로 벼르며 밖으로 나갔다. 이제 다시 중뿔나게 나서서 주둥아리를 놀리면 곤장맛을 보여주리라. 제가 무어라고 감히 주장의 호령을 두고 시비질을 한단 말인가. 그녀석이 가만 보면 장차 싸움에서 단단히 한몫 할것 같고 노는 꼴이 밉지는 않지만 이건 도대체 싸움을 무슨 들놀이만큼이나 여기는지 주장의 호령을 개떡처럼 아니 탈이다. 지금은 그저 풀어놓은 망아지나 한가지여서 가만두면 준마는커녕 짐말노릇도 못할가부다. 색시 그루는 다홍치마적에 앉혀야 한다고 멋없이 덤비는 젊은 녀석들의 코뚜레를 이제부터 단단히 꿰놓아야 하겠다고 마음먹었다.

응수는 숱진 눈섭을 미간에 모아붙이고 한껏 위엄을 차리며 밖으로 나갔다.

차돌이와 의례 붙어다니는 덕석이가 먼저 응수의 서슬을 보자 찔끔하여 목을 움츠리였다.

차돌이는 응수의 꼿꼿한 눈길은 아랑곳 않고 무엇이 좋은지 두눈귀에 웃음이 찰찰 넘쳐서 꾸벅 절을 하였다.

《차돌이 네가 웬일이냐?》

《저희가 대장께 긴히 여쭐 말씀이 있소이다.》

《네가 요즘 엉뎅이에 뿔이 나가지고 횡설수설한다며? 그래 되지 못한 소릴 내게까지 하려느냐?》

《아니올시다. 이제는 소인이 팬한 객기를 부렸다는걸 잘 알았소이다.》

차돌이는 우션우션한 얼굴로 시원스레 대답하였다.

볼멘 소리가 나오려니만 했던 차돌이 입에서 잘못했다는 말이 선뜻 나오는것이 자못 놀라왔다. 미간에 몰렸던 응수의 눈섭이 대번에 쭉 퍼졌다.

《허허 네가 웬일이냐. 네가 이렇게 나긋나긋할 때도 있었

더냐?》
 응수가 껄껄거리자 차돌이는 대번 얼굴이 수수떡같이 되여 더수기를 굵었다.
 차돌이 뒤에 엉거주춤 서서 응수의 기색을 살피며 쭈밋거리던 덕석이 그제야 용기를 내여 한마디 하였다.
 《실은 저희가 뒤통수를 한대 단단히 얻어맞고 정신을 차렸소이다.》
 《뒤통수를 얻어맞다니, 누구한테?》
 《조막손이선봉장이 어제 조총 세자루와 왜검 다섯자루를 보내왔소이다. 그래 차돌이가 손바닥에 장을 지지게 되였습죠.》
 덕석의 말에 응수도 뒤통수를 얻어맞은 사람처럼 어안이 벙벙해졌다.
 《뭐, 뭐라구? 조막손이가 어떻게?》
 차돌이는 놀라는 응수를 쳐다보며 아무렴 그렇겠지 하는듯이 벌썬 웃어뵈였다.
 《저희도 처음에는 놀랐소이다. 그래 낯이 뜨뜻한걸 참구 왜놈잡는 수를 배우러 덕석이와 함께 까치산으로 가보았습죠. 그 김진사란 량반이 여간 인물이 아니더이다. 글쎄 그 늙은이들을 거느리구 셈평좋게 앉아서 왜놈잡이를 하던걸입쇼. 기가 막혀서.》
 《그게 참말이냐?》
 응수가 다우쳐 묻는 말에 차돌이는 덕석을 돌아보며
 《참말이구말굽쇼. 덕석아, 너도 봤지?》 하고 다짐을 받았다.
 《소인도 제 눈으로 똑똑히 보았소이다. 글쎄 늙은이들이 왜놈의 코앞에 셈평좋게 틀고 앉아서 허수아비를 만들구 홰를 묶고있지 않겠소이까. 조막손이선봉장이 재간이 기막혀서… 허수아비를 만드는데 줄을 당기는대로 팔을 우쭐거리는 품이 꼭 산 사람 같더이다. 조막손이선봉장이 만든걸 본떠서 다른 늙은이들도 허수아비를 만드는데 솜씨가 꼭 설빔 짚신 삼듯하던걸입쇼. 조막손이 그 늙은이가 선봉장으로는 드러난 어른이더이다.》
 입심 좋은 차돌이보다 덕석이편의 말이 훨씬 더 조리가 있었다.
 《앉아서 왜놈들을 잡는다니 그건 들어도 모를 소리구나.》
 《아, 그야 모르구 말구가 없습죠. 밤에 허수아비들에게 홰를 서너개씩 들려서 먼발치서 줄을 당기면서 벅적 떠들면 왜놈들이 성안

에서 바라보구는 우리 군사가 쳐들어오는가부다 하고 야단법석일게 아니오니까.》

《그러다 왜놈들이 정말 달려들면 어쩌자구 그런다드냐?》

《그러게 미리 길목마다 함정도 파놓고 쇠뇌두 갈아두었다는 덥쇼.》

《내가 여쭐테니 덕석이 넌 좀 가만있거라. 왜놈들이 홰를 보고는 우리 군사가 많은줄 알고 밤에는 꼼짝 못하고 성가퀴에만 붙어 고아대다가 즉즉하면 궁금하여 몇놈씩 동정을 살피러온다나요. 그런걸 산에서 빤히 내려다보구있다가 살살 꾀여 함정으로 끌어들인다는 겝죠. 그놈들이 늙은이 몇이 있다가 슬금슬금 피하는걸 보구는 죽기내기로 쫓아오다가는 덫에 걸리고 함정에 빠지고 한다나요. 절반 얼혼이 나간것들을 옹노에 걸린 토끼잡듯 해치운다는겁죠. 하하하.》

차돌이는 신이 나서 손세를 써가며 설명을 하였다.

그들의 말을 놀랍게 듣고있던 응수는 조막손이가 쇤네는 쇤네식으로 싸우겠다던 말이 그제야 깨도가 되여 저도 모르게 머리를 주억거렸다.

《그렇거니, 능한 목수는 옹이매디도 요긴히 쓰느니.》

응수는 저도 모르게 탄식하듯 중얼거렸다.

그러고보면 김진사는 옹이매디도 요긴히 쓸줄 아는 능한 목수임이 틀림없었다.

차돌이와 덕석이는 조막손이를 입에 침이 마르도록 칭찬하고있지만 응수는 그 모든 일이 김진사가 일일이 시켜 한것인줄을 짐작하고도 남았다.

아무리 보아야 어리숙한 늙은이일뿐인 조막손이를 한다하는 선봉장으로 가꾸어 내세웠으니 능한 장수에게는 약한 군사가 없다는 말이 과시 옳았다.

자기는 조막손이에게서 초췌한 늙은이의 모습밖에 찾아보지 못했건만 김진사는 조막손이자신으로서도 미처 깨달지 못한 숨은 지혜와 재간을 보아낸 모양이다. 그러니 응수 자기는 김진사에 비하면 재목도 가려볼줄 모르는 서툰 목수일시 분명하였다.

일껀 만나러 온 훌륭한 인재를 문전에서 쫓아버린것이 못내 후회되였다.

《그래 김진사는 무얼하고있다더냐?》
《요즘은 하는 일 없이 늙은이 두엇을 데리고 줄창 나다니기만 하는갑디다. 조막손이선봉장어른의 말씀이 큰 싸움을 앞두고는 의례히 있는 일이라는굽쇼.》
《큰 싸움이라니? 영천성이라도 칠 작정이라드냐?》
응수는 의아하여 물었다.
《그야 더 이를 말씀입니까.》
차돌이와 덕석이는 기가 뻗쳐 어깨를 으쓱대며 대답하였다.
《허허허, 실없는 소리 말아. 김진사 그 량반이 내 보건대도 례사인물은 아니다만 극상해서 서른나문되는 늙은이들을 가지고 어떻게 영천성을 친단말이냐. 기껏해야 떨어져다니는 잔졸들이나 잡는게 고작이지. 이제 우리가 물러서면 왜놈들이 더 기승을 부릴테니, 그 량반도 여기 더 지체하기는 힘들게다.》
응수의 말에 차돌이와 덕석이는 의외라는듯 서로 눈을 마주쳤다.
《아니, 그럼 그예 물러난단 말씀이오니까?》
차돌이가 불끈하여 부르짖었다.
《천명밖에 안되는 우리 군사로 어떻게 영천성을 친단말이냐. 평지싸움이라면 그래도 복병을 깔아두든가 화공전술을 쓰든가 무슨 수를 써보련만 성에 들어배긴놈들이야 어쩌는수가 있느냐.》
응수는 사리를 따져 차근차근 타일렀다.
《소인의 어리석은 소견에는 달꿀의병들이 싸우는식으로 하면 영천성의 왜놈들을 모조리 쥐잡듯할수 있으리라 생각되오이다. 싸워보지도 않고 물러서다니 말이 되오니까.》
차돌이는 결이 나서 숨을 씨근거렸다.
《소갈머리 없는 소리 말아. 네 재간에 그래 성가퀴를 의지하고 조총을 쏘아대며 칼을 휘두르는 왜놈 다섯을 당해낼상싶으냐? 덕석이 네가 어디 말해보아라.》
응수가 우둘쩍대는 차돌을 일별하고 덕석을 바라보면서 슬쩍 말을 던졌다.
덕석은 제 이름을 부르는바람에 와뜰하여 어망결에
《다섯 말이오니까?》 하고 되물었다.
《그래, 다섯이다.》

《다섯은 좀 힘들듯하오이다. 두엇이라면 몰라두.》

《보아라. 덕석이두 힘들다는데 그래두 네가 고집을 부리겠느냐?》

차돌이는 자기 편을 들줄 알았던 덕석이 그만 응수의 편으로 기울어지는것을 보고는 화가 나서 더럭 역정을 냈다.

《제기, 사내자식이 겁은 되우 많다. 그깟 왜놈들 다섯을 못당할가봐 걱정이냐? 죽기가 그렇게 무서울 마련이면 녀편네를 끼구 아래목에 앉아있을노릇이지 싸움판엔 왜 나왔누? 제밀, 이건 밉상이라니까 따라다니며 말썽이여.》

덕석이는 차돌이의 핀잔을 받고 얼굴이 벌개졌다.

《쳇, 내가 저처럼 못당할걸 당한다구 횐목을 뺐어야 속이 시원할번했구먼. 솔잎이 버썩 하니 가랑잎은 어디 할 말이 있다구? 제기.》

《언제는 바루 영천성에 제가 선참으루 오를것처럼 뼈개더니 이제 와서는 잔뜩 꼬리를 사리면서두 되려 제편에서 큰소릴세. 김진사어른이 무어라시더냐? 그걸 생각 좀 해봐라.》

《이건 누가 영천성을 치지 말자구나 한것처럼 마구 덤터기를 씌우려드네. 대장어른께 김진사의 말씀을 여쭙자는참인데 괜히 제가 불뚝해서 야단이네.》

응수는 두사람의 싱갱이를 바라보다가 제풀에 우스워 허허 웃었다.

《다툼질은 그만하구 그래 김진사가 대관절 무어라드냐?》

《덕석이 넌 좀 가만 있거라. 김진사어른의 말씀이 우리처럼 주장의 호령을 아랑곳 않고 제 뿔뿔이루 놀면 이길 싸움두 진다구, 군률이 엄하면 적은 군사를 가지구두 왜놈들을 이길수 있지만 군률이 없고보면 아무리 군사가 많아두 꼭 패하는 법이라구 또박또박 사리를 따져가며 타이르는겁니다. 그래 저희들이 뻐꾹소리 한마디 못하구 서서 땀을 뺐습지유.》

차돌이는 정말로 단단히 혼이 났던 모양으로 얼굴을 붉히며 쑥스럽게 웃었다.

《김진사어른이 우리가 영천에서 물러나련다는 말을 듣구는 그만 락심천만하여 무릎을 치며〈아차, 내가 소홀한탓에 그가 대공을 이룰 기회를 잃는구나!〉하구 혀를 차는게 아니겠습니까.》

188

덕석이가 차돌이의 눈치를 살피며 얼른 한마디 끼워넣었다. 그 말에 응수는 귀가 번쩍 띄였다.
《대공을 이룰 기회를 잃는다니 그게 무슨 말이냐?》
《글쎄 김진사어른의 말씀이 그러하였습지요. 봐하니 그 어른한테 분명 영천성을 깨트릴 뾰죽한 수가 있는 모양입니다.》
응수가 바싹 귀맞이 동해하는것을 본 차돌이는 신이 나서 싱글벙글 하였다.
응수는 걸으로는 아무렇지도 않은체하였지만 속은 흠칫하였다. 듣고보면 김진사가 례사량반이 아닌게 분명하였다. 그런 사람이 젊은것들앞에서 실없는 말을 할리가 없었다.
얼마 안되는 늙은이들을 거느리고 벌써 왜놈들을 십여명이나 잡았다니 혹 천명 군사로 영천성을 깨트릴법도 한 일이였다. 그렇다면 낯이 좀 뜨겁기는 하지만 이제라도 찾아가 만나보아야 할것이였다. 경상도 일판이 왜적의 세상이 되는가 마는가 하는 판에 체면여부를 따질 계제가 못되였다.
한동안 미간을 찌프리고있던 응수가 마침내 차돌이를 바라보며 은근한 어조로 물었다.
《그래, 김진사 그 량반이 너희들 보기에는 어떻드냐?》
눈치 빠른 차돌이는 어느새 응수의 속마음을 읽었는지 덕석이의 옆구리를 쿡 찌르며 눈을 끔벅해보였다. 이제는 일이 되였다는 뜻이였다.
《원체 그 량반이 첫눈에도 범상한 어른이 아니라는게 대번 알리던걸입쇼. 조막손이선봉장 말씀이 그 어른의 배속에 만권책이 들어있다는굽쇼. 저희같은 무지렁이들이 듣기에두 하는 말이 사리가 분명하구 행동거지를 봐두 시골구석의 고린 선비들과는 아예 딴판입니다. 키가 훤칠 큰데다 목소리두 장독을 울리는것처럼 쩌렁쩌렁한게 참말 한번 만나보실만한 량반이던뎁쇼.》
응수는 껄껄 웃었다.
《네가 나를 충동이여서 그예 그 량반을 만나게 하려는구나.》
응수의 말에 차돌이는 장난을 하다 들킨 아이처럼 어쩔줄 몰라하다가 제풀에 벌씬 웃으며
《대장께서 이제 만나보시면 아실 일을 구태여 소인께 물어보실게 있소이까.》라고 하였다.

《그래라. 소문 낼것 없이 이길루 까치산으로 가자꾸나. 너희들이 한번 갔다 왔으니 길잡이를 해라.》

응수의 시원스러운 말에 차돌이와 덕석이는 철부지 어린애들마냥 좋아라고 껑충껑충 뛰였다.

응수는 대임을 불러 까치산에 다녀오겠다는 말을 일렀다.

대임은 어안이 벙벙하였다.

《아니 대장께서 까치산엔 갑자기 웬 일로 가십니까?》

《우리가 물러나면 까치산에 진을 치고있는 조막손이네가 위험할 텐데 미리 알려야 하지 않겠소.》

《그렇다구 대장께서 꼭 가실 며리야 있습니까. 웬만하면 제가 갑지요.》

《아니 내가 그 김진사란 량반도 만날겸 겸사해서 가는 길이니 그럴것 없소. 그리구 지금 싸움도 안해보고 물러난다구들 군심이 뒤숭숭한듯하니 아예 물러난다는 말은 입밖에도 내지 마우, 여차직하면 여기서…》

《한번 싸워보잔 말씀이신가요?》

대임은 눈을 번쩍이며 성급히 물었다.

《아니 꼭 그럴건 없지만 군사란 언제나 싸울 차비를 하고 불의지변에 대처해야 할게 아니요.》

이만 말에도 대임은 팔뚝에 힘이 가는지 칼자루를 꽉 부르쥐며 《알았소이다.》 하고 기운있게 대답하였다.

권응수의 말에 기가 뻗치기는 차돌이와 덕석이가 더하였다. 둘은 씨름이라도 할듯 맞붙어잡고 경둥경둥 뛰다싶이하였다. 방금까지 물러나야 한다던 응수의 입에서 싸울 차비를 하라는 말이 나왔으니 어쨌든 싱겁게 창자루를 거꾸로 쥐고 줄행랑을 놓을 잡도리는 아닌 모양이라고 생각했던것이다.

목숨을 내대야 하는 싸움판에서 꼭 무사하리라는 무슨 담보가 있는것도 아니건만 싸우지 못해 안달아하는 군사들의 마음이 어찌보면 이상하였다. 그래도 왜놈들 손에 부모처자를 잃고 집과 논밭을 빼앗긴 그들이니 가슴에 옥맺힌 원한을 시원스레 풀자고 사생결단을 하려는것은 응당한 일이였다.

응수는 입이 함박만해서 경둥거리는 두사람을 대견히 바라보다가 자기도 모르게 빙긋 웃으며 일렀다.

《차돌아, 장난 그만하구 어서 가자.》
《예잇.》
 둘은 신이 나서 어깨를 으쓱거리며 앞장서 씨엉씨엉 걸었다.
 남천 북천 두 강물이 합해지는 동경도를 건느면 인차 죽방산이 앞에 막아나선다. 이름이 산이지 실상은 높지 않은 언덕에 불과하다. 그래도 밑에는 강이 흐르니 흘러오던 산세가 툭 끊기여 두어길 되는 절벽이 제법 가파로웠다. 죽방산에서 사오리를 더 가면 까치산이 나진다.
 이제부터는 영천성이 바루 코앞이여서 별로 마음이 긴장해졌다. 단출한 일행이 갑자기 왜놈이라도 만나면 큰일이다싶어 마음을 바싹 도사리고 산자락길로 접어드는데 옆에서 버썩 인기척이 났다.
《누구냐?》
 차돌이가 칼자루를 움켜쥐며 그쪽을 노리는데 잔솔밑에서 부시럭부시럭 소리가 나더니 뜻밖에도 조막손이가 불쑥 나타났다.
《아니, 자네가 웬 일인가?》
 응수는 반갑기도 하고 놀랍기도 하여 절을 하려는 조막손이를 얼른 붙잡아세우며 물었다.
《진사님의 분부루 여기서 대장께서 오시길 기다리며 등대한지 오랩니다.》
《날 오길 기다렸단말이냐?》
 응수는 더 한층 놀라와 못미더운 눈초리로 조막손이의 얼굴을 뻔히 쳐다보았다. 차돌이와 덕석이도 조막손이의 말에 어리둥절하였다.
《우리가 온다는걸 어떻게 알았수?》
 차돌이가 신기한듯이 눈을 끔뻑거리며 물었다.
 그 말에 조막손이는 그게 무슨 어려운 일이겠느냐는듯 늙은이답게 빙그레 웃었다.
《전번날 임자네들이 올것두 미리 다 짐작하구있었어.》
《아니 그건 어떻게?》
《실은 전번에 조총과 왜검을 보낸것두 다 진사님분부루 한 일일세. 진사님분부가 없이 어디 내가 함부루 병쟁기를 남에게 턱턱 줄수가 있겠나. 진사님말씀이 병쟁기를 보내면 꼭 사람이 찾아올게라더군. 우릴 받아주지 않으니 우리가 임자네를 불러오는수밖에 별도

리가 있나, 허 허.》

조막손이는 눈이 휑해있는 차돌이와 덕석이의 모양을 재미있게 바라보며 웃음을 터뜨렸다.

응수는 조막손이의 말이 자기를 빗대고 하는 말 같아 절로 얼굴이 붉어졌다.

《오늘 진사님이 나를 불러 대장님을 마중하라시데, 차돌이, 덕석이가 왔다갔으니 오늘 래일루 대장님이 꼭 오실게라구, 대장님이 범상한 어른은 아니니 필연 생각이 있을게라구 하시데.》

조막손이는 더 말을 하기가 거북한듯 응수의 눈치를 살피며 어름어름 하였다.

응수는 놀라움을 감추지 못하고 눈을 크게 뜬채 조막손이의 다음 말을 기다렸다.

《그래 그리구는 뭐라드냐?》

《대장께서 기어이 영천성을 칠 작정이시면 직접 찾아오실게구 그대루 물러날 작정이시면 다른 사람이라두 보내실게라구 하셨소이다.》

《허, 그참.》

응수는 그만 혀를 차고말았다. 자기로서도 미처 생각지 못한 일이였으나 막상 물러날 때에 가서는 도리상 늙은이들만 험지에 내버려둘수는 없는노릇이니 사람을 보내여 소식을 알리였을것이 분명하였다. 그러고보니 김진사란 량반이 앞일을 료량하는것이 귀신같다고 할만하였다.

《그래 김진사님이 어디 계시냐?》

《추평에서 기다리고계시오이다.》

《까치산에 있지 않고?》

《이젠 그쪽이 위험하다구 추평으로 다 옮겼습죠. 그래 소인을 여기 내보낸것이울시다.》

《그럼 어서 가자.》

조막손이의 말을 듣고보니 김진사를 만나보고싶은 생각이 더 부쩍 났다.

조막손이는 앞장서 늙은이다운 걸음으로 슬렁슬렁 걸었다. 늙은이한테 길을 다우치기는 거북하여 그대로 따라걸자니 마음이 더 조급해났다. 걸음발이 빨라지는 마련이면 조막손이를 떨구어두고 혼자 가기라도 하련만 그럴수는 없는노릇이여서 애가 탈 지경이였다.

응수보다 안이 달기는 헤덤비기 좋아하는 차돌이였다.
《이렇게 여드레팔십리걸음을 하다가는 해넘어가겠수.》
참다 못해 차돌이가 조막손이를 넌지시 바라보며 한마디 했다.
《아직 해가 머리꼭대기에두 오지 않았는데 넘어가긴 어딜 넘어가.》
조막손이는 사방을 휘휘 돌아보며 여전히 한본새로 걸었다. 차돌이 말에 오히려 더 걸음을 늦추는것 같았다.
《아니, 이건 누굴 속태워죽일 작정이유? 우정 길을 늦잡는게.》
차돌이가 불끈하여 투덜거리였다.
《이녀석아, 돌다리두 두드려보구 건느랬다. 급히 먹는 밥이 목이 멘다는 말을 못들었느냐? 가만, 여기서 좀 쉬여가야 할가부다.》
조막손이의 늘어진 대답에는 응수도 참을수가 없었다. 금방 걷기 시작하여 발땀이 날가 한데 벌써 쉬자니 어이가 없기도 하고 한편 사람을 놀리는것 같기도 하여 내심 불쾌한 생각이 없지 않았다.
《웬만하면 그대로 가는게 어떠냐?》
응수는 억지로 말을 낮추어 부드럽게 재촉하였으나 의외로 조막손이는 발을 딱 멈추고 고개를 흔들었다.
《안되오이다. 좀 쉬였다 가십시다.》
《쉬다니, 벌써 쉰단 말이우? 원 별 기겁할소리 다 하우.》
차돌이가 역증이 나서 앞으로 힁 내달으며 어정쩡해있는 덕석이의 팔을 잡아끌었다.
《덕석아, 우리끼리라두 먼저 가자! 원 내가 여기 길을 모를가봐, 이쪽으로 매일 나무 지구 다녔수, 흥, 내가 남천, 북천 류모진 모래를 팔모지게 밟은줄이나 아시우.》
차돌이는 꽥소리를 지르더니 활개짓을 하며 씨엉씨엉 걸어갔다.
《이놈, 게 섯거라!》
갑자기 조막손이의 입에서 불호령이 터져나왔다.
어리무던해보이는 늙은이에게서 어디서 그런 쇠소리가 나오는지 몰랐다. 차돌이가 호령소리를 듣고 덩둘해있는데 조막손이가 어느새 핑 달려가 그의 앞을 막아서더니 당장 뺨을 갈길듯이 오른손을 둘러댔다. 그러다가 무슨 생각을 했던지 손을 도로 스르르 내리며 엄하게 일렀다.
《네가 이러다간 큰일을 망친다!》
《?!》
《영천성백성들이 죽고 사는게 이번 행보에 달린줄 네가 모르느냐. 지금 왜적들이 사방으로 싸다니는데 대장께서 딸린 군사두 없이 훌훌히 가시다가 뜻밖의 일을 당하시면 어쩌겠느냐. 주장이 없고보면 만사가 틀어진다.》
《그럼 인츰 호위군사가 오우?》
덕석이가 묻는 말에 조막손이는 머리를 절레절레 흔들었다.
하기야 조막손이같은 늙은이들뿐이니 그들이 암만 호위를 선대야 짐이나 될것이였다. 그럴바에는 빨리 가는것이 상책일것 같았다.
《내가 바쁜 몸이니 네가 꽤 걸을수 있으면 빨리 가는것이 좋겠구나.》
응수는 조막손이에게 은근히 재촉하였다.
《황송하오이다. 소인이 올 때 진사님께서 대장님을 잘 모셔오라구 신신당부하셨소이다. 영천싸움의 승패가 대장께 달렸으니 터럭 한끝 상하게 해서도 안된다구, 쇤네가 오는 길에 진사님이 사람을 파해 망을 보게 하면서 신호가 있을적에만 움직이라는 분부였소이다.》
《신호라니?》
《저기 보이는 느티나무에 흰옷이 걸리면 앞에 왜적이 없다는 신호울시다. 그런데 아직…》
《오, 그랬느냐.》
응수는 탄복하여 머리를 끄덕이였다. 김진사의 일처리가 빈틈이 없었다.
차돌이는 조막손이의 말을 듣자 기가 푹 죽었다.
《그런걸 왜 진작 말해주지 않았수?》
《공연히 사람의 마음을 불안하게 할게 있느냐.》
조막손이는 다시 무던한 늙은이가 되여 너그럽게 말하며 허허 웃었다.
《저기 저것이 신호 아니유?》
한대중 느티나무를 바라보고있던 덕석이가 기쁜듯이 소리질렸다.
　《옳다. 이젠 가두 되겠다.》
　조막손이는 이러며 걸음발을 뗐다. 이번에는 갑자기 발에 날개라도 돋힌듯 힁힁 걷는것이 젊은이 못지 않았다.
　응수는 어리숙하게 보이던 늙은이가 갑자기 위엄이 당당한 장수로도 되고 금시 땅바닥에 잦아들듯 초췌해보이다가도 어느새 젊은이들처럼 팔팔해지는 조막손이를 놀랍게 바라보았다. 과시 김진사가 사람을 볼줄 아는구나 감탄하여마지 않았다.
　김진사란 도대체 어떻게 생긴 인물일고, 응수는 머리속으로 김진사의 모습을 그려보았다. 얼굴은 관옥같고 눈은 억실억실하리라. 귀한 사람은 천정이 수려하다니 이마가 훤칠 넓을것이고 활등처럼 구부러진 가는 눈섭에 코는 그리 우뚝하지 않으리라. 덕이 높으면 수를 하고 수를 하는 사람은 인중이 길다고 하였으니 아마 얼굴도 밉지 않은 기름한 형일것이다.
　응수는 속으로 옥골선풍의 단아한 선비를 상상해보았다. 그러나 막상 만나보니 상상하던것과는 달리 얼굴이 노랗게 뜨고 궁기가 흐르는 시골선비에 불과하였다. 훤칠한 이마와 약간 우로 꼬리가 치들린듯하면서도 시원스레 생긴 눈만 없으면 꽤 까다롭다고 할 얼굴이였다.
　김진사는 응수에게 두손을 맞잡아 한번 읍을 해보일뿐이였다.
　응수는 황급히 답례를 하였다. 훈련원 봉사란 종8품의 낮은 무관벼슬이라 자세할것도 없거니와 김진사의 식견에 깊이 탄복한 그로서 어려운 마음이 앞섰던것이다.
　《전번에 제가 눈이 어두워 선생을 몰라보았으니 죄송하외다.》
　응수는 진심으로 사과하며 머리를 숙이였다.
　《별 말씀을 다 하시오. 공이 이렇게 찾아와주시니 아마 영천백성들이 살아날가보외다.》
　김진사는 나무그늘밑에 깔아놓은 자리로 응수를 인도하였다. 두 사람이 자리를 정하고 앉자 김진사가 말을 꺼냈다.
　《듣자니 영천성에서 물러나실 작정이라구들 하던데.》
　《원체 왜적의 수자가 많은데다 성이 견고해놔서 우리 힘을 가지고서는 졸연히 깨뜨릴수가 없을듯하외다.》
　《대체 성안에 적이 얼마나 될가요?》

《줄잡아두 천은 되겠지요.》
《우리 군사가 얼마면 성을 깨뜨릴수 있겠소?》
《오륙천이 있으면 좋고 적어도 끌끌한 군사 이삼천은 있어야 할태지요. 병서에도 성을 지키는 군사 하나가 들이치는 군사 다섯은 당한다구 하지 않습니까.》
《왜적 하나에 우리 군사 셋이면 되겠다는 말씀인데…》
김진사는 말꼬리를 끌며 응수의 눈치를 슬쩍 살폈다.
응수는 무슨 말이 나오는가 하여 김진사의 입만 바라보았다. 한참만에 김진사가 입을 열었다.
《지금 어디에 갑자기 일이천이나 되는 끌끌한 군사를 얻어오겠습니까?》
《그래서 선생의 고견을 듣자구 온게 아닙니까. 부디 가르쳐주시기 바랍니다.》
《군사가 적으니 성을 치는것은 안되겠구, 평지싸움이라면 어떨가요?》
《평지싸움이라면 지금의 군사를 가지구라두 해보겠지요만…》
응수는 무슨 뾰족한수라도 있을가 하여 기다리다가 그만 실망하여 중얼거렸다.
그러나 김진사는 그 말에 귀맛이 바짝 동하는 모양이였다.
《그게 정말이겠지요?》
김진사는 다짐을 받듯이 따져물었다.
《허허, 제가 거짓말을 할리가 있습니까. 허지만 왜적들이 성안에만 붙박혀있으면서 나오려구 해야 말이지요.》
《그야 끌어내면 그만 아니겠소.》
《선생께서 왜적들을 끌어내다주기만 하면 제가 그놈들을 몰살시키지요, 허허.》
김진사가 마치 당장이라도 왜적을 끌어낼것처럼 말하는것이 어처구니가 없어 응수는 허거프게 웃고말았다.
응수가 웃자 김진사도 따라웃었다.
《군사에는 롱이 없다는데 내가 왜적을 끌어내면 공이 약속대로 하실라오?》
《그럼 군령장이라도 들여놓을가요?》
《그럽시다그려.》

김진사는 선뜻 종이와 붓을 가져다놓았다.
 응수는 어안이 벙벙하였다. 롱이라도 이건 너무나 지나친 롱이였다.
 《아니 정말 군령장을 들여놓자는건가요?》
 《공이 방금 군령장을 들여놓자고 하치 않았소. 남아에게 일구이언이 있겠소.》
 김진사의 눈은 의연 웃고있었으나 어딘가 모르게 서늘한 빛을 띠였다. 단정히 앉은 모습이 산처럼 무거워보였다.
 응수는 김진사를 놀랍게 쳐다보았다. 이 량반이 도대체 제 정신이 있는 사람인가싶었다. 군령장이란 아이들장난이 아니다. 약조대로 하지 못하면 군률에 의해 목숨을 바치겠다는 서약인데 실없는 소리 한마디에 대뜸 군령장을 쓰자니 어이가 없었다.
 김진사는 천연스레 군령장을 쓰고 밑에 서명을 하여 응수에게 내밀었다.
 《내가 약속대로 못하면 이걸 증거삼아 군률을 시행하오. 공도 내게 군령장을 들여놓아야겠소.》
 응수는 꼭 도깨비장난에 든것 같았으나 군령장을 들여놓는수밖에 없었다.
 김진사는 응수가 들여놓는 군령장을 한자한자 차근차근 들여다보다가 문득 낯빛을 가다듬었다.
 《약조대로 하지 못하면 군률을 받겠다고만 하였으니 군령장의 글이 이렇게 뜻이 명백치 않고서야 어디 쓰겠소. 패전한 장수로서 군률에 의해 목을 베는 형을 받겠다고 밝혀야 하겠소.》
 응수는 그만 얼굴이 확 달아올랐다.
 반은 롱으로 여기고 아무렇게나 쓴것인데 그것때문에 이런 맵짠 말을 들을줄은 몰랐다. 마치 죽음을 회피할 구멍수를 마련하느라 우정 그런것 같이 되지 않았는가. 이제부터 이 량반앞에서는 일거일동을 신중히 해야겠다.
 응수는 정신을 바싹 차리였다. 군령장을 받고난 김진사는 본래대로 흔연한 낯색이 되여 이말저말 하였으나 응수는 잔뜩 마음을 죄이고 한마디 한마디 말을 허투로 뱉는 법 없이 이리저리 생각을 굴린후 내놓군하였다.
 《공이 보건대는 이곳 영천이 어떠하오?》

갑자기 던지는 말에 웅수는 하마트면 《무엇말인가요?》 하고 되물을번하였다.
영천이 어떠한가고 묻는 말에는 필연 의미가 있을것이였다.
웅수는 찬찬히 주위를 둘러보았다.
영천성은 산과 강으로 둘러싸인 한가운데 자리잡고있다. 북으로는 주산인 모자산이 뻗어내리고 남으로는 까치산, 죽방산이 있고 서로는 공산, 동으로는 금강산성이 있다. 남천, 북천이 고을의 남쪽 10리에서 합쳐져 하양현으로 흐르는데 남천과 북천 한가운데 영천성이 자리잡고있었다.
《산과 강으로 둘러싸여있으니 치기에 불리하고 지키기에 유리할것 같습니다만 산줄기가 성가까이까지 뻗어있으니 가만히 다가가기에는 자못 유리할듯합니다. 물로 둘러싸여있으니 길목만 막으면 빠질데도 없을것입니다.》
김진사는 머리를 끄덕이였다.
《내 듣자니 이 고을 이름을 영천이라 한것도 두 강사이에 있다구 해서 그렇게 부른다고들 합디다. 원래 길영자가 물수자 둘을 뜻한다든가요, 허허.》
《그랬는가요?》
《수생목이요 목생화라 하였으니 물이 있으니 초목이 있기마련이요 초목이 있으면 불이 있기마련이 아니겠소. 무릇 사람들은 수화상극이란것만 알았지 실상 물과 불이 서로 뗄수 없는 사이란걸 모르니 탈 아니겠소.》
《?!》
웅수는 김진사의 말하는 속을 알수가 없어 덤덤히 앉아있었다.
잠시 잠자코 앉았는데 조막손이가 저쪽에서 차돌이 덕석이와 함께 숨을 헐떡이며 오는것이 보였다.
《무슨 일이냐? 천천히 말을 해라.》
김진사가 덤비는 기색이 없이 타이르자 황급하던 조막손이의 얼굴빛이 조금 풀렸다.
《저 까치산에 왜적들이 달려들어 우리가 만들어놓은 허수아비들을 가져갔다고 하오이다.》
김진사는 오래동안 기다리던 끝에 반가운 소식을 들은 사람처럼 반색을 하였다.

놀라 펄쩍 뛸줄 알았던 김진사가 도리여 기뻐하는 모양을 보자 조막손이는 눈이 휑해졌다.
《사람은 상하지 않았다더냐?》
《미리 피한 덕에 무사했다 하오이다.》
《그리구 이쪽에서 만드는 탈바가지들은 얼마나 되였다드냐?》
《이백쉬나문개는 됩죽 하오이다.》
《쉬나문개라니, 도대체 얼마라는 말이냐. 군사의 말이 그렇게 되여서는 못쓴다고 얼마나 일렀느냐, 쯧쯧.》 김진사는 못마땅한듯 가벼히 혀를 찼다.
《죄송하오이다. 오늘 아침까지 이백쉰다섯을 만들었소이다.》
《안 되겠다. 오늘 밤중으로 삼백개를 다 만들어야 하겠으니 네가 직접 가서 일손을 다그쳐야 하겠다. 늙은이들이 몸을 상할수 있으니 주육을 푸짐히 마련해가지고 가도록 하여라.》
《알았소이다.》
응수는 물론 차돌이와 덕석이는 탈바가지를 삼백개나 만든다는 말에 눈이 휘둥그래졌다. 한두개라면 몰라도 삼백개나 되는 탈바가지를 어디다 쓰려는것인가. 그러나 김진사는 머리를 기웃거리는 그들을 본체만체할뿐이였다. 주인이 시치미를 떼니 물어보기도 딱한 일이였다.
《이젠 되였소.》
김진사는 응수에게로 얼굴을 돌리며 기뻐하였다.
《왜적들이 래일은 틀림없이 성밖으로 나올텐데 공은 군사를 어디다 갈아두시려오?》
김진사는 자신있게 말했으나 응수로서는 도무지 그 말이 믿어지지 않았다.
역을대로 역은 왜적들이 싸우기 좋은 성을 버리고 날 죽여줍소사하고 평지로 나올리 없었다. 놈들이 달포나마 성을 수리한다, 해자를 판다, 야단법석을 피운것이 구경은 성을 의지하여 싸우자는것이 아니였는가.
《글쎄외다. 놈들이 바루 나와줄가요?》
응수는 아무래도 미타하여 머리를 기웃거렸다.
《여기 군령장이 있는터에 내가 어찌 허튼 말을 하겠소. 내가 까치산에 온것은 실상 놈들로 하여금 우리를 얕보게 하자는것이였소. 공이 영천성 가까운데서 군사를 조련하는것을 놈들이라구 모를리 있소? 그래 내가 놈들의 이목을 이쪽으로 쏠리게 하느라구 허수아비를 만들고 홰를 들리워 자못 위세를 보이게 했던것이오. 놈들이 우리 허실을 알아보려구 기여드는것을 모조리 잡아치웠더니 버썩 더 안이 달았던모양이오. 오늘 기어코 그놈들이 허수아비를 빼앗아갔으니 우리 속임수를 알았을것이오. 허허.》

《그럼, 이젠 그놈들이 마음놓고 날뛸것이 아닌가요?》

《그러지는 못하겠지요. 그전만치나 여기구 제멋대로 나다니던놈들이 십여명 잘 죽었으니까.》

《글쎄 그러니 이젠 더 조심을 하여 성안에만 박혀있을것 아닌가요?》

《아니외다. 병서에 이르기를 허즉 실이요 실즉 허라고 하지 않았소. 허해보이는것이 정작 실하고 실해보이는것이 정작 허하다는 그말이겠지요. 지금까지 내가 허수아비를 만들어 거짓 위세를 보였는데 이야말로 실즉 허라는것이오. 이제 놈들이 그걸 알았으니 우릴 얕잡아볼것은 정한 리치요. 그렇다고 가만 놓아두기에는 우리가 손톱눈의 가시 같으니 기어코 빼여버리자고 들것이 아니요. 이럴 때 우리가 적당한곳에 복병을 묻어두고 짐짓 이삼백명의 골골한 군사를 거느리고 싸움을 돋우면 그놈들이 우리가 또 허장성세하논줄 알고 만만히 여겨 나올것이외다. 왜적들이 나오면 당황하여 흩어지는 체하면서 복병있는데까지 물러나면 놈들이 반드시 좇아올것이니 그때 복병이 일어나 앞뒤에서 끼고 치면 우리가 반드시 이길것이외다.》

응수는 그 말을 들으니 금시 가슴이 확 열리는것 같아 김진사의 손을 와락 부둥켜쥐였다.

《고맙소이다.》

《허허, 이젠 믿어지는가보구려.》

《말씀을 들으니 밤중에 해를 본듯 눈이 번쩍 띄입니다.》

《복병을 깔아두는것은 왜적들이 일체 모르게 해야 하니 군사들을 단단히 신칙해야 할것이외다. 싸움을 걸 군사들은 드러내놓고 와두 되겠지만.》

《알았소이다. 제 보기에는 이곳 추평이 복병하기에는 좋을듯한데. 뒤를 끊어놓으면 강으로밖에 달아날 길이 없으니까요.》

《바루 맞혔소.》

《그람 래일 정대임에게 군사를 거느리고 와서 선생의 지휘를 받게 하리다.》

《그래서는 안되오. 호령이 여럿에게서 나오면 군률이 엄하지 못하게 된다지 않소. 내가 곁에서 보아주기는 하겠소만.》

《그래주면 제가 마음을 놓겠습니다. 저는 이만 가볼가 합니다.》

응수는 래일 큰 싸움을 벌릴 생각에 가슴이 들뛰여서 더 앉아있을수가 없었다. 벌떡 일어나 작별인사를 하고 차돌이와 덕석을 불러 떠났다.

그날밤 의병부대는 조용히 술렁거리였다. 정대임이 거느린 별군을 내놓고는 모두 군장을 차리고 밤길을 떠났다. 막상 싸움을 하게 된다고 하니 가슴들이 떨리는것을 어쩔수 없는 모양이였다. 의병부대는 소리없이 움직여 추평으로 향하였다.

새벽하늘이 푸름푸름해올무렵 의병들은 감쪽같이 복병을 하였다.

아침해살이 퍼진지 이슥하여 정대임이 거느린 별군이 드디여 정연히 렬을 지어 영천성으로 향하였다. 기치가 휘날리고 창검이 번쩍거렸다.

와와 하는 함성소리가 울렸다.

왜적들은 성가퀴에 달라붙어 영천성으로 다가오는 의병들을 바라보며 왝왝 고아댔다. 파란 연기가 풀썩풀썩 오르고 탕탕하는 조총소리가 울리였다.

대임이 거느린 별군들은 함성을 올리며 당장 성을 칠듯이 성에 바싹 다가들었다. 사수들이 벌려서서 성우로 화살을 쏘아보냈다. 대부분 화살들은 채 가닿지 못하고 땅바닥에 떨어졌다. 거리가 아직 멀었던것이다.

그래도 그것이 무서웠던지 왜적들은 성가퀴에 붙어서서 조총을 물방으로 쏘아댔다.

대임이 거느린 군사들은 한바탕 활을 쏘아대고는 얼마간 뒤로 물러섰다. 조총에 맞지 않을만큼 물러서서는 모두 땅바닥에 주저앉았다.

그러자 말탄 사람 하나가 의병들의 진앞에 나섰다. 달리는 말우에서 재주넘기가 시작되였다. 말우에 서서 달리거니 배에 붙거니

재주를 보일 때마다 의병들이 와와 떠들며 창과 칼을 내두르면서 사기를 올리였다.

왜적들은 멍하니 의병들을 내려다볼뿐 성안에서 나올 기미는 좀체 보이지 않았다.

대임은 속이 바질바질 타들었다. 처음 긴장했던 의병들의 마음이 이제는 차츰 풀어져갔다.

《어찌된 일일가요?》

대임이 얼굴에 땀이 번지르르 해가지고 김진사에게 물었다. 김진사는 말없이 성우를 쏘아보며 고개를 가로 흔들뿐이였다. 그의 관자노리로도 땀이 줄줄 흘러내렸다.

7월의 뙤약볕이 무덥게 내려지지며 땅우에서 더운 김이 확확 올라왔다. 의병들은 견디다 못해 옷고름을 풀어헤치고 창 칼을 땅바닥에 놓은채 더위를 먹고 끄덕끄덕 졸기까지 하였다.

모두 목이 마르고 더위에 지쳐 쓰러질 지경이였다.

정오가 되여오니 갈증은 더 심해졌다. 성안의 왜적들에게서는 아직 까딱하는 기미도 보이지 않았다.

한식경이나 더 지났을가 한 때다. 아무 말 없이 성우를 쏘아보던 김진사가 갑자기 벽력같은 소리를 질렀다.

《정신 차려라! 왜적들이 몰려나온다!》

대임은 펄쩍 놀라 정신을 차렸다. 그러나 성문은 여전히 꽉 닫겨 있을뿐이였다.

《모두 정신을 차려라. 창을 잡아라. 령을 듣지 않는자는 목을 벤다!》

더위에 지친 의병들이 몽롱한 눈길로 김진사를 바라보았다. 더듬더듬 창을 쥐고 일어나느라 부시럭대는것이 잠에서 채 깨지 못한 사람들같았다.

김진사는 더위를 먹고 끄덕끄덕 조으는 의병을 보자 다짜고짜 그의 상투를 거머쥐여 앞으로 끌어냈다.

《이놈! 네가 아직 호령을 못들었느냐? 모두들 보아라. 령을 거역하는자는 이렇게 목을 벤다!》

김진사가 시퍼런 칼을 쑥 뽑아들자 앗 소리도 지를 사이 없이 획하고 휘둘렀다.

의병들은 저도 모르게 악! 소리를 치며 눈을 감았다.

피흐르는 머리가 땅에 떨어지는 끔찍한 모양을 보지 않으려는것이였다.
　그러나 눈을 떠보니 땅우에는 피흐르는 머리 대신 잘라진 상투가 풀어진채 딩굴고있을따름이였다. 더위를 먹고 졸던 의병은 꿈에서 깨여난 사람처럼 어리둥절하여 잘라진 상투와 김진사를 번갈아 쳐다보았다.
　의병들은 그제야 모두 정신들을 번쩍 차렸다.
　모두 눈이 초롱초롱하여 김진사를 쳐다보았다.
　《창과 칼을 쥐여라!》
　《한쪽 무릎을 세워라!》
　《일어나라! 왜놈들이 나온다!》
　의병들이 우쭐 일어나는 순간이다. 꽉 닫겼던 성문이 삐거덕 열리며 왜놈들이 무서운 함성을 지르며 쓸어나왔다.
　《덤비지 말고 물러서라! 흩어지면 죽는다!》
　대임이 칼을 휘두르며 의병들을 지휘하였다.
　의병들은 물러나기 시작하였다. 왜적들은 기가 올라 고함을 지르며 죽을둥살둥 모르고 뒤쫓아왔다. 왜놈들의 진은 뒤죽박죽이 되였다. 그러나 열이 오른 놈들은 미처 진을 살필새가 없었다. 사냥에 나선 몰이군들처럼 와와 고함을 지르며 쫓아올뿐이였다. 그러나 정작 몰이군은 의병들이요 저들이 몰리우는 짐승이라는것을 알턱이 없었다.
　의병들은 물러서다가는 멈춰서서 활을 쏘아대고 그리고는 또다시 물러나군하였다. 왜놈들은 줄곧 시체를 널어놓으면서도 의병들이 쫓기는것을 보고는 악에 받쳐 그냥 쫓아왔다.
　드디여 왜놈들이 의병들의 매복권안에 들어섰다.
　쾅하고 신호포가 울리며 기발이 번쩍 들리자 사방에서 복병했던 의병들이 와하고 함성을 울리며 일어섰다.
　졸지에 당한 일이라 왜적들은 어쩔줄을 모르고 갈팡질팡하였다.
　응수는 앞장에서 달려나가며 처음 맞다든 왜적의 동가슴을 찔러넘겼다. 두번째로 또 한놈이 달려들었다. 응수는 서너번 칼을 맞겨루다가 갑자기 몸을 홱 돌려빼며 옆으로 후리였다. 왜놈은 피를 쏟으며 거꾸러졌다.
　그것을 본 의병들이 더 버쩍 기세가 올라 성난 범처럼 날뛰였다.

급해맞은 왜놈들은 길이 열려진 강쪽으로 정신없이 내뺐다.

이번에는 의병들이 놈들의 뒤를 쫓게 되였다. 걸음아 날 살려라고 도망치던 적들이 웬일인지 누가 걸어차기라도 한듯 앞으로 철썩철썩 꼬꾸라졌다. 그럴 때마다 나무나 바위뒤에 숨었던 사람들이 달려나와 놈들의 숨통을 끊어놓았다.

조막손이가 거느린 달꿀의병대가 길목에 마름쇠를 뿌려놓거나 바줄을 질러매놓았던것이다. 바줄에 걸리거나 마름쇠를 밟은놈들은 영낙없이 엎어져 늙은이들의 손에 잡히지 않으면 맞아죽었다. 강에까지 다달은 놈들은 얼마 되지 않았다. 강물이 앞을 막아 더 달아날수 없게 된 놈들은 파리발을 드리우고 목숨을 빌었다.

의병들은 추평싸움에서 이백이 넘는 왜적들을 죽이거나 사로잡았다.

응수는 멀리서 김진사가 정대임과 함께 오는것을 보자 황망히 달려가 맞았다.

《이번 싸움에서 이긴것은 죄다 선생의 공입니다.》

《아니할 말씀이요. 하마트면 나때문에 큰일을 망칠번했소. 글쎄 놈들이 제때에 나와주어야말이지요. 꼼짝없이 군률을 당하는가부다 했드랬소, 허허.》

김진사는 고개를 제치며 사뭇 시원스레 웃었다.

《진사님은 어떻게 왜놈이 나올 때를 면바루 아셨던가요?》

정대임이 아직 그 일이 궁금한듯 물었다.

《그건 아주 쉬운 일이요. 왜적의 수를 다 세여볼수는 없는것이구 해서 열개 성가퀴의 왜적들의 수를 세여두었댔소. 간교한놈들이 우리가 지치기를 기다려 나오자는 수작인데 내가 그걸 미처 타산하지 못했드랬소. 너무 까딱 않아서 이젠 그만 단념하려는데 성가퀴의 왜적이 어쩐지 처음보다 성겨보이는게 아니요. 자세히 세여보니 처음보다 대여섯이 부족했소. 그래 놈들이 나올 준비를 하는걸 알아챘소. 내가 그만 왜적들의 반드러운 술책에 속아넘어갈번했소.》

《아하, 그랬구먼이요.》

대임은 그제야 머리를 끄덕이며 못내 감탄하였다.

《이제는 영천성을 어쩔 셈이시오?》

김진사가 응수와 대임을 쳐다보며 물었다.

《어떡허다니요?》
《이제는 우리 군사의 힘이 두배로 되지 않았소?》
《두배라니요?》
《우리 군사들이 싸움에서 이겨 사기가 올랐으니 이걸 어찌 천명 군사에 비기겠소. 왜적들은 사기가 저상되여 겁에 질렸으니 이백이 아니라 천을 잃는 셈이 되리다. 이래도 안되겠소?》
《그렇다쳐두 우리 군사가 고작 이천이 되는 셈이 아닙니까.》
《그럼 천을 더 보태주면 어떻겠소?》
《무엇으로 말인가요?》
《출기불의에 화공이면 되겠소? 놈들이 생각지 않은 때에 갑자기 들이쳐 얼혼을 빼고 불로 싸움을 돕는다면 말이지요.》
화공이란 말에 응수는 귀가 번쩍 띄였다.
어제 김진사가 물과 불은 서로 상극이면서도 뗄수 없는 사이라고 하던 말이 피뜩 떠올랐다. 그러니 김진사는 이미전부터 화공을 생각하고있은것이 분명하였다. 그렇다면 무슨 준비가 있었으리라.
가만히 한옆에 서있던 정대임이 그제는 말귀를 알아들었는지 손바닥을 비비며 좋아하였다.
《화공이라, 그 참 좋습니다. 옛날 제갈량이 적벽싸움에서 동남풍을 빌어다가 조조의 백만대군을 쳐부셨다는데 진사님도 제발 그 동남풍을 빌어다주십시오.》
대임의 말에 김진사는 물론 응수도 웃지 않을수 없었다.
《동남풍은 내가 이미 빌어왔소.》
《네?!》
응수와 대임의 입에서 동시에 놀란 소리가 튀여나왔다.
《지금 동남풍이 불고있지 않소. 이고장 늙은이들의 말이 이맘철에는 늘 동남풍이 분다고 합디다. 이 바람이 래일쯤 세질것 같다고 하니 마침이오.》
《아니 그럼 래일루 성을 친단말씀인가요?》
《왜놈들두 우리가 래일 성을 치리라고는 생각지 않을것이외다. 출기불의란 별것이겠소. 놈들이 생각지 않는 때에 급소를 찌르는것이지.》
《그렇기는 해두 군사들이 지치지 않았을가요?》
《싸움에서 이긴 군사는 힘이 더 나는 법이라 했소. 이제 이긴 가세를 타면 가히 한번 쳐서 깨뜨릴수 있겠지만 이때를 놓치면 앞으로는 더 어려우리다. 강노의 살이 처음에는 돌도 뚫을만하지만 마지막에 가서는 터럭끝도 이기지 못한다는 말이 있지 않소.》

《그 말씀이 옳기는 합니다만.》

응수는 더 바라는것이 있는 모양으로 종시 시원한 대답을 하지 않았다. 그것을 보는 대임이 오히려 등이 달 지경이였다.

화공이란 말처럼 그리 간단한것이 아니니 자칫하면 우리 군사들까지 상할수 있다는것을 응수는 잘 알았다. 게다가 성을 치자면 여간 준비가 있어야 할것이 아니였다. 우선 성에 오를 운제가 필요하였다.

아무리 사기충천한 군사들이라 해도 어쨌든 하루밤을 쉬여야 할텐데 화공에 쓸 염초며 홰가 없는것은 더 말할것도 없고 그것들이 있다고 해도 장마끝에 모든것이 다 젖은 판이라 성안에 쉽게 불이 당길리 만무하였다. 김진사가 이것을 모를리 없건만 애당초 그에 대해서는 일언반구도 비치지 않는것이 이상하였다.

《허허, 그럼 이번에도 또 내가 군령장을 들여놔야 할가보외다.》

김진사의 말에 응수는 무거운 생각에서 겨우 깨여났다.

《아니올시다. 제 생각에는 아무래도 화공이 미타해서 그럽니다. 우선 염초와 홰가 없는것은 물론이고 지금 갓 장마가 지난 때라 성안에 불을 달기가 그리 쉬울것 같지 않소이다.》

《성안이 힘들면 성밖에 불을 지르면 되지 않소?》

김진사의 말에 응수와 대임은 깜짝 놀라 서로 얼굴을 마주쳤다.

《아니, 성밖에 불을 질러서는 무얼합니까? 오히려 우리 군사들이 상할것 아닙니까.》

대임의 말에 김진사는 빙긋이 웃었다.

《무릇 화공을 쓰는것은 첫째 적의 군심을 동요시키자는것이요, 둘째는 적의 길을 끊자는것이요, 셋째는 적을 태워죽이자는것인데 나는 이도 저도 아니고 화공으로 적의 눈을 못뜨게 하자는것이요. 지금 장마가 갓 지난 때라 성안에 아무리 홰를 던져넣어도 불을 놓기가 어려울뿐더러 설사 불을 놓는다 해도 우리 백성들의 집이나 탈것이니 무슨 리득이 있겠소. 성밑에 시초를 쌓고 불을 지르면 불길과 연기가 바람세를 따라 동남으로 몰려 성우의 왜적들이 미처 눈을 뜨지 못할것 아니겠소. 그 사이에 날파람있는 우리 군사들이

단숨에 성을 넘어 쳐들어가면 결국 평지싸움이나 다름없이 될것이요.》

《성우로 올라가는 우리 군사들도 눈을 못뜨게 될테니 불리하기는 마찬가지가 아닐가요?》

응수가 한참 생각하던 끝에 머리를 기웃하며 한마디 하자 그럴사하게 여기던 대임이

《아차, 그렇구먼이요.》하고 동을 달았다.

《옳은 말이외다. 내가 그래서 우리 사람들을 시켜 탈바가지 삼백개를 미리 준비해놓도록 하였소. 그것을 쓰면 놈들이 우선 귀신인가 하여 속이 떨릴게고 그렇지 않다 하드래두 우리 군사들이 연기와 불때문에 싸움을 못할 걱정은 없겠지요. 왜적들에게는 불리한 대신 우리에게는 유리하니 이른바 준비있는자가 준비없는자를 이긴다는 말이 이걸 가리킨것이 아니겠소.》

대임은 김진사의 말을 듣자 대번 얼굴이 환해졌다.

《그것 참 신통한 계책입니다!》

응수는 그제야 김진사가 조막손 선봉장에게 탈바가지 삼백개를 빨리 만들도록 한 까닭을 알았다.

응수는 말없이 먼 하늘로 눈길을 돌렸다. 웬일인지 눈굽이 뜨거워났다. 탈바가지 삼백개를 만드느라고 늙은이들이 몇밤을 새웠을 것인가. 아래목에 가만 앉아있어도 나무랄 사람이 누구랴만 스스로 싸움에 나선것이 무엇때문이냐.

그들이 적과 칼을 맞대고 싸울수는 없는노릇이니 사람들의 눈에 번쩍 띄일 큰 공을 세울수는 도저히 없는 일이다. 그저 싸우는 젊은이들의 뒤바라지나 할따름이니 크게 빛이 날것도 없었다. 크게 빛이 나지 못할 일인줄 알면서도 그 일에 목숨을 바치려고 하니 아아, 얼마나 갸룩한 마음들이냐. 열렬장부인들 그보다 더하랴.

아마 김진사는 그 마음을 알아 늙은이들을 그토록 중히 쓰는가 보다.

참으로 기인일다. 도술에 바람을 불러오고 비를 부르는 사람만이 기인일가부냐. 사람의 마음을 알아보고 그들의 재량을 모을줄 아는 사람이 정작 기인이로다!

응수는 침착단아한 김진사의 얼굴을 말없이 바라보았다. 어느 객주집에서나 흔히 만나볼수 있는 시골선비였다.

문득 조막손이가 김진사를 두고 해를 씻고 하늘을 꿰맬만한 재주
를 가진 사람이라고 하던 말이 떠올랐다. 아, 저런 인물들이 어찌
시골에 박혀있단말인고. 응수는 속으로 탄식하여마지 않았다.
　이튿날이였다.
　드디여 영천성을 들이치는 싸움이 벌어졌다. 천여명 의병들이 저
마다 나무를 한단씩 해지고 영천성을 향하여 진격하였다.
　성의 동남쪽에 이른 의병들도 숨을 죽이고 응수의 령이 내리기를
기다렸다. 서른마리의 소등에도 나무단이 산처럼 쌓이였다. 소코뚜
레를 단단히 거머쥔 의병들이 영천성을 바라보며 가슴을 들먹거리
고 서있었다.
　그뒤에는 맨 먼저 성우로 짓쳐올라갈 의병들이 신들메를 단단히
조이고 칼을 뽑아들고있었다. 그들의 등뒤에는 탈바가지가 매달려
건들거렸다. 여느때 같으면 탈을 쓰고 서로 롱지거리를 하느라고
들썩하였으련만 어려운 싸움을 앞둔 때라 모두 마음들이 한껏 팽팽
하여 어금이를 꽉 사려물고 앞만 내다볼뿐이였다.
　《덕쇠아, 넌 내뒤에 서거라.》
　《내가 왜 네뒤에 서?》
　《네겐 색시가 있지 않니. 내야 죽으면 무어라니, 울어줄 사람두
없는걸.》
　《제기, 나두 울구 내 색시두 울구 동네사람이 다 울텐데 울 사람
이 없다는건 또 무슨 소리여?》
　《흥, 울어줄 사람이 있다니 좋기는 하다. 그래두 넌 내뒤에 서
야 한다.》
　《제가 뭐라구 늘 내앞에 서겠다는거여, 정 그러면 난 딴 사다리
루 올라가구말란다.》
　의병들은 수군거리며 신호가 나기만 초조히 기다렸다.
　이윽고 신호포소리가 벼락치듯 울렸다. 둥 둥 둥 기운찬 북소리
와 함께 의병들이 함성을 울리며 성으로 육박하였다.
　나무단을 하나씩 메고 진 의병들 한가운데서 소잔등에 실은 나무
짐이 기우뚱거렸다. 씨근거리는 숨소리와 함께 이랴, 이랴 채찍을
휘두르며 소를 모는 소리가 들렸다.
　의병들이 성으로 육박하는것을 본 왜적들이 조총을 쏘아대기 시
작하였다.

총소리와 고함소리에 미쳐난 황소 한마리가 나무짐을 실은채로 날뛰며 의병들의 진을 가로세로 휩쓸었다.

코뚜레를 잡고있던 의병이 조총에 맞아 쓰러진 모양이였다. 소는 퉁방울같은 눈을 희번득거리며 사람들을 받아넘기고 쓸어뜨리며 돌아갔다. 미친 소가 향하는곳에서는 사람들이 물결 갈라지듯 흩어지며 이리 쏠리고 저리 쏠리였다.

응수가 《소를 잡아라!》고 목이 터지도록 고함을 질렀으나 미쳐 날뛰는 황소를 어떻게 하는수가 없었다.

쏘아눕히자 해도 사람들속에서 돌아치니 그럴수도 없는노릇이였다. 의병들의 대오는 뒤죽박죽이 되였다.

응수는 눈앞이 새까매졌다. 가뜩이나 어려운 싸움에 생각지도 않던 소란이 벌어졌다.

미친 소가 이번에는 응수가 있는쪽으로 씨근거리며 달려들었다. 의병들이 기겁을 하여 량쪽으로 와 흩어지자 소앞이 훤히 트이였다.

소는 거품을 날리며 트인쪽으로 비굽을 안고 달리였다. 미친듯 달리는 소앞쪽에 한사람이 나타났다.

그는 마주 달려드는 황소를 노려보며 땅바닥에 박힌듯 서있었다. 구부정한 등어리, 허리춤에 대룽거리는 낯익은 짚신.

《조막손이!》

응수는 저도 모르게 부르짖었다. 조막손이는 천천히 무명적삼을 벗어들었다.

검버섯이 돋은 늙은이의 앙상한 팔뚝이 애처롭게 드러났다. 황소는 흘러내린 나무단들을 질질 끌며 조막손이를 뿔로 받아넘기려는듯 머리를 짓수그리고 무섭게 달려들었다.

《물러서우!》

《비키우!》

그러나 조막손이는 그 소리를 들었는지 못들었는지 한손에 적삼을 벗어든채 꼼짝하지 않고 소가 달려들기를 기다렸다.

미친 소가 뿔질을 하며 와락 덤벼드는 순간 조막손이의 손이 번쩍하며 무명적삼이 날아가 황소의 대가리를 덮었다. 소는 눈을 가리운 적삼을 털어버리려 대가리를 좌우로 흔들며 내닫던 서슬로 조막손이를 떠받아넘기였다.

《앗!》
 응수는 저도 모르게 소리를 질렀다. 몇걸음 더 내달아 눈을 덮은 적삼을 털어버린 황소가 갑자기 코구멍으로 씩 큰숨을 내뿜으며 뚝 멎어섰다. 앞발로 흙을 후벼뿌리며 대가리를 사납게 흔들었다.
 문득 쓰러졌던 조막손이 비틀거리며 일어서더니 황소에게로 다가갔다.
《와, 와, 이놈의 소.》
 조막손이는 황소의 목덜미를 툭툭 두드려주더니 자신있게 코뚜레를 잡았다.
《와, 와, 네가 아무리 미물이기로서니 널 키운 날 몰라본단 말이냐. 이놈의 소, 왜적을 도울 셈이냐, 어서 가자. 이랴, 낄, 낄.》
 황소는 눈을 뜨부럭거리며 몇번 씩씩 큰숨을 내뿜고는 순순히 고삐를 끄는대로 따라왔다.
《고맙다. 조막손아.》
 응수는 속으로 부르짖었다.
 의병들은 다시 와 함성을 지르며 앞으로 내달렸다.
 조막손이는 훌러내린 나무단을 추어올릴새도 없이 그대로 소를 몰아나갔다. 그의 뒤로 나무단들이 먼지를 피워올리며 덜덜 끌려갔다.
 성에 바투 다가갈수록 왜적들의 조총질이 점점 더 세차졌다.
 왱, 왱, 철알들이 소리를 지르며 귀전을 스치였다.
 기세좋게 달려나가던 의병들이 여기저기서 신음소리를 내며 쓰러졌다.
《한걸음도 물러서지 말아라!》
 응수는 칼을 휘두르며 앞으로 내달렸다. 어디선가 석섬한 목소리로 부르는 농부가타령이 들렸다. 응수는 자기 귀를 의심하였다.
 죽고 사는 이 싸움판에서 누가 셈평좋게 타령을 한단말인가.
 그러나 탕탕 울리는 조총소리를 짓누르며 농부가소리는 점점 더 쩌렁쩌렁 울리였다.

  어화 농부들아 재 내여라
  춘분시절이 이때로구나
  산너머 뻐꾸기 밭갈이 재촉한다

어허 일락황혼 저문 날에 달빛 띠고 돌아간다
　　　호미메고 입장구에 신명이 절로 난다
　　　에헤 에헤요 에헤야 에야라

 저 앞쪽에서 소잔등에 올라탄 조막손이가 보였다. 그가 소고삐를 감아쥐고 성벽으로 육박하며 부르는것이였다.
 늘어진 타령소리속에 억제할수 없는 맹렬한 분노와 불꽃같은 결의가 그대로 꿈틀거리는것 같았다.
 소를 타고 타령을 하며 쏟아지는 총알속을 유유히 뚫고나가는 조막손이의 모습이야말로 치떨리게 무서운 복수의 화신이요, 싸움에로 부르는 피투성이 기발이였다.
 왜적들도 그만 넋을 잃고 몸서리를 치며 조막손이를 바라보았다.
 문득 조막손이가 가슴을 움켜쥐면서 소잔등에 푹 쓰러졌다. 모지름을 쓰며 일어난 그는 성우를 노려보았다.
 《이놈들아, 소탄 선봉장 조막손이를 이젠 똑똑히 보았느냐, 하하, 하.》
 통쾌한 웃음을 한소리 내뿜은 그는 의병들을 돌아보며 웨쳤다.
 《이 사람들아, 나를 영천성에 묻어다우.》
 말을 마치자 그는 몸을 뒤로 번드치며 소잔등에서 굴러떨어졌다.
 《로인장!》
 응수는 눈물을 삼키며 비통하게 부르짖었다. 조막손이의 비장한 최후를 본 의병들이 눈에 달이 올라 획획 바람소리를 내며 응수를 뒤에 떨구고 앞으로 내달았다. 모두 사나운 범이 되였다.
 성밑에 나무단들이 쌓이고 불길이 치솟았다.
 기다란 대나무 사다리가 성벽에 걸리였다.
 와 하는 무서운 함성소리에 영천성이 떠나갈듯하였다.
 왜적들은 불길과 연기에 숨이 막히고 눈이 아려 아래를 내려다보지 못하고 악악 고함만 질렀다. 탈바가지를 쓴 의병들이 불길과 연기속을 뚫고 성으로 오르기 시작하였다.
 왜적들은 기절초풍을 하였다. 귀신이 아니고야 저런 연기와 불길속에서 견디여 배길수 있으랴. 더우기나 무서운것은 저런 속에서도 모두 눈섭 한번 찡그리지 않고 곱게 웃는것이다. 탈바가지를 어떻게 신통히 만들었는지 꼭 산 사람 얼굴같았다. 왜놈들이 보기에는 그저 모두 웃는 얼굴들이다. 사납게 찡그린 모양을 보아도 이렇게 무섭지는 않을것이다. 웃는 얼굴들이 사태처럼 밀려든다. 왜적들은 그만 무서움에 치를 떨며 성우에서 물러나기 시작하였다. 의병들에게 쫓긴 왜적들은 창고와 명원루에 몰키였다. 이제는 독안에 든 쥐였다.

의병들은 창고와 명원루에 나무단을 쌓고 불을 질렀다.

삼단같은 불길이 타올랐다. 급해맞은놈들은 곧추 강물에 뛰여들어 그대로 머리가 깨여져 죽었다. 요행 살아남은놈들은 아낙네들이 방망이로 때려잡았다.

영천성의 왜적은 한놈도 살아남지 못하고 몰사하였다.

응수는 아직도 연기가 피여오르는 성밖 싸움터로 황황히 달려나갔다.

누워있는 조막손이의 머리말에 김진사가 꿇어앉아있는것이 보였다.

응수는 허겁지겁 달려가 조막손이를 부둥켜안았다.

《로인장!》

그의 가슴속으로부터 사나이 울음이 터져나왔다.

《아, 내가 기둥을 잃었구나!》

김진사가 길게 한숨을 쉬며 일어섰다.

《선봉장 조막손이를 군사의 례로 장사지낼것이니 시신을 모셔라!》

김진사가 나서서 어깨에 상여채를 올려놓았다. 응수도 상여에 어깨를 들이밀었다. 뒤따라 달려온 차돌이와 덕석이가 기어이 사람들을 비집고 상여대렬에 들어섰다.

조막손이는 숙연한 침묵속에 영천성안으로 들어갔다.

저녁이다.

매캐한 연기내가 풍기는 성벽가에 김진사가 외로이 서서 까치산쪽을 하염없이 바라보고있었다. 바람에 도포자락을 날리며 뒤짐을 진채 그린듯 서있는 모습이 어쩐지 눈물겹도록 처량하였다.

응수는 조심조심 그에게 다가갔다.

《고맙소이다. 선생이 계책을 가르쳐주어 영천성을 되찾았소

이다.》

 김진사는 의연히 까치산쪽을 바라보며 천천히 도리머리를 하였다.
 《아니요. 내 계책이란 백성들의 지혜를 모은것이요. 백성들이 주고받는 말속에서 찾아낸것이요. 그들자신도 신통한 묘책인줄을 미처 모르고 무심히 한 말들이라 모두 내가 생각해낸줄로 여기는모양이요만.》
 김진사는 말을 끊고 한숨을 내쉬였다. 무겁게 몸을 돌린 그는 그제야 응수를 쳐다보았다.
 《이제는 영천성을 찾았으니 내가 여기서 할일이 없소. 나는 이길로 돌아가겠소.》
 《돌아가시다니요?! 제가 식견이 부족하고 재주 없으니 선생의 높은 경륜을 어찌 다 펼수 있겠소이까만 그래도 신기한 계책으로 저의 어리석음을 보충해줄것으로 믿어마지 않았소이다.》
 응수는 락심천만한 기색으로 김진사의 얼굴을 쳐다보았다.
 《그러지 않아도 공의 이름은 청사에 남으리다. 내 원래 공명에 뜻이 없어 시골에 몸을 묻은 사람이나 나라가 무도한 왜적에게 짓밟히는것을 보고만 있을수 없어 나선것이요. 보건대 내가 더 공을 도울 일이 있을것 같지 않아 이만 물러가는것이니 공은 섭섭히 생각지 마오.》
 김진사의 말소리는 단호하였다. 응수는 김진사를 만류할수 없음을 깨달았다.
 김진사는 처음 올 때처럼 단출한 차림으로 늙은이들을 거느리고 떠나갔다. 소를 탄 서른나문 되는 늙은이들은 조용히 영천성을 나갔다. 그들이 어디로 가는지는 누구도 몰랐다.
 영천의병들은 성우에 서서 저녁노을속으로 사라지는 김진사일행을 오래도록 바라보았다.
 옛기록들은 영천싸움에서 떨친 권응수의 비상한 용맹과 출중한 지모를 자세히 전하고있다.
 그러나 실상 그의 용맹과 슬기는 수천군사들의 용맹이요, 슬기이니 력사는 응당 한 장수에 담긴 평범한 백성들과 숨은 지사들의 장한 모습을 찾아주어야 할것이다.

김 세 민

김응서의 비참한 말로

계해(1623)년의 봄은 여기 이역땅 건주(심양지방)의 신성책에도 찾아왔다.

추위에 얼어붙었던 대지는 따뜻한 해별에 녹아 한껏 부풀어오르고 갖가지 향기로운 꽃들이 다투어 피여나 벗을 부르는 피꼬리노래 사방에 가득찼다.

그 무엇을 안타까이 하소하는듯 누구를 애타게 원망하는듯 마디마디 애끊는 심회를 자아내는 그 노래소리를 조용히 들으며 오늘도 신성책옥안에 눈을 감고 그린듯이 앉아있는 사람이 있었다.

백랍처럼 창백한 얼굴빛과 륙척장신에 어울리지 않게 수척해진 그 모습은 퍼그나 오래동안 옥고를 치른 사람의 형상이였다.

허나 한일자로 꾹 다문 입술과 약간 치켜져올라간 숱많은 눈섭은 길슴한 얼굴에 툭 불거져나온 관골과 어울려 어딘가 꿋꿋한 의지를 나타내주었다.

《저… 대감님!》

아까부터 살창밖에 와 서있던 몸종인듯한 사내가 조심히 부르는 소리다.

《오, 동이냐?》

좀처럼 뜨일것 같지 않던 그 사람의 눈이 번쩍 뜨이며 몸종을 지켜보았다.

《그래, 오늘도 무슨 소식이 없느냐?》

몹시 초조한 물음이다.

《없사와요.》

동이라고 불리운 사내종이 나직한 목소리로 대꾸했다.

《음…》

옥안의 사람은 그지없는 실망의 그늘을 지으며 다시금 지그시 눈을 감아버렸다.

《아, 이 성보의 운명도 종시 이렇게 끝나구야마는가? 내 한평생 우국충절로 변심을 몰랐건만…》

바위처럼 육중하게 앉아있던 그는 갑자기 벌떡 몸을 솟구며 이렇게 신음하듯 부르짖었다.
 화창한 봄볕이 만산을 붉게 태우는 이 유정한 봄날 홀로 음침한 책성안에 갇히워 안타까이 가슴을 치며 울분을 토하는 이 사람은 과연 누구인가?
 그가 바로 얼마전까지만 해도 벼슬이 평안도병마수군절도사 겸 녕변대도호부사로서 종1품인 승정대부까지 올라간 성보 김응서였다. 성보는 그의 자(본이름외에 따로 부르는 별호)이다.
 그는 오늘까지 해수로 5년째나 이처럼 청나라 건주의 신성책옥안에 갇혀있다.
 방금 그의 통탄한바와 같이 그는 지나온 한생을 오로지 나라를 지키는 싸움마당에서 리씨왕조의 안녕을 위해 바쳤다.
 20대의 젊은 나이에 무과에 급제하여 리진권관, 벽동아이만호를 거쳐 고산진병마첨절제사로 벼슬이 련이어 올라간 그는 임진전쟁당시에는 별장으로서 평양성해방전투를 지휘하여 혁혁한 위훈을 세웠다. 그후 경상우도병마절도사, 충청, 전라도 병사로 승직되여 활약했고 전후에는 포도대장, 함경도와 평안도의 병마절도사로 임명되여 나라의 국방안전에 실로 커다란 기여를 하였다.
 남달리 호협하고 정의감이 강했던 그는 어려서는 물론 벼슬이 종친의 품계에까지 오른 이후에도 항상 자신을 특별한 존재로 내세우지 않았으며 평범한 협객들과 사귀기를 좋아하였다.
 임진왜란때 평양성수복에서 큰몫을 담당했던 고충경, 박억, 전주복 등 평양 열장사들과 허물없이 지낸 사실이라든가 기생 계월향을 가까이하여 적장 소서비의 목을 벤 장한 일화들은 너무나도 유명하다.
 물론 그가 임진국란을 한몸으로 막아나선 리순신을 모함하는데 함께 동조했다던가 왜놈들과의 적극적인 항전이 아니라 굴욕적인 강화담판의 교섭을 맡아나섰다던가 하는 일련의 오점을 남기기는 했지만 그것도 전수히 왕실의 안녕을 위해서이지 자기 일신의 그어떤 영화를 바래 그런것은 결코 아니였다.
 그만큼 왕조에 대한 그의 충성심은 높았다.
 그러면 이러한 그가 어찌하여 제 나라도 아닌 이역땅의 쓸쓸한 옥중에서 아무 돌보는이 없이 이처럼 버림을 당하게 되였던가?
 여기에는 참으로 스쳐버릴수 없는 기막힌 사연이 깔려있다.

그때로부터 5년을 더 거슬러올라가서 무오년(1618)도 다 저물어가는 섣달 어느날이였다.

이날 궁전안에서는 긴급 어전회의가 열리고있었다. 오래동안 북방에서 세력을 뻗치던 후금의 세력이 강성해져서 명나라를 위협하므로 명나라에서는 저들의 군사로 그를 견제하는 일방 조선정부에 원병을 요청한것이다.

이때 조정에서는 원병을 파견해야 한다는 주장과 그럴 필요가 없다는 주장이 서로 갈리여 옥신각신했다.

전자는 주로 지난 임진병란때 명나라가 우리를 도와주었으니 그 신세갚음을 해야 한다는 도의감에서 출발한것이였고 후자의 론거는 명왕조의 쇠퇴몰락은 불가피하므로 이제는 새로 자라나는 후금 즉 청나라에 의거해야 한다는 리해관계로부터 출발한것이였다.

어느모로 보나 후자의 주장이 우세를 차지하였다. 국왕인 광해 리혼도 보다 많이 후자의 편에 서있었다.

허나 지금 그는 자기 주장을 선뜻 내세울수 없었다. 한것은 자기의 고굉지신이나 다름없는 리이첨, 정인홍 등이 나서서 파병을 극력 주장하고있기때문이였다. 그들 대북당(사색당파의 한 갈래)이 천거한바 되여 왕위에 오른 그로서 그들의 의사를 거슬린다는것은 스스로 자기 왕위를 잃는것이나 같았다.

그래시 지금 그는 룡상에 앉아 이러지도 저러지도 못하고 서로 왈가왈부하는 신하들을 멀거니 내려다보고만 있었다.

광해 리혼은 리이첨 등이 주장하는 파병설이 못마땅했으나 당장은 그것을 꺾을 용기가 나지 않았다. 그래 하는수 없이 그들이 올리는 건의서에 《의윤》두 글자로 동의해버리고말았다.

곧 응원군이 편성되였다. 강홍립을 도원수로, 김응서를 부원수로 삼았다.

김응서는 그때 함경도병마영에서 평안도병마영으로 소환된지 얼마 안된 때였다.

그날도 녕변대도호부에서 정무를 보는데 갑자기 서울에서 올라오라는 기별이 왔다. 그는 무슨 영문인가 하여 부랴부랴 려장을 꾸려가지고 서울로 올라갔다.

그제야 그는 자기가 명나라응원병의 부원수로 임명되였다는것을 알았다. 강홍립의 수하에 들게 된것이 내심 불쾌하였으나 내색은 하지 않았다. 오활하고 주대가 없는 그의 사람됨을 진작부터 잘 알고 있는 그로서는 조정에서 왜 하필 하많은 장령감을 내놓고 그에게 그런 중책을 맡겼을가 하는 의혹을 도저히 털어버릴수 없었다.

1만 3천명으로 편성된 조선응원군은 이듬해 기미년(1619) 2월에 출병하게 되였다.

떠나기 전날 김응서는 강홍립이와 함께 임금의 부름을 받고 근정전으로 들어갔다.

광해 리혼은 그들에게 간단히 취지사항을 일러주고 만반실수가 없이 잘하기를 바란다는 교지를 내렸다. 그런다음 강홍립에게만 병부와 절월(대장이나 병사, 통제사들이 지니던 절과 큰 도끼, 생살권을 상징함)을 내주었다.

하직을 고하고 막 돌아서 나오려는데 광해가 슬그머니 강홍립의 소매자락을 끄당겨 그안에 무엇인가 슬쩍 밀어넣는것을 본 사람은 아무도 없었다. 그것은 후에 강홍립이 제 입으로 말한 왕의 밀서였는데 그 내용이 어떤것인지는 오늘까지도 알려지지 않았다. 다만 그 이후에 벌어진 모든 사태로 미루어보아 그것을 얼마간 짐작할수 있을뿐이였다.

이때 명나라에서는 임진전쟁때부터 김응서의 무공을 잘 알아시 그가 부원수로 임명된것을 크게 이상히 여기며 그에게 기발과 보검을 특사하고 따로 원수칭호를 주었다. 이는 김응서와 같은 명장을 내놓고 아무런 명망도 없는 강홍립을 도원수를 삼은 조선정부에 대한 은근한 불만의 표시였다.

이 눈치를 강홍립이 못챌리 없다. 그래서 그는 드러내놓고 김응서를 질시하였다. 게다가 은밀히 귀띔한 왕의 밀서가 그 질투심을 더욱 부추겼다.

압록강을 건너 심하계선에 이르자 강홍립은 김응서에게 군령으로 지시하였다.

《한 군영안에 두 원수가 함께 있으면 불편하니 부원수는 좌영으로 옮겨가도록 하라.》

이에 응서는 그에게 딴속심이 있다는것을 넘겨짚고

《어찌 부원수가 있는데 도원수에게 선봉을 맡기리오.》하고 거부하였다.

《뭐야?》

성정이 조폭한 강홍립은 즉석에서 칼을 뽑아 그 비장의 목을 쳤다. 응서에게 못한 화풀이를 애꿎은 비장에게 하는것이다.

응서는 이웃나라를 도우러 와서 제편끼리 반목질하는것은 백해무익한 일이라 분기를 눅잦히고 말없이 그의 령을 좇았다.

강홍립이 이때를 타서 몰래 사람을 놓아 적진에 먼저 통기한것을 김응서는 꿈에도 알리 없었다.

우리 군사가 행군하여 부거령근방에 이르자 어느새 미리 산골짜기에 매복하고있던 적의 복병이 《와―》하고 벌떼처럼 일어나 전후좌우에서 달려들었다.

김응서는 이미 한발 먼저 와 대기하고있던 명나라제독 류정과 함께 적들을 맞받아싸웠다. 그러나 너무나도 불의에 다닥친 정황인지라 미처 대오를 수습할 사이가 없었다.

조명련합군은 한차례의 격전에서 많은 손실을 입었다. 제독 류정도 사살되였다. 이를 본 명군은 사기를 잃고 산지사방으로 흩어져 달아났다.

김응서는 그들을 제지하려 했으나 곧 헛된 시도임을 깨닫고 우리 군사들로 하여금 끝까지 결사전을 벌리도록 하였다.

이날 우리 군사들은 명나라와의 전날 의리를 생각해서 참으로 잘 싸웠다.

좌영장 김응하장군은 고슴도치처럼 몸에 화살을 맞고도 넘어지지 않고 마지막기력이 다할 때까지 싸우다 장렬히 전사하였다. 그 불사신의 용맹한 기개앞에 적들도 간담이 서늘하여 감히 시체에 다가들지 못했다.

김응서는 비분을 씹어삼키며 강홍립이 있는 본영에 구원을 요청하였다. 그러나 홍립은 불과 3~4리밖에서 이 싸움을 구경만 하고 함께 협공할 대신 오히려 응서가 보낸 군관들을 모두 억류해놓았다.

김응서는 노기충천하여 자신이 직접 말을 타고 강홍립에게 달려갔다.

《명군과 우리 원병이 모두 참패를 당하고있는데 어찌하여 원수는 혼자 강건너 불보듯하구만 있는거요?》

응서의 분노한 물음에 홍립은 입가에 랭소를 띄우고

《내게는 임금에게서 받은 밀지가 있다.》하고 뇌까렸다. 이는 응서의 격분을 더욱 촉발시켰다.
《밀지에 싸움을 태공하라고 적혀있던가?》
강홍립은 그의 돌변한 기상앞에 무슨 봉변이라도 당할가보아 잠시 감정을 눅잦혔다.
《아아, 됐소. 내라고 왜 싸움이 패하기를 바라겠소. 될수록 희생을 적게 내자고 하는게지.》
그는 김응서의 표정을 슬쩍 곁눈질하며 넌지시 말을 이었다.
《보다싶이 지금 형편에서 적과 정면대결을 하는건 무모한짓이요. 그래 지금 적들이 화평을 제기해왔는데 그에 응하는것이 어떻겠소?》
《뭐라구? 그건 안될 말이요. 명나라를 도우러 와서 그들의 의사도 들어보지 않고 화의를 맺는단말이요?》
응서는 단호히 그 제의를 일축했다.
《령을 어기면 군률을 쓸뿐이다.》
강홍립이도 그가 순순히 굽어들지 않으리라는것을 잘 알아 위협조로 나왔다.
《오냐, 내 군률을 당하마. 허나 백번 죽는대도 화의만은 못한다. 네가 도대체 어느 나라의 관직을 띠고있느냐? 남의 령토를 침범하는 적을 치러 온 네가 싸움을 회피하고 투항할 생각부터 하니 내 너를 목베여 명나라로 하여금 우리의 신의가 어떤것인지 보여줄테다.》
응서는 칼자루를 틀어쥐고 홍립의 앞으로 다가들었다.
《저놈을 체포하라!》
홍립의 짤막한 구령에 따라 그 심복졸개들이 우르르 달려나와 응서를 순식간에 결박지웠다.
강홍립은 극도의 분기로 몸부림치며 한시도 꾸짖음을 멈추지 않는 응서를 적군영으로 끌고가서 투항해버렸다.
적장 다이곤은 홍립의 결단을 크게 치하하고 회유하는 뜻으로 손수 말앞에 나와 응서의 결박을 끌러주었다.
《이거 참 안됐소. 장군을 욕보이게 해서…》
그도 김응서의 명성을 들어아는터여서 어떻게 하던 순순히 항복을 시키려고 하였다.
허나 김응서는

《나는 죽을뿐이다. 어찌 명나라에 대한 의리를 배반하고 너희 오랑캐들에게 항복을 하겠느냐?》하고 견결히 항거해나섰다.
　이에 하는수 없이 다이곤은 김응서를 저들의 본거지인 건주로 호송하였다.
　거기에 가서도 응서의 의지는 조금도 변함이 없었다.
　하루는 적들이 술과 안주를 잘 차려놓고 꽃같은 미인으로 시중을 들게 하면서 응서의 마음을 유혹해보려 했다.
《조선과 우리 나라는 본래 원쑤진 일이 없는데 당신은 어찌 명나라를 도와 우리를 공격했는가?》
　이에 응서는 태연히 웃으며
《명나라는 지난 임진년에 우리를 도와 왜적을 함께 물리쳤는데 어찌 우리가 그 은혜를 저바릴수 있겠는가.》라고 대답했다.
《과시 충신이로다.》
　적장은 의자에서 내려와 응서의 손을 잡았다.
《사람이 한평생을 살아가며 의기가 서로 통하는 사람을 만나면 본심을 달리하여 융통하는 경우도 있는데 오늘 장군을 진중에서 이렇게 만나게 되니 문득 그런 생각이 드는구려. 청컨대 장군과 더불어 이 뜻깊은 하루의 즐거운 시간이 헛되지 않기를 바라오.》
　이 말에 좌석에 함께 참가한 강홍립이 뾰족한 턱을 쳐들고 일어나 감축하는 뜻에서 시 한수를 지어바쳤다.

　　　　　이웃이 서로 만나
　　　　　친교를 맺는 이 날에
　　　　　하늘에 끼였던
　　　　　검은 구름이 걷히도다

《에익, 이 더러운 역적놈아!》
　응서는 벌떡 일어나 들었던 술잔으로 놈의 면상을 후려갈기고 결연히 좌석을 나와버렸다.
　그 어떤 수단과 방법으로써도 그의 뜻을 굽힐수 없다는것을 깨달은 적들은 드디여 김응서를 신성책옥안에 감금했다.
　남의 나라를 도우러 왔다가 역적의 희생물로 억울하게 옥중살이를 하게 된 김응서의 가슴은 칼로 저며내는듯 아팠다.

이때로부터 5년여의 긴 세월을 그는 비분강개속에 보내면서 몇번이고 자결할 결심까지 했다. 허나 한번도 자기의 절의를 굽힌적이 없으니 나라에서도 응당 무슨 조치를 취해주리라 믿고 그 모진 생각을 눌러버렸다.

얼마전부터 그는 옥중에서 은밀히 일기를 쓰기 시작했다. 적에게 사로잡히게 된 경위와 적내부의 실정을 샅샅이 적어 감추어두었다. 그리고는 자기의 절절한 심정을 담은 글월을 믿을만한 인편에 띄워 임금에게 보내기도 하였다.

그러나 광해 리혼은 응서의 그 간곡한 심정을 아닌보살로 여기고 하등의 구원책도 취해주지 않았다. 그런줄을 모르는 응서는 오늘이나 래일이나 본국에서, 아니 자기가 그토록 믿고 충성을 다 바쳐온 임금에게서 무슨 소식 오기를 기다렸다.

지금도 그는 동이가 행여 그 기별을 가지고왔나 해서 물었다가 없다는 소리를 듣자 저으기 실망하여 머리를 드리우고있는것이다…

한참이나 그렇게 화석처럼 움직이지 않고있던 그는 슬며시 붓을 끄당겨 옆에 펼쳐놓은 종이우에 눈길을 박았다.

그 종이는 얼마전에 고향에 있는 아들 득진이 이곳에 오는 사신을 통해 들여보낸 편지였다. 거기에는 적들에게 뢰물을 먹이고 자기를 빼내려고 하는데 아버지의 의향이 어떤가고 물어온 사연이 담겨있었다.

응서는 문득 여지껏 자기가 그에 대한 회답을 못썼다는것을 깨달았다. 뢰물을 써서 구차스럽게 돌아간다는것은 자기가 바라는바가 아니였다. 남아로 태여나 마땅히 나라를 위해 한목숨 바칠따름이니 충신이 어찌 적앞에 루루히 머리를 숙이랴.

한끗 누가 무어래도 임금만은 어느때건 자기를 잊어버리지 않으리라 그는 굳게 믿고있었다.

더는 묵새길수 없는 충정이 불타올라 그는 거침없이 그것을 쏟아놓았다.

　　　죽으리라 죽으리라 님을 위해 죽으리라
　　　님 향한 일편단심은 갈수록 새로와라
　　　어찌타 망녕된것들은 죽지 말라 하느니

이는 끝까지 임금을 위해 자기 절개를 굽히지 않으려는 그의 진정의 토로였다.

어느덧 그해 봄도 가고 이듬해 겨울이 되였다. 찬바람은 사정없이 추위를 몰아와 뼈속까지 몸을 얼어들게 했다.

망건앞살로 삐여져나온 허연 귀밑머리가 한결 더 성글어졌다. 그도 그럴것이 그는 이역땅 옥중에서 어느덧 환갑나이를 맞이한것이다.

그래도 나라에서는 아무런 소식이 없었다. 강개하고 서글픈 심회는 날로 더해져서 이제는 기다리기에도 지쳤다.

간밤에도 그는 눈 한번 못붙이고 꼬바기 일어나 지새는 새벽달을 바라보며 하염없는 생각에 잠기였다. 조국땅을 침노한 오랑캐들을 무찔러 남북삼천리를 주름잡아달리던 통쾌한 지난날들이 못견디게 그리워났다.

그는 가슴속에 소용돌이치는 격정을 누를길 없어 어제 쓰다만 일기여백에 절구 한수를 적었다.

　　　　찬바람이 눈을 몰아 밤은 어이 깊었느니
　　　　추위는 얼어들어 병든 몸을 침노한다
　　　　이른새벽 일어나 활 텅기고 앉았으니
　　　　천산에 큰사냥 벌려볼 그날이 못내 그립구나

이튿날 아침 옥졸을 통해 이 시구를 읽어본 적장은 인력으로는 도저히 그의 의지를 꺾을수 없다는것을 알고 김응서를 고국으로 돌려보내려고 했다.

이에 누구보다도 놀란것은 강홍립이였다. 응서가 살아돌아가는 날에는 자기의 죄상이 낱낱이 드러나 멸족의 처분을 면할수 없게 된다. 더구나 자기가 그처럼 믿고있던 광해가 쫓겨나고 인조가 새로 왕위에 오른 지금에야랴.

그사이 조선에서는 광해를 등에 업고 국권을 롱락하던 대북당이 끝내 밀려나고 서인들이 다시 정권을 잡은 정변 《인조반정》이 있었던것이다.

이런 형편에서 김응서를 돌려보낸다는것은 도끼로 제 발등을 찍는것이나 같았다.

그래 강홍립은 그날로 적장을 찾아가 김응서의 주머니속을 한번 뒤져보라고 했다. 홍립은 이때 응서가 매일같이 적정을 살살이 고발하는 일기를 쓰고 은밀히 임금에게 올리는 상소문을 초하여두고 있다는것을 이미 알고있었다. 거기에는 청나라내정에 대한 실태와 비밀자료들이 들어있었다.

적장은 곧 응서의 주머니를 수색해보았다. 과연 홍립의 말과 같이 자기네 허실을 적은 일기초안들과 비밀상소문이 나왔다.

이 보고를 받은 추장 누르하치는 크게 노하여 즉석에서 김응서를 동문밖으로 끌어내다가 목을 베여버렸다.

이날이 바로 1624년 4월 18일이였다. 이날 그의 종 동이도 함께 따라죽었다.

그들이 응서를 이렇게 급히 죽여버린데는 조선에서 왕정이 바뀐 조건에서 그를 살려두면 장차 저들에게 무슨 보복을 가해올지 모른다는 위구심에서 더구나 그렇게 했다.

그럼 그들도 광해가 강홍립에게 준 그 밀지의 내막을 알고있었던가?

그건 자세치않으나 전혀 몰랐다고 할수 없는 하나의 근거가 있다.

강홍립이 김응서를 묶어가지고 투항해간 그날 적장 다이곤은 그를 축하연에 불러앉히고 다음과 같이 물었다.

《그대가 오늘 이처럼 큰 의거를 단행한것이 그대 혼자의 용단인가?》

《아니 천만에… 이는 우리 상감님의 뜻이요.》

《저 김응서와 같은 용장의 수족을 얽어맨것도 그런가?》

《먼 길을 가는데 지팽이가 오히려 거치장스러우면 버려야지요. 응서는 바로 필요한 때에만 쓰이던 지팽이에 불과했단말이요.》

《그래서, 지금은 우리앞에 제물로 써도 아까울것이 없다 이거겠소?》

《하하… 우리 상감께서는 지금 쇠퇴몰락하는 명나라보다 청청한 기운으로 뻗어오르는 당신네 후금을 더 높이 보고있다오.》

이쯤되면 왕의 밀지가 과연 어떤것이였던가 하는것을 가히 짐작할수 있다.

사실 광해는 원병으로 떠나는 제장들을 불러놓고 가서 형편을 봐가며 적당히 처신하라는 말로 용기를 내여 싸울 필요가 없다는 암시를 은근히 비친바 있었다. 그래서 될수록 무능한 장졸들로 뽑아보내려 했다. 포장 강홍립이와 같은 늙다리 《구새통》을 도원수로 삼은 까닭도 실상 여기에 있었다. 단지 김응서같은 명장은 될수록 빼려고 했으나 명나라에 대한 의리를 지키려는 조신들의 압력에 못이겨 윤종하고말았다.

강홍립이 가서 적들과 변변히 싸워보지도 않고 투항한것이라던가 김응서를 적국에 잡아바치는것과 같은 반역적행위를 서슴없이 자행한 그 리면에는 바로 명나라에 대한 왕의 어떤 개인감정이 깔려있었다.

김응서는 물론 자기가 죽는 마지막 날까지도 이것을 알수 없었고 또 감히 상상도 못하였다.

일편단심 임금에게 충성을 다하였으나 나중에는 버림을 당하여 나라앞에 쌓은 그 많고많은 빛나는 위훈도 종당에는 이웃나라의 차디찬 한줌 흙속에 영영 묻혀버리고말았으니 그의 60평생도 참으로 비참한것이였다고 해야 할것이다.

1627년 이후로 청나라가 두차례씩이나 우리 나라를 대거 침범할때 강홍립이 그 길잡이로 되여 들어왔으니 김응서와 같은 충신을 배척하고 강홍립이와 같은 역적의 반역심을 조장시킨 그 후과는 너무나도 큰것이였다.

이처럼 광해군은 붕당의 권력우에 군림하여 나라정사를 망치고 수많은 근친들을 살해한 그 죄우에 또 하나의 반역자를 길러낸 죄로 하여 우리 력사에 더 치욕적인 인물로 아로새겨지게 되였다.

리 유 근

제 눈을 스스로 찔러버린 화가 최북

《눈이 보배》라는 말이 있다. 그것은 사람의 몸에서 눈이 그만큼 중요하다는 뜻이다.

눈은 누구에게나 귀중하지만 특히 그림을 그리는 화가에게서 더 말할나위없이 소중하다. 예로부터 장님작가, 소경음악가는 있었으나 맹인화가는 없었다.

그런데 세상에는 스스로 제눈을 찌른 화가가 있었다. 이제 우리가 알게 되는 최북이 바로 그런 사람이였다.

최북은 재능있는 화가였으나 경력이 거의 알려지지 않았다. 다만 몇몇 책들에 남아있는 단편적인 기록들과 일화들을 통하여 화가로서의 그의 인품과 재능을 짐작할수 있을뿐이다.

《리향견문록》에는 남공철(1760~1840년)이 최북을 알게 되여 그와 사귀였다는 기록이 있고《호산의사》라는 책에도 화가 김홍도(1760년~?)가 최북, 김득신, 리인문 등과 평생을 친하게 지냈다는 구절이 있다.

《최북이라는이는 세상에서 그 가문과 본향도 모른다.》(《리향견문록》)고 할만큼 그는 누구도 알아주지 않는 미천한 집안에서 태여났다.

그는 아침끼니를 겨우 에우고나면 점심거리를 근심해야 할만큼 가난하게 살면서 그림을 그려 근근히 생계를 유지해나갔다. 그래서 붓으로 살아가는 사람이라는 뜻으로 그는 자기의 호를 호생자라고 하였다. 그의 자는 칠칠이였다.

이는 그의 본 이름《북녘 북》자를 분해하여 만든 일곱칠자 두개로서 그 뜻은 호협하고 활달한 성품을 의미하였다.

그는 살아가기 위해 아침저녁을 가리지 않고 일했으며 평양으로부터 경상도 동래땅에 이르기까지 떠돌아다니며 그림을 그려 팔았다.

최북은 돈 있는자들이 보수를 적게 주려고 할것 같으면 대번에 성을 내여 그림을 갈기갈기 찢어버렸고 때로 인심이 후한 사람을 만나 그림의 값보다 지나친 돈을 받았을 경우에는 껄껄 웃으며 그 사람을 무랍없이 꾹 지른 다음 적당한 값만 남겨두고 나머지는 돌려주었다 한다. 또한 그림을 사가는 사람이 억지로 많은 돈을 놓고 문을 나서면 그를 다시 불러들여 거스름돈을 기어이 돌려주면서 《아따, 이사람, 값도 모르는군.》하고 사람좋게 웃었다고 한다.

하지만 돈많고 세도있는자들이 재부와 권세를 뽐내며 으시댈 때는 그자리에서 가차없이 면박을 주었다.

한번은 서평공자라고 하는 사람이 그때치고는 퍽 많은 돈 백냥을 대고 내기바둑을 두자고 하였다. 끼니도 에우기 어려운 최북에게 그런 큰 돈이 있을리 없었다. 그래도 그는 세도있는자에게 궁한 꼴을 보이기 싫어 그렇게 하기로 했다.

그리하여 두사람은 바둑판을 가운데 놓고 마주앉았다.

한동안이 지나 최북이 거의 이기게 되자 서평공자는 한수만 물리겠다고 생억지를 썼다. 일이 이쯤 되니 결기있는 최북의 뼐이 뒤틀리지 않을수 없었다: 이때 그는 한손으로 바둑판우에 놓여있는 바둑말들을 쓸어버리며 《바둑이란 오락인데 물으기를 한다면 일년가도 한판을 끝내지 못할것이다.》라고 면박을 주었다. 이런 일이 있은 후로 그는 서평공자와 다시는 바둑을 두지 않았다.

최북은 화초, 새, 짐승, 돌, 나무 등을 자유분방한 필치로 붓을 휘둘러 그리는데도 능하였고 풍자적인 그림도 재간있게 그렸으나 사람들은 산수를 잘 그린다고 하여 그를 최산수라고 불렀다.

산수화에서 발휘된 그의 재능은 조선의 자연, 특히 금강산을 끝없이 사랑한 깨끗한 마음과 결부되여있다.

최산수가 금강산을 얼마나 뜨겁게 사랑하였던가 하는것은 아래의 일화 하나만으로도 넉넉히 알수 있다.

어느날 금강산 구룡연에 찾아간 최북은 그 절묘한 경치에 넋을 잃다싶이 되였다.

최북은 흥에 겨워 취토록 술을 마셨다. 볼수록 아름답고 황홀한 자연풍경에 심취된 그의 마음은 즐겁다 못해 열광적인 격정으로 뒤번졌다. 울기도 하고 웃기도 하고 부르짖기도 하던 그는 문득 구룡연 바로 가녁에 다가서며 《천하명인 최북이 마땅히 천하명산에서 죽으리라》하고 큰소리로 웨쳤다. 그는 막 물에 뛰여들려는 순간에 그 주변 사람들의 눈에 띄워 구원되였다.

이처럼 조국의 자연을 끝없이 사랑한 최북은 산수화에 대하여 아는척하며 조금만 흐지부지하여도 참지 못하였다.

한번은 어떤 사람이 값비싼 비단을 가지고와서 여기에 산수화를 그리되 수려한 산을 감도는 물을 그려달라고 하며 거만하게 행동하였다. 이를 아니꼽게 본 최북은 비단폭에 산만 그리고 물은 그리지 않았다. 그림을 부탁한 사람은 그것을 보고 왜 물은 그리지 않고 산만 그렸는가 물었다. 그러자 최북은 《허! 종이 밖은 모두 물인데…》하고는 붓을 던지고 일어났다 한다.

성품이 강직한 최북은 아첨하는것을 극도로 증오하였고 그 어떤 경우에도 권세앞에 허리를 굽히지 않았다.
　언젠가 한 대가집에 불려갔을 때 일이다.
　최북이 그 집 대문안에 들어서니 그 집 하인은 그의 이름을 부르기가 미안하고 다르게 부를수도 없어 잠간 생각던 끝에 안쪽을 향하여《밖에 최직장이 오셨소이다.》하고 알리였다. 직장은 매우 하치 않는 벼슬이름이였다. 이 말에 그만 화가 난 최북은《어찌하여 최정승이라 하지 않고 최직장이라고 하느냐.》하고 쏘아붙였다.
　눈치밥만 먹고 사는 대가집하인은 제편에서 아니꼬운 생각이 들었던지 계면쩍은 낯색을 지으며《어느때 정승을 하셨소이까.》하고 물었다. 그 말에 최북은 화가 더 치밀었다. 《내가 어느때 직장을 하였단 말이냐. 기왕 직함을 빌어 나를 내세울바에야 어째서 정승을 버리고 직장이라고 한단 말이냐.》
　이같은 말을 내뿜은 최북은 주인을 만나보지도 않고 그자리에서 돌아가버렸다. 그러던 최북이 이번에는 서슬이 퍼런 진짜 정승의 부름을 받게 되였다. 그는 할수 없이 그림도구들을 꾸려안고 그 정승집으로 갔다. 그가 호화롭게 꾸민 넓은 대청에 들어가니 정승은 상노를 시켜 커다란 병풍을 내다가 쫙 펴놓게 하였다.
　병풍의 값진 비단과 매미날개같은 좋은 종이에서는 상긋한 나무향기가 그윽하게 풍겨왔다. 그림을 그리는 사람이라면 그 화려한 바탕에 붓을 날려 세상을 놀래우는 명화를 본때있게 그려보고싶어질만큼 잘 꾸민 병풍이였다.
　정승은 병풍과 최북을 번갈아보며 코수염을 쭝긋거렸다. 호피방석우에 올방자를 틀고앉아 상반신을 앞으로 굽힐사하고 제 두발목을 지그시 누르는 그 자세에서는 금시 불호령을 내린것 같은 어마어마한 위엄이 풍기였다. 무거운 침묵이 한동안 지루하게 흐른 뒤에야 정승은《어험!》하고 헛기침을 한번 하였다.
　《최칠칠이, 네가 산수화에 능하다지.》
　《그저 산수 그리기를 즐길뿐이옵지요.》
　짧은 침묵이 또 흐르고 이어 정승의 굵은 목소리가 다시 울렸다.
　《허허, 그럴테지… 허지만 이 병풍에는 내가 좋아하는 신선그림을 그려보아라. 어떠냐? 상은 후하게 주겠으니…》
　그 말을 들은 최북은 뺄이 뒤틀렸다.
　《황송하오나 소인은 신선이 어떻게 생겼는지 보지 못하였으니 신

선도를 그릴수 없습니다.》
《이놈, 그 무슨 발칙한 소리냐!》
정승은 상투코가 풀어질만큼 성이 꼭뒤까지 치밀어 고래고래 소리를 질렀다.
《이놈, 내가 그리라면 그릴것이지 어느 령이라고 못하겠다는 소리를 하느냐.》
《소인은 신선은 그릴줄 모릅니다.》
《이 발칙한놈, 그래 너를 죽인대두 그렇게 뻗댈테냐?》
최북은 죽인다는 그 말에도 굽어들지 않고 그냥 못그리겠다고 내뻗치였다.
정승은 호령 한마디면 순순히 굽어들줄 알았건만 최북이 그냥 순종하지 않으니 노기가 충천하여 눈이 뒤집힐 지경이였다.
최북의 얼굴도 백지장처럼 하얗게 되였다. 그림 그리는 사람을 천한 신분이라고 하여 사람대접도 제대로 하지 않는자들에 대한 쌓이고 맺힌 원한과 분노가 극도에 이른것이다.
그는 부들부들 떨리는 손으로 붓대를 더듬어잡고 장수가 칼을 뽑아들듯이 눈앞에 번쩍 쳐들었다.
그리고는 그 붓대로 자기의 한쪽눈을 꽉 찔렀다. 피가 흘렀다. 그 피는 붓대를 적시고 이어 천하의 명산을 그리던 그의 손을 붉게 물들였다. 그는 아픈것도 느끼지 못했다. 그보다는 《이놈들, 어디 한번 맞서보자.》하는 모진 마음이 앞섰다.
최북은 또박또박 점을 찍듯이 말했다.
《나에게 이 눈이 없다면 다시는 신선그림을 그리라고 하지 못할 줄로 압니다.》
세도정승도 일이 이렇게까지 될줄은 미처 생각지 못했다. 그는 《에, 그놈 말못할놈이로군!》하고는 방문을 쾅 닫아버렸다. 이 유별난 싸움에서 정승은 패하였다. 최북의 목을 치지 못하고 방문을 닫음으로써 이자는 자기가 졌다는것을 인정한것이다.
최북은 천천히 일어나 문턱을 넘어서고 대청마루에서 땅에 내려섰다. 그는 자기의 인격과 화가의 량심을 지키는 힘겨운 싸움에서 제 눈을 바치는 비싼 대가를 치르고 승리하였다.
사람들은 그후 최북을 《애꾸눈 최칠칠》 혹은 《최오수》라고 불렀다. 그는 늘 색안경을 끼고있었는데 그때는 색안경을 《오수경》이라고 하였던것이다.

한눈을 잃은 최북에게는 세상이 몹시 어두웠다. 봉건사회는 이 재능있는 화가의 눈에서 광명의 빛을 빼앗은 칠칠야밤과 같은 암흑세상이였다.

권 택 무

풍랑속에서 춤을 춘 림희지

18세기때 있은 일이다.

한척의 배가 뭍을 떠나 강화도로 가고있었다. 잔잔한 바다우에는 해빛이 너울거리고 멀어져가는 산과 들은 눈앞에서 아물거렸다. 배안에 탄 나그네들은 두런두런 이야기도 하고 뻐금뻐금 담배를 피우기도 하였다. 그중에서 유독 한사람만은 그들과 어울리지 않고 출렁이는 물에 손을 잠그어 물장난을 하며 황홀해하는 눈길로 사방을 살펴보고있었다.

장대한 키, 둥근 얼굴에 창날처럼 일어선 수염, 크고 부리부리한 눈, 그의 이런 모습에 어린애같이 물장난하는 천진스러운 행동은 누가 보아도 참으로 우스웠다. 이 사나이는 대나무와 란초 그림을 잘 그리고 생이라는 악기에 능한 림희지였다.

옛 책인 《호산의사》에는 림희지가 18세기사람(영조 41년생)으로서 자를 경부라고 하였다는 기록이 있다. 그는 중국말통역관을 뽑는 과거에 합격하였다. 비록 봉사라는 낮은 벼슬을 하였으나 사람들사이에서는 성격이 강직하고 패기가 있는 팔척 큰 키에 수염이 볼만한 기남자로 예술에 조예가 깊은 인물로 알려졌다. 림희지는 집이 매우 가난하였으나 좋은 골동품을 보기만하면 곧 구해들였는데 옥으로 만든 붓꽂개 하나만 하여도 그가 쓰고사는 집값의 두곱이나 되는 비싼것이였다고 한다. 그는 자기 집앞의 자그마한 공지에 못을 파고 쌀씻은 물까지 모아 물을 채우고는 늘 그 못가를 거닐면서 흥겹게 노래를 불렀다. 그 노래의 뜻은 대체로 림희지는 물과 달을 사랑하는 뜻을 저버리지 아니하며 저 달도 물이 맑고 탁한것을 가림없이 비쳐준다는 내용을 담고있었다.

그는 이같이 물과 달을 사랑한다는 뜻에서 달이 맑은 물, 흐린 물을 가리지 않고 골고루 비쳐주는것이 마음에 들었고 물도 맑은 때든 흐린 때든 똑같이 밝은 달을 받아안는 까닭에 마음에 들었으니 그가 물과 달을 사랑하는 리유는 고관대작이나 량반선비들이 산수를 사랑하는것과는 다른것이였다.

이러한 림희지가 지금 가난하게 살던 자기의 오두막집을 떠나 강화도의 교동으로 가고있었다.

탁 트인 하늘과 바다, 출렁이는 물결, 물우에 반짝이는 해빛, 멀어져가는 산천에 그는 마음이 온통 빨려들어가는것을 느꼈다.

집앞의 손바닥만한 못의 뿌연물을 보고도 그렇게 좋아하던 림희지가 이런 바다풍경을 보게 되였으니 어찌 그렇지 않겠는가. 그의 입에서는 어린 아이들이 그러하듯 천진란만한 감탄의 소리가 련이어 터져나왔다.

마음이 황홀해질수록 눈앞에 펼쳐지는 이 아름다운 산수를 그림으로 옮기고싶은 생각이 간절하였다. 그는 지금 보고 느끼는 모든것을 마음속에 깊이깊이 새기고있었다. 후날 그림이나 노래의 곡에서 그것이 다시금 살아나리라는것을 그는 의심치 않았다.

배는 기웃거리며 쉬임없이 나아갔고 물의 푸른빛도 점점 희미해지더니 어느새 눈앞에서 가물거렸다.

림희지는 그 아름다운 풍경을 보지 못하게 된것이 아수하였다. 사방을 둘러보니 어디에나 망망한 바다물뿐이였다.

그때 문득 바람이 불고 검은 비구름이 몰려오기 시작했다. 굵은 비방울들이 후두둑 떨어지더니 언제 날씨가 맑았더냐싶게 하늘이 어두워지고 거센 바람이 집채같은 파도를 몰아왔다. 파도는 사람들이 탄 배를 하늘높이 쳐올렸다가는 아득한 물 밑바닥으로 떨구며 거인이 장난감 가지고 놀듯하였다.

그러니 사람들은 모두 제정신이 아니였다. 비명소리, 질겁한 부르짖음, 하늘을 우러러 비는 소리, 부모처자를 부르는 소리, 한입에 삼킬듯 덮쳐드는 파도소리… 배안은 그야말로 무시무시한 풍도지옥이나 다름없었다. 한평생 만경창파를 헤쳐온 늙은 사공도 당황한 지경이였다.

그들이 탄 배가 깊은 물골안 바닥에 떨어졌다가 다시금 높이 솟아올랐을 때였다.

갑자기 소란한 파도소리를 누르며 호탕한 웃음소리가 터졌다. 그것은 기인 림희지의 웃음소리였다. 다른 사람들은 누구나 겁에 질려 아우성치건만 림희지는 즐겁게 웃고있었다.

　그는 기뻤다. 기뻐도 몹시 기뻤다. 하늘을 가리우며 룡트림하는 먹물같이 검은 비구름들, 하늘로 솟구쳐 구름의 한끝을 물어뜯다가는 어느새 산산이 부서지는 파도, 천군만마가 일시에 내닫는듯 울부짖는 바람소리, 파도의 우렁찬 웨침소리…

　장관이면 이런 장관이 또 어데 있겠는가. 이 장쾌한 광경은 돈을 주고도 살수 없고 권력의 힘으로도 눈앞에 이끌어오지 못하는 하나의 기막힌 화폭이 아닌가?!

　림희지는 당장 종이를 펴놓고 그것을 그림으로 옮겨놓고싶었다. 이처럼 값있는 체험을 하게 된것이 그에게는 더없는 행운으로 생각되였다. 그는 강렬한 격정이 가슴속 깊은곳으로부터 걷잡을길 없이 솟구쳐올라 벌떡 일어났다. 그리고 큰소리로 웃으며 저도 모르게 덩실덩실 춤을 추었다. 노한 파도와 폭풍의 위험도 그는 전혀 느끼지 못했다. 사람들의 겁에 질린 아우성소리도 그의 귀에는 들리지 않았다. 오직 기쁨과 격정만이 가슴가득 넘쳐날뿐이였다. 그 환희를 안고 너울너울 춤추는 그는 참으로 이 세상 사람이 아닌듯 했다. 다행히 폭풍우는 오래가지 않고 잦아들었다. 바람이 자고 파도는 잔잔해졌다. 하늘도 맑게 개였다. 그때에야 정신을 차린 사람들은 저마다 그를 향해 말을 건넸다.

《그 폭우와 산같은 파도가 무섭지 않습니까?》
《어떻게 그럴수가 있었습니까?》
《죽음도 두렵지 않는지요?》

　림희지는 그러는 사람들을 돌아보며 껄껄 웃었다.

《세상에 죽는것이란 누구나 한번은 당하는 례상사기 아니겠소. 허지만 이 광막한 바다 한가운데서 비바람이 태질하는 이런 광경을 보는것은 평생에 얻기 어려운 일이지요. 그러니 내 어찌 춤을 추지 않겠소.》

　산같은 파도와 사나운 폭풍우속에서 그가 춤을 춘것은 죽음을 초월한 그 어떤 기남자의 행동이 아니였다. 그것은 화폭에 담을 기세차고 장엄한 광경을 목격하고 체험한 예술가의 창조적환희의 발로였다. 언제나 생활을 체험하고 거기서 커다란 기쁨을 얻을줄 아는 것은 창작가, 예술가의 귀중한 자질이 아니겠는가.

권택무

초불에 탈번한 박연암의 《열하일기》

연암 박지원(1737~1805년)은 세상에 널리 알려진 《량반전》, 《허생전》을 비롯한 여러편의 소설들과 《총석정의 해돋이》 등 수많은 시작품들 그리고 장편기행문 《열하일기》를 쓴 작가이다.

18세기의 실학사상가이고 사실주의문학의 거장인 그의 본이름은 지원이고 연암은 호이다.

연암 박지원은 1780년에 사신을 따라 청나라를 다녀온 일이 있었다. 그때 연암은 압록강을 건너 북경을 거쳐서 멀리 열하에 이르는 긴 로정에 보고 듣고 느끼고 체험한것을 기행문형식으로 기록하였다. 그 책이 《열하일기》이다.

연암은 이 《열하일기》때문에 사이가 퍽 가까운 사람과 심히 다툰적이 있었다.

남공철의 문집 《귀은당집》의 《박산여 묘지명》이라는 글에는 《열하일기》가 불탈번한 이야기가 비교적 상세히 적혀있다.

어느날 연암이 남공철, 리무관, 박차수 등과 함께 박산여의 정자에 찾아갔을 때 있은 일이다. 박산여는 박남수라는 사람을 가리키는데 그는 연암의 친척이였다.

달밝은 밤이였다.

연암은 자기가 지은 《열하일기》를 내리읽고있었다. 사람들은 정자 한가운데 빙 둘러앉아 열심히 귀를 기울이였다. 글을 어찌나 생동하게 썼는지 외국의 거리와 산천을 눈앞에 보는듯하였다.

한동안이 지나니 박남수가 문득 심중한 음성으로 말을 건넸다.

《선생의 문장은 참으로 잘 되였습니다. 그러나 패관문학따위 기피한 글을 좋아하니 이로 하여 고전적인 옛글이 흥성해지지 못할가 두렵습니다.》

말은 점잖게 하였으나 진속은 연암이 그런 잡스러운 글을 쓰기때문에 전통적인 옛문장이 쇠퇴한다는 비난이였다.

연암은 그런 비난을 그대로 받아들일수 없었다. 그래 얼굴에 노기를 띠우며 《네가 뭘 안다고 그러느냐.》 하고 꾸짖였다.

박남수도 순순히 굽어들려고 하지 않았다. 《내가 왜 모른단 말이요》하고 사리를 따져 되받아 공박을 할 생각이 불쑥 치밀어올랐다. 하지만 이같은 말로써 고집이 센 박연암을 돌려세우지 못할것은 불보듯 뻔했다. 그런즉 제잡담하고 당대에 명망높은 문장가의 글을 망치는 화근을 제거하려면 그 《잡스러운 글》을 없애버려야 했다. 에라 술기운이 얼근한 김에 술평게를 대고 글같지 않는 글을 불사르자 이렇게 생각한 박남수는 아무말도 하지 않고 손을 뻗쳐 옆에 세워둔 초불을 집어들었다. 그리고는 무작정 연암의 손에서 《열하일기》원고를 나꿔채여 초불에 대려고 하였다. 참으로 위급한 순간이였다.

그때 박남수의 팔을 날쌔게 잡는 손이 있었다. 남공철의 손이였다. 박남수가 얼굴이 시뻘경게 되여 초불을 집어드는것을 보고 심상치 않는 기미를 눈치챈 남공철이 박남수의 후들거리는 팔을 잡아채였던것이다.

그리하여 하마트면 력사에서 영영 자취를 감출번하였던 《열하일기》는 위기를 면할수 있었다.

술기운이 씻은듯이 가셔진 연암은 북받치는 화를 억제할수 없어 그자리에 벌렁 눕고말았다.

그러자 좌중의 분위기는 춘풍삼월에 갑자기 설한풍이 들이닥친것 처럼 되였다. 모두 어찌하면 좋을지 몰라하며 연암과 박남수의 마음을 누그러지게 해보려고 수선을 떨었다.

먼저 리무관이 그림종이우에 거미 한마리를 그렸다. 박차수는 보기만 하여도 웃음이 절로 날것 같은 그 그림을 병풍에 가져다 붙이고 여덟신선이 술을 마시는 노래를 지어 그옆에 활달한 초서글씨로 휘갈겼다. 그것을 본 남공철은 또한 그림과 글이 희한하다고 입에 침이 마르게 칭찬하며 연암의 몸을 흔들어대였다.

《자, 어서 일어나십시오. 선생이 글을 하나 잘 지어야 좋은 그림, 좋은 노래에 좋은 글로 〈삼절〉이 될게 아닙니까.》

그러나 웬간해서는 좀체로 성을 내지 않았고 어찌다가 섭섭한 낯빛이여도 조금만 지나면 얼굴에 화기를 띠우군하던 연암이 이번에는 움찍도 하지 않았다.

연암은 그렇게 누운채로 새벽까지 있었다. 그렇다고 잠을 자는것도 아니였다.

그는 새벽이 되자 자리에서 일어나 옷매무새를 바로잡고 단정한 자세로 앉았다. 그때까지 옹색하게 앉아있던 사람들도 무거운 마음으로 몸가짐을 바로하였다.
《산여, 이 앞으로 나오너라.》
연암이 무겁게 한마디 하니 박산여가 주춤주춤 나앉았다.
《나는 이 세상에서 궁하게 산지가 오래되였다. 그래 글을 빌려 편안치 못한 이 심사를 토로해보려고 하였다. 내 정녕 즐거워서 글을 쓰는줄 아느냐. 너는 아직 젊고 바탕도 훌륭하니 글을 지을 때 부디 나를 배우지 말고 옛글을 홍하게 하는데 애써라. 그리하여 후날 임금의 훌륭한 신하가 되여라…》
연암은 그런다음 조용히 상우에 있는 술잔을 집어들고 서글픈 목소리로 말을 이었다.
《자, 이제는 우리 술이나 마시세.》
그는 이처럼 너그러운 도량을 보여주었다.

연암은 《열하일기》로 하여 처지가 매우 난처해진적도 있었다.
그가 청나라에 갔다온지 십이년 뒤인 1792년에 남공철이 임금에게 바친 그 무슨 대책안에는 박연암의 소설가운데 있는 약간의 문장이 인용되였었다.
이를 알게 된 보수파문인들은 소란스럽게 떠들어대였다. 당시 문화면에서 복고주의적인 정책을 실시하며 소위 《순정》한 문체를 옹호하던 왕 정조는 그 대책안을 읽고 크게 노하여 말하기를 문풍이 남공철의 글처럼 되는것은 그 근원을 따져보면 박연암의 죄가 아닌 것이 없는데 《열하일기》가 이와 같이 되였은즉 마땅히 그 책임을 물어야 하겠다고 하였다. 왕의 이 말은 《순정》한 글을 하나 지어 속죄하라는 뜻으로 연암에게 내린 명령이였다.
연암은 실로 난처했다. 박남수처럼 성이라도 낼 대상이면 좋겠지만 왕의 명령이니 거절하지도 못하겠고 그렇다하여 마음에 없는 글을 지어바칠수도 없었다.
한동안 그 궁지에서 빠져나갈 길을 모색하였으나 신통한 수는 찾아낼수 없었다. 연암은 고심하던 끝에 결국 에라 될대로 되라는 배심을 가지고 왕의 노염을 풀어줄수 있는 묘한 편지 한장을 써서 바치는것으로 굼떼버리고말았다.

권 택 무

《실사구시》의 태도로 작품을 쓴 정다산

정약용(1762~1836)은 자를 미용, 호를 다산 또 여유당이라고 하였다.

다산은 량반가정에서 태여나 스물여덟살에 과거에 급제한후 10년간 벼슬살이를 하였다. 당시 그는 실학사상의 영향밑에 불합리한 봉건사회의 현실을 바로잡기 위한 진보적인 제안들을 적지 않게 내놓았다. 그 실례로는 국가가 가난한 농민들에게 식량을 꾸어주고 받아들이는것을 롱간질하여 가혹한 착취를 하던 이른바 환자법을 철폐하며 극도로 부패문란해진 인재 선발 및 등용제도를 바로잡을데 대한 대책 등을 들수 있다. 그리고 과학기술적문제에도 관심을 돌려 한강의 배다리, 기중기를 비롯한 가치있는 설계들도 하였다.

다산은 1801년에 봉건통치배들의 미움을 사게 되여 경상도 장기와 전라도 강진에서 무려 십팔년간 귀양살이를 하였다.

이 기간에 그는 인민들의 생활처지를 리해할수 있었으며 귀중한 체험을 쌓았다.

《탐진농가》, 《탐진어가》, 《호랑이사냥》, 《여름날에》 등 수많은 시가들이 이때의 생활체험에 기초하여 창작된 작품들이다.

1818년에 귀양살이에서 풀려 고향으로 돌아온 그는 이미 집필하고 있던 《목민심서》, 《흠흠신서》 등 많은 저술에 힘쓰다가 일흔네살을 일기로 다난한 한생을 마쳤다.

그는 《여유당전서》 154권과 《정다산전서》 508권을 비롯하여 방대한 저서를 남겨놓은 백과전서적인 큰 학자였다. 또한 박연암이 소설의 대가이라면 정다산은 시와 정론에서 두각을 나타낸 작가이다.

그는 세상에 알려진 시만 하여도 2,500여편의 시를 썼고 그것으로 23권의 시집을 묶었다.

정다산은 이 수많은 작품을 통하여 부패한 봉건사회의 불합리를 비판하고 가난하고 무권리한 인민들을 깊이 동정하였다.

정다산은 일생동안 생활속에서 진실을 찾았고 반드시 그 진실에 기초하여 작품을 썼다.
 귀양살이시기 강진고을의 한쪽 구석에 자리잡고있던 그는 매일 저자를 찾아가는 사람들이며 주막에서 다리쉼을 하는 사람들과 더불어 이야기하기를 몹시 즐겼다.
 물론 처음에는 곁을 주는 사람이 없었다. 그것은 비록 《죄》를 짓고 귀양살이를 할망정 서울에서 벼슬하던 량반과는 감히 자리를 같이할수 없기때문이였다.
 그렇지만 원래 성품이 소탈한 다산은 얼마 안되여 그들과 허물없이 어울릴수 있었다. 그는 지어 농군들이 부르는 가요들을 같이 불러보며 그 노래들을 목책에 기록하였고 속담들도 수집하였다. 또한 농민들의 생활형편과 관가의 정사까지 일일이 알아보고 그 정형을 기록하였다. 그는 이 일을 심심풀이가 아니라 목적을 가지고 꾸준히 해나갔다. 후일 그것은 그의 저작에서 중요한 자료로 리용되였다.
 어느날 정다산은 음식점에 들러 이런, 저런 이야기를 나누다가 그 집 안주인이 낟알쭉정이를 바람에 날려 한곳으로 모으고있는것을 보게 되였다. 보통사람같으면 농촌아낙네들이 늘쌍 하는 일이려니 하고 생각했을것이지만 그는 그냥 스쳐버리지 않았다. 그는 녀인에게 왜 그 장난같은 일을 하느냐고 물었다. 그러자 녀인은 마을의 창고를 맡아보는 아전이 돈을 주면서 그렇게 해달라는 부탁을 하였다고 대답했다. 알고보니 이같은 부탁은 이 녀인만 받은것이 아니였다.
 다산은 무엇인가 짚이는데가 있었으나 직접 눈으로 확인하기전에는 가볍게 단정하려 하지 않았다. 그는 곧 창고지기의 동생네 집에 가서 슬그머니 살펴보았다. 그 집에는 쭉정이를 담은 섬이 산더미같이 쌓여있었다. 그것들은 창고지기가 창고의 곡식을 절취한 다음 그 수량을 보충해넣기 위하여 마련한것이였다. 창고지기는 쭉정이섬들을 몰래 창고안으로 지고가서는 다른 낟알섬과 섞어서 한섬의 낟알로 두섬, 세섬을 만들어 훔쳐간 수량을 보충하였던것이다.
 다산은 그것을 확인하고나서야 기억의 갈피속에 적어넣었다. 이런 자료들은 그가 쓴 정론의 생동한 소재로 되였다.
 실학파작가인 정다산은 이렇게 직접 눈으로 확인한것이라야 확신을 가지고 취했으며 그 자료는 자기 글에 리용하였다. 그러므로 그의 글에는 언제나 생활의 진실이 반영되였고 설득력이 있었으며 주장이 명백했다.

권 택 무

음악가의 자존심을 지켜낸 김성기

김성기는 18세기의 이름있는 음악가이다. 그는 자를 자호 또는 대재라고 하였다. 유명한 시조 시인 김천택이 그와 매우 친밀한 사이였다.

김성기는 처음에 활을 만드는 일을 하였으나 후에는 그 일을 그만두고 거문고를 배웠다.

그는 거문고를 탈 때면 날이 언제 저물고 어느새 밝는지 알지 못하였다. 다섯손가락이 거문고줄에 쓸려 피가 나도 그는 쉬지 않고 거문고를 익히고 또 익혔다. 거문고공부를 끝내고나서는 퉁소를 익혔고 그에 정통한 뒤에 비파도 배웠다. 특히 거문고 연주는 그 누구도 따를수 없는 그의 장기였다. 그래서 사람들은 그를 금사 김성기라고 불렀다. 금사는 거문고명수라는 뜻이다. 말은 간단하지만 이 명칭은 쉽게 이루어진것이 아니였다. 김성기는 거문고연주의 새로운 경지를 개척하기 위하여 참으로 피타는 노력을 경주하였다. 그는 배우기 위해서라면 그 어떤 참기 어려운 고비도 넘길줄 아는 능력을 가지고있었다.

19세기의 대표적인 시인 조수삼은 자기의 글 《기이》에서 김성기가 왕세기라는 사람을 스승으로 모시고 음악을 배울 때 있은 한토막의 흥미있는 이야기를 아래와 같이 전하고있다.

왕세기는 탐구심이 있고 음악에 대한 요구성도 이만저만이 아니였으나 제자들을 가르치는데서는 허심하지 못한데가 있었다. 그는 자신이 직접 만들었거나 얻은 훌륭한 새 곡은 제자들에게 가르쳐주지 않고 누구도 모르게 혼자서 거문고로 타보군했다. 그래도 배움에 열중한 제자의 눈만은 피할수 없었다. 그 새 곡이 이튿날에는 반드시 김성기의 거문고줄에 오르군했다.

어쩌다가 이를 알게 된 왕세기는 놀라지 않을수 없었다. 아무도 모르게 거문고줄에 올려 튕겨본 곡을 김성기가 시치미를 떼고 태연

하게 둥당둥당 타고있는것이 아닌가. 그 솜씨도 선생보다 못하지
않으니 어찌된 영문인가. 참으로 귀신이 곡할 노릇이였다. 그러던
어느날 밤, 왕세기는 새 곡을 하나 얻은 기쁨을 안고 거문고를 타
고있었다. 그것은 진정 마음에 드는 곡이였다. 거문고의 맑고 아름
다운 소리는 밤의 고요를 흔들며 방안에 은은히 차넘쳤다. 그런데
한참 거문고줄우에서 신명나게 춤을 추던 손이 갑자기 멎었다. 괴
이한 미세음이 문득 끼여들었던것이다. 그것은 아름다운 음악소리
로 가득차있는 세계에 불쑥 뛰여든 잡음이였다. 음감이 예민한 왕
세기는 그 이색적인 음을 곧 포착하고 눈을 크게 떴다. 여느 사람
은 느끼지조차 못할 정도로 미세한 음이였으나 이 일류음악가의
귀에는 벼락치는 소리나 다름없이 들리였다. 그 음은 분명 창밖에
서 울리였다. 륙감의 목소리가 귀가에 속삭였다. 김성기, 성기가
틀림없다. 혹시 성기가? 그럴수도 있어! 왕세기는 무릎우의 거문
고를 소리 안나게 내려놓고 가만히 일어나 창문을 열었다.

　그와 동시에 쿵하고 무엇인가 땅에 떨어지는 소리가 났다. 왕세
기의 짐작이 맞았다.

　김성기였다. 방안에서 흘러나오는 음악소리에 온몸의 신경을 집
중하고있던 그가 문을 여는바람에 몸을 가누지 못하고 대청아래로
떨어지며 엉덩방아를 찧었던것이다.

　김성기는 즉시 방안으로 들어와 선생앞에 무릎을 꿇었다. 버릇없
는 행동을 한데 대하여 진심으로 용서를 빌었다.

　하지만 용서를 비는 제자 이상으로 마음이 죄스러워 얼굴을 들지
못한것은 선생이였다. 이토록 배움에 열중하는 김성기의 마음을 알
려고 하지 않고 새 곡을 제때에 가르쳐주지 않은 자기의 옹졸한 행
위가 부끄러워 제자를 마주볼 면목이 없었다. 선생은 김성기의 손
을 덥석 잡았으나 아무말도 못하였다.

　그후 왕세기는 자기가 알고있는것은 어느하나도 숨기지 않고 김
성기에게 죄다 가르쳐주었다.

　김성기가 왕세기에게서 열심히 음악을 배울 때의 이야기로 조수
삼은 시 한수를 지었다.

　　새 악곡 몇가락을 남몰래 익힐적에 창문뒤에
　　그 제자는 배우려고 애썼다네

스승은 탄복하여 새 악곡 전하며 말했네
　바라노니 나처럼 옹졸하지 말아주오

　배움의 크나큰 열망으로 옹졸한 스승도 감복시킨 김성기는 마침내 가장 아름다운 곡을 지어내는 참다운 음악가로 되였다. 또한 그는 선생이 바란대로 옹졸하지 않았다. 그는 자기의 새 악부를 음악을 공부하는 사람들에게 아낌없이 내놓았다. 그가 지은 악부로 이름을 떨친 사람도 적지 않았다.
　김성기는 음악을 배울 때 남다른 열성을 기울였을뿐아니라 음악가로서의 존엄을 굳게 지킬줄도 알았다.
　김성기는 늘그막에 서울의 서호라는 물가에서 고기잡이를 하며 살아갔다. 그는 늘 도롱이 입은 차림으로 작은 쪽배에 몸을 싣고 낚시질을 하였다. 사람들은 고요히 떠있는 쪽배우에서 낚시대를 드리우고 앉아있는 신선같은 그의 모습을 언제나 볼수 있었다. 이따금 음악을 연주하여도 의식에는 걱정없이 편안한 생활을 할수 있었으나 그는 구태여 그 길을 택하려 하지 않았다. 권세와 부귀를 뽐내는 량반벼슬아치들과는 상대조차 할 생각이 없었던것이다. 그래도 반가운 벗이나 자기를 진정으로 알아주는 사람이 찾아오면 즐겨 거문고를 뜯고 퉁소를 불었으며 한잔술에 거나하게 취해보기도 하였다. 때로는 친구를 데리고 물가에 나가 낚시대를 드리우고 그와 한담도 하였고 퉁소의 구슬픈 곡조도 들려주었다.
　그래서 이때 그는 자기의 호를 조은(고기잡이를 하며 숨어산다는 뜻)이라고 하였다.
　김성기는 달이 휘영청 밝은 밤을 무척 좋아했다. 둥근 달이 두둥실 떠올라 잔잔한 물우에서 흐늘거릴 때는 배를 물가운데 세워놓고 퉁소를 불었다.
　청아하고 구슬픈가하면 어느새 흥겨워지고 느리고 은은한 선률이 불시에 잦은 가락으로 넘어가기도 하는 그 퉁소소리는 듣는 사람으로 하여금 가슴을 그러쥐게 하였다. 지나가던 사람들은 모두 걸음을 멈추고 그 신비로운 음향에 귀를 기울였고 땅에 못박힌듯 좀처럼 자리를 뜨지 못하였다. 물결우에서는 달이 춤을 추고 하늘에서는 뭇별들이 깜박거리며 들었다. 흔들거리는 쪽배에 앉아 낚시대를 드리우고 앉아있는 김성기는 마치 퉁소의 맑고 아름다운 곡조로 우주를 다스리는 신선같았다. 그렇다고 하여 근심걱정없이 편안하게 살아간것만은 아니였다. 한양성안의 고관대작들과 세도있는 량반벼슬아치들의 초청은 시끄러울 정도였다. 그자들은 금사 김성기가 불려가기를 원치 않으니 사람을 여러번 보내여 달래보기도 하였고 심지어 험한 말로 위협까지 하였다.

물론 도고한 김성기는 그들의 초청에 잘 응하지 않았다.

당시 왕궁의 종가운데 호룡이라는자가 있었다. 호룡은 무고한 사람들에게 반역죄를 씌워 밀고하고 그 공로로 귀족칭호까지 받은자였다.

임금의 신임을 얻은 이자는 교만방자하기가 이를데 없어 못하는 짓이 없었고 그 세도는 세도재상에 뒤지지 않을 정도였다.

호룡은 어느날 저희 무리를 모아놓고 큰 잔치를 베풀었다. 잔치가 한참 고조에 이르러 좌중의 기분이 허공에 둥둥 뜨게 되니 이자는 문득 당대의 제일가는 거문고 명수 금사 김성기를 불러다가 흥을 돋구어보고싶은 생각이 들었다.

그리하여 기세등등한 그 집 하인이 황금빛안장을 얹은 좋은 말을 이끌고 서호가의 김성기의 집을 찾아왔다.

김성기는 제 주인의 세력을 믿고 갖지 않게 구는 호룡이네 집 하인의 거동이 아니꼽기 짝이 없었으나 처음에는 몸이 불편하여 갈수 없노라고 점잖게 거절하였다. 그자는 얼굴을 붉으락푸르락하다가 하는수 없이 돌아가서 호룡에게 김성기의 말을 그대로 전하였다.

호룡은 대노하여 다시 사람을 보냈다. 하지만 그도 역시 혼자 돌아왔다. 그것을 본 호룡은 기가 뻗쳐 펄펄 뛰였다. 그리고는 또 사람을 보내고 그가 풀기없어 어깨가 처져 돌아오니 야수같이 으르렁거리며 선자리에서 되돌려세웠다.

호룡은 그냥 주저앉을 잡도리가 아니였다. 네가 내 말을 거역하고 어디 무사할가보냐 하는 무언의 호령이 이 피이한 《초청》에 암시되여있었다. 그러하건만 금사 김성기는 서호물가에 뿌리박은 바위처럼 끄떡도 하지 않았다.

마침내 호룡은 더 참지 못하고 분통을 터뜨렸다.

《성기, 네가 오지 않고 나를 욕되게 한다면 나도 너를 크게 욕보일것이다! 너희들은 지금 끝 가서 나의 이 뜻을 말해라. 그래도 어디 아니오나 보자!》

주인이 수염을 부르르 떨며 씹어뱉듯하는 그 말을 들은 심부름군 서넛이 또 서호가로 찾아갔다. 그들은 김성기가 친구들을 맞아들여 비파를 한창 뜯고있는 순간에 그의 집에 들이닥쳤다.

김성기는 그들에게서 서슬이 퍼런 호롱아 위협공갈하는 말을 듣자마자 비파를 들어 마당에 힘껏 내동댕이쳤다. 갑자기 비파 깨여지는 소리가 아츠럽게 울리니 문가에 서있던 호롱이네 집 사람들은 후뜰 놀라 한발 물러섰다.

《호롱아, 내 나이 일흔이다. 어찌 너따위를 두려워할 나이겠느냐. 네가 본시부터 사람들을 반역죄로 고발하여 죽이는 버릇이 있는데 나도 그렇게 하겠단 말이지, 죽일터이면 죽여라.》

김성기는 제 눈앞에 호롱이가 있는것처럼 추상같이 단죄하고나서 심부름 온 사람들에게 어서 돌아가 이 말을 그대로 전하라고 일렀다.

그렇듯 세력이 당당하고 남을 모함하기 잘하던 호롱이도 이번만은 어쩔수가 없었다.

호롱은 이를 부드득 갈았으나 김성기의 터럭 한오리 다치지 못하고 분한 제 가슴만 두드렸다.

그후 김성기는 성안에서 사람들이 찾아와 음악을 듣고싶다고 할때는 즐겨 거문고를 타고 퉁소를 불었으나 성안에 들어와 연주해달라고 하면 단호히 거절하였다.

김성기의 이런 행동에 대하여《리향견문록》의 필자는 대략 아래와 같이 말했다.

《…김성기가 강기슭에서 가난하게 살며 한생을 마치려고 하였으니 어찌 지키는것이 없이야 그럴수 있었겠는가. 또한 호롱과 같은자를 분기에 차서 꾸짖었으니 그 기품은 범하지 못할바가 있는것이 아닌가. 참으로 사대부들로서 지조가 없이 비적무리에게 굽어드는자들은 모두 김성기의 행위를 보고 부끄러워할줄 알아야 할것이다.》

금사 김성기가 불의의 권력앞에서 끝내 지켜낸것은 음악가의 량심과 자존심이였다. 목숨을 빼앗길지언정 음악가의 자존심은 더럽힐수 없다는 그 깨끗한 량심이 김성기로 하여금 그처럼 강의하게 행동할수 있게 하였던것이다.

권 택 무

노래를 불러 죽음의 고비를
넘긴 권삼득

《네 이놈, 삼득아, 네 죄를 알겠느냐?》
 전라도 익산고을의 남산마을 한가운데 으리으리하게 솟아있는 솟을대문안에서 이런 엄엄한 호령소리가 울려나왔다.
 때는 지금부터 약 200년전인 18세기말이였다. 이 집은 익산고을에 흩어져 살고있는 권가성 가진 사람들의 종가집이고 호령을 하고 있는 대청마루우의 풍채좋은 중늙은이는 집주인인 권가네 종손이였다. 종가집이라는것은 조상의 신주를 위해두고 제사를 지내는 대대로 내려오는 맏자손의 집이요 종손이란 종가집의 주인인 맏자손을 가리키는 말이다. 옛날 이 종손이라는 인물들은 조상의 제사를 맡아 지낸다는것을 코에 내걸고 그 가문에서 얼마간 《주인》노릇을 하였다. 종손들은 친척들에게 제사의 명목으로 재물을 바칠것을 강요하였으며 심한 경우에는 가문과 관계되는 문제를 운운하며 친척들을 모아놓고 친족재판놀음을 벌리기도 하였다.
 지금 바로 그러한 재판놀음이 익산고을 권가네 종가집에서 벌어지고있었다.
 종손은 대청마루우에 화문석돗자리를 펴고 올방자를 틀고앉아 부채를 쥔 손으로 마루바닥을 탕탕치며 벌써 세번째나 같은 말로 죄를 따졌다. 하지만 마당 한가운데 꿇어앉은 권삼득은 말 한마디 없이 머리를 숙이고있을뿐이다.
 눈섭 한오리도 까딱하지 않는 삼득은 마치 돌부처같았다. 얼핏보기엔 그저 바위처럼 무겁고 태연한 자세였으나 실상 그의 가슴속에서는 불이 일었다. 그는 어금이가 아프도록 입을 앙다물고
 《나에게 무슨 죄가 있단 말이요. 나는 죄가 없소.》하는 웨침소리가 터져나오는것을 간신히 억제하고있었다.
 변호를 해도 죽이자고 잡도리를 하는 사람에게 통할리가 없고 항의를 하여도 량반가문과 종손의 권세라는 어마어마한 《바위》에 닭알을 던지는것과 다를바 없음을 잘 아는 삼득은 차라리 침묵을 지킬 작정이였다.

주인이 수염을 부르르 떨며 씹어뱉듯하는 그 말을 들은 심부름군 서넛이 또 서호가로 찾아갔다. 그들은 김성기가 친구들을 맞아들여 비파를 한창 뜯고있는 순간에 그의 집에 들이닥쳤다.

김성기는 그들에게서 서슬이 퍼런 호롱아 위협공갈하는 말을 듣자마자 비파를 들어 마당에 힘껏 내동댕이쳤다. 갑자기 비파 깨여지는 소리가 아츠럽게 울리니 문가에 서있던 호롱이네 집 사람들은 후뜰 놀라 한발 물러섰다.

《호롱아, 내 나이 일흔이다. 어찌 너따위를 두려워할 나이겠느냐. 네가 본시부터 사람들을 반역죄로 고발하여 죽이는 버릇이 있는데 나도 그렇게 하겠단 말이지, 죽일터이면 죽여라.》

김성기는 제 눈앞에 호롱이가 있는것처럼 추상같이 단죄하고나서 심부름 온 사람들에게 어서 돌아가 이 말을 그대로 전하라고 일렀다.

그렇듯 세력이 당당하고 남을 모함하기 잘하던 호롱이도 이번만은 어쩔수가 없었다.

호롱은 이를 부드득 갈았으나 김성기의 터럭 한오리 다치지 못하고 분한 제 가슴만 두드렸다.

그후 김성기는 성안에서 사람들이 찾아와 음악을 듣고싶다고 할 때는 즐겨 거문고를 타고 통소를 불었으나 성안에 들어와 연주해달라고 하면 단호히 거절하였다.

김성기의 이런 행동에 대하여 《리향견문록》의 필자는 대략 아래와 같이 말했다.

《…김성기가 강기슭에서 가난하게 살며 한생을 마치려고 하였으니 어찌 지키는것이 없이야 그럴수 있었겠는가. 또한 호롱과 같은자를 분기에 차서 꾸짖었으니 그 기품은 범하지 못할바가 있는것이 아닌가. 참으로 사대부들로서 지조가 없이 비적무리에게 굽어드는자들은 모두 김성기의 행위를 보고 부끄러워할줄 알아야 할것이다.》

금사 김성기가 불의의 권력앞에서 끝내 지켜낸것은 음악가의 량심과 자존심이였다. 목숨을 빼앗길지언정 음악가의 자존심은 더럽힐수 없다는 그 깨끗한 량심이 김성기로 하여금 그처럼 강의하게 행동할수 있게 하였던것이다.

권 택 무

노래를 불러 죽음의 고비를
넘긴 권삼득

《네 이놈, 삼득아, 네 죄를 알겠느냐?》

전라도 익산고을의 남산마을 한가운데 으리으리하게 솟아있는 솟을대문안에서 이런 엄엄한 호령소리가 울려나왔다.

때는 지금부터 약 200년전인 18세기말이였다. 이 집은 익산고을에 흩어져 살고있는 권가성 가진 사람들의 종가집이고 호령을 하고있는 대청마루우의 풍채좋은 중늙은이는 집주인인 권가네 종손이였다. 종가집이라는것은 조상의 신주를 위해두고 제사를 지내는 대대로 내려오는 맏자손의 집이요 종손이란 종가집의 주인인 맏자손을 가리키는 말이다. 옛날 이 종손이라는 인물들은 조상의 제사를 맡아 지낸다는것을 코에 내걸고 그 가문에서 얼마간 《주인》노릇을 하였다. 종손들은 친척들에게 제사의 명목으로 재물을 바칠것을 강요하였으며 심한 경우에는 가문과 관계되는 문제를 운운하며 친척들을 모아놓고 친족재판놀음을 벌리기도 하였다.

지금 바로 그러한 재판놀음이 익산고을 권가네 종가집에서 벌어지고있었다.

종손은 대청마루우에 화문석돗자리를 펴고 올방자를 틀고앉아 부채를 쥔 손으로 마루바닥을 탕탕치며 벌써 세번째나 같은 말로 죄를 따졌다. 하지만 마당 한가운데 꿇어앉은 권삼득은 말 한마디 없이 머리를 숙이고있을뿐이다.

눈썹 한오리도 까딱하지 않는 삼득은 마치 돌부처같았다. 얼핏보기엔 그저 바위처럼 무겁고 태연한 자세였으나 실상 그의 가슴속에서는 불이 일었다. 그는 어금이가 아프도록 입을 앙다물고

《나에게 무슨 죄가 있단 말이요. 나는 죄가 없소.》하는 웨침소리가 터져나오는것을 간신히 억제하고있었다.

변호를 해도 죽이자고 잡도리를 하는 사람들에게 통할리가 없고 항의를 하여도 량반가문과 종손의 권세라는 어마어마한 《바위》에 닭알을 던지는것과 다를바 없음을 잘 아는 삼득은 차라리 침묵을 지킬 작정이였다.

넓은 대청마루우에 주런이 벌려앉은 일가들은 그의 입에서 항복하는 소리가 나올것을 은근히 기다리였고 대청아래 멍석자리에 앉은 삼득의 아버지와 형도 제발 잘못했으니 살려주시오 하기만을 마음속으로 빌고있었다.

바다밑처럼 답답한 종가집 사랑채에서는 침묵속에 시간이 자꾸 흘렀다.

이윽고 종손의 입에서는 노한 목소리가 또 터져나왔다.

《삼득이 이놈, 네가 네 죄를 아직도 모른다면 내가 다시한번 이를것이니 똑똑히 듣거라. 네가 량반집 자손으로 태여났으면 마땅히 옛 성현의 글을 열심히 공부하여 과거에 급제하고 조상전래의 가문을 빛내이며 영화를 누리는것이 마땅한 도리가 아니냐. 헌데 너는 그런 생각은 털끝만치도 하지 아니하고 밤낮 천한 광대들과 한동아리가 되여 밀려다니면서 되지 않는 소리공부만 한다니 이게 어디 량반집 자손으로서 할짓이냐. 그로하여 너의 체면이 깎이는것은 더 말할나위도 없고 우리 가문을 더럽히며 조상을 욕되게 하는짓임을 네가 정녕 모를리 없으렸다. 그런즉 불효이면 이보다 더한 불효가 어데 있으며 불충이면 이보다 더한 불충이 어데 있으리오. 그러니 네 죄를 어떻게 다스려야 하겠느냐.》

종손이 말을 마치자 삼득은 숙였던 고개를 들었다. 그 순간 술좋은 채수염속에 묻혀있는 허여멀쑥한 얼굴이 안겨오며 가슴속에서 분노가 부글부글 끓어올랐다.

가문을 더럽히고 조상을 욕되게 한것이 과연 누구인가, 종손을 턱에 걸고 땔나무를 해다 바쳐라, 량식을 가져와라 하고 달달 볶으며 가난한 친척들을 얼마나 못살게 굴었던가, 조상제사 핑게로 고기, 쌀, 기름, 엿, 과실, 꿀, 종이와 먹까지 다 끌어들여 제사에는 눈꼽만치 쓰고 기생집 출입하느라 그 아까운 재물을 마구 허비하고 그것도 성차지 않아 조상전래의 전답과 귀중한 책까지 팔아먹은 주제에 누구를 불충불효하다고 하느냐. 삼득은 머리를 세차게 흔들고나서 종손의 비위좋게 부둥부둥한 얼굴을 똑바로 쳐다보며 입을 열었다.

《제가 소리공부를 하는것이 가문을 더럽히고 조상을 욕되게 하는 짓으로서 죽을 죄로 된다고 하신 말씀은 리치에 맞지 않는줄로 압니다.》

조용하면서도 분명한 이 말에 사람들은 모두 아연실색하였다. 재판관인 종손의 입에서는 《으흠》 하고 신음소리같은것이 새여나왔고 배심원처럼 옆에 앉아있던 사람들의 눈들도 올빼미처럼 올롱해졌다. 그런가 하면 뜰에 쭈그리고 앉은 삼득의 아버지와 형은 진땀을 흘리고있었다.

"소리공부가 그렇게 원이라면 우선 이자리를 모면해놓고 나중에 타고장으로 달아나서 하고싶은대로 하면 될것이 아니냐, 지금 당장은 목숨을 건지기 위해 마음에 없더라도 다시는 소리를 안하겠습니다 하고 한마디 말만 하려무나, 너는 왜 자꾸 그렇게 엇나가느냐, 삼득의 아버지와 형은 입을 다물고있었지만 긴장하여 돌처럼 굳어진 온몸으로 이런 말을 하고있었다. 삼득은 그 무언의 말을 알아들었고 리해하였다. 그래도 비겁하게 거짓말은 할수 없었다. 잠시 숨가쁜 침묵이 흘렀다. 무엇이 두려운지 주련이 앉은 사람들은 지침하는것조차 조심하는것 같았다. 종손은 《어—허, 으으—음—》 하고 탄식인지 신음인지 모를 애매한 소리를 내였고 누군가 길게 한숨을 내뿜었다. 삼득은 침착한 눈길로 주위를 살펴보고 하던 말을 계속했다.

《옛날부터 시가라고 하여 시와 소리를 함께 일컬었습니다. 그러니 량반사대부들이 시를 읊조리고 거문고를 타는것이나 광대들이 소리를 하고 가야금을 타는것이 어찌 다르다 하오리까. 시가는 다 백성을 교화하는것인데 어찌 시를 짓는것은 량반의 체면을 깎이지 않고 소리를 하는것만 조상을 욕되게 하는짓으로 되오리까.》

사리있는 이 말에 종손은 대답이 궁했다. 사실 량반사대부들이 써놓은 글을 놓고 말해도 삼득의 주장은 틀리지 않았다.

그러나 엄연히 현실은 시가 량반들의 품위를 돋구어주고 소리는 천한 광대들만 하는짓으로 되여있었다. 그런즉 삼득의 주장을 꺾자면 관습의 힘을 빌어야 하였다.

그것을 느낀 종손은 《어험》 하고 마른 기침을 한 다음 좌우를 돌아보며 틀스럽게 말했다.

《여기 모이신 일가분들이 다 들으신것처럼 저 삼득이는 천만가지로 타일렀으나 제 고집만 세우고있으니 더는 고칠 가망이 없소이다. 그런즉 우리 권씨가문을 위하고 조상의 뜻을 받들기 위해서는 부득이 저놈을 저승으로 보내는 길밖에 없소이다. 여러분들의 의향은 어떠하신지요?》

종손의 말을 듣고 사람들은 어떻게 할가 하고 망설였다. 천한 광대가 되여 소리를 하겠다는것은 괘씸했으나 아저씨가 아니면 조카벌되는 사람을 죽인다는것은 쉽게 결정지을 일이 아니였다. 그렇지만 누구도 선뜻 나서지 못했다. 이런 일에서는 언제나 종손의 주장대로 되기마련인것이다. 설사 반대한다 해도 일은 일대로 틀릴뿐 아니라 뒤탈이 미칠수 있다는것을 그들은 잘 알고있었다. 그리하여 사태는 끝내 삼득을 죽이기로 결정짓는데까지 이르고말았다.
《얘들아!》 하고 종손이 소리를 지르니 종가집에 매여사는 청지기와 하인들이 황급히 달려나왔다.
《저 삼득이놈을 결박하여 멍석말이를 하고 작두를 준비해라.》
 령이 떨어지기 바쁘게 청지기의 지휘밑에 하인 여럿이 삼득이에게 달려들어 그의 상투코를 풀어헤치고 결박을 지었다. 그런후에 삼득이 깔고 앉았던 멍석으로 그를 둘둘 말아 되는대로 한옆에 놓고 날이 시퍼렇게 선 작두를 내왔다. 그들의 손은 몹시 떨렸다. 여느 량반과는 다르게 천한 종들과도 곧잘 어울리던 삼득을 저희들의 손으로 죽여야 한다고 생각하니 기가 막혔다. 그래도 짐승이나 다름없는 취급을 받는 그들로서는 별도리가 없었다.
 멍석에 말린 몸으로 작두날을 베고 누워있는 삼득의 운명은 바람앞의 등불같았다. 그 참혹한 모양을 본 아버지와 형은 삼득이앞에 다가가서 머리를 받쳐주며 눈물로 애원하였다.
《삼득아, 제발 고집부리지 말고 이제라도 광대노릇 그만두겠다고 한마디만 해라. 이 형의 간절한 부탁을 들어다오.》
《이 미련한 소새끼야, 늙은 애비의 간장을 말려죽이려고 빈말 한마디도 안한단 말이냐.》
 코를 훌쩍이는 소리, 얼굴에 뚝뚝 떨어지는 뜨거운 눈물방울…
삼득은 고개를 슬며시 외로 틀고 눈을 감았다.
 가난한 살림살이에 허리가 낫처럼 ㄱ자로 굽어진 아버지이고 손이 거북등처럼 된 형이였다. 자기를 끔찍이 사랑해주면서도 소리를 한다고 지게작대기로 종아리를 후려치던 혈육이였다. 아버지와 형의 얼굴을 치여다보는 삼득의 눈에는 추연한 빛이 흘렀다. 그는 잠시후 아버지와 형이 목없는 제 몸뚱아리를 붙들고 얼마나 통곡하겠는가 하는 슬픈 생각을 하였다. 이들을 위해서라도 광대노릇을 그만두겠다는 말을 해야 하지 않겠는가, 그 말 한마디면 목숨을 건지고 아버지와 형을 따라 집으로 돌아갈수 있다.
그러면 집에 이르기 바쁘게 어머니는 버선발로 뛰여나와 목놓아 울것이며 안해 역시 눈물을 흘리면서 까무러칠듯이 기뻐할것이다.
《삼득아, 제발 부탁이다. 광대노릇 그만두겠다고 한마디만 하여라. 제발 한마디만 말이다.》
아버지와 형은 량켠에서 그의 머리를 받들고 기대를 담은 눈길로 내려다보며 애원하였다. 그래도 삼득은 끝내 머리를 가로저었다. 목숨을 바칠지언정 사랑하는 노래를 버릴수 없었다. 당장 목이 날아나더라도 구차하게 소리부르는것을 버리겠다고 거짓말을 할수도 없었다.
하는수없이 삼득의 머리를 작두날우에 도로 얹고 물러난 아버지도 형도 울음을 터뜨렸다. 이제는 삼득의 목숨을 구할 길이 영영 막힌것만 같았다.
그 눈물겨운 정상을 무표정하게 내려다보고있던 종손이 마지막으로 《자비》를 베풀었다.
《삼득에게 술 한사발을 먹이고 마지막 소원을 말하게 하라.》
그러자 하인 하나가 술사발을 들고 삼득이앞으로 다가갔다. 하지만 삼득은 사형을 당하는 사람이 받는 그 마지막 술 한사발을 머리를 저어 거절하였다. 그는 고개를 돌려 서산에 걸린 해를 서글픈 눈길로 바라보고나서 《내 평생소원인 소리 한마디를 부르고 이 세상을 하직하고싶소.》하고 조용히 말했다.
그 말을 들은 종손은 미간을 찌프리였으나 곧 손을 내저었다.
《삼득의 결박을 잠시 풀고 원대로 해주어라.》
이윽고 삼득은 멍석자리우에 천연히 앉았다. 마당 한쪽에 서있는 오동나무의 애어린 잎사귀 하나가 떨어져서 그의 귀부리를 스치는듯하였다. 그 정다운 음향은 그를 소리의 세계에로 끌어들였다.
죽음도 안중에 없이 저도 모를만큼 자연스럽게 소리가 울려나왔다. 차츰 가슴속에 울분이 치밀어오르고 그 울분으로 하여 노래소리가 더욱 고조 되였다.
죽음을 초월한 노래소리, 량반세상을 저주하는 분노로 뒤끓으며 정답고 살틀한 모든것과 리별하는 그 노래소리는 굳은 쇠도 녹이고 바위도 뚫을만큼 뜨겁고 절절하고 비장하였다.
목숨은 잃을지라도 진정한 예술, 백성을 교화하는 음악은 버릴수 없다는 그의 비장한 결심과 굳센 의지에 주눅이 들고 그 크나큰 예술의 힘앞에 굴복하지 않을수 없었던 종손은 삼득이를 감히 죽이지 못했다.

결국 이날 집안재판에서는 삼득을 권씨가문에서 내쫓기로 결정하였다.

그리하여 삼득은 량반신분을 박탈당하였다. 하긴 그 량반이라는 신분자체가 원래 그에게는 껍데기만 남은 빈 이름뿐이였다.

삼득이네는 조상 뼈다귀가 량반이라니 량반집안인가 했지 갓쓰고 도포입고 집구석에 앉아있을 겨를이라고는 일년에 하루도 없었다. 삼득은 그 까다롭고 거치장스러운 량반허울을 벗어버리고나니 오히려 마음이 홀가분했다. 또한 량반신분에 구애되지 않고 마음껏 노래를 할수 있게 된것이 여간 다행스럽지 않았다.

노래를 불러 죽음의 고비를 넘긴 권삼득은 그날부터 광대가 되여 한생을 보냈다. 그가 부르는 노래는 현란하지 않았으며 고저장단에 빈틈이 없고 정확하였다. 그는 목청이 아주 고왔다. 그러므로 늙은이, 젊은이, 남자, 녀자 할것없이 누구나 그의 노래를 사랑하여 즐겨 들었다.

박연암은 량반을 판 선비를 풍자했지만 권삼득은 그 량반신분이라는것을 내던지고 스스로 광대가 되였다.

그는 예술을 천시하는 량반사회에 견결히 항거한 반항아였다.

권 택 무

방랑시인 김삿갓

1. 아버지와 아들

맑게 개인 가을날이였다.

평안도에서 황해도로 통하는 흑교근처의 고개길에는 두사람이 천천히 걸음을 옮기고있었다.

한사람은 삿갓을 써서 용모를 볼수는 없으나 걸음걸이를 보아서는 그가 벌써 50가까운 늙은이라는것을 대번에 느끼게 한다. 그리고 그뒤로는 30이 넘어보이는 중년배의 사나이가 천천히 따라가고 있었다.

점심참이여서 그러는지 추수를 앞둔 들판은 조용하였다. 더구나 고개길에 들어서니 적막감을 느낄 정도로 주위는 고요하였다.

《다리가 아파서 못걸겠다. 좀 쉬여서 가자꾸나.》

늙은이는 삿갓을 벗으며 목쉰 소리로 말했다.

《아버님, 아직 십리도 못왔습니다.》

아들은 딱하다는듯, 그러면서도 못마땅해하는 목소리로 말하였다.

《그래도 어찌겠느냐? 쉬여가자.》

늙은이는 그자리에 주저앉았다. 아들은 한숨을 내쉬고 맥없이 아버지곁에 앉았다. 빨리 걸음을 다그쳐야만 오늘 저녁에 원이 있는 마을까지 갈수가 있었다. 자칫하다가는 낯선고장에서 로숙을 하여야만 했다. 그러나 어쩔수 없는 일이였다.

늙은이는 풍자시인 김삿갓이고 곁에 앉은 젊은이는 아버지를 찾아 헤매던 그의 아들 익균이였다.

김삿갓이 자기 집을 떠나 방랑생활을 하던 그때 익균이는 아직 강보에 싸여있어 아무것도 모르고있었으나 자라나면서 점차 아버지 없는 자식으로서의 설음을 느끼기 시작하였다.

사람들은 어린 익균을 보면 공연히 《애비 없는 자식》이라는 말을 했고 아이들은 아버지가 어디에 갔느냐 하며 놀려대기까지 하였다. 익균은 그런 말을 들을 때마다 어린 마음에도 설음을 금할수가 없었다.

익균은 철이 들자 자기의 아버지가 방랑객노릇을 하고있다는것을 알게 되였다.

그는 유명한 김삿갓이야기를 자주 들었다.

김삿갓—삿갓을 쓰고 이 나라 방방곡곡을 돌아다니는 사람, 항간에서는 가끔 그를 미친 사람이라고도 하였다. 익균은 그가 바로 자기의 아버지라는것을 알았을 때는 소스라치게 놀랐다.

익균이 아버지를 찾아 처음으로 떠난것은 열여덟살나던 해였다. 곡산장마당에 나갔다가 며칠전에 김삿갓이 이고장을 지나갔다는 말을 들은 익균은 아무런 타산도 없이 주먹을 부르쥐고 그의 뒤를 따라갔다.

익균은 이틀만에 드디여 김삿갓을 따라잡았다.
 김삿갓은 어느 마을어구에서 어린애들과 이야기를 하고있었다. 아니, 정확히 말한다면 어린애들의 놀림을 받고있었다.
 《할아버지, 맑은 날에 삿갓은 왜 쓰시나요.》
 《오늘 우리 집에 오셔요. 떡을 해드릴테니.》
 김삿갓은 어린애들의 귀에 대고 뭣이라고 중얼거렸다. 그러자 어린애들은 《와—》하고 웃음을 터뜨리며 김삿갓의 어깨며 팔에 매여달렸다.
 아이들에게 놀림을 당하고있는 아버지, 마가을이 닥쳐왔는데도 홑옷을 입고있는 아버지의 모습을 보는 익균이는 눈물이 왈칵 솟아올랐다.
 《이녀석들아! 썩 물러가지 못하겠느냐?》
 익균은 길가에 놓여있는 나무막대기를 들고 아이들에게로 달려갔다. 아이들은 영문을 몰라 달려오는 익균을 물끄러미 쳐다보았으나 그 살기띤 모습을 보고서는 모두 흩어져달아났다.
 《아버지, 이 불효자의 절을 받으십시오.》
 익균은 삿갓을 쓰고 돌부처처럼 옴짝 안하고 앉아있는 김삿갓의 앞에 무릎을 꿇고 엎드렸다.
 《젊은이는 누구인고?》
 처음 듣는 아버지의 목소리였다.
 《아버지, 제가 바로 불효자 익균이로소이다.》
 익균의 두어깨는 무섭게 떨리였다.
 《익균이라고?》
 김삿갓은 그제야 머리에 썼던 자기의 삿갓을 벗었다.
 익균이, 자기가 지어준 아들의 이름이였다. 집을 떠나올 때 마지막으로 안아보고 떠나온 정다운 아들의 이름이였다.
 김삿갓의 주름진 눈귀에는 이슬이 반짝였다. 순간적으로 부성애의 감정이 작용한것이다.
 아버지의 주름잡힌 거친 얼굴이며 어지러운 수염발을 바라보는 익균의 마음도 쓰라리였다.
 《네 어이 왔는고?》
 김삿갓은 떨리는 목소리로 물었다.
 《아버님, 집으로 돌아가십시다. 집에서 어머님이 기다리고계십

니다.》
　익균이는 목갈린 소리로 말하며 어깨를 들먹거렸다. 김삿갓은 한동안 말이 없었다.
　《집으로 돌아가고싶은 마음이야 낸들 왜 없겠니.》
　이윽하여 김삿갓은 한숨을 내쉬며 한마디하였다.
　《아버님, 그런데 어이하여 이런 고생을 하고계십니까.. 아버님이 계시지 않는 집에서 어머님과 이 자식이 어떻게 지내고있는지 아십니까?》
　익균이는 오열하며 두손으로 얼굴을 싸쥐였다. 그의 어깨는 와들와들 떨렸다.
　한참후에 손등으로 눈물을 씻으며 머리를 든 그는 깜짝 놀랐다. 아버지가 온데간데없이 사라졌던것이다.
　익균은 너무도 기가 막혀 명청하니 서있다가 아버지가 갔다고 생각되는 방향으로 달려갔다.
　어느 마을 어구에 들어서니 아버지가 활개짓을 하며 걸어가고있는것이 보였다.
　익균은 급히 좇아가서 아버지의 소매를 붙들고 집으로 돌아갈것을 간청했다. 하지만 김삿갓은 돌아보지도 않고 조용히 말했다.
　《네 뜻을 잘 알겠다. 그래도 나는 집으로 돌아갈수 없는 죄진 몸이야.》
　《네?》
　《집에 돌아가서 네 어머니에게 물어봐라.》
　김삿갓은 이 말을 하고는 입을 꾹 다물어버렸다.
　익균도 더는 할 말을 찾지 못했다. 그는 이날밤 어느 농가의 웃방에서 처음으로 아버지와 하루밤을 지내고는 그 이튿날 헤여질수밖에 없었다.
　집으로 돌아온 익균은 어머니에게서 아버지가 집을 떠나게 된 래력을 자세히 들었다.
　김삿갓의 본명은 김병연, 호는 란고라고 하였다.
　김병연은 1807년 3월 13일 당시의 제1류명문귀족으로서 장동김씨인 김익순의 손자이고 김안근의 둘째아들이였다.
　병연이 여섯살 나던 해에 홍경래농민폭동이 일어났다. 당시 선천방어사였던 그의 조부 김익순은 폭동군의 기세가 대단히 거센것을 보고 무전투항하였다. 하지만 이 폭동은 작전상 미숙성과 지도층의 우유부단한 행동으로 인하여 실패하고말았다. 그렇게 되니 싸움이 끝난뒤에 김익순은 참형을 당하고 그의 일가도 페족처분이 되였다.

그때 김수산이라는 마음 착한 하인은 어린 병연을 업고 도망하여 황해도 곡산으로 들어갔다. 그의 유년기와 소년시절은 비교적 평온하게 흘러갔다. 병연은 꾸준히 공부하여 스무살에 이르러서는 뛰여난 문장의 재능을 보여주었다.

그는 이무렵에 성례도 치르었고 또 귀여운 아들도 보았다. 스물 두살때는 곡산에서 실시하는 백일장의 과거시험에 응시하였다. 과거시험에서도 역시 문장의 재능을 널리 시위하여 단연 장원으로 뽑히였다.

그렇지만 김병연의 신분을 따져본 부사는 그가 역적의 후손이라고 하여 장원급제를 무효로 선포했다.

병연은 통분하였다. 그는 어지러운 시국, 공평치 못한 세상을 저주하며 분연히 방랑의 길에 나섰다.

익균이가 스물다섯살 되던 해에 또 두번째로 아버지를 찾아떠났다. 그는 아버지를 충청도의 어느 한 마을에서 만났다.

《아버지, 집으로 돌아가십시다.》

인사를 올린 아들은 아버지의 손목을 잡고 간곡히 말했다.

《나는 죄인이 되여서 집으로는 못간다는데 그러는구나.》

몇해전보다 훨씬 늙어보이는 김병연은 머리를 설레설레 저었다.

《아버님, 성상께서는 할아버님의 허물은 당대에 그치게 하고 아버님부터는 아무 상관이 없다는 칙지를 내리셨다고 합니다.》

《음― 나두 그런 말을 들었다.》

《그러니 아버님도…》

《허허, 이 세상의 집들이 모두 내 거처이니 구태여 따로 집을 둘 필요가 없다. 그리 알아두어라.》

김삿갓은 손을 내저으며 두말도 못하게 하였다. 결국 익균은 두번째만에도 아버지를 모셔갈수 없었다.

익균은 얼마간 지나서 세번째로 아버지를 찾아가 만났다. 그는 어떻게 해서나 이번만은 아버지를 모시고 집으로 돌아갈 작정이였다.
 그래서 시작부터 만만치 않게 달라붙었다.
 아버지도 이를 느꼈던지 아들에게 끌려 발걸음을 옮기지 않을수가 없었다.
 아들은 년로하신 아버지가 언제 객사할지 몰라 그것이 걱정이였다.
 그들은 길가에 서있는 느티나무그늘에 앉아 다리쉼을 하고있었다. 적지 않은 시간이 흘렀으나 김삿갓은 도무지 일어날념을 안했다. 아버지의 심중을 알지 못하는 익균은 마음이 몹시 초조하고 불안했다.
 《아버님, 주막집까지는 아직도 길이 머니 이젠 그만 가십시다.》
 그 말에 김삿갓은 천천히 일어났다.
 《가만 있거라. 뒤가 불편하구나. 여기서 좀 기다려라. 저기 밭에 가서 뒤를 좀 보고 와야겠다.》
 뒤를 보러 간다는데 어찌 막으랴. 익균은 말없이 아버지의 얼굴을 쳐다보았다.
 김삿갓은 서두르지 않고 주변에 있는 수수밭을 향하여 걸어갔다. 와삭와삭 수수대들을 헤치며 밭속으로 깊이 들어가는 아버지를 바라보던 익균은 그 모습이 보이지 않게 되자 고개를 돌렸다.
 그는 이제 묵어갈곳을 두루 짚어도 보고 거리도 타산해보면서 퍼그나 많은 시간을 기다렸다. 그런데도 아버지는 수수밭에서 좀처럼 나올줄을 몰랐다.
 (도대체 어찌된 일인가?)
 익균은 문득 이상하게 생각되여 벌떡 일어났다. 시퍼런 수수대들이 무성하게 자란 밭에 들어서니 몇걸음 앞도 가려볼수가 없었다. 그는 밭고랑을 하나하나 세다싶이 하며 밭머리에서 건너편 끝까지 여러번 오갔다. 하지만 아버지는 어디에도 없었다.
 《아버님!》 하고 큰소리로 거듭 불러도 아무런 대답도 들리지 않았다. 익균은 가슴이 철렁했다. 혹시 그 사이에 제자리에 돌아왔는가 하여 길가의 느티나무그늘로 다시 돌아오니 그곳에는 벗어놓은 두개의 배낭만이 덩그랗게 놓여있을뿐이였다.
 익균은 그제야 아버지가 혼자서 또 다른곳으로 가버렸다는것을 알았다.

그는 원통했다. 안타까왔다.
《아버지.》
익균은 주먹으로 땅을 치며 소리내여 울었다.
해는 벌써 서산마루로 기울고있었다.

2. 김삿갓과 네명의 량반

《애들아, 저기 봐라. 김삿갓이 온다.》
《어디?… 정말!》
여라문살 되여보이는 사내애들 서너명이 나무짐을 내려놓고 잔디밭에서 쉬고있다가 벅작 떠들었다.
아이들이 손짓으로 가리키는 고개길에서 삿갓을 쓴 늙은이가 천천히 내려오고있었다.
김삿갓이 오는것을 보자 좋다고 환성을 지르던 아이들은 그가 점점 가까이 오니 숨을 죽이고 그 거동을 조심히 살피였다. 하지만 애놈들의 입가에서는 웃음이 사라지지 않았다. 이 아이들은 김삿갓에게 어딘지 모르게 친근감을 가지고있었던것이다.
《이놈들, 김삿갓이 뭐냐? 할아버지를 보고.》
아이들앞에 이른 김삿갓은 엄한 목소리로 꾸짖었다. 그러니 애놈들은 벙글거리며 빤히 쳐다보았다.
《옛끼놈들, 버르장머리없이…》
김삿갓은 짐짓 으름장을 놓았다.
《쳇, 그저께 왔을 때는 생원님이라고 하니까 욕을 하시구서도요.》
한 아이가 얼굴을 재미있게 찡그리며 종알거렸다.
《내가?》
《그렇지 않구요. 〈생원님이 뭐야? 나는 삿갓을 쓰고 다니는 감가 성 가진 사람이니 김삿갓이라 부르거라. 알겠느냐?〉하고요.》
제법 흉내를 내며 코를 훌쩍거리는 그놈의 모양은 과연 볼만했다.
《허, 조무래기녀석들, 입심에 견디지 못하겠구나.》
김삿갓은 껄껄 웃으며 삿갓을 벗어 풀밭에 놓은 다음 그자리에 퍼더버리고 앉았다.
애들은 김삿갓의 땀배인 적삼이며 반백이 넘은 머리칼, 어지럽게 흩어진 수염발을 신기한듯 바라보았다.

《너희들 나무를 많이 했구나. 오늘 집에 가면 어머니한테 칭찬 받겠구나.》

《아니애요. 할아버지 아니 김삿갓… 우리는 나무를 해서 집으로 가져가는게 아니라 석사님네 댁으로 가져가요.》

《그건 왜?》

《나무를 해가지고 가면 그 댁에서 고기국을 한그릇씩 준다고 해요.》

《나무 한단에 고기국 한그릇이라…》

김병연은 혼자 중얼거렸다.

《그럼 나도 한그릇 얻어먹겠구나. 얘 오늘 그 집에서 무슨 일이 있다드냐?》

《그 집에 오늘은 여러 손님들이 오신대요. 진사님, 첨지님 그리고 생원님…》

《손님들이 모여서는 뭘한대?》

《시를 짓는대요. 그리고 술놀이도 하구요.》

《그런 일이 있구나. 그럼 나도 가서 시 한수 짓고 고기국이라도 얻어먹어야 할가부다.》

《할아버지, 그럼 우리하고 같이 가시자요.》

《나는 천천히 갈란다. 너희들이 가져간 나무로 고기국을 다 끓여 놓은 다음에 가지. 졸려죽겠다. 여기서 한잠 자고… 헌데 너는 서당에 다니느냐?》

김삿갓은 그 애놈의 허리에 붓주머니가 달려있는것을 넌지시 보고 물었다.

《네, 서당에 갔다가 오는 길에 애들을 만났어요.》

김삿갓은 아이들이 나무단을 지고 일어서는것을 보고 풀밭에 누워 피곤한듯 다리를 쭉―폈다. 한잠 푹 자고 해질녘에 깨여일어나 앉은 그는 사방을 두리번거리였다.

《허허, 한잠 잘 잤군, 벌써 날이 저무는걸.》

그는 혼자소리를 하고 일어나서 벗어놓았던 삿갓을 집어쓴 후에 동리쪽으로 슬금슬금 걸음을 옮겼다.

그는 마을어귀에서 나무짐을 지고가는 아이들을 만났다.

《할아버지, 가지 마세요.》

애놈들은 그의 곁으로 조르르 모여들며 말했다.
《왜?》
《퉤, 깍쟁이야, 할아버지가 가셔도 푸대접할거예요.》
《아니, 그 석사님네가 그리도 린색하드냐.》
《말 마세요. 우리가 나무짐을 지고 가니까 나무단이 작다고 그러더니 셋이서 나누어먹으라고 뚝배기에 멀건 국물만 주던데요.》
《그래서.》
《그것도 고기국이 아니라 소금국이예요.》
애놈은 입을 삐죽 내밀어보이였다.
《원, 저런 고약한 일이 있나.》
그러자 아이들은 《퉤.》하고 일제히 마을쪽을 향해 침을 뱉았다.
《애들아, 나하고 다시 가보자.》
《싫어요.》
《그러지 말고 너희들은 내 뒤를 슬슬 따라오너라. 정말로 린색하게 굴면 망신을 시키고 오자꾸나.》
《량반님네를 망신시켜요?》
《허허, 량반두 농군과 다름없는 사람이다. 그런 못된놈은 혼구멍을 내주어야 한다.》
김삿갓이 이같이 말하고 성큼 걸음을 옮기니 아이들은 그 뒤를 슬슬 따랐다.
이윽고 그는 조석사의 집에 이르렀다. 때는 저녁무렵이라 석양빛이 점점 스러져가고 사위는 고요했다. 어찌된 일인지 조석사의 집 대문간에도 인적기가 없었다.
김삿갓은 《흠-흠》소리를 내며 주위를 둘러보았다. 그 순간 그리 멀지 않은곳에서 호탕한 웃음소리가 들려왔다.
아이들이 일제히 입을 합쳐《저기예요.》하고 손짓으로 집뒤 왼켠에 있는 정자를 가리켰다. 그쪽으로 시선을 돌리니 정자에서 사람들이 얼른거리는 모습이 보였다.
김삿갓은 그리로 천천히 걸어갔다. 맑은 시내를 옆에 낀 그 정자안에는 량반 네사람이 앉아있었다. 술상을 가운데 놓고 깨끗한 돗자리우에 앉은 그들은 모두 취흥이 도도하였다.
《지나가는 과객이 잠간 목추김이라도 하자고 들렸소이다.》
김삿갓은 어험-어험 기침을 해가며 주저없이 정자로 다가갔다.

정자안에 앉아있는 량반들은 몹시 놀란 눈길로 그를 바라보았다. 그들앞에 불현듯 나타난 과객은 삿갓을 푹 내려쓰고있어 얼굴을 알아볼수 없으나 찌그러진 짚신, 때국이 흐르는 옷주제는 그가 방랑객임을 말하여주고있었다.

네 량반은 일시에 미간을 찌프렸다.

《보아하니 시회가 열린것 같소그려. 이 사람도 어려서 추구권이나 읽었으니 시 한수 짓고 술이라도 한잔 얻어먹을가 하오.》

김삿갓은 이런 말을 하고 터벅터벅 정자우에 올라가서 선비들 사이에 끼여앉았다. 그 곁의 두 선비는 마치 께름직한 물건이 몸에 닿는듯이 얼른 자리를 비켜앉았다. 그들은 김삿갓의 행위가 몹시도 괘씸하였으나 그의 도도한 기상에 기가 눌려 말없이 지켜보기만 하였다.

《우리 서로 통성이나 합시다. 나는 이렇게 삿갓을 쓰고 돌아다닌다고 하여 김삿갓이라 하오.》

《뭐? 김삿갓?… 허허, 고이한 이름이로군.》

한 량반이 고개를 기웃거렸다. 이 시골 량반들은 아직 김삿갓의 선성을 듣지 못한 모양이였다. 여하간 과객이 먼저 자기 소개를 하였으니 그들도 겉으로나마 인사를 차려야 했다.

《나는 서진사오.》

《나는 문첨지오.》

《나는 원생원이라 하오.》

《나는 이 집 주인 조석사오.》

량반들은 마지 못해 인사를 하고 입맛을 쩝쩝 다시며 고개를 돌렸다. 그들은 불청객이 어서 돌아갔으면 하는 속심을 감추려고도 하지 않았다.

《여보시오. 조석사. 이 손님에게 술이나 한잔 대접하오.》

원생원이 김삿갓을 아니꼽게 치떠보며 먼저 입을 열었다. 김삿갓은 원생원을 한번 흘긋 쳐다보고나서 껄껄 웃었다.

《허허, 왜 한잔이겠소. 후래삼배라는 말도 있으니 못해도 석잔이야 들어야지요.》

그는 손을 뻗쳐 조석사앞에 찰찰 넘치게 부어놓은 술잔을 들어서 소리가 나게 쭉 마신 다음 저가락으로 육회를 한점 집어 입에 넣고 우물우물 씹었다.

그것을 본 네 량반은 일시에 《어―》하고 소리를 질렀다.
그러거나말거나 김삿갓은 턱수염에 맺힌 술방울들을 손으로 쓱 훔치고 이번에는 서진사앞에 놓인 술잔을 들어마셨다.
《여보시오. 이게 무슨 짓이요.》
원숭이상을 한 원생원이 끝내 참지 못하고 소리를 질렀다.
《왜 그러시오. 원생원, 나는 조석사댁이 인심이 후하다는 소리를 들었소.》
《뭐, 뭐, 어데서 우리 집 소문을 들었소?》
조석사가 눈이 동그래서 물었다.
《아이들이 그럽디다. 애들 말을 들으니 나무 한짐을 해오면 댁에서는 소금국 한그릇씩 준다더군요.》
《어 무슨 소리를… 소금국이 아니라 고기국이요.》
문첨지가 파랗게 질린 조석사를 비호하듯 말하였다.
《조석사를 두둔하는것을 보니 술잔이나 자주 얻어자시는가보구료.》
《뭐, 뭐. …》
문첨지는 술잔 든 손을 화들화들 떨었다.
《무슨 점잖치 못한 소린고…》
서진사도 한마디 내뺄었다.
《허. 과객을 두고 사방에서 달려드니 이거 사면초가의 신세구료.》
김삿갓은 큰소리로 호탕하게 웃고 네 량반의 얼굴을 차례로 살펴보았다. 집주인이라는 조석사는 조그마한 얼굴에 이발이 유별나게도 뾰족하여 벼룩이 이발이라는 생각이 들었고 서진사는 눈이 동그란것이 흡사히도 쥐눈이였다. 그런가 하면 얼굴이 깔따귀인 문첨지는 모기같은 인상을 주었고 원생원은 올데갈데없는 원숭이상이였다.
《왜들 이리 잠잠하시오. 보아하니 흥겨운 좌석인것 같은데 풍월이나 지어 읊으시지.》
김삿갓이 넌지시 이같은 말을 건네니 원생원은 입가에 조소를 띠우며 《손님도 추구권이나 읽었다는데 먼저 한수 읊어보시지요.》 하고 헛기침을 하였다. 그것은 네따위가 무슨 시를 알겠는가 하는 뜻이였다.
《그럼 내가 먼저 한수 읊겠소. 애들아, 너희들 그 지필묵을 가져오너라.》

김삿갓은 멀찍이서 흥미진진하게 바라보고있는 아이들을 불렀다. 그러자 서당에 다닌다는 애놈이 쪼르르 달려와서 붓과 연적이며 주머니에 접어넣었던 종이를 내놓았다. 다른 아이들도 슬금슬금 다가왔다. 애놈에게서 변변치 않은것을 받은 김삿갓은 바닥에 종이를 펴고 먹을 듬뿍 찍은 붓을 들었다.

량반들은 그의 거동을 지켜보았다.

김삿갓은 거침없이 붓을 휘둘렀다.

그는 한문자의 소리와 새김을 조선말의 표현과 재치있게 배합하여 원생원은 원숭이로, 문첨지는 황혼녘에 처마밑에서 나는 모기로, 서진사는 고양이를 만난 쥐로, 조석사는 깊은 밤 따끔하게 쏘는 벼룩이로 비유하였다.

　　　　해뜨자 원숭이 들에 나오고
　　　　날 저무니 모기들 처마에 나네
　　　　고양이 지나자 쥐는 모조리 죽고
　　　　밤들어 벼룩은 자리에 나와 쏘네

《네분에게 드리는 나의 소감이로소이다. 마음에 드실지 모르겠소이다.》

김삿갓은 점잖게 말하고 자리에서 일어났다.

《아니, 이게 무슨 소리요.》

먼저 그 시를 본 원생원이 팔을 화들화들 떨며 소리쳤다.

《어? —》

서진사도 외마디 비명을 질렀다.

조석사는 《아니, 이런 어— 어—》 하며 궁둥방아만 찧었고 뒤늦게 읽은 문첨지는 떨리는 손으로 스무자가 적혀있는 그 종이를 와락 구겨서 정자밖으로 내던졌다. 정신이 뒤집히다싶이 된 조석사는 갓을 벗어던지기까지 하였다.

이때 아이들이 구겨던진 종이를 집어서 펴고 히히 웃으며 들여다보았다. 서당에 다니는 애놈이 그 시를 하나하나 뜻풀이해주고있었다.

그러니 조무래기들은 손벽을 치며 좋아하였다.

《이놈들, 뭣이 좋아서 웃느냐?》

조석사가 소리를 버럭 지르며 일어나니 아이들은 깔깔대며 도망했다. 애놈들은 멀찍이 가더니 랑랑한 목소리로 신명나게 노래를 부르며 깨끔질을 하였다.

　　원생원은 원숭이
　　문첨지는 모기
　　서진사는 죽은 쥐
　　조석사는 벼룩이

네 량반은 노래 부르는 아이들을 멍한 눈길로 바라보면서 저도 모르게 《으 으음—》하고 신음소리를 내였다.
그럴 때 김삿갓은 벌써 마을밖을 벗어나고있었다.

박 춘 명

광성진의 꽃

세상에 《신미양요》가 일어난 해로 널리 알려진 1871년 4월 21일 밤이였다.
하현달이 중천에 떠있는것을 보아 밤은 퍽 깊은것 같았으나 광성진포대에서 얼마 떨어지지 않은 비탈길옆에는 처녀총각 한쌍이 밤이슬을 맞으며 조용히 앉아있었다.
총각은 광성진포대의 포수 갑성이였고 처녀는 《병인양요》 (1866년)때 정족산성을 지키는 싸움에 나섰다가 전사한 강계포수— 의병의 딸 금녀였다.
강화해협의 출입구인 손돌목의 초지진, 덕진, 덕포진, 광성진 등 중요한 포대들만 지나면 한강입구를 거쳐 서울까지 그대로 배가 들어가게 되여있었다. 그래서 이 포대에는 민간인들이 접촉하지 못하게 각별히 사람단속을 하였다. 그러나 지난 4월 14일 싸움이 있은 다음부터는 포수들의 가족들을 비롯하여 부녀자들이 찾아오는 일이 드문하였다.
갑성이네 옆집에서 사는 금녀도 갑성이의 늙은 어머니를 대신하여 자주 밥을 가지고 포대로 오군하였다.

처녀가 총각을 만나러 오는것이 부끄럽기는 했지만 서로 약혼한 사이처럼 가깝다는것을 사람들이 모두 알고있는지라 금녀는 늘 용기를 내여 포대에 들어서는것이였다.

오늘 금녀는 어쩐지 갑성이곁을 떠나기가 싫었다. 갑성이도 역시 같은 심정이였다.

래일이 아니면 모레쯤 아주 큰 싸움이 있으리라는 예감이 총각과 처녀의 마음을 그렇게 만들었을수도 있었다.

이미 4월 14일에 미국놈들은 손돌목에서 된매를 얻어맞았으나 물러갈 생각을 하지 않고있었다.

놈들은 1866년에는 《샤만》호를 타고 대동강에 기여들었다가 평양인민들의 호된 징벌을 받았고 1868년에는 남연군묘의 도굴을 시도 하였으나 역시 실패하였다.

두차례나 쓴맛을 본 미국놈들은 1869년초쯤되여 4척의 군함을 미국아세아함대(중국 연해에 있었음)에 배속시켰으며 이해 7월 13일에는 해외침략에서 악명을 떨친 로제스를 아세아함대 사령관으로 임명하였다.

그후 놈들은 일본에 있는 나가사끼나 요꼬하마를 군사기지로 리용하면서 조선을 공격할 침략준비를 다그치였으며 1871년 1월 17일에는 《샤만》호사건을 구실로 삼아 조선정부에 불평등적인 항해 및 통상조약에 조인할것을 강요하는 협박문을 보내여왔다.

협박문은 중국 례부를 통하여 공식적으로 우리 나라에 전달되였다. 놈들은 이 협박문에서 저희 군함이 조선경내에 들어가게 되니 절대로 의심을 품거나 인민들을 놀래우지 않기를 바란다고 하였으며 만약에 《항해 및 통상조약》의 체결을 거부하여 《친선관계》가 파괴되면 그 책임을 조선정부가 져야 한다고 하였다.

리조정부는 이에 대처하여 2월 21일 다음과 같은 회답편지를 보냈다.

《이번에 미국사신이 편지에서 하나는 구원되고 하나는 해를 입었는데 그 리유를 알수 없다고 한것은 무엇인가?… 그 나라에서 남의 멸시와 학대를 받게 하고싶지 않는것이나 우리 나라에서 남의 멸시와 학대를 받고싶지 않는것이나 처지를 바꾸어놓고 생각하여 아무런 차이가 없는것이라면 평양의 강물에서 그 배가 결단난것이 자기들이 저지른짓임은 구태여 변론이 없어도 그 리유를 똑똑히 알수 있는것이다. 미국상선이 우리 사람들을 멸시하고 학대하지 않았다면 조선의 관리들과 백성들이 어찌하여 남에게 먼저 손을 대려고 하였겠는가?… 혹 호의를 품지 않고 와서 함부로 멸시하고 학대한다면 방어하고 소멸해버릴것이니 미국 관리와 통역들은 단지 저희 백성들이나 통제하며 도리에 어긋나게 행동하지 말도록 해야 하리라. 그러니 교섭여부를 다시 더 론할 필요가 있겠는가?》

리조정부의 이 경고는 빈소리가 아니였다. 정부는 적들의 침입이 예견되는 서울과 강화도 사이의 한강일대에 방어력량을 보강하고 전투력량을 더욱 강화하였다.

우리 인민의 이러한 반항의 감정이 얼마나 무서운것인가를 알지 못하는 미국해적들은 1871년 3월에 드디여 조선침략의 길에 또 들어섰다.

중국 상해를 떠나 3월 22일 일본 나가사끼에 도착한 중국주재 미국공사 로우와 미국아세아함대 사령관 로제스는 5척의 군함과 80문의 포, 1230명의 침략군으로 구성된 함대를 무었다. 놈들은 오만하게도 기함기발에 《서울에로!》라는 구호를 쓰고 3월 27일에 나가사끼를 떠나 4월 1일에는 가덕도부근에서 비법적인 해로측량작업을 한 다음 북쪽으로 기여올라왔고 4월 8일에는 서울침공을 위한 거점으로 예견된 물치도부근에 침입하였다.

조선정부에서는 관리를 파견하여 놈들의 침략행위를 규탄하였다. 그럼에도 불구하고 놈들은 4월 9일 물치도에 파견된 조선관리 앞에서 조선과 통상조약이 체결된 다음에야 돌아갈것이라고 꺼리낌없이 떠벌였다. 그리고는 이미 꾸며진 계획에 따라 4월 14일 손돌목의 포대들앞에 다가들어 각종 도발행동을 감행하였다.

광성진을 비롯한 덕포진, 덕진포대들에서는 사격권안에 들어온 적함에 집중포격을 가하였다. 주력함 《모노카시》호가 명중되여 물이 새여들자 적들은 황급히 뒤로 물러섰다.

그래도 놈들은 멀리 도망가지 않고 강화도앞바다에 닻을 내린후 침입의 기회를 노리였다. 그렇기때문에 포대의 군사들은 집에 한번 다녀올 시간적 여유조차 없었다.

《금녀, 이제 곧 큰싸움이 또 있게 될거야.》

갑성은 근심이 어려있는 금녀의 얼굴을 바라보며 나직이 말했다.
《그럼… 나도 싸울가?》
《부녀자들이 싸우기는… 맨주먹으로?》
《집에 아버지가 쓰던 화승대가 있어.》
《금년 마을의 부녀자들을 안전한곳으로 피난시키는게 더 좋지 않을가?! 그래야 우리 포대의 군사들이 마음놓고 싸울게 안야.》
 금녀는 아무말도 안했다. 갑성이와 떨어져있기가 몹시 싫었던것이다.
 그들은 밤이 퍽 깊어서야 헤여졌다.
 4월 23일 아침이였다.
 해적들은 함대의 엄호를 받으면서 강화도남쪽 초지진에 발을 들여놓았다. 놈들은 강화해협을 제압하기 위해 해협안에 자리잡고있는 방어지점들을 차례로 점령하려고 기도하였다.
 적들은 함포사격을 한바탕 퍼붓더니 수백명의 륙전대를 상륙시켰다. 초지진을 이미 점령한것으로 생각한 미국놈들은 여기저기에 천막을 쳤다. 밤을 지내고는 광성진으로 진격하려는것이였다. 하지만 미국놈들은 그밤을 편안히 지내지 못하였다. 첨사 리렴의 지휘밑에 초지진의 용사들은 침략군야영지에 대한 야간습격을 단행했다. 적들은 무리죽음을 당했다.
 초지진전투에서 침략군은 100여명을 잃었다.
 약이 오른 적들은 다음날인 4월 24일 이른아침에 함포사격으로 초지진과 덕진포대를 파괴하고나서 험한 산발을 타고 광성진포대쪽으로 은밀히 접근해왔다. 그리고 적함은 염하를 따라 광성진을 향하여 다가오고있었다.
 이럴 즈음에 마을에서는 존우령감이 부녀자들을 피난시키기 시작하였다.
《모두 산성으로 가자!》
 존우령감은 길게 소리를 놓아 웨쳤다. 그러자 어린이들과 로인, 부녀자들이 짐을 꾸려가지고 나왔다.
 금녀도 급히 밖으로 뛰여나왔으나 산성쪽이 아니라 총을 들고 포대쪽으로 달리였다.
《어디로 가려는고?》
 급한 정황속에서도 존우령감은 엄하게 물었다. 이럴 때에는 존우령감의 말을 무조건 듣게 되여있었다.
《저는 포대로 가려고 합니다.》
《포대로는 왜?》
《저도 포대에 가서 군사들과 함께 싸우겠습니다.》
《안될 소리를.》
존우령감의 음성은 노기를 띠였다.
포대에서는 계속 포성이 울렸고 가끔 포탄이 마을앞에 와서 떨어지기도 하였다.
《금녀의 선친도 의병으로 병인년에 여기서 돌아가셨는데 금녀까지 그 길을 걸을가?》
《그러기에 더욱 가야 합니다.》
존우령감은 금녀의 뜻이 일시적인 흥분이나 감정에 의해서 생겨난것이 아니라는것을 알았다.
이때 뜻밖의 일이 벌어졌다. 초지진으로 통하는 산비탈에 수십명의 검은 옷을 입은 사람들이 나타난것이다.
《저게 양국놈들이로구나.》
존우령감이 먼저 알아보고 소리쳤다. 초지진에 상륙한 이 륙전대놈들은 지금 맹렬한 포탄을 퍼붓는 광성진포대를 뒤에서 기습하려고 꾀하였다. 존우령감도 금녀도 적들의 이러한 기도를 단번에 알아차렸다.
(포대의 군사들에게 이것을 알려야 한다.)
두사람이 다 이같이 생각하였으나 시간이 너무도 촉박했다. 포대로 달려갈 사이에 적들이 먼저 덮쳐들것 같았다.
《할아버님, 어서 포대로 가십시오. 가셔서 양국놈들이 뒤로 덤벼든다고 알려주십시오.》
《금녀는?》
《저는 여기서 양국놈들을 지체시키겠습니다.》
금녀는 어쩔사이도 없이 산비탈로 달려가더니 나무에 의지하여 화승대에 화약을 재웠다.
존우령감은 로인 몇사람을 불러 마을사람들을 어떻게 피신시켜야 한다는 몇마디 지시를 주고 있는 힘을 다하여 포대로 달려갔다. 로인은 등성이를 넘어설 때 금녀가 쏘는 첫 화승대의 총소리를 들었다. 미국놈들이 총소리에 놀라 사방으로 전개하는것이 눈에 띠였다. 로인은 양국놈들이 쏘는 어지러운 총소리를 들으며 두주먹을 부르쥐고 달리고 또 달리였다.

잠시후 초지진 군사들의 반격이 개시되였다. 광성진에서만이 아니라 산성에서도 달려왔다.

무서운 백병전이 벌어졌다. 용맹한 군사들의 칼과 창은 사정이 없었다. 미국놈들은 견디낼수가 없어 수많은 시체를 남기고 황급히 퇴각했다.

광성진포대의 군사들은 이때에야 여러방의 적탄을 맞고 쓰러진 금녀를 발견하였다.

《금녀! 금녀!…》

갑성이는 애타는 목소리로 금녀를 불렀다. 그러나 금녀는 다시 눈을 뜨지 못하였다.

우리의 군사들은 분노의 치를 떨며 살아남은 적들에게 불벼락을 퍼부었다. 이 전투에 참가했던 미국놈들자신이 광성진인민들과 군대의 용감한 투쟁에 대하여 후날 다음과 같이 이야기했다. 《비상한 용기를 가지고 응전해가며 성벽에 올랐다. 그들은 아군을 돌로 내려깠다. 무기가 없는 경우 그들은 침입자들의 눈을 멀게 하려고 손으로 흙을 쥐여뿌렸다. 그들은 한치한치의 땅을 가지고 싸웠으며 오로지 죽기를 각오하고 싸웠다.》 그러면서 그들은 《세계 어느 민족도 조선사람들의 용감성을 따를수 없을것이다.》라고 하였다.

전투가 승리적으로 끝난 다음 이고장 사람들은 나라를 위해 꽃다운 청춘을 바친 금녀의 장례식을 전례없이 큰규모로 거행하였다. 시신은 양지바른 언덕에 고이 안장되였다. 애어린 처녀의 장례를 이처럼 크게 지내는것은 이 섬이 생긴이래 처음 있은 일이였다. 섬주민들은 원쑤들과의 싸움에서 장렬하게 희생된 한 처녀를 위하여 조상대대로 내려오는 풍속과 관습도 무시하여버렸던것이다. 금녀는 참으로 광성진의 꽃이였다.

갑성은 둥그렇게 쌓아올린 봉분가에 서서 터져나오는 오열을 강잉히 참으며 자주 주먹으로 눈물을 씻었다. 억세게 틀어쥔 그의 주먹은 비분에 떨고있었다.

박 춘 명

상전의 각본대로

―《운양》호사건의 비사―

하늘, 땅 바다가 낮게 내려드리운 무거운 비구름에 뒤덮여버렸다.
　바야흐로 폭우가 쏟아져내릴 예고이기나 한듯 휘몰아치는 태풍에 초목들이 몸부림치며 부르르 떨고있다. 폭우를 몰아오는 거센 바람은 서울장안 깊숙이 틀고앉아 500년 사직을 자랑하며 태평성대만 읊조리던 리왕궁까지도 한바탕 내려조겨댈듯 울부짖는다.
　1875년 8월 21일(양력 9월 20일) 가늠할길 바이없는 음산한 비바람을 타고 일본해적선《운양》호가 강화도 동남방 란지도부근에 침입하였다. 조선봉건국가의 수도인 서울의 주요 관문이며 군사요충지인 강화도일대에서도, 왕정에서도 이 침략선이 란지도부근에 닻을 내린 검은 속심을 알지 못했다.

×

　침략선《운양》호가 턱밑까지 나들며 조선을 통채로 삼켜보려고 호시탐탐 기회를 노리고있던 그때 아직도 어설픈 봉건의 잠에서 깨여나지 못한 리왕조의 내부는 몹시 부산스러웠다.
　쇄국정책의 대표자 흥선대원군(제26대왕 고종의 아버지 리하응. 당시 집권자)은 두해전 1873년 11월에 며느리이며 고종의 왕비인 민비와 그 일파의 모략으로 정권에서 쫓겨나고 실권은 왕이 아니라 민씨일파가 틀어쥐였다.
　정권이 교체되자 일본에 대하여 랭랭한 태도를 취해오던 대원군의 완강한 정책이 민비일파의 사대굴종적인 대일정책으로 바뀌여버렸다.
　민비일당은 일본에 대한 정책변경의 첫 조치로서 1874년 7월에 일본과의 교린(이웃 나라와의 교제)관계를《방해》했다는 리유로 경상도관찰사 김세호를 철직시키고 동래부사 정현덕을 정배 보내였다. 그리고 왜학훈도(일본어교원) 안동준을 처형하기로 하였으며 련이어 부산왜관(일본인이 우리 나라에 와서 통상하는곳)에 대한 종전 무역제한조치를 철페하였다.

8월에 이르러 통치배들은 굴욕적인 대일교섭에 달라붙었다. 심지어 민비의 측근자 조녕하(제23대왕 순조의 며느리인 조대비의 조카)는 부산왜관에 둥지를 틀고있던 외무성령사관 모리야마에게 보낸 비밀편지에서 《조선의 정세가 일변하였으니 조선정부는 앞으로 일본과의 관계개선을 위하여 모든 노력을 다할것이다.》라고 쓰기까지 하였다.

이 사대매국적인 비밀편지는 조선침략야욕에 눈이 뒤집힌 일본군국주의자들로 하여금 더욱 란폭한 행위를 감행하는데로 나아가게 하였다.

《만일 뒤날에 대원군파가 세력을 추세워 전날의 약속(일본이 요구하는 조건에서의 국교회복에 대한 민가일당의 약속)을 리행하지 않는데 이르게 되면 우리 역시 큰 힘을 기울이지 않을수 없을것이다. 지금 그들 내부에서 다투어 반침략당이 아직 그 세력을 이루지 못하고있을 때를 탄다면 적은 힘을 들여 일을 헐하게 성취할수 있을것이다. 이제 우리 군함 1~2척을 보내여… 우리가 어디까지 뜻하고있는가를 알게 한다면… 조약체결에서도 적지 않은 권리를 얻을수 있다는것은 필연적이다.》

이것은 일본군국주의자들이 남긴 비밀문건의 한대목이다. 이 글만 보아도 이자들이 민비일파의 정권장악을 어떻게 평가하였는가를 잘 알수 있을것이다. 일본군국주의자들은 이를 가장 좋은 기회로 여기고 곧 무력침공의 길에 들어섰다.

조선침략의 구체적인 지령을 받은 일본해적선 《운양》호 함장 해군소좌 이노우에 요오가는 1875년 4월에 군함을 몰고 부산에 기여들었고 그 뒤를 이어 해군소좌 이또도 《다이니데이보오》호를 끌고 부산에 침입하였다.

일본 해적선들은 이른바 군사연습이라는 구실밑에 조선연해를 마구 돌아쳤다.

《운양》호는 5월중순경에 동해안을 북상하면서 금야군앞바다까지 비법적인 측량과 군사정탐행위를 감행하였으며 5월말쯤 되니 다시 부산을 거쳐 규슈 나가사끼로 돌아갔다. 그후

《운양》호는 조선침략의 촉수로서 만단의 준비를 갖추고 명령을 기다리였다.

이와 때를 같이 하여 《가스가》호, 《다이니데이보오》호 등도 조선근해를 돌아치며 위협하였고 얼마간 지나서는 《모오슌》호, 《다까오》호 등 2척이 더 보충된 4, 5척의 해적선들이 동, 서, 남해를 오가면서 수심 측량과 기동연습으로 일대 소란을 피웠다.

8월에는 대기하고있던 《운양》호가 나가사끼를 떠나 조선서해를 측량하면서 강화도로 접근해왔다. 이 해적들의 움직임은 매우 조심스러웠다. 한것은 강화도일대에서 선행구미침략자들이 겪은 참패를 소홀히 볼수 없었기때문이였다. 1866년 8월 프랑스함대가 만신창이 되도록 얻어맞은뒤에 미국해적선 《쉐난도아》호, 《챠이나》호도 된 타격을 받았고 특히 1871년 4월에는 미국아세아함대 사령관 로제스 지휘하의 5척의 군함과 80문의 포를 가진 1230명의 침략군이 참패한 사실을 그들도 잘 알고있었다.

《운양》호는 8월 21일 란지도부근에 바싹 접근하였다.

함장 이노우에는 20여명의 부하들과 함께 작은 배에 옮겨타고 초지진포대앞으로 다가갔다. 표면상 구실은 《운양》호가 중국의 우장(료녕성 해성현서쪽, 영구의 동북쪽에 있는 섬)으로 향하던중 물이 떨어져 급수지를 찾는다는것이였다.

강화도초지진은 서울한강으로 거슬러올라가는 염하(강)의 문입새를 지키는 관문이나 다름없는곳이였다. 여기에는 《신미양요》때 미국해적선을 물리치고 민족의 영예를 떨친 포대가 있었다.

침략자들을 발견한 초지진포수들은 남의 나라에 불법침입한 《이양선》에 포사격을 들씌웠다.

해적선모함 《운양》호는 초지진포대의 발포를 기다렸다는듯이 40여문의 함재포를 일제히 열어 함포사격을 감행하였다. 초지진포대를 파괴한 적들은 배머리를 돌려 후퇴하면서 또 영종도에 맹포격을 퍼부었다. 당시 영종도에는 사거리 700메터의 구식소구경포 30여문과 화승총으로 무장한 방어자들이 있었다. 영종진포대가 깨여지자 《운양》호에서는 륙전대를 상륙시켰다. 첨사(거진방비를 맡은 무관벼슬) 리민덕이하 대부분은 패주하였고 35명이 전사하였다. 또한 16명이 포로되고 대포 36문, 화승총 130여정 등 무수한 군사기재를 략탈당하였다. 놈들은 남녀로소를 가림없이 모조리 살륙하고 주민들의 재산을 략탈하였으며 영종진을 재더미로 만들었다. 온갖 만행을 다 감행한 놈들은 불과 2명의 부상자를 내였을뿐이였다.

세상에 널리 알려진 《운양》호사건의 진상은 바로 이러하였다.

이는 일본군국주의가 세상에 존재를 드러내여 근대자본주의적무력행사의 첫걸음을 뗀 사변이였다.

《운양》호 사건은 악랄한 해적행위였으며 강도적인 도발책동이였다. 이때로부터 일본군국주의자들의 조선침략책동은 무력에 의한 강도적방법으로 감행되였다.

그러면 일본이 이렇게 무력침공으로 이행하게 된 근본바탕을 어디에 두고있는것인가? 누가 쥐여준 각본에 의한것인가?

×

8월 29일 나가사끼로 돌아간 《운양》호 함장 이노우에는 《전과》를 보고하면서 조선의 강화도포대에서 아무런 리유없이 갑자기 먼저 발포하였기때문에 그것을 응징하였다고 뇌까렸다. 그리고 저들이 저지른 사실에 대해서는 한마디도 언급하지 않았다.

일본군국주의자들은 《운양》호사건도발후 곧 이미 세워진 침략계획에 따라 조선봉건정부를 위협하여 예속적인 불평등조약을 강압체결하는데 달라붙었다.

일본 《천황》은 9월 1일 총리대신격인 태정대신이하 군국주의의 우두머리들을 모아놓고 이른바 《어전회의》를 벌려놓았다. 여기서 《천황》은 우선 왜관에 둥지를 틀고있는 일본 《거류민》을 《보호》한다는 구실밑에 조선에 군함을 파견할것과 《운양》호에 포격을 가한 책임을 《추궁》하기 위한 《전권대표》를 보내며 불평등적이며 예속적인 조약을 체결함으로써 쇄국의 벽을 허물어버릴데 대하여 명령하였다.

명령은 즉시 효력을 나타내였다.

일본군국주의자들은 곧 부산에 군함을 침입시켜 각종 군사적도발로 정세를 더욱더 긴장시키며 위협공갈하는 한편 조약체결에 조선이 응하지 않는 경우 전쟁을 도발할 계획밑에 그 준비를 한껏 다그쳤다.

이에 대하여 일본정부의 참의 기도는 실토하기를 《나는 첫째로 평화적방법으로 일본의 리익을 넓혀나갈것을 생각하였는데 오늘 정부에서는 전쟁할것을 결정하였다.》고 하였다.

일본정부는 조선과 중국관계를 고려하여 중국이 저들의 행동을 방해할수 있다는것을 타산하고 영국, 미국, 프랑스, 독일, 로씨야, 이딸리아공사들을 개별적으로 초청하여 앞으로 있을 거사에 대하여 미리 량해를 구하는척하면서 그 나라들의 동정을 타진해보았다. 역시 가재는 게편이였다. 일본은 침략과 전쟁을 아름답게 분식하고 정당화하는 구미렬강들의 지지를 받았다. 지어 영국 외교관은 《로청(로씨야, 중국) 량국이 조선과 리해관계가 깊은만큼 미리 량해를 구하지 않으면 예기하지 않은 화를 입을지 모른다.》고 친절하게 조언까지 해주었다.

렬강의 지지를 받은 일본정부는 가장 포악하고 파렴치하기로 이름난 사쯔마군벌출신 일본륙군중장 구로다 기요다까를 특명전권판리대신으로, 죠슈번출신 이노우에 가오루를 부대신으로 각각 임명하였다. 이노우에 가오루는 당시 일본정계의 거물이며 《명치유신》의 핵심인물인 참의 겸 공부경(우두머리)이였던 이등박문의 추천을 받은자였다. 그는 후날 조선병합을 위한 촉수로서 서울주재 일본공사로 되여 교활한 《미소외교》로 왕정을 쥐락펴락하려고 갖은 악랄한짓을 다하였다.

일본정부는 이들에게 《친선》과 《협조》의 간판밑에 체결하여야 할 조약내용과 그를 실현하기 위한 수법을 밝힌 태정대신 산죠의 《훈령》까지 주어 조선에 파견하기로 하였다.

산죠는 《훈령》에서 첫째로, 《운양》호 사건의 책임을 조선측에 넘겨씌우고 배상금을 받아낼것. 둘째로, 현재 조선정부가 완전한 국교단절을 선포하고있지 않은 이상 전권대표는 외교통상조약체결을 요구할것이며 조선측에서 이에 순응할 때에는 《운양》호사건에 대한 배상금청구를 대신하는것으로 인정할것. 세째로, 조선측에서 일본의 요구에 응하지 않을 때에는 수단과 방법을 가리지 말아야 한다고 지적하였다.

그뿐아니라 일본은 이른바 《조선정토사령관》을 임명하고 《원정군》의 편성을 다그치면서 매개 부대에 내릴 군사행동명령도 작성해두었다. 륙군대신 야마가다 아리도모는 히로시마와 구마모도 진대에 있는 군사들을 조선의 부산과 가장 가까이 면해있는 시모노세끼에 집결시켜놓고 출동준비를 갖추게 하였다.

《운양》호 사건이후 부산부근 일본《거류민》들의 행패도 극심해졌다. 군함 2척이 부산에 침입하고 780명의 침략군을 비법적으로 상륙한 10월에는 일본군국주의자들의 행동이 더욱 파렴해졌다. 선보사 (먼저 통고한다는 사신) 히로쓰가 도착하니 부산왜관의《거류민》들은 기세등등하여졌다. 말탄자를 앞세운 58명의 부랑배들이 왜관 문밖으로 뛰여나와 두무포, 개운포 일대를 싸다니며 칼부림과 총질을 하였으며 란동을 막으려고 하던 사람들 열두명에게 부상을 입히였다.

1875년 12월 3일 (양력 1876년 1월 6일)에 구로다일행은 도꾜 앞바다 시나가와만에서 군함 6척에 800여명의 침략군을 싣고 출항하였다. 이보다 앞서 군함 2척이 먼저 떠났으므로 모두 8척이 조선을《응징》한다고 부산으로 향하였다.

구로다침략군이 도꾜를 떠나기전에 미국공사 빙햄은 일본외무경 데라지마 무네노리와 마주앉았다.

빙햄의 움푹 패인 파아란 눈은 외무경의 속심을 뻔히 들여다보는듯 교활한 웃음을 담고있었다.

구미렬강들의 눈치를 살피는데 버릇된 외무경은 이미 여러 렬강들의 공사들을 개별적으로 만나 조선원정에 대한 그들의 속심을 타진하고 미국의 태도도 알아내였다. 그래도 마음속으로는 의연히 긴장해지는것을 어쩔수 없었다. 그것은 구미렬강들가운데서도 태평양의 제해권을 틀어쥐고 이 지역의 정세를 막후에서 조정하는 나라가 바로 미국임을 너무도 잘 알고있기때문이였다.

(일본은 아직 힘이 약하다. 그러니 미국의 보호가 절실하지 않은가?)

이같은 기성관념에 사로잡힌 외무경 데라지마는 빙햄이 찾아온것이 못내 불안했다.

조선의 완강한 쇄국의 벽을 허물어뜨리려고 온갖 정력을 기울인 원정함대의 출발을 눈앞에 둔 이 초긴장한 때 빙햄의 출현이 무엇을 의미하는지 짐작이 가지 않았다. 어쩌면 앞에서 찬성해놓고 되돌아앉아서는 반대할것 같았고 본국정부의 긴급 비밀정보를 받은것 같기도 했다.

겉으로는 관례대로 정중하게 공사를 맞은 데라지마는 왜인기질고 유의 초조감에 사로잡혀 조바심을 쳤다. 그는 속마음을 도무지 알아낼 길이 없는 공사의 그 애매몽롱한 표정과 웃음어린 눈빛에 매양 주눅이 들군하던 지난날을 돌이켜보았다.

《운양》호 사건을 계기로 조선원정에 대한 동향을 타진할 때도 빙햄은 움푹 꺼져들어간 눈에 몽롱한 웃음을 담고있지 않았던가.

과연 빙햄이 이런 시기에 예고도 없이 나타난것이 길한 징조일가 불길한 조짐일가?

데라지마는 이런 생각을 하며 혼 나간 늙은이처럼 빙햄을 멍하니 바라보았다.

불도 붙이지 않은 려송연을 입에 문 빙햄은 일부러 시간을 끌며 찾아온 용건을 말하려 하지 않았다.

데라지마는 불과 몇분도 되나마나한 시간이 하루맞잡이처럼 지루하고 따분하게 느껴졌다. 허나 그는 일본정부의 외무성 우두머리라는 자각을 잃지 않았다.

《외무경귀하, 귀국의 구로다전권대사가 군함으로 조선에 가겠지요? 군함으로말입니다.》

빙햄은 《군함》이라는 단어를 곱씹어 되풀이함으로써 대사의 행각이 상선이나 려객선에 의해 이루어져서는 안된다는것을 암시하였다.

상전이 애무해주면 개는 꼬리를 치기 마련이다.

외무경의 어둡던 얼굴빛은 대번에 의기양양한 밝은 표정으로 바뀌였다.

《그건 더 말할나위 없습니다. 이번 구로다전권대사의 행각은 20여년전에 귀국의 페리제독이 완고했던 일본막부의 문을 열어제끼고 화친조약을 체결할 때와 꼭 같습니다. 페리제독이 우리의 시모다항에서 한 조치처럼말입니다.》

외무경은 저도 모르게 빙햄의 두손을 다정하게 잡았다.

두사람은 소리없는 야릇한 웃음을 입가에 띠웠다.

《저역시 그리리라 믿었습니다.》

별로 수선을 떨지 않았으나 빙햄은 고개를 꺼떡이며 지지를 표했다.

《페리제독의 방법이라야 조선과 같은 미개국의 완강한 고집을 대번에 깨버릴수 있습니다. 매우 정확한 방법을 택했습니다.》

페리제독의 방안과 조치란 바로 1854년초에 미국이 일본의 쇄국을 마스고 문호개방을 할 때 해군의 무력으로 위협공갈한 이른바 《무력외교》 또는 《철함외교》라고 하는 강도적인 침략방법이였다.

1846년 메히꼬전쟁시기 이 침략전쟁에 참가한 페리제독(준장)은 해군무력으로 이웃나라를 굴복시키는 《재미》를 보았고 침략자로서의 기질을 유감없이 발휘한 광신자였다.

그후 페리는 미국동인도함대사령관 겸 일본파견 특파대사로 승급되였었다.

미제 아세아침략의 촉수로서 제나름의 신중한 조사를 거듭하여 봉건일본의 개항을 확신한 페리는 해군무력을 동원하여 강도적인 도발과 위협의 방법으로 일본원정을 단행해야 한다는것을 주장하였고 함대의 확대를 정부에 끈덕지게 요청하였다.

또한 일본문헌해도의 수집에 혈안이 되여 날뛰였다.

페리는 모든 준비를 갖추자 드디여 기함 《미씨씨피》호를 타고 침략적인 일본원정을 떠나 1853년에 태평양과 인도양의 거센 물결을 헤가르고 상해에 도착하였다. 그는 그곳에서 함대를 편성한 다음 류뀨(오끼나와)를 거쳐 오가사하라부(아버지)섬에 기항하였다. 그리고는 미국이주민대표에게서 일본의 이세만 미에현에 있는 후다미가우라항안에 저탄장을 사려고 드나드는 4척의 배를 보충받고 우라가에 이르러서는 함포를 마구 쏴대며 한바탕 분주탕을 피웠다.

당시 일본도꾸가와막부의 우두머리와 통치자들은 대항할 엄두도 내지 못하였다. 몇방의 포소리가 그들의 간담을 서늘하게 만들었던 것이다.

페리의 해군무력은 일본통치배들을 위협공갈하고 문호개방을 위한 강도적인 조약체결에서 응당한 **효력**을 보았다. 포소리 몇방에 굳건히 닫겼던 쇄국의 벽은 맥도 추지 못하고 와르르 무너지고말았다.

일본의 문을 열어제낀 페리가 들고나온 요구는 바다에서 조난당한 선원들의 생명재산을 보호할것, 물을 비롯한 식료품을 보급하며 선박수리를 위한 항구들을 개방할것, 저탄장설치권을 부여할것, 미국선박들의 짐을 싣고부리게 하며 물물교역을 진행하도록 승낙할것 등등이였다.

일본막부는 미국의 《무력외교》, 《철함외교》에 무릎을 꿇고 불평등조약을 체결하였다. 그 결과 시모다항(시즈오까현 이즈반도남단) 등을 개항하였다.

미제의 강요로 일본의 개항이 실현되니 여름밥상에 파리떼 모여들듯 구미렬강이 너도나도 달려와서 제가끔 불평등조약을 체결하였다.

그후 페리는 《페리제독 일본원정기》라는 책에 《철함외교》의 전말을 서술하였다. 페리는 이 책에서 미개국에 대한 강도적개항은 앙글로삭손족일당의 《무력외교》에 의한것이였다고 자랑삼아 웨쳤다…

미국공사 빙햄은 외무경 데라지마에게 조선을 개항하려면 이미 20여년전에 페리제독이 강행한 그러한 방법을 적용해야 한다고 적극 부추겼다.

미제상전의 각본을 그대로 받아들인 일본침략자들은 무력적위협을 훨씬 뛰여넘어 조선정부에 무력으로 폭행을 감행하면서 로골적인 침략에로 줄달음쳤다.

1875년 12월 19일 부산에 기여든 구로다는 다음해 1월 17일 조선대표와 공식적인 담판을 시작할 무렵까지 침략함대를 끌고 우리 나라 남해와 서해안 일대를 제멋대로 싸다니면서 무력시위와 연해에 대한 비법적인 측량을 감행하였다.

구로다는 부산에 도착하자마자 조선정부에 《곧 강화도로 가서 조선의 병권(전권)대신과 회합할것인바 만약 대신이 마중나오지 않으면 서울로 직행하겠다.》고 울러메는 한편 며칠동안 정세를 관망하면서 본국에 륙군병력 2개대대를 더 보내줄것을 요청하였다.

일본정부는 곧 참의 겸 내무경 오오꾸보 도시미쯔, 참의 겸 공부경 이등박문, 륙군중장 겸 참의 륙군경 야마가다 아리도모를 비롯한 정부의 우두머리들로 하여금 신중한 토의를 거듭하도록 하였다.

그들이 전보요청을 수락하기로 결정한지 사흘후 정부는 강화도를 점령할 계획밑에 륙군경 야마가다 아리도모를 시모노세끼에 파견하여 륙군부대를 출동시킬 준비에 착수하게 하였다.

일본침략자들이 우리 나라 령해를 침범하여 강화도로 다가오니 이를 알게 된 리조정부는 1월 3일 현직 및 전직 대신들의 회의를 열고 대책을 토의하였다. 회의는 싸움을 주장하는 파와 화해를 하자는 파사이의 치렬한 론쟁속에서 진행되였으나 결국 실권을 쥐고 있던 투항주의적인 민비일파가 우세를 차지하였다.

5일 리조정부는 어영대장(세개의 군사관계관청의 하나인 어영청의 우두머리 벼슬) 신헌을 중추부판사 (일정한 직무가 없는 당상관들을 우대하기 위해 설치한 관청의 종1품벼슬)로 벼슬을 높여 전권대관으로 삼고 도청부(나라안의 모든 군사를 통솔하는 다섯개의 군사단위를 맡아보는 관청)부총관(도청부의 두번째 벼슬아치 종5품) 윤자승을 전권부관으로 임명하여 일본침략자들과 담판하도록 하였다.

한편 구로다는 서해로 서서히 북상하여 1월 10일 초지진앞바다에 정박한후 지방관리를 통해 담판을 제의해왔다.

그리하여 예비담판은 1월 12일에 시작되고 17일에는 정식 담판으로 넘어갔다. 회담장소로는 강화부 서문안의 련무당으로 정했다.

담판은 처음부터 구로다의 횡포무도한 강요로 매우 긴장된 분위기속에서 진행되였다. 구로다는 상전으로부터 받은 침략적인 《훈령》을 한수 더 떠서 작성한 조약초안을 내놓고 조선대표에게 무조건 접수할것을 강요하였다.

그 초안에는 일본사신이 조선에 오면 병권(전권)대사가 친히 접대하지만 반대로 조선사신이 일본에 가는 경우에는 전권대사가 아니라 의무성고관이 영접한다는 등의 불평등한 조항들이 들어있었다.

구로다가 제기한 초안의 조항들은 어느것이나 다 도적이 매를 드는 격의 엉터리 없고 어처구니없는 내용들이였다.

조선대표 신헌은 일본침략자들이 내놓은 조약초안의 부당성을 사리정연하게 밝가놓으면서 조선의 개국통상에서 주도권을 잃지 않기 위하여 《금칙 6개조》(금지해야 할 조항 6개조)를 내놓았다.

일본인들의 상평전(돈) 사용금지, 낟알무역금지, 무역은 물물교환만 하되 되걸이, 고리대금업금지, 일본과만 수호관계를 맺는바 일본인은 외국인을 끌어들이지 못한다, 아편이나 기독교성서를 끌어들이지 못한다, 표류민이나 망명자를 적발하여 본국으로 돌려보내여 그 나라 법에 의하여 처단한다 등 《금칙 6개조》는 시대발전에 뒤떨어진 봉건제도를 유지고착시키려는 보수적인 태도와 당면한 자본주의침략으로부터 나라를 방위하려는 립장도 어느정도 반영되여

있는것이였다.
　교활한 일제는 《금칙 6개조》를 다만 구두합의만 보고 기본조약체결원문에서는 밝히지 않는다는 그러한 간교한 수법으로써 그것을 완전히 백지화해버리고 침략적요구를 계속 강요하였다.
　이무렵 중국만청정부의 실권자인 리홍장이 《개국함이 유리하다》고 민씨일파에게 통고해왔다.
　이를 계기로 담판은 리조봉건정부의 립장이 변경되여 침략자들이 제기한 12개조 조항을 접수하는데까지 이르렀다.
　1월 26일 구로다는 조약문비준에 조선왕이 도장을 찍도록 집요하게 강박하였다.
　조선대표는 조선에서는 관례에 따라 왕이 승인하면 허락한다는 뜻으로 《윤》자를 써서 비준하면 된다고 하였지만 끝내는 구로다의 강박에 못이겨 《조선국주상지보》라는 도장을 찍어 조인하기로 락착을 지었다.
　그렇게 되여 2월 3일 (양력 2월 27일)에는 12개조로 된 《조일수호조규》(이른바 《강화도조약》)라는 불평등조약을 체결하고야 말았다.
　《강화도조약》은 조선민족의 자주권과 리익을 전면적으로 침해한 예속적인 불평등조약이였다.
　조약에는 조선의 항구들을 일본상인들의 《자유무역》을 위해서 개방하여야 한다고 규정하였다.
　개항장으로는 부산이 지정되였고 또 20개월동안 경기, 충청, 경상, 함경 5도 연해에서 편리한 지점 두곳을 지정하기로 하였다.
　국가의 아무런 간섭이 없이 자유로 무역할수 있다는 《자유무역》 조항은 일본자본침투의 길을 열어놓은것이였다. 뿐만아니라 일제는 치외법권항목을 좋아박음으로써 주권침해의 가능성도 보장받았다. 이 조약 10조에는 《일본사람이 조선의 지정한 항구에서 죄를 졌을 경우 만일 조선사람들과 관련되면 모두 일본에 넘겨서 조사판결하게… 한다》라고 규정되여있다. 이 치외법권은 대외관계에서 상대방나라의 주권에 대한 란폭한 침해였다.
　일본침략자들은 조선연해에 대한 측량 및 지도작성의 자유를 보장할데 대한 조항도 강제로 넣어 저들의 정치경제적침투뿐아니라 군사적침략의 길도 터놓았다.

《운양》호 사건을 도발한 일본군국주의는 이처럼 일방적이며 침략적인 《강화도조약》을 체결함으로써 미국상전들이 가르쳐준 각본대로 조선을 개방하였다. 그리하여 부패무능한 리조봉건통치배들은 나라를 급속한 반식민지화의 소용돌이속에 몰아넣고말았다.

×

《운양》호가 강화도앞바다에 닻을 내린 때로부터 시작된 폭우는 조선왕궁을 물바다속에 잠그어버리려는듯 더욱 억수로 쏟아졌다.

오만무례한 일본군국주의자들은 그후 집요하게도 조선왕정을 무력으로 위협하면서 한발자욱 한발자욱 침략의 더러운 군화발을 들여놓았다.

조선침략의 길잡이로 일본을 부추긴 미제를 비롯한 구미렬강은 일본이 열어놓은 길을 따라 완강한 쇄국정책으로 폐쇄돼있던 은둔국 리조봉건국가의 문을 열고 침략적인 불평등조약들을 강제로 체결하였다.

《운양》호가 닻을 내린 그날의 그 흑운속에 가리워있던 폭우를 가늠해보지 못한 민비일파의 사대굴종에서 우리 인민은 력사의 피어린 교훈을 찾게 되였다.

림 종 상

선과 악

옛날 재령지방의 쑥우물마을에 인선이라는 가난한 농군이 살고있었다.

인선은 얼마안되는 땅만 뚜져서는 살아갈수가 없어서 매를 가지고 꿩사냥을 하여 살림을 보탰였다. 꿩을 몇마리씩 잡아서 재령장에 나가팔면 쌀 되박도 생기고 무명끝도 생겼다.

인선은 이 귀중한 매를 애지중지 돌보았다. 사람 못먹는 닭을 잡아서라도 먹이를 떨구지 않았고 겨울밤이면 반드시 방안말뚝에 앉혀놓고야 잠을 잤다. 그 덕에 몸집이 실한 매의 털은 늘쌍 기름동이에서 건져낸듯 번들번들 윤이 났다. 또 사냥을 나가서 꿩을 쫓아 내리꼰칠 때는 그야말로 번개였다. 그래서 쑥우물은 더 말할것 없고 린근의 여러 마을과 지어 재령읍거리 사람들도 이 매의 신세를 지고 살았다. 제사요, 잔치요 하는 대사가 생기면 꿩 쓸일이 껴묻어 일어나기 마련이였던것이다. 마음 착한 인선은 꿩을 써야 할 사람들의 청을 단 한번도 거절한적이 없었다. 그렇다고 하여 꿩사냥이 떡먹듯 쉬운것은 아니였다. 꿩사냥은 겨울날 그것도 눈이 덮인 때가 제일 좋았다. 하지만 숫눈판을 뛰여다니며 꿩을 찾아다니고 매를 놓아 그놈을 잡기란 하루종일 씨름을 한것만큼이나 힘이 들었다. 어찌 그뿐이랴. 산과 들을 하루종일 헤매여도 헛탕치는 때가 드문하였다. 인선은 그런 경우 사람들의 간절한 청을 들어주지 못한것이 안타까워 안절부절하며 어쩔줄을 몰라하였다. 그러므로 인선은 꿩을 많이 잡았을 때는 다 장에 내다 팔지않고 더러 바깥움 속에 매달아두었다가 꿩을 쓰겠다고 찾아오는 사람에게 내주군하였다. 그리고 꿩을 받은이가 감지덕지하여 시가보다 더 많은 값을 물려할 때는 손을 홰홰 내저으며 지어 화를 내기까지 하였다.

《여보시오, 그 집 대사에 쓸 꿩한마리 드렸다고 내가 굶어죽겠소. 다른 부조는 할 형편이 못 되니 그걸로 대신하게 해주시우.》

인정에 침뱉는 사람이란 없는 법이다. 대사집에서는 언제나 꿩값 이상으로 떡이며 술, 약과, 강정 등 잔치음식을 푸짐히 보내여왔다.

마을에서 제일가는 부자인 용팔은 그런 인선을 시기하여 은근히 배를 앓았다. 더우기 가난뱅이들이 재산도 많고 세력이 당당한 저는 쓴외보듯하면서 그 보잘나위없는 인선을 대단하게 여기는것이 참기 어려울 정도로 역겨웠다.

어느 겨울날 해저물무렵 인선은 여느때와 같이 양지켠 처마밑으로 갔다. 처마끝에 매여달린 조롱안에서 매를 꺼내여 방으로 옮겨야 했기때문이였다.
아, 헌데 이게 웬일이냐. 어찌된 일인지 조롱은 텅 비여있었다.
도적맞혔구나 하는 생각에 가슴이 철렁했다. 허둥지둥 밖으로 뛰쳐나간 그는 날이 새까매질 때까지 매를 찾아헤매였다. 그러나 매는 어디에도 없었다.
그날밤을 뜬눈으로 밝힌 인선은 다음날 꼭두새벽에 또 집을 나섰다. 마을사람들도 그를 도와 이 동네 저 동네를 돌아보았다. 허지만 역시 허사였다.
그로부터 며칠이 지나니 용팔이가 매를 사왔다는 소문이 나돌았다. 그도 이제는 매사냥을 한다는것이였다. 이 소문에 인선은 물론이고 마을사람모두가 눈살을 찌프렸다. 여느때는 용팔이가 매 아니라 룡을 사왔다 해도 관심조차 돌리지 않으련만 지금은 사정이 달랐다. 그들은 도무지 어울리지 않는 용팔의 꿩사냥에 은근히 신경을 썼고 저마다 인선을 찾아와서는 그자의 집에 한번 가보라고 권하기도 하였다.
인선은 별로 내키지 않았으나 《혹시?》 하는 생각도 없지 않아 용팔의 집으로 갔다. 매를 구경하러 왔다고 하니 용팔은 입가에 조소를 띠우고 빙글거리며 그를 뒤뜰안으로 이끌었다.
인선은 매를 보는 순간 가슴이 후두두 뛰고 심장이 밖으로 튀여나오는가싶었다. 호화로운 장안에 갇혀있는 매가 분명 자기의 매였던것이다. 매도 그를 알아본모양 불안스레 객객거리며 날개를 퍼덕였다. 인선은 너무 반가워 눈물이 쿡 솟았다. 그는 저도 모르게 조롱을 덥석 끌어안았다.
《무슨 지랄이야!》
천둥같은 욕설이 뒤덜미를 쳤다. 와뜰 놀라서 돌아보니 용팔이가 눈에 달이 올라 쏘아보고있었다.
《이건 내거야. 돌려달라구!》

《뭣이 자네거라구?!》

《내 매가 틀림없어.》

《아니, 이건 여기가 어데라구 생떼질이야. 거 정말 날도적 한가지로군. 곱게 말할 때 돌아가. 팬히 경을 치기전에.》

《내 짐승 내가 찾는데 무슨놈의 경이야.》

그러자 용팔은 갑자기 《허허!》 하고 어이없어 너털웃음을 터뜨렸다.

《세상에 별 맹랑한놈 다 본다. 그 매가 자네것이라는 증표가 어디 있어? 어디 있기에 망발이야. 되지 못하게!》

인선은 몹시 분하였지만 어쩌지 못하고 물러나오고말았다. 매는 주인을 반기였어도 말을 못하는 짐승이라 그것으로 《증표》를 삼을 수는 없었던것이다.

인선은 죽고싶을 지경으로 억울하였다. 이웃들도 억울하기는 마찬가지였으나 아무런 도움도 줄념을 못했다.

사람이 급하면 부처의 다리라도 붙안는 법이다. 인선은 고을구실아치들이 용팔의 편인줄 뻔히 알면서도 관청에 찾아가서 하소연을 해보았다. 아니나다를가 리방은 그의 말을 다 듣고 코웃음을 쳤다.

《흥, 별 빌빠진놈 다 본다. 이놈아, 우리가 뭐 할일이 없어 그따위 애들 동구박질같은 송사질에 코를 들이밀줄 아느냐? 썩 물러가라.》

《그러지 말고 사정을 좀 봐주십시오. 그 매가 없으면 우린 살수가 없소이다. 그게 비록 보잘것 없는 짐승이나 소인에게는 한식구 맞잡이외다. 그러니…》

《예끼 못난놈, 그만 해라. 그따위 말은 듣기도 싫다. 그놈이 설사 너의 매라고 하더라도 까마귀 암컷 수컷을 알수 없듯이 임자를 가려낼수 없는데 대체 어쩌란말이냐.》

《아무튼 관가에서 이런 사정도 안보아주시면 나같은 시골백성이야 어떻게 삽니까.》

《관가가 정사를 보는데지 사정을 보는데냐. 별 시럽의 아들놈 다 보겠다.》

인선은 더 말을 못하고 쫓겨났다. 백성들의 등을 쳐먹고 살아가는 리방놈도 결국은 용팔과 한짝이였다.

천근같은 다리를 질질 끌며 겨우 집으로 온 그는 자리를 펴고 벌렁 드러누웠다.
 다음날 중낮쯤 되니 동네아이 하나가 와서 좌상로인이 부른다는 전갈을 했다. 모두가 떠받드는 좌상로인의 분부라 아니갈수 없어 인선은 가까스로 일어났다.
 얼마후 그는 좌상로인의 집울안에 들어서자 눈이 둥그래졌다. 안마당에 사람들이 꽉 들어차고 퇴마루우에는 용팔이네 매조롱이 놓여있었다. 용팔은 매조롱에 뻣뻣이 서서 인선이를 노려보았다.
 《인선이 이 사람 이리 오게!》
 마루 한가운데 높직이 앉은 좌상령감이 엄하게 일렀다. 인선은 죄인처럼 조심스럽게 다가갔다.
 《자네가 남의 매를 제것이라 생억지를 썼다지!》
 돌연 좌상로인이 눈을 딱 부릅뜨고 호령했다.
 인선은 등줄기가 오싹 했다. 용팔에게 자기 매를 돌려달라고 한것이 죄가 되여 벌을 주려는것 같았다. 그는 억울하기도 하고 서글프기도 하였다. 이 세상의 법이 그리도 공정치 못하니 제 물건을 찾으려는것마저 죄로 되는구나 하고 생각하니 통분하기 그지 없었다.
 인선은 판결이 어떻게 내리든간에 끝까지 굽어들지 않으리라 단단히 마음먹고 매조롱앞에 다가섰다.
 좌상로인은 매조롱을 가리키며 나직이 물었다.
 《용팔이, 이 매가 분명 자네것이였다?》
 《예, 틀림없이 제가 장에서 사온것이외다.》
 《음, 그렇거니… 그럼 인선이, 자네 대답해보게. 이 매가 자네것이였다?》
 《예…저…》
 《음, 그렇겠다.》
 좌상로인은 한마당 가득찬 사람들을 쭉 둘러보고나서 단호한 태도로 말했다.
 《이 매 한마리에 용팔이의 증표도 인선이의 증표도 없네. 더구나 관가에서도 모른다고 내물린 송사인즉 매가 제 주인을 찾기는 다 글렀어. 요컨대 인선이와 용팔이 두사람이 제것이라 하는 말을 다 믿을수밖에 없단 말일세.》
 로인은 어험어험 헛기침을 두어번하고 마루에서 내려와 조롱속의 매를 꺼내였다. 그런 다음 피춤에서 시퍼런 장도칼을 쭉 뽑더니 그

끝을 매의 가슴 한복판에 대며 판결을 내렸다.
《이 한마리의 매를 두쪽으로 갈라서 두 임자에게 똑같이 나누어 주겠네!》
인선은 눈앞이 캄캄했다. 그러나 용팔은 희색이 만면하여 두손을 로인앞으로 뻗쳤다.
《과시 좌상어른다운 판결이외다. 어서 나에게 한쪽을 주십시오.》
그 소리를 들은 인선은 정신없이 로인의 다리를 끌어안았다.
《좌상어른, 제발 칼을 대지 말아주십시오. 차라리 그 칼로 제 가슴을, 제 가슴을… 매에게 무슨 죄가 있습니까. 매는 죽이지 마십시오.》
이같이 말한 그는 벌떡 일어나 로인의 칼든 팔을 움켜잡고 미친듯 부르짖었다.
《제발 칼을 내리우십시오!》
바로 그순간 어인 일인지 매가 그의 가슴에 와락 안겨졌다. 인선은 어망결에 그것을 꽉 껴안았다. 그와 동시에 《철썩》하는 소리가 울렸다.
좌상로인이 용팔이의 따귀를 불이 번쩍나게 후려쳤던것이다.
《이 고약한 도적놈! 매 한쪽을 어서 달라? 검불 하나도 남안주는 네가 제 돈주고 사온 물건의 절반만 가지겠다구?… 너의 언행은 도적놈의 언행이요 매를 살려달라고 애걸한 인선의 언행은 주인의 언행이다.》
로인은 용팔이를 눈알이 빠져나갈 지경으로 한바탕 호되게 꾸짖었다.
늘 사람들을 깔보며 으시대던 용팔이도 좌상로인에게는 감히 대들지 못했다. 지금 이자는 고양이앞의 쥐새끼처럼 바들바들 떨기만 했다.
이윽고 좌상로인이 좌중을 둘러보며 엄숙하게 물었다.
《헌즉 용팔은 어떤 사람이라고 해야 옳겠나?》
《도적놈이요!》
《그럼 이 더러운 도적놈을 우리 동네에서 쫓아내여라!》 좌상령감이 드디어 판결을 내렸다.
《옳소이다. 도적놈을 쫓아냅시다!》
온 동네사람들이 호응했다.

모임이 끝나자 좌상로인은 안으로 들어가버리고 모였던 사람들도 흩어지기 시작했다.
이윽고 대문을 나선 사람들속에서는 이런 말들이 오고갔다.
《좌상이 좌상이지. 참 명판결이라니!》
《증거가 없어도 명백히 갈라냈거든. 주인과 도적의 마음을 중떠 본건 과시 명철한 판단이야.》
《물론 좌상어른의 판결이 명철한건 사실이지. 허나 좌상어른이 그런 판결을 내리게 된것도 인선이가 선한 덕이라네. 온 동네사람들이 인선이의 선한 맘을 믿고 그를 도와줘야 한다고 끓으니까 좌상어른이 그렇듯 밝게 흑백을 갈라낼수 있은게거든.》
《옳아. 인선이가 용팔이처럼 악한놈이였더면 뒈진다고 해도 누가 넘썩이나 할라구.》
어떤이들은 그저 말없이 고개만 끄덕이기도 하였다. 좌상로인의 판결은 그들의 마음을 참으로 후련하게 해주었다.
용팔은 그날로 마을에서 쫓겨나고 인선은 그전처럼 매를 놓아 꿩사냥을 하면서 이웃들과 더불어 화목하게 살아갔다.

리 빈

두 친구

갑산이네는 밑이 째여지게 가난하였다. 삼시 죽물조차 우리기 바쁘고 일년내내 옷 한벌 갈아입을 형편이 못되였다. 그래도 아들딸은 오롱조롱 다섯이나 되였다. 잘사는 집은 자식이 없어 근심이고 가난한 사람에게는 자식이 많아서 먹여살릴 일이 걱정이라는 말이 과연 옳은가보았다.

어머니의 제사날이 가까워지니 갑산은 속이 상했다. 당장 끼니도 이어대기가 어려운 형편인데 제사는 무엇으로 지낸단 말인가.

제사전날 저녁 갑산은 안해를 보고 근심스러운 표정을 지으며
《여보, 어머님 제사날이 래일저녁이요. 헌데 돈한푼 없으니 무엇으로 제수를 마련하면 좋소?… 일년이 차라리 좀더 길기나 했으면 좋으련만…》하고 말했다. 안해에게 무슨 수가 있겠거니 해서가 아니라 하도 안타갑던 나머지 해보는 소리였다.

《제날을 미뤄놓고 무슨 변통을 내보면 어떨가요?》

《미룬다?! 우리 형편에 미룬다고 무슨 뾰족수가 나겠소. 만날 그식이 장식인걸. 더구나 법에 생일물림은 있어도 제사물림은 **없**다오.》

《그건 왜요?》

《혼백이 제사날 한번 운감했다가는 다시 오는 법이 없으니 그렇지.》

안해는 방바닥이 꺼지게 한숨을 쉬고나서 고개를 숙이고 한참 생각을 더듬더니

《저― 거길 가보시면 어떨른지…》하며 말끝을 흐리였다.

《거기라니?》

《저 재너머 을봉아주버닐 또 좀 찾아가시여 사정해보시는게 혹시… 그 집형편이 우리와 도토리 키 대보긴 하지만 그래두―》

《허―그 집엘 또 간단 말이요?! 여태 그 친구 신셀 지기만 했지 언제 갚아본적이 있었소. 참 오다가다 을봉이를 만나기만해두 여간 옹색하지 않는데…》

《가서 안타까운 소리라도 좀 해보시지요. 그럼 맘씨라도 좀 풀릴게 아니예요.》

《하긴 그래. 우리한텐 가까운 친척도 없으니 썩는 속이나마 헤쳐보일 사람은 그 친구 하나야.》

갑산은 하는수 없이 천근같은 다리를 질질 끌며 고개너머 을봉을 찾아갔다.

그의 사정이야기를 주의깊이 듣고난 을봉이는 고개를 푹 수그리고 긴 한숨만 내뿜었다.

갑산은 공연히 찾아와가지고 친구의 마음을 상하게 만든것이 못내 후회되였다. 그는 을봉의 손목을 잡고 울먹이며 말했다.

《이보게 을봉이, 날 용서하게. 친구를 돕진 못할망정… 내 급한 사정에만 쫓기다보니 그만…》

이 말을 들은 을봉은 오히려 펄쩍 뛰였다.

《갑산이 이 사람, 무슨 소릴 하나? 자네가 뭐 내게서 검불하나 다쳤나?》

《마음을 언짢게 만들어놓지 않았나. 우리처럼 없는 살림에야 마음이라도 서로 보태야 할게 아닌가.》

《그렇긴 하지.》

서발막대 휘둘러야 거칠것 없는 집안에 침묵이 가득찼다. 이윽고 갑산은 무거운 몸을 일으켰다.

을봉은 친구를 도와주지 못한것이 미안하여 얼굴을 못들었다. 하지만 동구밖까지 따라나와 말없이 바래주었다.

고개를 넘어 빈손으로 돌아가는 갑산의 눈에는 길이 보이지 않았다. 반반한 길바닥에 걸채이는것이 어찌나 많은지 줄곧 비틀거렸다. 지나가던 사람들이 그 모양을 보고 손가락질을 하며 웃었다.

《대낮에 고주망태가 되였군.》

《허허. 한다 하는 건달황량인가보네. 비칠걸음이 아주 제법일세.》

《아니, 원 술을 얼마나 퍼마시면 저 꼴이 될가. 쯧쯧.》

갑산은 말짱한 정신으로 듣기가 역했으나 모르는체 할수밖에 없었다. 그는 정말로 술취한 사람마냥 이리비칠 저리비칠 걸으며 중얼거렸다.

《난 불효자야, 죄진놈이야. 부모님 제사도 못드리게 됐으니.》
갑산은 돌부리를 걸어차고 앞으로 엎어질번하였다.
《어—허 어—허 어—허…》
탄식소리가 저절로 흘러나왔다. 문득 행여나 하고 기다리고있을 마음 착한 안해를 생각하니 기가 막혔다. 모진 고생속에서도 군말없이 시부모를 봉양하고 남편을 지성으로 섬겨온 그 안해야말로 더없이 고마운 사람이였다.
《내가 사내구실을 못해서…》
그는 불을 타고 흘러내리는 질적한 눈물을 손바닥으로 훔쳤다.
마을어귀에 이르자 홀연 등뒤에서 뚜걱뚜걱 소발통소리가 들려왔다. 한옆으로 비켜서며 고개를 드니 별안간 커다란 소 한마리가 코김을 씩씩 내불며 길을 가로막았다.
《어이쿠!》
갑산은 뒤로 한걸음 훌쩍 물러섰다. 땅만 수굿이 들여다보며 걷던참이라 제풀에 깜짝 놀랐던것이다.
《여보게 갑산이!》
정신을 미처 차리기도전에 을봉의 둥그런 얼굴이 안겨왔다. 을봉은 소고삐를 한손에 움켜쥐고 다가섰다.
《이 소를 팔아서 제수를 장만하게.》
《아니 뭐라구?》
갑산은 도무지 영문을 알수 없었다.
《내 아까 인차 대답을 못줘서 미안하이.》 하고 을봉은 빙그레 웃으며 말했다.
《말을 비쳤다가 아무 소득도 없이 그저 돌아간다는건 얼마나 기막힌 일인가. 그래두 친구라구 하면서 친구의 딱한 사정을 제일처럼 생각하지 못했네그려. 날 제발 용서하게.》
갑산은 머리가 뗑하였다. 꼭 꿈을 꾸는것만 같았다. 아무리 친구라 한들 이럴수가 있는가. 이같은 성의는 한태줄을 타고난 형제간에도 바랄수 없는것이다.
(내가 분명 속을 앓던 나머지 귀도 눈도 다 먼 모양이다.)
갑산은 넋나간 사람처럼 멍청하니 서서 머리를 흔들었다.
《이 사람 왜 그러고 서있나? 어서 이걸 받게.》

열결에 고삐를 받아쥔 갑산은 펄쩍 뛰며 그것을 도루 내밀었다.

《여보게 을봉이, 자네 제정신인가?! 어쩌자구 이러나. 이 소는 자네집의 통재산이나 다름없구 또 이걸 하나 믿구서 온 식솔이 살아가지 않나말야. 안돼. 못받아.》

《허허, 정말 이러지 말게. 이것 없어도 우린 이럭저럭 살아갈수 있어. 다른거면 몰라도 부모님 위한 일인데 뭘 아끼겠다구. 부생모육지은을 우리가 어찌 한순간인들 잊을수 있겠나.》

《허지만 자네 부모님 일은 아니지 않나.》

《어ー어, 무슨 말을 그렇게 하는건가. 친구부모이자 내 부모이지.》

을봉이는 두말을 말라는듯 손을 한번 홱 내젓고 오던 길을 되돌아 씽씽 걸어갔다.

《원 사람두…》

갑산은 소고삐를 쥐고 서서 고개를 설레설레 저었다. 그는 을봉이가 고개너머로 사라진 뒤에야 천천히 소를 끌고 자리를 떴다.

갑산은 다음날 아침 50리 상거한 읍거리장에 나갔다. 점심때가 되여 배속에서는 쪼르륵 소리가 연해 났으나 그는 무얼 좀 먹고싶은 생각은 전혀 없었다. 물건을 팔고 사며 흥정하는 소리가 떠들썩해도 그런데는 주의를 돌리지 않고 소를 사려는 대상만 찾았다. 한참만에 소를 사겠다는 사람이 나타났다. 하지만 갑산은 그 사람이 값을 너무 적게 주려고 하므로 더 흥정하려 하지않았다. 그렇게 네 사람만에야 그는 마음이 후한 사람을 만나 엽전 삼백서른두잎을 받고 소를 팔았다.

한잎이라도 더 받아내려고 애를 박박 쓰면서 오래 지체하다나니 어느새 해도 퍼그나 기울었다. 그는 서두르며 쉰잎을 들여 제물을 마련했다.

돌아오는 길은 무척 힘이 들었다. 이백여든두잎의 돈과 술, 떡, 고기, 과실 등속의 제물을 하나로 탄탄하게 꾸려 짊어진 짐보다도 친구의 신세를 져서 생긴 마음의 짐이 걸음을 더 무겁게 하는것 같았다. 커다란 짐은 어깨를 파고들듯이 내려누르고 지친 다리는 휘청거렸다.

진땀을 흘리며 부지런히 걸었건만 산굴길에 접어들었을 즈음에는 해가 서산으로 꼴깍 넘어가고말았다.

재수없이 도적을 만나게 될가보아 겁이 났다. 혹시 동행할 사람이 있을가 하여 뒤를 돌아보았지만 저녁녘이라 그런지 그림자 하나 얼씬하지 않았다. 마음은 말할수 없이 조급하고 초조해도 걸음은 점점 떠졌다.

힘이 진하고 다리도 아프니 잠간 쉬였으면 좋으련만 그럴수가 없다. 꾸물거리고 지체하다가 무슨 일을 당할지 모른다. 제사만 아니라도 되돌아가서 하루밤 묵어가겠으나 오늘저녁이 제사날이니 결단코 가야 했다. 헌데 이대로 가자니 도적이 무섭다. 보름전에 여기서 도적을 만나 가진것을 다 털리고 겨우 목숨만 살아난 사람도 있지 않는가. 그러니 돈과 재물은 말할것도 없고 목숨까지 빼앗길지 모른다. 에라 모르겠다. 도적이 무서워 갈길도 못가랴…

혼자서 허허 웃은 갑산은 이를 악물고 걸음을 더욱 빨리하였다. 건너편 동산우에 보름달이 두둥실 떠오르고 어디선지 소쩍새가 구슬프게 울었다. 숨을 헐떡거리며 한참 걷느라니 눈앞에서 웬 그림자가 얼씬거렸다. 갑산은 전신에 소름이 쫙 끼쳤으나 걸음을 멈추지 않았다.

《이놈, 게 섰거라!》

별안간 찌렁찌렁한 고함소리가 울리고 숲속에서 웬 피한이 달려나와 시커멓게 길을 막았다.

갑산은 그자리에 못박힌듯 우뚝 섰다.

(아이구 이젠 죽었구나!)

가슴이 덜컥 내려앉고 눈앞이 캄캄했다.

검은천으로 얼굴을 둘둘 감싸고 눈만 내놓은 피한은 길가운데 두 다리를 뻗치고 서있었다. 그놈의 손에서는 짤막하고 날카로운 비수가 번쩍이였다.

《짐을 벗어놔라!》

도적은 금방 찌를듯 사나운 기세로 다가오며 소리쳤다.

갑산은 정신을 가다듬고 그 도적앞에 무릎을 꿇었다. 그리고는 설음에 북받쳐 눈물을 흘리며 이 길을 걷게 된 사유를 이야기 했다.

도적은 마음이 동하는지 잠간 무엇을 생각하는것 같았으나 《네 말을 들어주면 나두 기쁘겠다만…》 하고 고개를 가로저었다.
 《듣고보니 네 정상이 가긍하구나. 어쩌면 너의 살림이 내 살림과 그리도 비슷하냐. 그렇다 해두 너는 이 돈과 짐을 잃고는 제사나 못 지내지만 나는 이게 없으면 일곱식구가 다 굶어죽고 늙으신 어머니도 세상을 떠나게 된다. 그러니 사정을 봐주고싶어도 할수 없구나. 어서 짐을 벗어놔라!》
 《여보시오. 너무 그러지 말고 생각을 좀 해주시우. 제발 이게 없어서 내가 돌아가신 부모님들께 또 죄를 짓지 않게 해주시오. 내게 있는 소를 팔아 쥔 돈이고 재물이라면 내 정녕 이러지 않겠소. 하나밖에 없는 소를 나에게 준 을봉이 그 친구의 은혜는 갚지 못할망정 후날 만나볼 면목이라도 있어야 할게 아니겠소. 나는 천금보다 중한 친구간의 의리도 모를뿐더러 불효막심한놈이 되고말터이니 이보다 더 딱한 일이 어디 있겠소.》
 갑산은 평생 배운 재간을 다하여 절절하게 호소했다. 도적은 어떻게 할가 망설이는지 《음—》 하고 뜻모를 소리를 내였다.
 이때 돌연 어둑컴컴한 길 앞뒤쪽에서 거의 동시에 《이놈 꼼짝말아!》 하는 호통이 벼락같이 터졌다. 갑산이는 깜짝 놀랐다. 또 다른놈의 도적떼로구나 하는 선뜩한 느낌이 드는 순간 어인 까닭인지 도적이 털썩 주저앉았다. 그 순간 벙거지를 쓴 사령들이 앞뒤로 우르르 달려들었다. 그들은 저마다 륙모방망이를 들고있었다. 그중 두드러지게 장대한 사령이 도적의 멱살을 움켜잡더니 와락 일으켜세우며 사납게 따졌다.
 《이 흉악한 도적놈아, 네가 이 사람의 짐을 털려댔지?》
 사령은 당장 골통을 바술 기세로 방망이를 번쩍 추켜들면서 을러댔다. 도적은 와들와들 떨기만 할뿐 대답을 못하였다.
 갑산이는 우선 (하늘이 돕는구나!) 하는 생각에 숨이 나갔다. 무사히 살아나게 된 기쁨도 컸다. 그러면서도 붙잡혀가기만 하면 영낙없이 죽을 도적이 걱정되였다. 저 사람이 잡혀가서 죽으면 늙은 어머니와 굶어 늘어진 처자들은 어찌하랴 하는 생각이 드니 모르는 체할수 없었다.
 갑산은 짐을 얼른 벗어놓고 일어나서 몽치를 치켜든 사령의 팔을 붙들었다.
 《여보시오, 사령, 이 사람은 도적이 아니오!》

《뭐라구? 도적이 아니다? 내 방금 〈짐을 내놔라〉 하는 소릴 듣구 달려들었는데두?!》 하고 사령은 제팔을 잡은 그의 손을 뿌리쳤다.
《건 그런게 아니라…》
《이 사람 제정신인가? 저 죽이려던 도적놈의 편을 들다니…》
갑산은 정신이 버쩍 들어 사령의 앞을 막아나섰다.
《여보, 남의 사정은 알아보지도 않고 이게 무슨 짓이요.》 하고 그는 울상이 되여 부르짖었다.
《난 작년가을에 이 사람한테서 삼백냥을 꾼적이 있었소. 그런데 마침 여기서 만나 물 형편이 못되는 나를 붙잡고 자꾸 내라는게 아니겠소. 지금 내 전대안의 이 돈은 내 돈이 아니라 친구의 소값이요. 그런데도 이 사람은 곧이 듣지 않구 성이 나서 내란단말이요. 그래서 옥신각신했는데 이 사람이 도적이라니원!》
그 말을 들은 사령들은 어쩌면 좋을지 몰라 서로 얼굴을 마주보았다. 그러니 갑산은 이 기회를 놓칠세라 부랴부랴 전대를 벗겨 도적에게 성큼 안겨주며
《옜소. 자칫 잘못하다간 당신이 날 도와주고도 나때문에 해를 입을번 했구려.》 하고 말했다. 그리고는 뒤도 돌아보지 않고 허둥지둥 달아났다. 그가 이렇듯 단호한 행동을 한덕에 사령들은 도적을 놓아주었다.
집에 돌아온 갑산은 제사를 지내면서 애통하게 울었다. 어머니가 그리워 울고 자식노릇을 잘못한것이 가슴아파 울고 소값을 물어낼 길이 없어 하염없이 눈물을 흘렸다. 밤새껏 한잠도 자지 못한 그는 새벽에 을봉이를 찾아가서 친구를 붙들고 또 울음을 터뜨렸다. 그리고 지난밤에 봉변당하던 일을 대충 알린 다음 이렇게 말했다.
《여보게 을봉이, 이 노릇을 어쩌자나 응? 자네는 날 자기처럼 믿구 소를 넌쩍 내주었는데 난 그 신의를… 난 사람이 아니야. 용서하게… 어유 이 갑산이 팔자는 왜 이리두 기구한지…》
그러나 을봉은 오히려 친구의 마음을 몰라주는 그의 말이 노여워서 화를 버럭 내였다.
《이 사람 갑산이, 자넨 날 친구로 알지 않는군.》
《그걸 다 말이라구 하나?!》

《친구로 알면야 왜 그런 말을 하나? 친구를 위해서는 목숨을 바칠수 있어야 서로 믿고 의지하게 된다네. 항차 소 한마리가 뭐라구 자넨 그저 용서용서하구 외우는가. 나는 자네한테 소를 빌려준것이 아니라 아주 주었네. 그런즉 그 소는 자네 소가 아닌가. 자네 소값을 자네 맘대로 처분했으면 그만이지 왜 날 찾아와서 이 야단인가.》

《아니야, 제발 내 말을 좀 들어보게. 신의를 저버렸으니 이보다 더 큰 죄가 어디 있겠나. 난 정말…》

《됐어. 그만하라구. 잘됐네. 아무튼 자네 목숨도 구하고 불쌍한 사람들의 목숨도 구해주었으니 천행이구 제사도 잘 지냈으니 얼마나 다행한 일인가. 참으로 다 잘됐다니까.》

《여보게 을봉이!》

갑산은 너무도 감격에 겨워 친구를 와락 얼싸안았다.

그로부터 며칠이 지나갔다. 밭일을 나가려고 일찍 일어나서 이것저것 차비하던 을봉은 귀익은 영각소리에 고개를 들었다. 사립문밖에 웬 사나이가 소를 끌고와서 서있었다. 자세히 보니 갑산이에게 팔라고 주었던 소였다.

그 사나이는 소를 울안으로 끌어들이더니 을봉이앞에 와서 절을 굽석하였다.

《갑산형님이 보냅디다.》

《뭐 그 사람이?!…그럴리 없는데!》

그러거나말거나 그 사나이는 또 한번 깊숙이 허리굽혀 절하고 어데론가 바삐 걸어갔다.

을봉은 하도 이상하여 즉시 갑산을 찾아갔다.

《갑산이 이 사람, 소를 무슨 돈으로 도로 사왔나 응?》

《아니, 을봉이 자네 실성한게 아닌가? 내가 무슨 소를 도로 사왔다고 그러나?》

《허허, 세상에 별일이 다 있군.》

을봉은 그제야 짐작이 가는바가 있어 고개를 끄덕이였다. 그것은 강도질을 하던 사람의 소행이 틀림없었다.

리 빈

지은 죄는 죄대로

　옛날 어느 한 마을에 착하고 부지런하고 글도 잘하는 농군이 살고있었다. 삼십살이 퍽 지나 아들을 본 그는 아이의 이름을 착한 사람이 되기를 바라는 마음에서 원할 원자 착할 선자를 붙여 원선이라고 지었다. 마음씨 고운 안해와 더불어 귀여운 아들을 애지중지 키우며 살아가는 그의 가정에는 늘 즐거운 웃음이 떠돌았다. 그는 아들이 다섯살 잡히자 글을 가르치기 시작하였다. 어린 원선이는 하나를 배우면 둘, 셋을 깨닫는 총명한 애였다. 세월이 물결처럼 흘러 어느덧 열서넛이 되니 원선이는 키가 덜썩 크고 고금의 력사를 다 통달하다싶이 되였다. 농군부부는 그런 아들이 무척 사랑스럽고 대견하였다. 원선은 낮에는 부모를 도와 밭일을 하였고 밤이면 등잔불아래서 열심히 글을 읽었다. 이 농군의 집에서는 매일 저녁 글을 읽는 랑랑한 목소리와 다정하게 주고받는 말 그리고 웃음소리가 그칠줄을 몰랐다. 하지만 그들의 즐거움은 오래가지 못하였다. 흉년이 들어 황생원네 집에서 장리쌀 여섯말을 가져다먹은 다음부터 어찌된 일인지 자꾸 쪼들리기만 하였다. 원선네는 빚을 빨리 갚으려고 진일마른일 가리지 않고 무진 애를 썼으나 아무 보람이 없었다. 약조한 기한을 넘기니 그놈의 빚은 몇곱절로 늘어나고 황생원의 독촉도 날이 갈수록 심하여갔다. 그래서 원선의 아버지는 매일 산에 올라 나무를 하고 숯도 구워 팔았으며 어머니도 삯바느질과 삯빨래를 하느라 허리 한번 펴보지 못했다.
　황생원은 사흘이 멀다하게 찾아와서 당장 빚을 물지 않으면 부치는 땅을 떼겠다고 을러메군하였다. 그러더니 나중에는 원선네가 조상대대로 물려내려오는 가보인 귀한 책들을 강제로 빼앗아가기까지 했다.
　원선네는 억이 막혔으나 어찌는수가 없었다. 그 일이 있은지 얼마 안되여 원선의 어머니는 병이 들어 눕더니 좋은 약 한첩 변변히 써보지 못하고 덜컥 숨이 지였다.

원선이와 그의 아버지는 눈앞이 캄캄하였다. 하지만 그들은 슬픔을 가슴속 깊은곳에 묻어두고 부지런히 일을 하였다. 돈을 장만하여 빚을 물어주고 집안의 가보를 도루 찾아올 작정으로 밤낮을 가리지 않았다.

그러는 사이에 원선이는 어엿한 젊은이로 되였다.

어느날 원선은 밭에 나가고 아버지는 혼자서 나무하러 갔다가 그만 실수하여 커다란 통나무에 치웠다. 저녁때 마을사람들은 정신을 잃고 쓰러져있는 그를 발견하여 집으로 업어왔다.

자기가 이제 더는 살 가망이 없다는것을 알고 아들을 머리맡에 불러앉힌 그는 간신히 숨을 톺아쉬며

《애야, 사람이란 악은 반드시 벌하고 선은 선으로 대할줄 알아야 하느니라.…저 농짝안에 호랑이가죽 한벌이 있으니 필요할 때 쓰도록 해라.》하고는 조용히 숨을 거두었다.

원선은 마을사람들의 도움을 받아 아버지의 장례를 치루었다. 이때 황생원네집 머슴인 언년이라는 처녀가 찾아와서 사흘동안이나 일을 거들어주었다.

마음이 비단결같은 언년은 원선네 일을 극진히 도와주었고 혈혈단신이 된 불쌍한 젊은이를 진심으로 동정하였다. 원선은 처녀의 그 성의가 참으로 고마왔다.

삼일장을 마치고 며칠이 지나니 문득 황생원이 찾아왔다.

황생원은 원선을 만나자마자 빚값으로 머슴을 살아야 한다고 말했다. 원선은 속으로 이를 갈았으나 어찌할 도리가 없었다.

일은 몹시 고되였다. 어뜩새벽에 일어나 밤늦도록 일하고도 차례지는것이란 고작해야 생된장 한순갈과 돌덩이같은 보리밥 한덩이밖에 없었다. 그는 가끔 밤이 이슥해지기를 기다려 자기 집으로 가서 등불을 켜놓고 책을 읽군하였다. 그러느라니 일은 곱절로 고되였고 제시간에 깨여나지 못하여 봉변을 당하기가 일쑤였다. 황생원은 그를 보고 제 애비를 닮아 소심줄같이 질기다느니 뭐니 하면서 갖은 욕설을 다하였으며 산중 호랑이가 왜 저런놈을 물어가지 않는지 모르겠다는 말도 번번이 하였다. 그뿐아니라 밥도 자주 굶기였다. 그럴 때면 언년이가 밥과 누룽지를 치마폭에 몰래 싸가지고 찾아와서 눈물이 글썽하여 넘겨주군하였다. 언년은 외로운 원선에게는 이

세상의 가장 가깝고 친근한 사람이였다.
 원선이가 늦잠 잔것을 탓잡은 황생원이 지팽이로 그의 등줄기를 몇차례나 되게 후려갈기면서 이 게으름뱅이를 호랑이가 물어가면 속시원하겠다는 욕설을 늘어지게 하고 건너편 마을 잔치집에 놀러간 날이였다. 온몸의 피가 꺼꾸로 솟는것을 느낀 원선은 그날밤 자기 집에 가서 장농을 뒤졌다. 아버지가 세상을 떠나기전에 일러준 호랑이가죽은 과연 장농 맨 밑바닥에 깔려있었다. 그는 곧 그것을 꺼내가지고 집을 나섰다. 늘 그 무서운 호랑이를 거들어 욕을 하고 매질까지 하는 황생원의 혼을 빼놓을 작정이였다. 얼룩얼룩한 그놈의 가죽을 뒤집어쓰고 으슥한 갈림길의 소나무뒤에 한참 엎드려있느라니 황생원이 여러사람과 함께 비칠거리며 나타났다. 그들은 두갈래 길에서 인사수작을 나누고 헤여졌다. 이제는 거나하게 취한 황생원이 혼자서 코노래를 부르며 갈지자걸음으로 비칠거리며 오고있었다.
 원선은 진짜 호랑이처럼 네발로 후닥닥 뛰여나와 앞길을 가로막았다.
 황생원은 별안간 얼룩호랑이가 뛰여나오자 눈이 뒤집혀 《어— 어—》하고 그자리에 풀썩 주저앉았다. 원선은 마치 냄새를 맡는듯이 그 주위를 한바퀴 돌아보고나서 어슬렁어슬렁 숲속으로 들어갔다. 그로부터 보리밥 한솥 짓기나 착실히 지나니 황생원은 정신을 차리고 겨우 일어나 후둘후둘 떨면서 걸어갔다. 얼마후 제집 대문앞에 이른 그는 엄청나게 큰 외마디 비명을 지르고 또 의식을 잃었다.
 그 소리를 들은 상노녀석이 나와보고 기겁을 하여 안방으로 쪼르르 달려가서 알렸다. 그러자 녀편네와 딸 사위며 남녀종들까지 모두 뛰여나왔다. 그들은 황생원을 즉시 사랑방에 안아다눕히고 찬물을 떠온다, 의원을 불러온다 하며 벅적 떠들어대였다.
 황생원은 한 열흘동안 헛소리를 치며 되게 앓았으나 차츰 건강이 회복되여 자리를 털고 일어났다. 이 일이 있은후 그의 입에서는 호랑이라는 말이 더는 나오지 않았다. 하지만 원체 심보가 고약한 이 토호는 몸이 회복되기 바쁘게 또 남녀머슴들을 들볶았다. 특히 원선이에 대한 학대는 전보다 더 심해졌다.
 그것을 보고 하늘이 참말로 노했는지 하루는 진짜 호랑이가 초저녁에 내려왔다.
　황생원이 바람을 쏘이느라고 대문밖에 나가 이리저리 거닐고있는데 갑자기 선득한 바람이 지나가면서 눈에 시퍼런 불을 담은 호랑이 한놈이 달려들었다. 호랑이는 그의 머리우를 홱 날아넘어 조금 떨어진곳에서 한가로이 풀을 뜯던 송아지를 덮쳤다.
　황생원은 그자리에 쓰러져 정신을 잃었다. 주인령감을 쓰러뜨리고 송아지를 물어간 호랑이의 출몰로 하여 온 집안이 법석 끓었다.
　이 집 식구들과 머슴들은 헛소리를 치는 그 곁에서 밤을 꼬박 지새웠다. 그렇게 보름이 지났다. 바짝 여위여 뼈만 남은 황생원은 더 살것 같지 못했다. 저도 그렇게 생각되였던지 그는 집을 나간 아들을 당장 불러오라고 하였다. 그때 하나밖에 없는 아들은 놀음에 미쳐 동서남북 사방으로 떠돌아 다니고있었다.
　황생원은 끝내 아들을 만나보지 못하고 죽으면서 한장의 유서를 남기였다.
　그 유서의 글은 아래와 같았다.
　《아남출가 급전답 입서타인 물망견》
　내 아들은 집을 나가기는 하였으나 논과 밭을 준다, 들어온 사위는 타인이니 바라보지 말라는 뜻이였다.
　바로 그 무렵에 남편의 병구완을 하느라고 계속 밤을 꼬박 밝히던 황생원의 마누라도 너무 지쳐서 중병이 들었는지 자리에 누워 일어나지 못하였다. 그래도 딸과 사위는 그에는 아랑곳하지 않았다. 다만 어떻게 하면 유서의 내용을 뒤집을수 있을가 하고 생각할뿐이였다.
　황생원이 죽은지 이틀이 지나자 그 마누라도 세상을 하직하였다. 그런데도 딸이란것은 눈섭하나 까딱하지 않았다. 지어 사위는 장인, 장모가 때마침 잘 죽었다고 좋아서 싱글벙글 웃는 정도였다.
　시체는 방구석에서 썩고있건만 딸과 사위는 장사지낼 생각도 않고 우선 웃말 서당훈장을 초청하여 술대접부터 하였다. 그들은 훈장이 포식을 하고 상에서 물러나니 곧 유서를 내놓으면서 이 글뜻을 뒤집어 저희들이 집안재산을 다 가지게만 해준다면 샘골의 기름진 땅 열두마지기와 돈 오백냥을 주겠노라고 하였다.

훈장은 말없이 그 유서를 받아 한동안 올리훑고 내리훑고 하더니 마침내 묘한 꾀를 생각해내였다.
　《허허, 그러면 그렇지. 글뜻이란 글줄을 올라갔다 내려왔다 하면서 푸는것이니 해석하기에 달렸지요. 선친이 남기신 글인즉 〈내 아들은 집을 나갔으니 들어와있는 사위에게 논이며 밭을 준다. 그외 타인은 바라보지 말라〉는 뜻이오.》
　훈장이 유서의 글뜻을 이같이 해석하니 황생원의 딸은 앉은자리에서 금방 숨이 넘어갈것처럼 좋아했고 그 남편되는자는 미친놈처럼 웃어댔다. 하지만 그들은 글이 능한 머슴군 원선이가 문밖에서 몰래 엿들은것을 알지 못했다.
　며칠후 투전판에서 돈을 다 잃고 거지꼴이 된 황생원 아들이 집에 돌아왔다. 그날 원선은 조용한 기회를 타서 황생원아들을 만나 그의 누이동생과 매부가 훈장을 청해다가 꾸민 궁궁이 속을 알려주고 이리이리 하라고 일렀다. 물론 그렇다고 하여 원선이 그를 도와주고싶은 마음이 있은것은 아니였다. 다만 년놈들이 유서의 내용을 엉터리로 꾸며 재산을 차지하려는 행위를 폭로하고 빼앗겼던 책들도 찾으려는 생각뿐이였다.
　해가 저무니 때국이 흐르는 중치막에 찌그러진 갓을 받쳐쓴 서당훈장이 찾아왔다. 그러자 곧 훈장과 황생원 아들, 딸, 사위가 사랑방에 모여앉았다. 원선은 황생원 아들과 미리 짜고 문밖에 서있었다.
　이윽고 올방자를 틀고 앉은 훈장은 황생원 딸이 두손으로 받쳐올리는 유서를 받아들었다. 그는 어험 어험 하고 헛기침을 한후 쨍쨍한 목소리로 글을 읽고 그 뜻을 풀이했다.
　《〈아남출가 급전답이요, 입서타인 물망견이라, 헌즉 내 아들은 집을 나갔으므로 들어와있는 사위에게 논과 밭을 준다. 그외 타인은 바라보지 말라.〉는 뜻이오.》
　그 말이 끝나자마자 황생원의 딸이 훈장을 향하여 제법 얌전하게 절을 하고 입을 열었다.
　《정말이지 글자는 목소리의 그림이라더니 그 글의 한자한자가 신통히도 우리 아버님의 다정하신 음성을 그려놓은것 같습니다. 아버님께선 늘 구실못하는 아들이 한구들 있는것보다 똑똑한 딸 하나가 낫다시면서 훌륭한 사위까지 맞았으니 이젠 근심이 없다고 말씀하

시근하였답니다.》
　그 순간 갑자기 《어― 허허허…》 하는 웃음이 터졌다.
　《글이 목소리의 그림이라는 말은 그럴듯하다만 글뜻은 잘못 풀었다.》 하고 황생원 아들이 말했다. 《한문이 아무리 뜻글이라 해도 꺼꾸로 풀다니 될말이냐. 어디 그럴법이 있느냐. 내가 아버님 유서의 글뜻을 바로 말할수 있지만 너와 네 남편이 훈장님을 모셔다가 글뜻을 풀었으니 나두 고명한 선생님을 모셔오련다.》
　황생원 아들은 이같은 말을 하고는 일어나서 문을 벌컥 열어제꼈다.
　《선생님, 어디 계십니까? 어서 이리로 들어오십시오.》
　《예, 내 여기 있소이다.》
　원선이 점잖게 대답하고 방안에 성큼 들어섰다. 년놈들은 머슴군이 《선생님》으로 둔갑한것을 보고 깜짝 놀라 눈이 휘둥그래졌다.
　그러거나말거나 원선은 방한가운데 천연스럽게 앉았다.
　황생원 아들은 훈장이 들고있는 유서를 나꿔채여 원선에게 주며 말했다.
　《이것이 바로 우리 아버님 유서울시다.》
　《허― 그런가요. 그럼 어디 봅시다.》
　원선은 유서가 적힌 종이장을 받아들고 잠간 훑어보더니 의아한 눈길로 좌중을 둘러보았다.
　《이게 무어 어려운것이 있다고 보아달라는것인가요. 참 이상도 하군. 허지만 이왕 내 손에 들어왔으니 그 뜻을 풀이하리다.》
　《선생님, 어서 글뜻을 가르쳐주십시오.》
　황생원 아들이 성급히 재촉하니 원선은 껄껄 웃었다.
　《허허 몇자 안되는 글이군요. 〈아들은 집을 나갔지만 논과 밭을 준다. 사위는 타인이니 바라지 말라〉는 뜻입니다. 이게야 뭐 글을 조금이라도 배운 사람이면 누구나 다 알아볼수 있는 글이 아닙니까. 그러니 필경 누군지 글뜻을 꺼꾸로 해석하여 리를 보려고 하는군요.》
　《옳은 말씀이외다. 제가 그래서 선생님을 모셔왔습니다.》
　황생원 아들은 누이동생내외와 훈장을 한번 흘겨보고나서 입가에 랭소를 머금었다.
　《대체 누굴 보고 선생님이라고 해요. 기껏해야 종노릇하는 우리

집 머슴이 선생님이란 말인가요. 내 원, 소가 웃다 꾸레미 터지겠네.》

누이동생이 어처구니없다는듯 깔깔 웃으니 그 남편이 덩달아서 뒤를 이었다.

《천하 무식쟁이 종놈을 선생님으로 모시다니 형님두 정신이 나가셨소. 허허허…》

《에끼, 이 되다만것들아, 너희들이 도대체 무얼 안다고 그렇게 으시대느냐. 〈천자문〉이나 겨우 뗴나마나한 무식한것들이 잘난체하며 남을 릉멸하니 가소롭기 이를데 없구나.》

황생원 아들은 눈을 딱 부릅뜨고 소리를 질렀다.

《오라버니 말씀마따나 우린 글을 잘 몰라서 훈장님을 모셔왔거든요. 헌데 머슴군이 어찌 훈장님보다 글을 더 잘 알겠나요.》

《이 미련한것아, 훈장님은 모름지기 초학도나 가르칠만한 글이 있어. 허지만 우리 선생님은 곤궁해서 하는수 없이 머슴살이를 하고계셔도 이 세상에 모르는것이 없는 선비님이시다.》

《흥, 머슴놈이 별안간에 고명하신 선비가 되셨네. 그따위 잔꾀는 부리지 말아요. 아무리 그래도 소용이 없어요.》

누이동생은 연신 비양거리며 오라비의 약을 올렸다. 그리고 훈장은 무엇에 놀란놈처럼 눈만 껌벅거리며 무슨 말을 할가말가 망설이는 꼴이였다.

원선은 빙그레 웃으며 품속에서 《론어》 한권을 꺼내여 몇장 넘긴 다음 훈장에게 내밀었다.

《자, 훈장님. 이 한대목이 어려워서 그러니 좀 가르쳐주십시오.》

얼결에 책을 받은 훈장은 초점없는 눈길로 글줄을 들여다보다가 돌연 변색하여 소리를 버럭 질렀다.

《이놈—머슴살이 하는놈이 감히 뉘앞에서 젠체 하느냐. 어—어—괘씸한놈!》

《어이구, 훈장님도 론어의 어려운 대목은 어쩔수 없는 모양이구려.》

원선은 한바탕 껄껄 웃고 그 글의 뜻도 류창하게 내리풀었다. 그러니 훈장과 황생원의 딸내외는 너무도 놀라 입을 딱 벌리고 다물지 못했다.

《남의 피땀을 빨아서 모은 부정한 재물은 만악의 근원이고 재앙

의 샘이라오. 이제 두고보시오. 이 집의 송아지를 물어간 호랑이가
또 찾아올것이요. 그러면 여러분도 황생원의 뒤를 따라가기 첩경
쉽소.》

　원선은 담담한 어조로 말하고 자리에서 일어났다. 호랑이라는 말
에 모두 찔끔 놀랐으나 원선이가 문을 차고나가자마자 방안은 불시
에 수라장으로 변하였다. 서로 치고 받고 물어뜯는 싸움이 맹렬하
게 벌어졌던것이다.

　《어이쿠, 나 죽소. 어이구 선생님 날 살려주오.》하는 황서방 아
들의 목소리가 처량하게 울렸으나 원선은 돌아보지도 않았다. 그는
집에 뛰여가서 건사해두었던 호랑이가죽을 가지고 황생원집으로 다
시 돌아왔다.

　원선은 호랑이가죽을 뒤집어쓴후 사랑채로 슬금슬금 다가갔다.
문앞에 이르자 호랑이의 앞발을 들어 창호지를 북 찢으며 문을 열
고 방안에 들어섰다.

　호랑이가 나타나니 싸우던 년놈들은 기겁을 하여 뒷문을 차고 뛰
여나갔다. 서당훈장은 몸을 빼지 못하고 그자리에 자빠져 정신을 잃
었다. 방안을 둘러보니 깨지고 찢어진 물건들이 여기저기 어지럽게
널려있고 그 한가운데 피투성이가 된 황생원 아들이 누워있었다.

　원선은 호랑이가죽을 벗어서 방구석에 놓고 죽어가는 황생원 아들
앞에 쭈그리고 앉았다. 그 순간 황생원 아들은 거칠게 숨을 몰아쉬
더니 꼴깍 숨이 넘어가고말았다.

　원선은 침을 퇘 뱉고 밖에 나와 언년의 거처인 녀자머슴방으로
가보았다. 다른 녀인들은 어디로 갔는지 보이지 않고 언년이 혼자
서 한구석에 쪼그리고 앉아 오돌오돌 떨고있었다.

　원선은 날이 밝자 마을사람들을 모이게 하고 지난밤 이 집에서
벌어진 일들을 말했다. 그리고는 창고를 열고 황생원이 부정하게
모은 재물을 골고루 나누어주었다.

　다음날 그는 약간의 로자를 마련하고 황생원이 빼앗아갔던 가보
인 값진 책들만 찾은 다음 언년이와 함께 어디론가 떠나갔다. 원선
은 이렇게 악을 벌하고 선은 선으로 대하라는 아버지의 유언을 지
켰다.

신 국 봉

양효자

옛날 평양성밖에 양봉하라는 젊은이가 늙은 부모를 모시고 살고 있었다. 천성이 어질고 착한 그는 집이 매우 가난하였으나 부모들에게는 어떻게나 하루 세끼 더운 밥을 지어드리였고 반드시 철따라 새옷을 해입혀드리였다.

그는 농사를 짓는 틈을 타서 나무를 하고 짚신도 삼아 장거리에 내다 팔군하였다.

그러던 어느날이였다.

이날도 양봉하는 평양성안에 들어와 나무단과 짚신을 팔고 량식을 구한 다음 저녁늦게 집으로 돌아오고있었다.

달도 없는 캄캄한 산길을 따라 어느 한 고개를 넘어설 때였다. 갑자기 도적 두놈이 길을 막아서며 등에 진 쌀자루를 내놓으라고 하였다. 놈들은 그러지 않으면 칼로 찔러죽이겠다고 위협하였다.

양봉하는 기가 막혀 땅에 풀썩 주저앉으며 쌀자루를 가슴에 꽉 붙안았다.

《이 쌀을 빼앗기면 나는 부모들에게 풀죽을 드려야 하는것이니 어찌 사지가 편편한 자식으로서 그런 불효한 대접을 하겠소. 차라리 죽을지언정 이 쌀자루는 내놓지 못하겠소.》

그의 말을 듣고있던 한 도적이 《그대가 양효자라는 사람인가?》 하고 물었다.

《그렇소.》

《우리가 비록 살아갈 길이 없어 이런 의롭지 못한짓을 하고있지만 어찌 부모님을 봉양하려는 쌀을 빼앗겠소. 부모들이 기다릴텐데 어서 가보오.》

도적들은 이런 말을 하고는 어둠속으로 사라졌다.

또 한번은 평양성안에서 량식을 사가지고 집으로 돌아오던중 소나기를 만나게 되였다. 그는 비를 그으려고 마침 산기슭의 낡은 절간에 뛰여들어 어수선한 그안을 둘러보았다.

그순간 서까래같이 굵은 구렁이 한마리가 새빨간 혀를 날름거리며 천정에서 곧바로 내려오는것이 눈에 띄였다.

양봉하는 질겁해서 《으악―》소리를 치며 절간에서 뛰쳐나왔다. 이와 때를 같이하여 낡은 절간건물이 와지끈 하고 풀썩 무너앉았다. 눈앞에서 이것을 목격한 그는 소름이 끼쳤다.
조금만 지체했더라면 무너지는 절간에 깔리여 죽었을게 아니겠는가.

사람들은 후에 그 말을 듣고 모두 혀를 차면서 효자의 지성에 감동된 그 구렁이가 무너지려는 절간에서 양효자를 구원하려고 나타난것이라고들 했다.

그로부터 얼마후 흉포한 외적이 이 땅을 침노하였다.

외적이 평양성을 향해 침입해들어온다는 소식을 들은 양봉하는 여느 젊은이들처럼 외적들을 맞받아 싸우러 나갔다.

그는 외적을 치는데서도 힘을 아끼지 않았다.

전투는 치렬했다.

만단의 준비를 갖추고 쳐들어온 적들은 일시 우세를 보였다. 그래서 우리 군사들은 얼마간 평양성을 내주었다가 다시 력량을 수습하여 적을 맹렬히 공격하였다. 그때 누구보다 앞장서 평양성에 돌입한 양봉하는 부모님들이 계시는 집으로 바삐 달려갔다.

그런데 이 일을 어찌하랴. 집은 재더미로 되였고 부모들의 행방도 알길이 없었다.

그는 온몸에 불길처럼 솟구쳐오르는 적개심을 억제치 못하여 창을 꼬나들고 쫓겨가는 외적들을 추격하였다. 그는 군사들과 함께 외적을 닥치는대로 쓸어눕히였다.

그러나 외적은 순조롭게 물러가지 않았다. 놈들은 된 타격을 받고 쫓기였다가는 다시 남은 군졸을 수습하여 대들군하였다.

그럴 때 양봉하는 대장군의 장막을 찾아갔다.

《부모님들을 외적에게 잃은 제가 이제 어찌 살기를 바라겠습니까. 원컨대 적괴수의 목을 베이고 이 원한을 풀게 하여주십시오.》

대장군은 양봉하의 굳은 결심을 보고 그의 청을 들어주었다. 그리하여 양봉하는 그날밤에 적진으로 들어가서 파수병을 죽이고 곤히 자는 적괴수의 목을 베는데 성공하였다. 허지만 그는 적의 소굴을 빠져나오다가 발각되여 놈들과 결사적으로 싸우지 않으면 안되였다. 그는 결국 여러군데 상처를 입고 피를 흘리며 쓰러졌다.

한동안이 지나 그는 한 마을에 사는 로인의 품에서 정신을 차렸다. 외적들은 략탈한 재물을 실어가느라고 미처 피난하지 못한 사람들을 끌어왔었는데 그들이 양봉하를 적들의 눈에 띄우지 않는 장소로 옮겨왔던것이다.

로인은 그에게 부모들이 살아있다는것을 알려주었다. 양봉하의 부모들은 놈들이 마을에 달려들어 재물을 빼앗고 집들을 불사를 때 깊은 산으로 피신했었다.

양봉하는 그 소식을 듣고 못내 기뻐하였으나 그런 기쁨을 오래 누릴수 없었다. 많은 상처를 입고 피를 흘린 그는 소생하지 못하고 끝내 숨을 거두고말았다.

양봉하의 희생적인 의거로 외적의 피수가 처단되니 적들은 사분오렬 되여 무질서하게 패주하였다.

나라에서는 그의 효성과 용맹을 기특히 여겨 불타버린 집터에 새로 고래등같은 기와집을 지어주고 그 부모들에게는 여생을 근심걱정없이 지내도록 쌀과 옷을 해마다 내주도록 하였다. 그리고 집앞에는 나라를 위한 그의 충성과 부모에 대한 효성을 표창하여 충효자 정문을 세워주었다.

그때로부터 사람들은 양효자의 집앞을 지날 때마다 죽어서도 부모님들을 효성으로 모시는 천하에 둘도 없는 효자라고 하면서 이 이야기를 대를 이어 전해갔다.

류 도 희

설성과 삼형제바위

압록강연안의 외진 산골인 초산의 옛이름은 리산이다. 리산은 일찌기 고구려의 땅이였으나 고구려왕조가 멸망한 다음에는 오랜기간 관리들의 손길이 닿지 못했다.

리산사람들은 아아하게 솟아있는 삼각산기슭에 보금자리를 잡고 그앞으로 펼쳐진 오리벌판에서 농사를 지으며 살림을 착실히 꾸려나갔다. 그들은 산천경개가 수려한 이고장을 무척 사랑했다. 그 사람들 가운데는 장사라고 소문난 세 형제가 있었다.

맏형 수암은 보통키에 담력있는 젊은이였고 둘째 우암은 구척장신에 산도 떠옮길듯한 힘장사였다. 그리고 기암이라는 막내동생은 형들보다 몸집은 작은 편이나 지혜와 슬기에 있어서는 견줄바없이 뛰여났다.

이들 세 형제는 삼각산 깊은 골에서 나무를 해오고 오리벌에 나가 밭을 갈고 씨를 뿌렸으며 가을이면 기름진 낟알을 거둬들이였다.

마을사람들은 어렵고 힘든 일을 도맡아나서군하는 의협심이 강한 그들을 친형제와 같이 믿고 따랐다.

그런데 오붓하고 평화로운 생활이 깃들던 리산땅에 뜻하지 않은 불행이 닥쳐왔다. 흉맹한 외적들이 강을 건너 불의에 침입해들어왔던것이다. 적들은 도적고양이처럼 야밤의 어둠을 타서 농군들의 집을 습격하고 곡식과 재물을 빼앗았으며 지어는 부녀자들까지 랍치해갔다.

리산사람들은 외적을 무찌르는 싸움에 용약 떨쳐나섰다.

《하루강아지같은놈들, 우리가 고구려의 후손들이라는것을 너희들은 아직 모르느냐!》

수암은 삼지창을 높이 추켜들었다. 우암도 청룡도를 휘둘렀다.

《썩 나서라. 네놈들의 목숨을 단칼에 요정낼테니—》

기암역시 형들의 뒤를 따랐다.

비호같이 날랜 세 형제는 농군들의 앞장에서 용맹을 떨치며 오랑캐들을 쳐부셨다.
이런 일이 있은후 외적들은 한동안 잠잠해있었다.
어느 봄날, 수암은 동생들을 불러놓고 말했다.
《얘들아, 오랑캐들이 오래동안 침묵을 지키고있는게 아무래도 의심스럽구나. 그래 너희들은 무슨 생각들이 없느냐?》
이 말에 머리를 기웃거리던 우암이 느릿한 어조로 대답했다.
《그까짓 달려들면 이 칼을 휘둘러 또 쳐부시고말지요.》
허나 기암은 눈을 깜빡이더니 조용히 말했다.
《형님들은 어떻게 생각들 하시는지 모르오나 저는 날로 강포해지는 오랑캐무리들을 마을사람들의 힘만으로는 당하기 어려울줄로 압니다.》
《음, 그럼 어쩼으면 좋으냐?》
수암이 명민한 기암의 눈동자를 들여다보며 물었다.
《성을 쌓고 그에 의거하여 싸운다면 능히 오랑캐들을 막아낼수 있을것입니다.》
두 형은 동생의 의견에 찬동했다. 그리하여 세 형제는 날씨 좋은 어느날 아침, 성자리를 정하려 도시락밥을 싸들고 집을 나섰다. 그들은 먼저 우중충한 바위로 둘러싸인 수침덕으로 올라갔다. 비록 지세는 높고 좁은감이 들었으나 세면이 바위로 둘러싸이고 한쪽면만이 북쪽으로 트이여서 성을 쌓기도 쉽고 이곳에 자리를 잡으면 적들이 서뿔리 범접을 못할것 같았다.
바위코숭이마다에 바야흐로 진달래의 연분홍꽃망울이 부풀고있었다.
세 형제는 곧 성을 쌓기로 작정하고 바위틈에서 흘러나오는 샘물가에 모여앉아 점심을 먹었다. 얼마후 그들은 봄볕이 따스한 바위 등판에 누워 쉬다가 솔곳이 잠이 들었다. 세 형제의 코고는 소리는 드르릉— 드르릉— 절벽에 메아리쳤다.
기암은 자면서 이상한 꿈을 꾸었다.
그는 맑은 하늘에 떠가던 한송이의 흰구름이 홀연 신선으로 변하여 땅우로 너울너울 날아내리는것을 놀란 눈으로 바라보고있었다. 눈여겨보니 희디흰 신선의 옷을 떨쳐입은 그 백발로인이 기암이 앉아있는 맞은편 바위우에 큰 지팽이를 짚고 서는것이였다.

기암은 눈을 비비고나서 그 신선을 유심히 살폈다. 백발신선은 어쩐지 아버지의 모습과 비슷했다.
신선은 오른손을 쳐들고 기암을 내려다보며 우렁우렁한 목소리로 말했다.
《너희들은 어찌하여 여기로 왔느냐?》
기암은 즉시 신선이 서있는 바위밑으로 달려가서 이곳에 온 사유를 이야기했다.
《음…》신선은 그의 말을 듣고 잠시 생각에 잠기더니 은실이 길게 드리운 눈섭을 꿈틀거렸다.
《아무리 지세가 좋다고 하여도 너희들은 어찌 내가 지키는 마을을 버리고 여기에 성을 쌓으려 하느냐?》
기암은 고개를 버쩍 들었다. 그는 신선을 우러러보았다. 순간 그는 흠칫 놀랐다. 신선의 옷을 입은 아버지가 분명하였던것이다. 그제야 기암은 신선의 말뜻을 깨달았다. 조상대대로 살아온 리산마을을 버리고 딴곳에 성을 쌓는것은 정녕 그릇된 생각이였다. 더우기 오리벌 뒤산에는 아버지의 묘지가 있지 않는가.
기암은 《아버지―》 하고 소리쳐부르며 바위절벽을 기여오르려고 일어섰다. 그런데 신선은 벌써 가뭇없이 사라져버리고말았다. 그만 맥이 풀려 털썩 주저앉으니 땅이 꺼지며 몸이 아득한 심연속으로 떨어져내린다. 그바람에 기암은 꿈에서 깨여났다.
눈을 비비고 자리에서 일어나 리산마을을 내려다보던 그는 또한번 놀랐다.
맑은 하늘이 흐려지며 때아닌 눈발이 자욱히 날리더니 리산마을을 둥그렇게 뒤덮는게 아닌가. 그때 금방 잠을 깬 형들도 눈이 둥그래졌다.
기암은 형들에게 꿈이야기를 들려주고나서 필경 신선으로 변한 아버지가 성자리를 정해준것이라고 단언했다.
세 형제는 수침덕에 성을 쌓으려던 생각을 버리고 자기 마을로 돌아왔다. 그들은 눈이 내린 둘레를 따라 성을 쌓기로 했다.
수암은 서쪽 높은곳에 지휘처가 들어앉을 루대를 지으며 우암은 돌을 날라다 성을 쌓고 기암은 동쪽 개울기슭에 솟아있는 바위우에 감시처로 쓸 정자 하나를 짓도록 분담이 정해졌다.
이튿날부터 성곽공사가 벌어졌다. 마을사람들은 세 형제의 일손을 힘껏 도와나섰다.

　그해 여름 한철이 지나니 웅장한 서문다락이 일어서고 흰눈이 내린 둘레를 따라 길다란 성이 뻗어나갔다. 사람들은 그 성곽을 눈이 내려 정해졌다고 하여 설성이라 불렀다.

　허지만 기암이 맡은 감시처는 짓지 못했다. 많은 사람들이 땀을 흘리며 도왔어도 원체 바위를 까내고 집터를 닦아야 하는 어려운 일이라 바위우에 정자를 세우기가 조련치 않았던것이다.

　바로 그 무렵, 강포한 외적이 물밀듯 침입해왔다.

　세 형제는 분연히 싸움에 나섰다. 이때 기암은 형들에게 성안에서 방어를 하다가 비오는 날 공격하자고 하였다.

　기암의 슬기를 믿는 형들은 그의 말을 따랐다.

　치렬한 싸움이 벌어졌다. 적들은 성을 기어이 점령해보려고 수단과 방법을 가리지 않았다. 그것은 참으로 힘겨운 격전이였다. 그러던 어느날 갑자기 동쪽하늘에서 검은 구름이 몰려오더니 뢰성벽력이 천지를 뒤흔들며 소낙비가 억수로 쏟아져내렸다. 이때를 기다리던 리산사람들은 공격을 개시하였다. 비발속에서 화살들이 날고 우렁찬 함성이 터져나왔다. 적들은 오금이 저린듯 다리맥을 못추고 쓰러졌다. 소가죽신을 신은놈들은 비물에 젖어 미끄러워진 풀밭과 진창우에서 허우적거리며 변변히 대항도 못했다. 기암이 노린 점은 바로 그것이였다.

　비는 이틀후에 멎고 하늘은 여느때와 다름없이 맑게 개였다.

　땅이 마르자 적들은 더욱 맹렬하게 쳐들어왔다. 이제는 성을 지키기만 해서는 이길 승산이 없었다. 적의 수가 너무도 엄청나게 많았던것이다. 오직 무서운 기세로 공격하여 적의 예기를 꺾는것만이 구원의 길이였다.

　세 형제는 결사전에로 달려나갔다.

　오리벌로 달려들던 적 선봉장이 수암의 삼지창에 찔려 꺼꾸러졌다. 수많은 적들속에 들어가 좌충우돌하며 무수히 쓸어눕히던 수암이도 그만 치명상을 입고 피를 토하며 쓰러졌다.

　형을 뒤따르던 기암은 격노하여 적병들을 무리로 찍어넘겼다. 그의 용맹앞에 기가 눌려 황급히 내빼던 적장도 목이 날아났다.

　두목을 잃은놈들은 마침내 앙토동구까지 물러갔다.

우암과 기암은 오리벌로 돌아왔다. 슬픔과 불안속에 밤이 깊어 갔다.

자정이 넘도록 전통에 화살을 차근차근 꽂아넣던 기암은 희미한 등불밑에서 깜빡 잠이 들었다.

그는 꿈에 세해전 수침덕 바위우에 내렸던 그 신선을 또 보았다. 신선은 오색구름을 타고 내리고있었다.

《아— 아버지.》

기암은 너무도 반가와서 구름을 쳐다보며 소리쳐불렀다.

《오냐, 내 너희들을 도우려고 이렇게 급히 왔다.》

아버지는 점점 더 가까이 내리며 말을 이었다.

《얘야, 내 말을 명심하여 듣거라. 제일 위급한 순간에 화살 한대를 하늘로 올려쏘아야 한다. 그래야 조상대대로 살아온 정든 마을이 구원될수 있느니라. 그것을 어떤 일이 있어도 잊지 말아야 한다. 알겠느냐? 내 아들아.》

《예, 그 말씀을 명심하겠습니다.》

기암이 공손히 대답하고 우러러보니 금시 땅에 내려설듯하던 아버지는 불현듯 사라지고 엷은 오색구름도 사방으로 흩어지는것이였다.

그래서 아버지를 안타깝게 부르다가 잠을 깬 기암은 꿈이 하도 이상하여 옆에 누워자는 우암의 몸을 흔들었다. 그 순간 밖에서 별안간 함성이 일어나며 화살이 뙤창으로 날아들었다.

두 형제는 서둘러 무장을 갖추고 어둠속으로 뛰여나갔다. 벌써 적들이 오리벌을 메우며 달려들고있었다.

그들은 황급히 뒤산에 올랐다. 놈들이 사방에서 조여들며 화살을 날렸다.

우암과 기암은 있는 힘을 다하여 싸웠으나 수많은 적들을 당해낼수 없었다. 한걸음 두걸음 내놓다보니 아버지의 묘지에까지 이르렀다. 이제는 더이상 물러설곳도 없었다.

기암은 신선인 아버지가 일러준대로 화살 한대를 뽑아 검푸른 밤하늘로 올리쏘았다.

화살이 하늘높이 날아오르니 천둥소리가 요란히 울리고 번개불이 번쩍거리며 하늘에서 돌벼락이 쏟아져내렸다. 적들은 비명을 지르며 쓰러졌다.

싸움터에 날이 밝자 난데없는 세개의 큰 바위와 돌무지가 솟아났다.

세 형제는 자기들의 보금자리인 설성과 오리벌을 지켜 바위로 굳어졌던것이다. 이고장에 삼형제바위가 솟아난 다음부터 외적은 감히 쳐들어올 엄두를 내지 못하였다고 한다.

초산사람들은 세월이 퍼그나 흐른뒤에 기암이 못다지은 터전우에 영호정이라는 정각을 세웠다.

리 경 운

오누이바위

　낮에도 늘쌍 닫겨져있던 오덕구네 대문이 따스한 봄철 어느날 이른아침에 별안간 활짝 열렸다. 그래도 집안뀨은 여느때나 다름없이 고요했다.
　그로부터 얼마간 동안이 지나니 오덕구의 녀편네와 동자아치가 첫새벽 같은 시각에 아들과 딸을 낳았다는 소문이 온 마을에 쫙 퍼졌다.
　사람들은 과연 그럴수가 있는가 하여 고개를 기웃거렸다. 몇해전 섣달 그믐께는 한 처마밑에서 두 생명이 태여나자 재수없다고 하며 머슴사는 두 가족을 한꺼번에 쫓아내였던 그 오덕구가 이번만은 조금도 탓하지 않는다니 이상하게 생각 되였던것이다.

1

　수만금의 재산이 있어 고을안을 쥐락펴락하고 한번 마음먹은 일을 못해본적이 없는 덕구였지만 마누라가 낳지 못하는 아들만은 태여나게 하는 재간이 없었다. 사흘이 멀다하게 절간을 찾아가 불공을 드리고 시주를 하게 해도 아무 보람이 없었다.
　덕구는 한구들 되는 딸들을 볼 때마다 공연히 화를 냈고 매일같이 술을 마시고는 생트집을 잡아 마누라를 때리고 딸들을 내쫓기가 일쑤였다.
　그러면서도 마누라는 또 아이를 뱄다. 덕구내외는 제발 이번만은 아들이기를 바라며 부처님께 치성도 정성껏 드렸으나 배속에 있는 아이가 아들이라는 믿음은 전혀 없었다.
　배가 점점 불러갈수록 덕구녀편네의 불안도 커갔다. 점을 쳐봐도 무당 역시 배속의 태아가 아들이라는 시원한 소리는 하지 않았다. 속이 바질바질 타들었다. 딸이면 어쩌나 하는 걱정이 마음을 모질게도 괴롭혔다. 그러던중 하루는 문득 좋은수가 떠올랐다. 젊은 동자아치가 애기설이를 하는 눈치였는데 알고보니 신통하게도 해산달이

같은 달이라는것이였다. 만일 제가 딸을 낳고 부엌데기가 아들을 낳는 경우 아이를 슬쩍 바꿀 생각을 한 오덕구의 녀편네는 즉시 머슴방에 찾아들어가서 몸이 좀 어떠냐 하며 전에 없는 친절을 보였다. 그리고는 상목 한동이를 억지로 떠맡기고 지어 시집올 때 받았던 금가락지 두개중 하나를 손가락에 끼워주기까지 하였다.

일이 될 때라 두 녀인은 한날한시에, 그것도 거의 같은 시각에 해산하였다. 오덕구마누라는 역시 딸을 낳았고 동자아치는 끌끌한 아들을 낳았다. 이쯤되니 오덕구의 심복인 지서방이 수다스러운 제 녀편네를 시켜 억지로 아이를 바꾸게 했다. 지서방내외는 이른새벽부터 대문을 활짝 열어제끼고 분주히 드나들며 오덕구댁네가 아들을 낳았다는 소문을 퍼뜨렸다. 그런 다음 오덕구네 딸아이는 얼른 안아다가 곤히 잠든 동자아치곁에 놓고 그가 낳은 사내애를 슬쩍 가져갔다. 오덕구네 딸애는 그 잘난 어미품을 떠나자마자 그만 숨지고말았다. 동자아치의 남편은 제 안해가 아들을 낳은줄도 모르고 슬퍼하기를 마지 않았다. 안해는 또 저대로 억울하게 아들을 빼앗긴 설음으로 하여 남편이 보는 앞에서도 눈물을 감추지 못하군하였다. 녀인은 늘 아들을 도루 찾으려고 하였지만 안방 깊은곳에 있는 아이를 빼내오는수가 없었다. 더구나 마을에서는 벌써 오덕구댁네가 아들을 낳은줄 알고있으니 이러지도 저러지도 못할 형편이였다. 남편에게 자기가 잠든 사이에 아이를 감쪽같이 훔쳐가고 난데없는 계집애를 놓고 갔다고는 더욱 말못할 일이였다. 그저 혼자서 속을 앓느라니 가슴이 바질바질 타들었다.

그해 겨울 오덕구는 머슴부부를 백리나 떨어져있는 외딴 산골로 이사를 시켰다. 아이의 부모가 가까이 있으면 재미없을것 같았기때문이였다.

류수같은 세월은 빨리도 흘러갔다. 그사이에 오덕구네 집 동자아치로 있던 녀인의 남편은 딸 하나를 본뒤에 병이 들어 그만 한많은 세상을 하직하였다.

고달픈 세월은 그 곱고 생신하던 녀인의 얼굴에도 깊은 주름살들을 새겨놓았다. 나이들어갈수록 녀인의 한숨은 더욱 잦아졌다. 어미의 젖꼭지 한번 빨아보지 못한채 오덕구네 집 자식이 되여버린 아들생각이 자나깨나 그의 마음을 피롭히였다. 그집 사람들이 인정이 있고 사람다우면 몰라도 뱀처럼 차겁고 독살스러운 인종들이라

피줄이 다른 아이를 귀애할것 같지 않아 늘 마음이 쓰리였다. 더우기 아들이 태여났다는것도 모르고 저승으로 간 남편에게 큰 죄를 지은것만 같아 마음편한 날이 없었다.

딸 애련은 열다섯살에 이르러 세상물정을 알게 되자 어머니가 속을 몹시 앓고있다는것을 알아차렸다.

어느날밤 애련은 자는척하며 제 머리맡에서 바느질을 하는 어머니의 거동을 몰래 지켜보다가 종시 참지 못하여 이불을 걷어차고 일어앉았다.

《어머닌 저에게 뭔가 감추고계시지요. 저도 인젠 어린애가 아닌데 속시원히 말씀해주세요.》

어머니가 피로와하는 리유를 꼭 알아야 하겠다고 떼를 쓰다싶이 하였다.

녀인은 곱게 번져가는 애련의 얼굴을 한동안 물끄러미 바라보았다. 딸애의 그윽한 눈에는 간절한 애원의 빛이 어리고 맑은 눈물이 가랑가랑 고여있었다.

녀인은 자기 혼자만 알고있는 기막힌 사연을 더이상 감추고있을수 없었다. 그는 딸 애련이가 이제는 다 자란 어엿한 처녀임을 새삼스럽게 느끼였다. 그래서 눈물을 흘려가며 지난날에 있은 일을 자상히 이야기하였다.

고개를 수굿하고 연신 눈물을 훔치면서 다 듣고난 애련은 어머니가 말을 마치자 결연히 고개를 들었다.

《어머니, 우리 가문의 대를 이어갈 하나밖에 없는 오빠를 어찌 그런 마음보 고약한놈의 집에 그대로 맡겨둘수가 있겠어요. 일년이 아니라 십년의 긴 세월이 걸린다 하더라도 전 기어이 오빠를 찾겠어요. 저는 오빠와 같이 돌아오기전에는 집에 발을 들여놓지 않겠어요.》

녀인이 사랑하는 딸애마저 화를 입을것 같아서 좀더 있다 보자고 하였으나 애련은 조금도 굽어들지 않았다.

이튿날 아침 애련은 비장한 결심을 품고 어머니에게 하직을 고하였다. 어머니는 이것이 혹 필요할 때가 있으리라고 하면서 그 저주로운 금가락지를 딸의 손에 쥐여주고 하염없이 눈물을 흘리였다.

2

저녁무렵에 벌마을 앞산에 이른 애련은 땀을 들이며 사방을 둘러보았다. 바로 앞에는 기름진 논과 밭들이 펼쳐지고 그 논벌 바깥기슭을 에돌아 수정천의 맑은 물이 굽이쳐흐른다. 그 아래 병풍바위를 지난곳에 검푸른 물결이 감도는 소가 있다. 그것이 강건너마을로 가는 배소이다. 마을뒤에는 푸르른 숲이 우거진 수려한 산발들이 우중충 솟아있다. 마을의 집들은 거의가 다 찌그러져가는 초가들이다. 혹은 옹기종기 모여있고 혹은 띠엄띠엄 벌려져있는 그 오막살이집들 한가운데 고래등같은 집이 우뚝 솟아있다. 그것이 오덕구네 집이다. 그 집둘레에는 푸르고 검스레한 이끼가 뒤덮인 담장이 위엄있게 빙 돌아간것이 보기만해도 어마어마하다.

그러나 애련은 두려운 마음이 없었다. 처녀는 마을변두리의 어느 한 집에서 하루밤을 보내고나서 이집저집 돌아다니며 아이보개도 하고 삯일도 하였다. 그러는 동안에 오덕구아들의 이름이 명성이라는것과 부모의 엄격한 단속밑에서 글공부를 하느라고 밖으로는 좀처럼 나오지 않는다는것도 알아내였다.

애련은 자주 오덕구네 집을 먼발치서 바라보군하였으나 오빠처럼 보이는 젊은이의 모습은 한번도 눈에 띄우지 않았다. 그러니 어쩌면 좋단말인가. 서뿔리 접어들었다가는 오빠를 한번 만나보지도 못하고 공연히 큰 화를 입을수도 있었다. 오덕구는 생각했던바보다 더 악착하고 교활한놈이였다. 이자는 해마다 관가에 숱한 뢰물을 섬겨바치면서 조금이라도 제 비위에 거슬리는 사람에게는 엉뚱한 구실을 붙여 그의 땅과 가산을 빼앗고 동네에서 내쫓는 일쯤은 례사로 하였다.

하루종일 삯일을 하고 배소가로 나간 밤이였다. 그 밤엔 달이 유난히 밝았다. 물가의 너럭바위에 앉아 오덕구네 기와집을 바라보던 애련은 살풋이 잠이 들었다.

그의 눈앞에는 끝 그지없이 아름다운 꽃밭이 펼쳐졌다. 처녀는 꽃밭사이길을 걸어가고있었다. 금방 떠오르는 해는 눈부신 빛을 뿌리고 꽃잎들에 맺힌 맑은 이슬방울들은 령롱하게 반짝이였다. 끝이 보이지 않는 이 길을 그냥 걸으면 그리운 오빠를 만날듯싶었다. 나래라도 돈친듯이 가벼운 걸음으로 언덕우에 올라서니 별안간 낯선 사람이 앞을 막아섰다. 애련은 깜짝 놀라 그를 바라보았다. 그 사람은 인자하게 웃고있었다.
《너 애련이 아니냐?》
《예, 그래요. 헌데 뉘시온지요…》
《허허, 너는 알아보지 못하는구나. 그래 정녕 나를 모르겠느냐?》
《전, 전 잘 생각이…》
《애 애련아, 어서 이리 가까이 오너라. 내가 바로 너의 아버지란다!》
《예?!…》
갑자기 눈이 둥그래진 애련은 얼나간 사람처럼 서있었다.
《애야, 어서…》
《아, 아버지!!》
가까이 다가가서 아버지의 품에 와락 안긴 애련은 어깨를 달싹거리며 흐느껴 울었다.
《됐다. 인젠 그만 눈물을 거두어라.》
아버지의 음성도 저으기 갈렸다.
《너 오빠를 찾으려온게 아니냐?》
《예, 그걸 어떻게…》
애련은 여전히 흐느끼며 말끝을 맺지 못했다.
《일없다. 걱정말아. 내가 이렇게 너를 도와주려고 오지 않았니. 자, 어서 눈물을 거두고 이것을 받아라.》
아버지는 하얀 두루마기앞자락을 헤치고 그속에서 무엇인지 꺼내였다.
《이건 행금이다. 이 행금을 동무삼아 살아가거라. 그러면 외롭지 않고 뜻도 이루게 될게다.》
애련이 행금을 받아드는 순간 아버지는 온데간데 없이 사라지고 말았다.
깜짝 놀라 《아버지—》 하고 애타게 소리쳐부르던 애련은 잠을 깨였다.
애련은 아버지가 주신 그 행금을 쥐고있었다. 꿈이 아닌가 하여 사방을 둘러보았다. 휘영청 밝은 달은 은은한 빛을 뿌리고 별빛도 총총하였다. 다리를 꼬집어보아도 역시 꿈은 아니였다.
　애련은 행금줄을 그어 소리를 내여보았다. 신기하게도 난생 처음 켜보는 행금에서 아름답고 유순한 노래소리가 울려나왔다.
　이날부터 벌마을 상공에는 밤마다 처량하고 구성진 행금소리가 울렸다.
　외롭고 안타까운 처녀의 심정을 그대로 담은 행금소리는 수정같이 맑은 물이 굽이쳐흐르는 병풍바위아래 여울과 배소의 너럭바위우에서 끝없이 떠돌았다.
　그럴 때면 물밑의 산천어들도 흥에 겨워 꼬리치며 뛰여올랐고 병풍바위뒤에 보금자리를 정한 새들도 그에 화답하여 즐겁게 지저귀였다.
　어느덧 봄과 여름이 지나고 가을이 되였다.
　추석을 앞둔 달밝은 밤에 애련은 배소가의 너럭바위우에서 행금을 켜고있었다. 은은하고 청아한 그 음향에 나무숲이 우수수 설레이는데 문득 바위뒤에서 웬 사람의 그림자가 불쑥 솟아올랐다.
　그 순간 와뜰 놀란 애련은 행금을 물에 떨어뜨렸다.
　《에구머니나, 저 행금을 물에…》
　《아니, 행금이?!》
　그 사람은 애련을 얼핏 쳐다보고나서 서슴없이 물에 첨벙 뛰여들었다. 애련은 어쩌면 좋을지 몰라 몸을 옹송그리고 앉아있었다.
　헤염을 치며 푸푸 숨가쁜 소리를 내던 그 사람은 떠가는 행금을 쥐였는지 얼마후 기슭으로 나왔다. 그는 주밋거리며 애련이앞으로 다가왔다.
　《내가 아름다운 행금소리에만 너무 정신이 팔려 기척도 없이 나타나 그리되였으니 용서하오.》
　그는 행금을 애련이앞에 내밀었다.
　《고마워요. 그런데 뉘신지?…》
　행금을 받아들은 애련은 잦아드는 소리로 말하며 그를 바라보았다. 그제야 처녀는 그가 미목이 수려한 젊은이임을 알아보았다. 젊은이는 물에 흠뻑 젖었건만 아무렇지도 않은듯 환하게 웃었다.
　《나는 오명성이라고 하오.》
　《명성이?! 아니 그럼…》
　처녀는 말하다말고 저도 모르게 젊은이의 얼굴을 찬찬히 살피였다. 이 젊은이가 오빠라는것을 알게 되니 가슴이 울렁거리고 목구멍이 꽉 메였으나 아직은 드러내놓고 말할수가 없었다.

《밤마다 담장넘어 들려오는 행금소리가 너무도 구성져서 부모님들도 모르게 나왔소. 어떤 사람이 그리 잘 켜는가 했더니 처녀일줄은 정말 꿈에도 생각못했소. 그러니 한곡조만 더 들려주오.》

젊은이의 청은 진실로 간곡했다.

애련은 입을 열면 울음이 쏟아질것 같아서 말은 못하고 그저 고개만 끄덕이였다.

이윽고 행금소리가 조용히 흘러나왔다. 그 소리는 차츰 커지며 수정천가의 밤하늘을 뒤흔들었다.

교교한 달빛이 비낀 물결도 아름다운 행금의 음향을 담아싣고 너울거리듯 하였다.

명성은 행금소리를 들으며 그자리에 꼼짝하지 않고 서있었다.

3

명성은 하루라도 애련이 켜는 행금소리를 듣지 않고는 견딜수 없어 매일밤 배소가로 나왔다. 그러자니 자연 전에 없이 부모들을 속이는 행동을 하게 되였다.

그는 의심을 받지 않으려고 방에는 대심박이초불을 켜놓고 문앞에 신발을 그대로 놔두군하였다. 그렇지만 늘 명성의 바깥출입을 단속하고 감시하는 오덕구내외의 눈은 속일수 없었다. 덕구는 제 수족같이 움직이는 지첨지를 시켜 명성의 뒤를 몰래 따라가서 살펴보도록 하였다.

명성은 그것도 모르고 날이 어두워지자 슬며시 밖에 나왔다. 배소가의 너럭바위에 이르니 전갈으면 행금을 켜고있을 애련이가 수심에 잠겨 그린듯이 앉아있었다.

《왜 그러오. 무슨 일이 있었소?》

명성은 근심어린 목소리로 물었다. 그들은 이미 저으기 친숙해진 사이였다.

《아무것도 아니예요.》

애련은 머리를 흔들었다.

《그런데 어찌하여 그리 상심한 기색이요. 혹시 끼니를 건는게 아니요? 자 어서 이걸 받소.》

《그게 뭔데요?》

《송편이요. 어서…》

명성은 떡을 싼 자그마한 보자기를 내밀었다.

《먹고싶은 생각이 없어요.》

《그럼 무슨 말못할 사연이라도 있는게 아니요?》

《그래요. 전 꼭 믿기 어려운 한가지 사연을 말할게 있어요.》

《뭔데?…》

《저 그럼 제가 어떤 말을 해도 믿겠어요?》

애련은 명성이 곁으로 다가앉았다.

《저는 있었던 사실을 그대로 말하려고 해요. 그러니 잘 생각해봐야 해요. 알겠어요?》

명성은 심상치 않은것을 예감하며 고개를 끄덕이였다.

처녀는 돌연 가슴이 후두두 떨리는것을 느꼈다. 실로 이 기회를 마련하기 위해 얼마나 외롭고 고달픈 나날을 보내였던가!

《어서 말을 하오.》

명성은 안타까운듯 재촉했다.

정신을 가다듬고 마음을 다잡은 애련은 《오빠!》 하고 나직이 불렀다. 명성은 갑작스러운 이 부름에 흠칫 놀라 처녀의 얼굴을 쳐다보았다.

《제가 친누이동생이라고 하면 아마 믿기 어려울거예요. 하지만 이건 사실이예요.》

애련은 명성의 얼굴을 찬찬히 살펴보고나서 서두르지 않고 말을 이었다. 부모님들이 지난날 오덕구내외의 갖은 구박과 천대속에서 머슴을 살던 일이며 아들을 낳지 못한 주인녀편네의 간교한 술책에 의하여 자식을 빼앗긴 어머니의 슬픔을 이야기하는 처녀의 눈에서는 뜨거운 눈물이 줄곧 흘러내렸다.

《오빠! 저도 어머니에게서 그 이야기를 처음 들었을 때 정말 기가 막혔어요. 땅이 없고 돈이 없는탓으로 남의 집 머슴을 사는것만도 억울하기 그지없는데 친아들마저 한번 품어보지도 못하고 빼앗겨야 했던 부모님들의 눈물겨운 처지를 생각하니 막 이가 갈리고 치가 떨렸어요. 그래서 저는 죽기를 각오하고 집을 나섰지요. 오빠를 찾아 같이 돌아가기전에는 집에 발을 들여놓지 않을 작정이였어요.》

애련의 말은 마디마디 눈물과 원한에 젖어있었다.
명성은 한동안 얼나간 사람처럼 아무말도 못하고 멍청해있었다.
애련은 떠나올 때 어머니가 주었던 금가락지를 내놓았다.
《이것이 어머니의 손가락에 억지로 끼워주었던 그 저주로운 금가락지예요. 아무때건 증거물이 될가해서 지금껏 간수하고있었대요.》
밝은 달빛이 비쳐진 그 금가락지는 명성이가 집에서 늘 보던것과 꼭같은 가락지였다.
명성은 못볼것을 본것처럼 눈을 감았다. 그는 부모들이 자기의 일거일동을 유별나게 엄격히 단속해온 일이며 또 친어머니나 아버지와는 다르게 몹시 랭랭하고 차거워서 그들을 대하기 어렵던것이 무엇때문이였는가를 돌이켜보지 않을수 없었다.
《그 말을 과연 믿어야 하는가?!》
《그래요 오빠!》
애련은 명성의 손을 꼭 잡았다.

4

애련이와 헤여져 집으로 돌아오는 명성의 생각은 깊었다.
어찌면 세상에 그런일도 있단말인가?
이윽고 집에 이르러 대문을 소리없이 열고 뜨락에 들어선 그는 이상한 감촉을 느끼고 주위를 둘러보았다. 웬일인지 안방에 불이 환하였다. 그리로 다가가니 안에서 두런두런 말소리가 들려왔다. 명성은 가만히 귀를 기울였다.
《…그러게 내 그때 뭐랍디까. 아무때건 그녀석이…》
《그래서 백리도 넘는 외딴곳에 이사를 보내지 않았나.》
《흥, 백리가 뭐 끔찍이 먼것 같소. 그때 이사만 보낼게 아니라 쥐도새도 모르게 모두 없애버렸어야 했어요.》
《쉬— 그러다 누가…》
그때 바깥마당쪽에서 발자국소리가 들렸다.
명성은 얼른 쪽대문뒤에 몸을 숨겼다.
잠시후 큰대문이 찌꿍 열리더니 등이 구부정한 사나이 하나가 안마당으로 불쑥 들어섰다. 지서방이였다.
　명성은 이 지서방이 오덕구앞에 나타날 때면 의례히 그 무슨 심상치 않은 일이 벌어지군한것을 늘 보아온터였다.
《거 뉘긴가?》
　방안에서 지서방의 헛기침소리를 들은 오덕구가 미닫이를 드르릉 열며 밖에 대고 소리쳤다.
《예, 저 저울시다.》
《음 자넨가. 어서 안으로 들어오게.》
　지서방이 방안에 들어가자 명성은 다시 방문앞에 다가가서 안의 동정을 살피며 귀를 기울였다.
《그래 어떻게 됐나?》
《틀림이 없어요.》
《아니 그럼 애련이라는 그 거지계집애가 명성이녀석의?…》
　오덕구의 음성에는 사뭇 놀라는기가 어렸다.
《예, 그렇습죠. 마님의 예측대로 그 계집애는 제 에미의 입을 통해 모든 사실을 다 알고있습지요. 오빠를 찾아서 함께 가기전에는 집에 발을 들여놓지 않겠다구 다짐허구 왔다고 하더군요.》
《아니 그게 정말인가?》
《그럼요. 너럭바위뒤에 숨어 내 이 두귀로 똑똑히 들었습니다.》
　명성은 이때에야 자기가 오덕구의 아들이 아니라는것을 확실히 알게 되였다. 그는 두근거리는 가슴을 손으로 꼭 누르며 안에서 새여나오는 말을 한마디라도 놓칠세라 정신을 바싹 차렸다.
《그래 명성이녀석이 그 계집의 말을 끝이 듣던가?》
《어디 안듣게 됐습니까. 그때 마님이 그 부엌데기년한테 줬다는 금가락지까지 증거물로 가지고 와서 내보이던데요. 그리구 나중엔 두 남매가 서로 마주잡고 눈물까지 흘리며 야단을 합디다.》
《뭐라구? 에잇!…》
　오덕구가 주먹으로 제 가슴을 탕탕 치는 소리가 들렸다.
《원 령감두… 하늘이 무너져두 솟아날 구멍이 있다구 또 무슨 계책을 꾸며야지 그렇게 락심을 해서 되는 일이 있는줄 아시우.》
　계집은 오덕구 이상으로 교활하고 음흉했다.
《이밤중으로 그 애련이년을 당장 없애치워야 해요.》
《그런다구 명성이 마음을 돌릴상싶소.》

《그렇다구 십칠년 긴 세월을 밥먹여키운 애를 그대로 놓쳐버린단 말이요. 그 새망스러운 계집애만 없으면 다른 수를 쓸수도 있어요.》

《하긴 지금 형편에선 다른 방법이 더 없습죠.》

지서방이 끼여들며 한마디 하고난뒤 얼마간 잠잠하더니 오덕구가 웅글은 목소리로 말했다.

《내 생각두 다를바가 없네. 그러니 지서방이 한번 더 수고를 해줘야겠네.》

《아니 저 그러다 탄로가 나면…》

《아아, 그러게 쥐도새도 모르게 이밤중으로 하자는거야. 이 일만 성사시켜준다면 내 아무렴 그 은혜를 모른다고 할상싶은가…》

그후에 하는 말들은 음성이 낮아서 알아들을수 없었다.

명성도 더 귀를 기울이고있을 계제가 못되였다. 큰 위험이 닥쳐온것을 될수록 빨리 누이동생에게 알려야 했다.

그는 급히 안마당을 벗어나서 애련이가 거처하고있는 안꼴막바지의 오두막을 향하여 달렸다.

그 시각에 지서방도 시퍼런 칼을 들고 문을 나섰다.

가쁜숨을 몰아쉬며 오두막에 이른 명성은 애련을 불러내여 위험한 정황을 대충 말한다음 무작정 그의 손목을 이끌고 달렸다. 하지만 그들은 곧 뒤따라온 지서방의 눈에 띄였다. 이자는 악을 먹고 쫓아오고있었다. 지서방과 그들 남매사이의 거리는 점점 줄어들었다. 기운이 빠진 애련의 손목을 잡아끌며 무작정 달리던 명성은 《아!》 하는 소리를 내며 우뚝 멈춰섰다. 정신없이 달리다나니 수백길 낭떠러지가 있는곳으로 왔던것이다. 그 절벽밑으로는 배소의 검푸른 물이 감돌고있었다.

흘러내린 머리카락을 조용히 쓸어올린 애련은 명성의 손을 꼭 잡았다.

《오빠, 용서하세요. 이젠 둘이 다 살아서 함께 어머니앞에 나서지는 못해요. 저놈들은 내가 없어진다면 오빠는 죽이지 않을거예요. 그러니 오빠만이라도 기어이 살아서 꼭 어머니를 찾아뵙도록 하세요.》

《애련아, 그게 무슨 소리냐. 죽어도 같이 죽고 살아도 같이 살아야 해…》

《오빠! 그럼…》

애련은 명성이가 붙잡을 사이도 없이 절벽밑으로 뛰여내렸다.

《애련아—》

명성도 누이동생을 피타게 부르며 배소를 향해 몸을 던졌다.

그러자 세찬 바람이 불고 검은 구름장이 순식간에 하늘을 뒤덮더니 무서운 천둥소리가 울렸다. 이어 폭우가 쏟아져내렸다.

이튿날 아침, 사람들은 오덕구네 집이 온데간데 없이 사라지고 배소의 한복판에 두 오누이바위가 솟아있는것을 보게 되였다. 그들은 두 남매바위가 솟아난 깊은 사연을 모르고 그것을 부부바위로 이름지어 부르기로 했다. 그러니 저희 남매를 부부라고 부르는것을 망칙스럽게 생각한 누이바위는 털썩 주저앉았다.

지금도 자강도 동신군에서 청천강줄기를 따라 십리가량 올라가면 벌마을앞 배소에 우뚝 솟은 오빠바위와 주저앉은 누이바위를 볼수 있다.

이곳 사람들은 홀로 서있는 오빠바위를 선바위라고 불러오고 있다.

로 영 철

조선사화전설집 (11)

편 집	박 현 균
장 정	리 정 호
교 정	리 정 순
낸 곳	문학예술종합출판사
인쇄소	평양종합인쇄공장—2
인 쇄	1992년 8월 20일
발 행	1992년 8월 30일

ㄱ— 26172   10,000부

海外우리語文學硏究叢書46
조선사화전설집(11)

1992년	8월 20일 인쇄
1992년	8월 30일 발행
1995년	9월 15일 영인

저 자	박 현 균
발 행	문학예술종합출판사
영 인	**한국문화사**

133-112 서울 성동구 성수1가2동
　　　　　13-156
　　　　　Tel. 464-7708, 499-0846
　　　　　Fax. 499-0846

정가 10,000원

ISBN 89-7735-142-1